后浪出版公司

1967—2017

迟到的报告

中国 523 项目50周年纪念版

张剑方 —————— 主编

四川人民出版社

编写人员名单

周克鼎　原全国 523 领导小组办公室负责人
　　　　原中国青蒿素及其衍生物研究开发指导委员会委员兼秘书长
张剑方　原全国 523 领导小组办公室副主任
施凛荣　原全国 523 领导小组办公室助理员
周义清　原北京地区 523 领导小组办公室主任
傅良书　原昆明地区 523 领导小组办公室主任
王焕生　原上海地区 523 领导小组办公室主任
宋书元　中国人民解放军军事医学科学院资深药理毒理学教授、研究员，本书
　　　　科学技术顾问

目 录

第一部分 中国 523 项目青蒿素研发纪实

第二部分　为无名英雄点赞

第三部分　中国 523 项目和抗疟新药开发及应用大事记（1964—2015）

写在《迟到的报告：中国523项目50周年纪念版》之前

　　《迟到的报告：523 项目与青蒿素研发纪实》（另有英文版 *A Detailed Chronological Record of Project 523 and the Discovery and Development of Qinghaosu*，以下简称《迟到的报告》）已经出版近 10 年，出版时不论是 523 项目还是青蒿素，知道的人很少，历史知名度不高。其原因一是 523 项目是作为一项紧急战备援外的军事保密任务下达的，在一段时间里有关信息披露很少；二是青蒿素是治疗疟疾的药物，国内疟疾已基本消灭，人们对抗疟药既无需求，意识也很淡薄，就青蒿素而言，在人们眼里就是从一味普通中药中提取的天然物质。况且《迟到的报告》又是一本关于医药学术研究的历史记述性图书，有兴趣的读者不多。出版社估计其市场需求量较少，认为该书的读者主要是曾经参加 523 项目及研制青蒿素的单位和科技人员，并未大规模印制，这就使了解本书所反映历史和内容的人更少。

　　青蒿素发现之后，我国医药科技人员陆续发明了多种青蒿素衍生物新抗疟药，继而又研究发明效果更好的多种青蒿素类复方药。在全球抗击疟疾行动中，尤其是十多年来，在复方蒿甲醚引领带动下，以青蒿素及其衍生物为基础的复方疗法（ACTs）被世界卫生组织建议作为实现千年发展目标抗疟行动措施之一。

2015 年 9 月世界卫生组织和联合国儿童基金会（UNICEF）联合发布《实现千年发展目标下疟疾具体目标》的报告 [1] 和新闻稿，称"自 2000 年以来疟疾死亡率骤降了 60%，即拯救了 620 万人的生命，其中绝大多数是儿童"，15 年中新发疟疾病例减少了 37%，'毫无疑问地'实现了千年发展目标之到 2015 年'遏制并开始扭转疟疾发病率'的疟疾具体目标 [2]"。2014 年 12 月世界卫生组织发布《2014 年世界疟疾报告》[3] 中指出，2013 年全球恶性疟流行的 87 个国家已有 79 个采用 ACTs 为一线药物，全球共采购 3.92 亿个疗程的 ACT 药品。统计表明 10 多年来公立市场累积采购 ACT 药品超过 15 亿个疗程，复方蒿甲醚（由青蒿素衍生物蒿甲醚与 523 项目中研究发明的新化学抗疟药本芴醇固定比例的组方）药物一直占据其中约 75% 的份额。这足以说明以复方蒿甲醚为代表的青蒿素类抗疟复方药品是治疗疟疾的关键干预措施，已在恶性疟疾严重流行的非洲被广泛推广应用，挽救了数百万患严重恶性疟疾患者的生命，治愈了数以 10 亿计的疟疾病人，被赞誉为"中国献给人类的厚礼"。

早在 2007 年 1 月广州召开的青蒿素类药物临床评价研讨会上，参会的世界卫生组织传统医药处张小瑞处长召集原 523 办公室出席会议的同志们座谈时说："没有 523 项目就没有青蒿素，没有青蒿素就无法挽救世界疟区数百万人的生命，谢谢你们！"

中国发明的新抗疟药近年来开始陆续在国际上获奖，523 和青蒿素见诸媒体渐多，引起国内外的热议，523 和青蒿素也受到越来越多的关注。2004 年中国青蒿素类药物研制团队获得泰国亲王奖，2009 年周义清和宁殿玺等复方蒿甲醚专利发明人团队获得欧洲发明人奖；2011 年，作为 523 项目中青蒿素发现工作的科技人员代表之一，中国中医科学院（原中医研究院）中药研究所屠呦呦获得美国拉斯克奖，2015 年 10 月，屠呦呦因青蒿素又荣获诺贝尔生理学 / 医学奖，青蒿素更是一夜扬名全球。523 和青蒿素成为众多媒体采访和报道的内容和热议话题。《迟到的报告》也成为出版界颇感兴趣的题材，乐意将其再版。

523 项目和青蒿素类抗疟药的研究，是在特殊的年代，在"全国 523 领导小组"的领导下，由几十个单位组织起来的一支特殊队伍，按系统工程的模式实行统一管理、采取科研单位、医药院校、药厂之间的大协作，共同执行的一项特殊科研任务。从 1967 年 523 项目立项算起至 1978 年全国 523 领导小组组织青蒿素抗疟成果鉴定，跨越时空十余年；以后又在青蒿素指导委员会和国家科学技术委员会的领导下，仍以大协作的形式进行青蒿素及其衍生物的新药研发，又经历了将近 10 年的时间，为以后 10 多年的青蒿素类复方研究打下了牢固的基础。回顾我国青蒿类抗疟药的发展，至今已近 50 年，厚重的历史积淀值得我们认真总结。

值得指出的是，全球疟疾发病人数因青蒿素类抗疟药的推广应用已明显下降，流行状况得到了初步遏制，其中真正发挥作用的并非青蒿素本身（青蒿素及其衍生物有速效、低毒、无明显副作用的特点，但疗程较长、复发率高，难以推广应用），而是后来新创制的以复方蒿甲醚为代表的青蒿素类复方抗疟药，是这些药物在全球广泛推广应用带来的结果。如果没有青蒿素诞生后研究工作的不断创新，就没有青蒿素衍生物及其复方的研制发展，就没有现在青蒿素类抗疟药的广泛推广应用，或许也就没有今天青蒿素名扬全球的荣耀。青蒿素的发现为后来的发明创造了基础，青蒿素类药物的发展和创新使青蒿素更加灿烂夺目，共同创造了今日的辉煌。这使本书再版显得更有意义。我们为我国医药科学家 50 年来的贡献点赞，为一系列的成果深感自豪。

近 10 年来，随着这段尘封已久的历史被发掘和深入研究，又有一些新的发现，这使本书记述的一些事件及情节更为清晰，同时我们也发现个别记述的事件、时间、节点有的需更准确地更正。适逢再版，在基本保持本书原有内容的同时，对一些重要事件我们做了必要补充，个别明显错漏做了少许的修改，同时增添了对曾为青蒿素事业奋斗一生的有功之臣、无名英雄、优秀的科研管理者周克鼎同志的怀念文章，并适当补充了一些历史照片。

在中国 523 项目立项 50 周年之际，对《迟到的报告》进行修订尤有特殊的意义。作为已解散多年的原 523 办公室的一员，做一件还能够做的事情也算尽了绵薄之力，希望作为中国 523 项目立项 50 周年的献礼，本书能为所有曾参与工作、做出贡献的老领导、老战友、老科技工作者、老朋友们带来愉悦，并借此向他们致以崇高的敬意！

当年参与编写本书的人都是 523 项目和青蒿素类抗疟药研发的组织管理者、见证者。当时他们风华正茂，而今多是耄耋之年，有的更已作古，健在的也多已力不从心，本书再版的补充修改得到老战友、老同事热情具体的支持，出版事务也得到许多年轻朋友热心的帮助，在此一并表示感谢！

编　者

2015 年 11 月

序

　　读了原全国 523 领导小组办公室副主任张剑方主编的《迟到的报告——523 项目和青蒿素研发纪实》后，仿佛又回到了 30 多年前——为贯彻执行国务院、中央军委和周恩来总理对援外战备工作的指示，广大 523 科技卫生人员积极响应中央号召，不畏艰难、团结协作、共同战斗的那个火红年代。523 科技卫生人员的无私奉献精神感人至深，523 工作所取得的业绩举世瞩目。《迟到的报告》中所记载的一件件往事，犹如发生在昨天，清晰可见，倍感亲切。

　　原全国 523 领导小组办公室的同志为了编写这本《迟到的报告》，收集查证了大量历史文献资料。《迟到的报告》书之有据，言之有理，为人们今后了解和研究这一段鲜为人知的历史，提供了真实而有价值的史料。

　　1967 年 5 月 23 日，原国家科学技术委员会（现改名为科学技术部）和原中国人民解放军总后勤部（现中国共产党中央军事委员会后勤保障部）在北京召开了第一次"疟疾防治药物研究工作协作会议"。这次会议是由国务院批准召开的一次军民大协作战备科研工作会议，会议的内容后来称为 523 任务。当时，我代表卫生部参加了这次重要会议。

　　从参加这次会议开始，我就与 523 任务结下了不解之缘。这一干就是 15 个年头。也就是说，从 1967 年 523 任务开题起，到 1981 年经国务院批准 523 任务结束，直至 1983 年 10 月第一届青蒿素指导委员会换届，我参与了 523 任务后三次重要研究规划的制订和实施的全过程，见证了 523 各项任务的进程，包括青蒿素及其衍生物研究开发取得的丰硕成果。

　　为继续加强对青蒿素的研究与开发，在 523 任务结束后，紧接着又由原卫生部（现国家卫生和计划生育委员会）、原国家医药管理总局（现国家食品药品监督管理总局）联合成立了"青蒿素及其衍生物研究开发指导委员会"（简称"青蒿素指导委员会"）。我作为第一届青蒿素指导委员会主任委员，又开始了与世界卫生组织合作开展青蒿素及其衍生物的开发研究工作。

　　在这虽长又短的 15 年间，我作为 523 领导小组成员之一、青蒿素指导委员会第一届主任委员、卫生部科技局具体主管全国卫生医药科技工作的负责人，终生难忘的就是有幸主持并参与 523 工作，和大家同呼吸，共命运，分享着在祖国各地进行现场科学试验和防病治病的苦与乐，经常为同志们在"技术攻关"和"大会战"中表现出的团结友爱、相互支援精神所感动。这些动人的情景，在我编写出版的《陈海峰影文集》中都可以找到它们的踪迹。

　　523 任务虽说在 20 世纪 80 年代初已宣告结束，但在那个时期研发出来的一大批新的抗疟药（包括化学合成和青蒿素类药物），除满足当时援外战备需要外，目前正在全球"遏制疟疾"行动计划中发挥着不可替代和越来越重要的作用，成为人类社会的一大财富。

　　近期被世界卫生组织推荐的"青蒿素联合用药治疗疟疾（ACTs）方案"，在国内外所采用的复方配伍中，几乎囊括了 20 世纪 70 年代至 20 世纪 80 年代由 523 项目科技卫生人员研制的全部新抗疟药。其中蒿甲醚—本芴醇复方（复方蒿甲醚，Coartem）已被世界卫生组织、无国界医生组织和全球基金指定为援助首选药物。毫不夸张地说，在全球，一个中国抗疟药的新时代已经到来。这是中国人的骄傲，也是 523 项目科技卫生人员的骄傲。

　　创新药物的研究与开发，是一个庞大而又复杂的系统工程。西方国家对我国 20 世纪 60 年代至 70 年代期间科研设备简陋、人才匮乏的条件下，能研制出像青蒿素这样具有国际先进水平的科技成果百思不解。殊不知，这奇迹是全国社会主义大协作解决了当时战备任务时间要求紧、实验仪器设备条件差和科技人员短缺的矛盾而创造出来的。

　　原卫生部副部长黄树则在 1981 年 523 工作总结报告中指出："523 工作的特点是多部门、地区广、任务互相联系，工作相互衔接。由于处理好了这些关系，在大协作中真正做到'思想上目标一致，计划上统一安排，任务上分工合作，专业上取长补短，技术上互相交流，设备上互通有无'的 523 式全国大协作，充分发挥了部门、单位的人才和设备的优势"，在 523 办公室的统筹与精密协调下，以"接力棒赛"的方式保证了各项研究工作高速度、高效率和高质量的运行。

以青蒿素为例，从 1975 年开始就集中了全国 40 多个重点科研单位、医药院校，组成"青蒿素研究协作组"，从青蒿资源、青蒿素药理毒理、化学结构、临床验证、药物制剂与质量标准，以及生产工艺等方面分别进行专业系统的研究，大大加快了青蒿素及其衍生物的研发速度。从发掘中药青蒿到青蒿素通过国家鉴定，只用了 6 年时间。从青蒿素到衍生物系列，从青蒿素类药物单药到复方，从青蒿素实验室提取到工业化规模生产，再到青蒿素类抗疟新药批量生产和投放市场，前后我们只用了 15 年（1972—1987）。这种创新药物的研发效率和速度，在国内是罕见的，即使在医药工业发达的西方国家也是一个奇迹。青蒿素的研发经验再次表明，没有 523 式的全国大协作，就不可能有青蒿素抗疟药今日的辉煌。全部 523 工作汇成了社会主义大协作的一曲凯歌。

523 工作的高速度和高效率，培养锻炼了一支"急战备之所急，想战备之所想"，只争朝夕、顽强拼搏、无私奉献、专业齐全、有较高科技水平的科技卫生队伍。

是 523 精神鼓舞着数以千计的科技卫生人员，十几年如一日，在极其艰苦条件下完成了大量新药现场和临床试验研究，把一个个新药推向生产，推向市场，推向世界。

是 523 精神鼓舞着一批批科技人员，连续数年背负行囊，翻山越岭，顶烈日，冒酷暑，风餐露宿，走遍了祖国的山山水水，调查摸清了我国青蒿资源分布与产

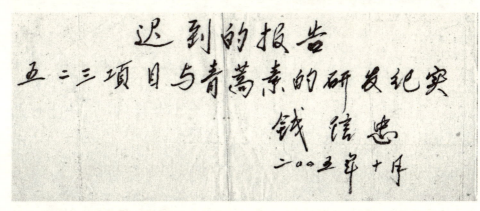

2005 年钱信忠题词《迟到的报告》书名

量，为我国在武陵山地区酉阳县定点设计和创建世界第一个工业化生产青蒿素基地提供了依据，为我国青蒿素类抗疟药物生产出口，支援世界疟疾流行区控制疟疾提供了物质条件。

在执行 523 任务中，我们始终坚持"领导、专家与群众相结合""实验室、临床与现场相结合""军队与地方大协作"，以及"集中力量打歼灭战"的要求，并大力贯彻了"继承发扬祖国医药遗产与中西医结合"的方针。

随着社会的发展，时代的更迭，523 任务虽然已成为过去，但 523 精神并没过时。神舟飞船升空，今天他们讲的还是"大力协同"和"无私奉献"精神。

目前，我国进入社会主义市场经济建设新时期，523 的精神和经验，仍然有着它的历史意义和现实意义。我希望《迟到的报告》这本书，能对我国从事创新药物研究开发的医药科技工作者们有所启示，使他们在创新型科学技术研究中取得更新、更多的医药科技成果，为提高我国和世界人民的健康水平，为促进我国和世界医学的发展做出新贡献！

陈海峰

2006 年

陈海峰，曾任卫生部军管会业务组副组长（1969—1973），世界卫生组织执行委员会委员（1973—1976），卫生部科教局局长（1976—1982），中国青蒿素及其衍生物研究指导委员会主任委员。

前　言

为了援外、战备紧急任务的需要，国家科委、中国人民解放军总后勤部于1967年5月23日在北京饭店召开了"疟疾防治药物研究工作协作会议"（此后项目代号为523任务），组织国家相关部委、军队直属单位及10省、市、自治区和有关军区的医药科研、医疗、教育、生产等单位，针对热带地区抗药性恶性疟疾严重影响部队战斗力的问题，开展防治药物的研究，从此拉开了抗疟新药研究的序幕。

523任务是在一个特殊历史条件下，由全国60多个科研单位、500多名科研人员组成的一个科研集体，在全国523领导小组统一组织管理下共同执行的一项特殊的使命。凡能参加这项毛泽东主席和周恩来总理所关心的工作的人员都感到无上光荣。同时，援外、战备的重任，成为激励这支队伍顽强拼搏、无私奉献的强大动力。经过20年（1967—1987）艰苦奋战，这支队伍研制出一系列行之有效的疟疾预防、治疗、急救药物，并取得其他科研成果100余项，圆满完成此项任务，从祖国医药宝库中发掘出新一代抗疟药 —— 青蒿素及其衍生物，并创新发明了一批青蒿素类复方抗疟新药，成为全球遏制疟疾行动的主流药物。

青蒿素的发现及其衍生物的发明，是世界抗疟药研究发展史上继奎宁之后的一个重大突破，是继承发扬我国医药学遗产的一项重大科研成果，是社会主义大协作的一曲凯歌，也是我国对世界抗疟灭疟的巨大贡献。

多年来，世界卫生组织在对我国青蒿素类抗疟药研究报告进行论证后，从

1995 年起，陆续将我国研发生产的蒿甲醚、青蒿琥酯和蒿甲醚—本芴醇复方（复方蒿甲醚）列入了第 9、11 和 12 版 "基本药物目录"（Essential Medicine List），推荐给世界各国。青蒿素、蒿甲醚、青蒿琥酯、双氢青蒿素的原料药和制剂收载于世界卫生组织第 3 版（2003）；复方蒿甲醚、本芴醇收载于第 4 版（2013）《国际药典》（The International Pharmacopoeia）中。这是对我国自主研发的新药的肯定。同时，这在中国自主研发新药的历史上还是第一次。2006 年 1 月，世界卫生组织宣布青蒿素类药物是全球未来遏制疟疾的希望，为了避免长期广泛使用青蒿素类单药产生抗药性这一问题，明确要求任何一个国家在改变本国现有疟疾治疗政策时，必须使用由青蒿素类药物组成的复方或联合用药。[4] 由此可见我国发明和创新的青蒿素类抗疟药物走在了世界前列。

美国出版的古德曼和吉尔曼主编的《治疗学的药理学基础》（Goodman & Gilman's the Pharmacological Basis of Therapelltics）一书是一本国际公认的经典药理学教科书。自 1941 年第 1 版问世后，每 5 年再版 1 次，至今（2005 年）已出版了 11 版，畅销全球。该书记载的抗疟药，40 多年来都把氯喹作为首选抗疟药，而从第 10 版（2001 年）开始，则将我国发明的青蒿素及其衍生物改列为抗疟药的首选药物，氯喹及其同类药物降为第 3 位。[5]

2002 年 3 月 14 日，美国《远东经济评论》杂志发表的一篇题为《中国革命性的医学发现：青蒿素攻克疟疾》的文章，指出当时越南战火正酣，为了支持河内，中国医学工作者们急欲在最短的时间内研制出能够有效控制疟疾的药物。经过全国范围内大规模的合作研究，他们将这项发现成功地运用到临床治疗疟疾。从那时起，一些更有效的青蒿素衍生物抗疟药在中国的研究中心里被研究成功。香港科技大学的理查德·海恩斯（Richard Haynes）教授在该文章中认为："这项研究是整个 20 世纪下半叶最伟大的医学创举"，"是中国人伟大的科学发现" "应该授予诺贝尔奖"。"真正让他们的外国同行们刮目相看的是，中国研究人员在进行高尖端的科学实验时，使用的全都是西方国家早就弃之不用的落后仪器。"[6] 20 世纪 70 年代，中国国内形势很不稳定，科研设备落后，科研工作处于停顿状态，竟然能在不长的时间里获得如此高水平的成果，确实发人深思。

2004 年美国国家出版社出版的医学研究所抗疟药经济学委员会专著[7]，建议加速采纳以青蒿素为基础的复方疗法（ACTs），指出这是最重要的控制疟疾的措施。中国原创，由瑞士和中国共同研发的复方蒿甲醚是唯一被美国食品药品监督管理局批准在美国上市的青蒿素类复方抗疟药。

　　随着青蒿素类药物在国际上的声望越来越高，国内外有些学者对研究青蒿素的历史也表现出极浓厚的兴趣，纷纷向有关单位和人员约稿，或要求采访。有的已开始撰写青蒿素的发现历史。青蒿素发现史正成为一个热门的题材。作为当年523任务和青蒿素研发的主要组织管理者，原全国523领导小组及其办公室，各地区523办公室的人员以及部分曾参加这项研究的科技人员，都深感有责任把亲身经历的这一历史过程介绍出来，为对此感兴趣的国内外医药界、传媒等有关人士，提供真实有据的参考资料。

　　由于523任务结束多年，原承担523项目单位的层层建制早已解散，而青蒿素研究工作涉及的单位很多，仅为青蒿素成果鉴定会提供实验研究资料的就多达45个，其他短期参加部分工作的单位则更多，因此本资料难以把每个单位、每项工作的细节都详细提到，只能对研究过程主要情况做一概述。

第一部分

....

中国 523 项目青蒿素研发纪实

第一章　523任务及其历史贡献

　　20 世纪 60 年代中期，越南抗美战争不断升级，而抗药性恶性疟的肆虐严重影响了部队的战斗力。应越南领导人的要求，毛泽东主席、周恩来总理指示有关部门要把解决热带地区部队遭受疟疾侵害、严重影响部队战斗力、影响军事行动的问题，作为一项紧急援外、战备重要任务立项。青蒿素就是在这一历史背景下，由军队和地方的医药卫生科研、生产、医疗、教育等单位共同组成的一支大协作科研队伍，在分工合作大力协同的组织模式下，在研制防治抗药性恶性疟疾的任务中诞生的。

　　为什么一项防治疟疾药物的研究任务会受到如此重视并取得如此重大成绩，其中详情鲜为人知。

1. 军事行动的无形杀手

　　疟疾是军事行动的无形杀手。疟疾对军事行动的危害是历来军事家所关切的重要问题。在战争中，随着军队的频繁调动和人员大量的流动，无免疫力人群进入疟疾流行区，或疟疾病人进入非疟疾流行区，在军队和战区居民中都可引发疟疾暴发流行，从而给军事行动造成严重的后果。在自古以来的中外战争史中，因疟疾流行造成军队严重减员，导致军事行动挫败的惨痛教训屡见不鲜。

　　我国古籍称南方的恶性疟疾为"瘴气"。在《三国演义》诸葛亮七擒孟获的故事中，就有"五月驱兵入不毛，月明泸水瘴烟高"和"瘴气密布，触之即死"等使军事行动受阻的描述。《资治通鉴》记述，唐代天宝十三年（公元 754 年），侍御史剑南留后李宓领兵 7 万，征伐南诏到太和城（现在的云南省大理），将士十之七八死于疟疾和饥饿，全军覆没，李宓被俘。后有白居易的惊世诗句"闻道云南有泸水，椒花落时瘴烟起，大军徒涉水如汤，未过十人二三死"为证。

在近代战争中，由于疟疾在军队中流行、造成严重减员的实例更是不胜枚举。第一次世界大战期间（1914—1918），欧洲战场交战的各国军队，由于疟疾而造成大量减员达数十万人之多。第二次世界大战期间（1942—1945），交战双方都为疟疾所苦。尤其是在太平洋战争爆发之后，美、日两国军队在热带地区作战，都因疟疾流行而造成大量减员。其中著名的是 1944 年，日军出兵印缅边境，在因帕尔战役尚未全面展开时，10 万军队就有 6 万余人患疟疾，不战自溃。[8]

我军解放大西南和驻守边防的部队中也有类似疫病实例。驻云南边境部队1951 年疟疾年发病率 253.6‰，后来由于采取了大规模的抗疟措施，才迅速控制住疟疾流行，巩固了国防。1960 年，驻云南部队在参加某次作战行动中，发生疟疾暴发性流行，不少连队失去战斗力，对执行任务造成极大影响。

1964 年，美国出兵越南。越南人民开展了抗美救国战争。双方都因疟疾造成大量减员。

据当年的有关资料记载，美军因疟疾而造成的非战斗减员比战伤减员高出 4~5倍。1965 年，驻越美军的疟疾年发病率高达 50%。在越南波来古到柬埔寨边境地区的一次作战行动中，疟疾发病率为 20%，在不到两个月的时间里，有的部队疟疾的感染率达到 100%。据报道，在 1967—1970 年的 4 年间，侵越美军因疟疾减员 80 万人，但实际大大超过这个数字。美陆军司令部预防医学部主任就说过，

图 1.1　抗美援朝战争中中国军人服用抗疟药
（图片提供：军事医学科学院微生物流行病研究所）

在驻越美军中，疟疾的发病量远远超过官方发表的数字。因此，美军卫生署负责人称："疟疾是令驻越美军最感头痛的头号军事医学问题。"[8]

　　同样，越南北方的部队进入南方，也严重受疟疾影响。据当时的资料，在美军轰炸与严密封锁下，有的北方部队进入南方战场，经过一个多月的长途行军，一个团的兵力到达南方战场后，真正能投入战斗的只有两个连的兵力。其余指战员因感染疟疾被送往后方治疗。[8]

　　由于印度支那半岛地处热带，山岳纵横，丛林密布，雨水丰沛，气候炎热潮湿，蚊虫四季滋生，野栖媒介复杂，恶性疟疾终年流行，而且抗药性十分严重。当年原有的一些抗疟药，如氯喹、乙胺嘧啶、氯胍、阿的平等效果很差；以脑型疟疾为主的恶性疟疾死亡率很高，从而加重了疟疾的防治难度。此时，是否拥有无抗药性、高效、速效的恶性疟疾防治药物[9]，成为决定双方战斗胜负的重要因素之一。

图 1.2　1966 年军事医学科学院的周义清带队中国军事卫生调查团在越南北方

　　美军为解决这一难题，专门成立了疟疾委员会，增加了疟疾研究经费，组织了几十个单位参加抗疟研究任务，派华尔特·里德陆军研究院（Walter Reed Army Institute of Research）、海军预防医学研究院等单位及军内外有关专家，到越南战场进行医学、流行病学调查，担任预防和治疗疟疾的医学顾问，并开展防治药物试验。美军以华尔特·里德陆军研究院为中心，联合英国、法国、澳大利亚等国的研究机构和欧洲的一些大药厂，投入了大量的财力和人力，开展了抗疟

图 1.3　1971 年，中国军事卫生调查团的越南南方之行

疾新化学药的研究，进行广泛寻找新抗疟药的大量筛选工作，要求每年提供 30 种药物进行临床试验。[8] 据有关资料报道，1972 年美国华尔特·里德陆军研究院就已初筛了 21.4 万种化合物。[10] 但是，他们最终并没有找到理想的新抗疟药。后

来发表的资料表明，他们研制出的甲氟喹（Mefloquine）副作用大，而且疗效远不及我国同期研制的恶性疟疾防治新药，更无法与我国发明的青蒿素类药物相比。

越南方面为了抗击美国的侵略，解决军队受疟疾困扰的问题，迫切希望中国能帮助他们尽快解决这一难题。我国国家领导人答应了这一请求。于是，一项援越抗美、研制抗药性恶性疟疾防治药物的紧急任务悄然展开。全国医药科技力量由此被组织起来，开展大协作，在另一条战线上与美军展开了比高低、比速度的较量。

2．应急防治方案先行启动

研究提供恶性疟疾无抗药性防治药物在当时是一项刻不容缓的紧急援外战备任务。军事医学科学院、第二军医大学以及广州、昆明和南京军区所属的军事医学研究所立即开展了研究工作。军事医学科学院派周义清为组长，顾德鸿为副组长，叶宗茂、虞以新等组成的考察组到越南进行流行病学调查。期间，第二军医大学也派瞿逢伊和周明行等赴越了解疫情。

图 1.4 1967 年中国军事卫生调查团的越南南方之行

为解决防病的急切要求，1966 年由军事医学科学院毒理药理研究所和微生物流行病研究所和毒理药理研究所的专家，根据有关资料分析，由周廷冲等提出了一个应急的预防药处方。该处方由乙胺嘧定和氨苯砜组成，7 天服 1 次，后称为防疟 1 号片。经实验室抗疟效果和毒性试验后，1967 年 1 月，由微生物流行病研究所派出科研人员任德利、田辛等同志赴越南随部队对药物预防效果进行考察，结果收到了满意的预防效果。为了延长预防的时间，随后又改进用周效磺胺代替氨苯砜，预防时间 10~14 天，被称为防疟 2 号片。1969 年，第二军医大学和上海医药工业研究院等单位协作研制出含有磷酸哌喹（前称为磷酸喹哌）每月服1次的防疟3号片。1970年12月，由田辛、宁殿玺等再次携带研制出的这三种药物前往越南南方供部队使用，同时也观察使用的具体效果。这三个应急预防复方药品，初步解决了越南部队的燃眉之急，解决了当时抗药性恶性疟的预防问题。但要从根本上解决抗药性恶性疟疾的防治还需继续研制新结构类型的防治药物。

3．523任务全国大协作

何为523任务？1967年，鉴于提供防治抗药性恶性疟疾药物的紧迫性和艰巨性，只靠部队的科研力量在短期内完成这项科研任务难度很大。只有组织国内更多的科研力量，军民大协作，才可能尽快、更好地完成这一紧急援外战备任务。因此由中国人民解放军总后勤部商请国家科委，会同卫生部、化工部、国防科工委和中国科学院、医药工业总公司，组织所属的科研、医疗、教育、制药等单位，在统一计划下分工合作，共同承担此项研究任务。

图1.5　1967年中国派出的军事卫生防治团组在越南南方，前排左三、四为军事医学科学院田辛和宁殿玺

图1.6　1969年军事医学科学院部分523项目工作人员。前排右三周义清，二排左一施凛荣

　　1966 年下半年，针对热带地区抗药性恶性疟疾防治要求，军事医学科学院根据赴越实地调查考察获得的结果和国内外文献资料信息，由军事医学科学院计划处吴滋霖、周克鼎等人组织起草了《三年研究规划（草案）》，经过酝酿讨论和领导部门审订，1967 年 5 月 23 日，经国务院批准，由国家科委和中国人民解放军总后勤部，在北京召开了有关部委、军队总部直属和有关省、市、区，军区领导及所属单位参加的"疟疾防治药物研究工作"全国协作会议，讨论确定了三年研究规划。[11] 会议情况向分管国防科研的聂荣臻副总理办公室做了报告。由于这是一项援外战备的紧急军工项目，遂以 5 月 23 日开会日期为代号，称为 523 任务或 523 项目。

　　按照紧急援外、战备的要求，针对热带地区恶性疟抗药性严重的特点，三年规划从热带地区部队行动的实际出发，提出了明确的要求，以"远近结合、中西医结合，以药为主，重在创新，统一计划，分工合作"为指针，组成了一支多部门、多地区、多学科、多专业、军民合作、科技骨干相对固定、有 60 多个单位500 余人参加的抗疟药研究科技队伍。研究规划要求药物研究要突出重点，解决恶性疟抗药性的问题；贯彻中西医结合，重视从祖国医药学宝库中发掘新药的方针；防治药物要安全（毒副作用小）、三效（治疗药要高效、速效，预防药要长效）；剂型包装要五防（防潮、防霉、防热、防震、防光）、一轻（体积小、重量轻）、二便（携带、使用方便）。[11]

　　由于这是一项毛泽东主席、周恩来总理关心的紧急援外战备的特殊任务，虽然当时正是"文革"高潮，几乎所有的科研工作都处于停顿瘫痪状态，但 523 会议的精神和各项研究任务，仍很快传达到各有关部门和单位。各部门、各单位当即抽调技术骨干组成各专业研究队伍。临床研究协作组随即分赴疟区现场，进行扩大预防药复方的效果观察；中医药协作组从查阅资料和民间调查入手，分赴广东海南岛、云南边疆和江

图 1.7　1967 年，全国 523 领导小组组长、国家卫生部陈海峰局长（左三）和 523 办公室秘书周克鼎（左一）在云南边境了解现场工作

图 1.8　全国 523 办公室秘书周克鼎（左二）在海南少数民族地区

浙等疟疾流行地区，深入民间访问，调查搜集当地治疗疟疾的秘方、验方，采集中草药样品，有的就地进行试用观察；化学合成药协作组也立即组织科技力量与药厂结合，开展合成、筛选新药的研究。

4. 科学的组织管理模式

为了落实 523 任务规划，加强领导，于是成立了全国疟疾防治药物研究领导组（即全国 523 领导小组），由国家科委、国防科工委、中国人民解放军总后勤部、卫生部、化工部、中国科学院等 6 个部门组成。国家科委、中国人民解放军总后勤部为正副组长单位。领导小组办事机构（即全国 523 办公室）设在军事医学科学院，先后由中国人民解放军军事医学科学院副院长彭方复少将和祁开仁少将主管领导，由白冰秋同志任办公室主任，张剑方同志任副主任。全国 523 办公室在领导小组领导下，负责研究规划计划的落实和地区间、单位间、专业之间分工合作的组织协调工作。

由各部委相应组成的全国 523 领导小组对 523 任务都高度重视，均安排主要领导负责分管。卫生部军管会谢华副主任、钱信忠

图 1.9　1968 年全国 523 领导小组办公室张剑方副主任深入海南黎村了解 523 现场工作情况

图 1.10 全国 523 项目成员周克鼎、陈海峰和刘计晨（从左至右）出席 1967 年在上海召开的针灸专业组会议

部长、黄树则副部长、陈海峰局长，化工部的陶涛副部长、陈自新局长，国家科委武衡副主任、田野局长，中国人民解放军总后勤部的张令彬、张汝光副部长等领导都先后分管 523 任务。各领导部门分别指定工作人员负责与 523 办公室联系，负责本部门所属单位任务的落实，及时解决部门间协作的问题。各领导部门先后指派的代表主要有姚树椿、董从引（卫生部），刘润、佘德一、杨淑愚（化工部），诸淑琴、王梦之、张冰如、丛众、翁延年（国家科委、中国科学院），张逢春（国家医药工业总公司），刘寅生、刘计晨（中国人民解放军总后勤部）等同志，都给予 523 办公室很大的支持和帮助。

各部委所属，各省、市、区所属，军队所属单位，在驻地的北京、上海、广州（含海南）、南京、昆明和四川、广西等地区成立了地区 523 领导小组和办事机构。各地区 523 领导小组由有关省、市、区和军区的有关领导分别任正副组长；由省、市、区和军队抽调人员组成地区 523 办公室，负责地区研究任务计划的落实、各承担任务单位间的组织协调和上下间日常工作的联系。

根据专业划分、按专业任务成立了化学合成药、中医中药、驱避剂、现场防治 4 个专业协作组，后来又陆续开展中医针灸、凶险型疟疾救治、疟疾免疫、灭蚊药械等专项研究的专业协作组。各专业协作组负责落实专业协作计划、进行学术技术交流，协同办公室成为 523 小组的业务参谋和助手。

当时，在"文革"动乱的形势下，由于 523 任务有强有力的领导，严密协作的组织，各部门、各地区、单位和专业之间、军队和地方之间团结一心、密切合作、不分彼此，设备互通有无，技术不搞封锁，一方有困难，各方来相助，保证了 523 任务的顺利完成。

图 1.11　1968 年 523 任务云南调查队在中科院西双版纳热带植物园。左一为昆明植物所陈介（队长），左二为上海药物所秦国伟（副队长），左三为勐腊县人民医院工作人员，左五为四川中药所陈泉生，左六为四川中药所周继铭，左七为昆明植物所方瑞珍，左八为上海药物所佘其龙

图 1.12　安静娴（1929—2015）院士在 523 项目时期发明脑疟佳（镓）

图 1.13　上海第十四制药厂与上海药物所 523 联合实验室部分人员。前排左起赵淑珍、方军浩、田载杨、沈观和，后排左起赵成宝、王洪庆、秦国伟

5．大协作大丰收的成果

据统计，从 1967 年到 1980 年，承担 523 任务的各单位研究完成了以青蒿素、本芴醇药物为突出代表的、具有国内外先进水平的科研成果 89 项。[7]其中，青蒿素获国家发明二等奖。其他获全国科学大会奖 15 项，获国家部委、省市科学成果奖 12 项。在进行药物临床研究中，为农村治疗、抢救疟疾病人和其他病人数 10 万例。从 20 世纪 60 年代末到 20 世纪 70 年代，防疟 1 号片、防疟 2 号片和防疟 3 号片大量援外。上海第二制药厂、上海第十一制药厂、上海第十四制药厂在研制加工试验样品和生产援外疟疾防治药品中，发挥了重要作用，全力保证援外任务的完成，生产援外抗疟药达百余吨；云南省药物研究所、昆明制药厂、广西芳香厂、海南制药厂、四川省中药研究所和重庆制药八厂等单位，为部队战备生产提供了近百公斤青蒿素。20 世纪 80 年代以来，以 523 任务的研究成果为基

础，各单位申报的国家发明奖、国家科技进步奖、新药证书和生产批件有 20 多项。523 任务所产生的科研成果在援外的同时，也为我国疟疾的防治工作和经济建设做出了重要贡献。

在实施 523 任务的 10 多年研究过程中，采用化学合成药在预防药、治疗药、根治药、急救药等方面做了大量工作。各研究单位共设计合成了 1 万多个化合物，广筛了 4 万多个化学样品，初筛有效的近 1000 个。其中有 38 个经过临床前药理毒理研究，有 29 个经批准进行了临床试验，有 14 个药物通过了专业鉴定并推广使用，它们是：防疟片 1 号片、防疟片 2 号片、防疟片 3 号片、哌喹（原称喹哌）片、磷酸咯萘啶、磷酸咯啶、注射用磷酸咯啶、治疟宁、羟基哌喹、常咯啉、脑疟佳、硝喹、磷酸羟基哌喹，以及包衣材料二乙胺基醋酸纤维素。[12] 由 523 任务研究基础延续下来，后来又陆续完成的创新技术成果获得国家发明奖、科技进步奖的不是个例，如本芴醇获得国家发明一等奖，磷酸萘酚喹获得国家发明二等奖，蒿甲醚、青蒿琥酯获得国家发明三等奖。青蒿素复方和复方蒿甲醚的推广应用成果获得国家科技进步二等奖。其他获得部级和各省市区的成果奖和科技进步奖的，更不是少数。

其中由广州中医药大学李国桥开发的磷酸哌喹与双氢青蒿素组成的复方，以及由 523 任务主要研究单位之一——上海寄生虫病研究所陈昌等合成研制的新抗疟药磷酸咯萘啶与青蒿琥酯的联合

图 1.14　1969 年广州中医学院李国桥（中）自身感染疟疾，让同事靳瑞（右一）针刺大椎穴位观察实验效果。

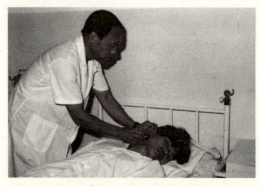

图 1.15　军事医学科学院微生物流行病研究所李国福为疟疾患者采血

用药，由韩国 Shin Pong 制药企业将其开发成的复方，它们均曾获得由比尔·盖茨资助的疟疾风险基金（疟疾风险基金）的开发资助并上市。

为解决疟疾传染媒介的防治问题，驱蚊、灭蚊专业协作组完成的驱蚊和灭蚊药、械，经过鉴定的有：从植物柠檬桉和植物广西黄皮中提取的对 - 盖烷二醇类和化学防蚊药癸酸、乙酰氧基别二氢葛缕酮，二聚合剂防蚊网等多种杀灭蚊虫的药物、器材，以及各种类型的超低容量喷雾器。

图 1.16 1973 年 1 月疟疾免疫专业会议在上海大厦，陆宝麟（左）学部委员和 523 办公室工作人员施凛荣合影

这些成果解决了我国南、北方部队在野外防蚊灭蚊的问题，有些后来成为市场生产销售的防蚊药水、灭蚊药械等商品。当年 523 任务研制的灭蚊药械产品，尤其是超低容量喷雾装置（器具）和杀虫药，广泛应用于农、林业和卫生防疫、灭除虫害，产生了重大效益。例如，车载超低容量喷雾器安置在飞机上，被用于唐山大地震的震后消毒、灭害，在预防疫病流行上发挥了重要作用。

523 项目中，对凶险型疟疾救治的研究以及对脑型疟等凶险疟疾的临床救治，均达到了世界先进水平。至 1980 年，共收治 275 例，治愈率达到 93%。而同期国外的脑型疟病死率则高达 20%~30%。对恶性疟原虫的发育规律与临床症状的关系，以及在诊断脑型疟中以皮内血片法代替骨髓涂片的诊断方法，也取得了重要的成果，被收入世界卫生组织专家编著的《疟疾学》（*Malaria: Principles and Practice of Malariology*，1988）和英国牛津大学的《牛津医学教科书》（*Oxford Textbook of Medicine, second edition*，1987）。

疟疾免疫、传染媒介的研究也有重要进展。为开展疟疾防治药物的研究，在当时我国被国外封锁的情况下，523 项目自力更生建立了与实验研究相配套的实验动物模型和一系列的技术方法。

在开展中医中药防治疟疾的研究中，科研人员采集、普筛了大量的中药方剂和中草药样品，发现一批有较好抗疟效果的苗头，分离了其中几种已知的有效单体，并测定了它们的化学结构。其中最突出的代表是鹰爪素，以及后来研究成功的举世瞩目的新抗疟药——青蒿素。

第二章 523任务发现了青蒿素

1. 发掘中医药开辟新道路

523任务实施伊始，从两个方面着手寻找抗药性恶性疟疾防治药物：一方面是合成新化合物和广泛筛选已有的化学物质，寻找化学抗疟药；另一方面是集中较多的人力，从发掘祖国的医药学宝库入手，争取在中医药领域有新的发现和突破。

根据文献的调查，在1967年523会议制定的第一个三年规划中，中医中药以寻找新抗疟药为研究方向，明确提出了青蒿等为重点筛选中药。[11]

中医中药专业组的工作，首先是从开展民间祖传秘方、验方的调查入手。北京、广东、广西、四川、云南、江苏等地区组织多个科研小分队，深入民间调查、就地采集中草药，经实验室粗提、药效筛选及安全性实验，进而在临床进行试用观察。采取分头探索、集中攻关的方法，一旦在探索中发现苗头，便集中力量，分工协作，进行深入研究，从而加快了研究工作的进展。同时查阅整理医著古籍及现代医药资料，确定了中药常山和青蒿等10个重点中药为研究对象。初期把已知的抗疟效果好，但呕吐副作用大的常山和其有

图2.1 军事医学科学院微生物流行病研究所邓蓉仙在做实验

效成分常山乙碱化学结构的改造作为研究重点，分别在北京、上海、四川等地区同时开展。

北京地区由中国医学科学院药物研究所（以下简称医科院药物所）、中国人民解放军军事医学科学院（以下简称军事医学科学院）和北京制药厂（原为北京医药工业研究所，"文革"期间和北京制药厂合并）协作，以北京制药厂为基地，由军事医学科学院微生物流行病研究所邓蓉仙和医科院药物所姜云珍等研究人员负责，先人工合成了常山乙碱，随后又对其进行化学结构改造，合成了一系列衍生物，从中选出一个效价高、代号为 7002 的化合物，由医科院药物所完成药理和毒性研究后，于 1970—1973 年在海南现场进行临床试用。结果证明它有较好的治疗效果，毒性副作用比常山乙碱小，组成复方效果提高，但呕吐的发生率仍较高。由于当时又发现了其他有较好抗疟效果的中草药苗头，从而中止了对 7002 的研究。

此外，还指定北京医药工业研究所和昆明制药厂共同承担研制奎宁类药物；为获取生产奎宁类药物原料，在云南的西双版纳州和德宏州建立了金鸡纳树的种植基地，并在芒市筹建金鸡纳生产工厂。1968 年 1 月初，昆明药厂的杨恒族、王存志带着研制任务来到北京，与北京医药工业研究所的徐文豪、张桂凤一同开展工作，1968 年 10 月完成奎宁、奎宁丁、辛可宁研制及其工艺技术和产品工艺。1971 年研制品放大试验在昆明药厂进行，为扩大生产，上海化工设计院负责生产工厂及设备建设，北京医药工业研究所、昆明制药厂提供研制奎宁工艺技术等相关资料。正是因为这些工作让昆明制药厂具备了参与青蒿素提取、研发和生产的基础。

中国科学院上海药物研究所（以下简称上海药物所）围绕常山乙碱的化学结构，也设计合成了一系列的衍生物，从中选出代号为 56 的化合物，经过临床前的实验研究后，进行了临床疗效的观察，也具有较

图 2.2　昆明制药厂 1968 年开始进行奎宁试验和生产。前排右一杨恒族，后排左一王存志

好的治疗效果。但由于其效果尚不及同期研究的其他新药，所以也没有再进一步扩大应用。

四川省中药研究所（简称四川中药所）承担了常山和常山乙碱的多项研究任务，并为协作单位提供了大量研究用的常山乙碱。四川医学院、成都中医学院等单位结合临床，对如何克服常山和常山乙碱呕吐的副作用也进行了研究。

对中药常山和常山乙碱进行的化学结构改造研究，最终虽没有找到更理想的新抗疟药，但显示了我国药物化学研究人员已有较高的学术技术水平。而且由它的结构改造物诞生了两个有其他用途的新药：一个是有机磷农药神经性毒剂中毒的解毒药；另一个则是抗心律失常的新药（即56号，命名为常咯啉）。

图2.3　1974年上海医药工业研究院张秀平在为病人采血

图2.4　1956年北京大学医学院药学系毕业合影，后排左一为于德泉，左二为余亚纲

图 2.5 黄花蒿（青蒿）植物

北京地区中医中药协作组，按照 523 任务的三年研究规划的要求，在 1967—1969 年，由医科院药物所、军事医学科学院（以上两单位是中医中药协作组的正、副组长单位）等单位科技人员与云南、广东、江苏等地区的科技人员，共同组成几个民间调查组，在以上地区对治疟中草药进行调查、就地粗提、进行药效实验和临床初步观察。其中，从广东调查以及实验室和临床试用研究，发现植物鹰爪是一个有较强抗疟作用的新药苗头。

1969 年，医科院药物所与广东地区的中山医学院、中山大学、中国科学院华南植物研究所协作，开展植物鹰爪抗疟效果的研究。主要负责人是医科院药物所的于德泉（现为中国工程院院士）。植物鹰爪的抗疟效果好，一直是当时中草药专业组的研究重点之一，其有效成分被定名为鹰爪甲素，抗疟作用很强。医科院药物所和中山大学化学系合作，测定出它的化学结构为脂溶性的含过氧基团的倍半萜，但该药资源极少，植物中的有效成分含量很低，难以大量提取并推广使用。中山大学化学系在 1974—1977 年对鹰爪甲素开展了合成类似物或简化物的研究。鹰爪甲素化学结构中过氧基团的存在，对后来青蒿素化学结构的测定有很大的启发。

中医中药专业组经过几年的筛选研究，选出了鹰爪、仙鹤草、青蒿、陵水暗罗等 10 余种有希望的抗疟中草药，并从这 4 种中草药中分离出多种有效单体。其中，从植物黄花蒿（*Artemisia annua* L.；中药青蒿）中提取分离出的结晶物（被称为青蒿素或黄花蒿素、黄蒿素）成为举世瞩目的重大发现。

2. 青蒿治疟疾民间有基础

我国劳动人民和医药学家有着长期与疟疾作斗争的历史经验。我国古代殷墟甲骨文已有"蒿""疟"的记载；在距今已有 2000 多年历史的湖南马王堆汉墓出土的帛书《五十二病方》中，已有使用青蒿治病的记录；在公元 2—3 年成书的《神农本草经》中，以"草蒿"为"青蒿"
之别名。用青蒿治疗疟疾（截疟）的确切记
载最早见于公元 340 年东晋年间医药学家、
炼丹化学家葛洪（公元 284—364 年）所著的《肘
后备急方》，至今已有 1600 多年的历史。[13]
明代医药学家李时珍《本草纲目》和历代其
他医书，也都有用青蒿或青蒿复方治疗疟疾
的记载；近代在一些疟疾流行地区仍有使用
青蒿防治疟疾和驱杀蚊虫。20 世纪 50 年代至
60 年代，江苏、湖南、广西、四川等地的医

图 2.6　20 世纪 70 年代云南省药物研究所 523 任务科研人员罗泽渊等在查看血片

药刊物也有不少临床使用青蒿治疗疟疾的报道。民间有用青蒿捣汁、水煎（余）、
研末等方法治疗疟疾的经验。

　　青蒿，民间又称臭蒿或苦蒿，系菊科一年生草本植物，在我国南北方普遍生长。
市售中药青蒿有两个主要品种来源，即学名为 *Artemisia Annua* L. 的植物黄花蒿
和学名为 *Artemisia Apiacea* Hance 的植物青蒿。研究证明，含有抗疟有效成分的
是来源于植物黄花蒿（*Artemisia annua* L.）及其变型植物大头黄花蒿（*Artemisia
annua* L. *f. macrocephala* Pamp.）的中药青蒿。

　　南京地区 523 中草药研究小分队在民间调查中了解到，1969 年江苏省高邮县
农村医生和群众利用当地青蒿开展疟疾的群防群治，取得良好的效果。"得了疟
疾不用焦，服用红糖加青蒿"的民谣在当地农村广为流传。

　　江苏省高邮县现为（高邮市）早在 1958 年就有群众用青蒿治疗疟疾。该县龙
奔公社焦山大队原来疟疾发病率较高，1969 年用青蒿大搞群防群治，迅速改变了
面貌。他们在用青蒿群防群治疟疾的同时，1969—1972 年用青蒿治疗观察 184 个
疟疾病人，有效率在 80% 以上。车逻公社和合大队 1972 年夏季用青蒿余汤搞全民
服药，有效地控制了疟疾的流行[14]。期间，卫生部要求下属中医研究院中药研究所
（简称中医研究院中药所）派人前往高邮县访问调查（屠呦呦本人前往）[15]，肯定
了青蒿治疗疟疾的疗效，为后来青蒿和青蒿素的发掘提供了重要的资料。

　　1972 年，高邮县建立了由卫生局、防疫站、车逻地段医院组成的青蒿防治
疟疾验证组，把专业队伍和群众性防治紧密结合起来，在 5 个实验区建立了由卫
生院负责人、中西医医生和乡村（赤脚）医生共 101 人组成的 8 个临床观察小组，

图 2.7　1960 年 11 月 5 日中国中医研究院西医学习中医班第三届全体师生毕业合影，其中曾经参加中国 523 项目的研发人员；后排左四余亚纲，二排左六屠呦呦，二排右二曾美怡。

举办乡村医生、临床医生、化验人员专题培训班。他们在全县开展疟疾病的群防群治活动中，试用青蒿鲜汁、余剂、煎剂、丸剂、片剂等不同剂型，从青蒿鲜干品对比、枝叶嫩粗对比、煎药时间长短对比、用药量大小的对比中，摸索青蒿治疗疟疾疗效的规律，同时又改进了服药的时间、次数，在总结几年来使用 6 种制剂疗效的基础上，从中选出了一种具有退热快、疟原虫转阴时间快、治愈率高、复发率低等优点的浸膏片。[14]

　　1976 年 6—10 月，高邮县 5 个实验区的 26 个观察点，服用青蒿预防疟疾共24 万多人次，发病率比 1975 年同期下降 50%；用青蒿治疗现症间日疟病人 201 例，有效率达 89%。[14] 这期间，北京中药研究所再次派张明儒和沈联慈两位研究人员到高邮帮助开展青蒿简易制剂的研究和应用。

3. 中药所复筛青蒿出苗头

　　1969 年年初，时任卫生部中医研究院军管会主任的军事医学科学院药理毒理研究所政治委员、党委书记廖志山找到他的老搭档，所党委副书记、时任全国523 办公室副主任的张剑方提出：鉴于当时北京中药所（该所军代表是军事医学科学院放射医学研究所副所长赵相）研究工作处于停顿，希望让该所参加 523 的工作。随后，由 523 办公室白冰秋主任和张剑方副主任到北京中药所介绍有关情况，欢迎他们参加 523 北京地区中草药专业协作组，共同承担此项任务。

　　北京中药所指定同时参加过第三届中医研究院西医离职学习中医班的屠呦呦为组长，余亚纲为组员组成 523 组。当年他们先制备的是胡椒提取物（胡椒酮），军事医学科学院协助进行药理实验后，由 523 办公室联系，并派人请北京海淀青龙桥中药厂协助加工成制剂，由屠呦呦和余亚纲带到海南岛疟疾现场进行临床试验，后因效果不理想而中止。

　　1970 年年初，因屠呦呦另有政治任务，北京地区 523 领导小组讨论决定，由军事医学科学院和中医研究院中药所合作，派正在从事 523 中草药研究的顾国明和该所的余亚纲一起，进行中药提取和鼠疟效价的筛选研究。他们以上海老中医们搜集整理、于 1965 年由上海科学技术出版社出版的《疟疾专辑》为依据，并参考《古今图书集成医部全录》中"疟门"的记载，结合当时常山研究进展情况，删除了含有常山的所有方剂，再挑选了有截疟记载、在单方和复方中出现频率较高的中药，于 1970 年 6 月以 523 组署名写就《中医治疟方、药文献》报告，指出青蒿等 8 个重点中药"有单方应用经验、在复方里也出现频繁，有基础，值得反复动物筛选"。[16] 经实验室水煎、醇提，送军事医学科学院微生物流行病研究所焦岫卿所在小组进行鼠疟筛选，其中，注明来源于《肘后备急方》、记载为"水二升，捣汁服"的青蒿乙醇提取物有较好的抗疟作用，对鼠疟原虫曾多次出现 60%~80% 的抑制率。[17] 据当时负责做鼠疟效价试验的焦岫卿回忆："结果稳定在 90% 以上，实验报告转给中药所。"[18] 屠呦呦也于当年 9 月将青蒿列入筛选计划。[17] 1970 年

图 2.8　1965 年由上海出版的《疟疾专辑》

图 2.9　1970 年出版的中医研究院革命委员会《常见病验方研究参考资料》

9 月以后，余亚纲被调到其他军工项目和中药治疗气管炎小组工作，于是中医研究院中药所 523 小组研究工作停顿，顾国明回到原单位。[18]

图 2.10　20 世纪 80 年代屠呦呦在实验室

余亚纲、顾国明在早期所进行的中医文献治疟用药的频率统计，其中为鼠疟试验证明有效的青蒿、雄黄等多种可供筛选的中药的经验值得总结。

1971 年 5 月，根据国务院、中央军委（71）国发文 29 号文件下达的通知，全国 523 领导小组在广州召开"疟疾防治研究工作座谈会"，再次强调了 523 任务的重要性。会后各地区都加强了对 523 工作的领导，尤其是卫生部成为全国 523 领导小组组长单位（原组长单位被撤销合并于中国科学院），敦促研究工作停顿的中医研究院中药研究所重新开展研究工作。

1971 年 6 月，中医研究院中药所重新组建 523 小组，由军事医学科学院微生物流行病研究所，帮助建立鼠疟实验评价模型。屠呦呦等研究人员根据高邮实地调查和余亚纲工作的结果，依照中草药有效成分提取研究过程中水、醇、醚等溶剂选择的基本技术思路，重新复筛曾出现高原虫抑制率的青蒿，并受多处记载、也由余亚纲记录在案的水渍青蒿"绞汁服"的启发，认为温度过高也有可能对青蒿有效成分造成破坏而影响疗效，由用乙醇提取改为用沸点和极性比乙醇低的乙醚反复提取，结果显示青蒿乙醚提取物可使鼠疟原虫近期的抑制率明显提高，达到近 100%。此结果证实提取温度和溶剂极性会对青蒿有效成分的富集和疗效造成影响，追根溯源，与东晋葛洪《肘后备急方·治寒热诸疟方》中记述的"青蒿一握，以水二升渍，绞取汁，尽服之"的情形相符。

1972 年 3 月，全国 523 办公室在南京召开化学合成药和中草药两个专业组会议。在中草药专业组会议上，屠呦呦代表中医研究院中药所，报告了青蒿对鼠疟原虫近期抑制率近 100% 的实验结果。中草药专业组各单位报告了有较好抗疟效果的中草药如鹰爪、仙鹤草、陵水暗罗等 10 余种，有的对鼠疟抑制率也有 80%~90%。青蒿乙醚提取物的效果受到 523 办公室和专业组的重视，要求中医研究院中药所抓紧时间，对青蒿的提取方法、药效、安全性做进一步实验研究，在肯定临床疗效的同时，加快开展有效成分或单体的分离提取工作。[19]

在 523 办公室的支持和协调下，中医研究院中药所进一步实验，在将青蒿乙醚提取的中性部位产物（编号 91）进行临床前动物毒性试验时，出现一定毒性（后试验证明是动物本身的病变，而非中毒）。因此，围绕着这一乙醚提取物能否进行临床试用产生了分歧。药理室景厚德教授等认为，不应马上进行临床试验。另有人认为，可先由科研人员试服，若无明显毒性，即可上临床进行试用观察。中医研究院中药所领导和专家经多次研究，由多名科技人员健康志愿者试服，未发现明显毒副作用后，于 1972 年 8—10 月到海南岛昌江县石碌铁矿进行临床试验。同时经 523 办公室协调，安排解放军 302 医院在北京对间日疟进行临床疗效观察。经过共 29 例临床试用，取得了比较满意的结果。现将当年临床试用结果的资料节录如下：

> 1972 年 8~10 月采用乙醚提取中性部分在昌江地区（海南）对当地外来人口间日疟 11 例、恶性疟 9 例、混合感染 1 例（编者注：已归入间日疟中），及北京 302 医院验证间日疟 9 例，共 30 例进行了临床观察。三种剂量均有效，其中大剂量组（每日 4 次，每次 3 克，共 36 克）疗效更明显。对间日疟平均退热时间 19 小时 6 分，对外来人口恶性疟平均退热时间 35 小时 59 分，但短期内有原虫复现（原"临床验证小结"的原始资料恶性疟 9 例，7 例有效，2 例无效[20]）。由于药物体积较大，无法再加大剂量进行观察，但发现大剂量组的原虫复现较小剂量组有所减少。临床观察药物对胃肠道、肝、肾功能等未见明显副作用，个别病人出现呕吐、腹泻现象，302 医院 2 例转氨酶偏高病人服药后转氨酶继续增高，但 1~2 周左右恢复正常。[21]

1971—1972 年，中医研究院中药所的青蒿研究工作的进展，对之后青蒿的深入研究和青蒿素的发现有着重要的意义。中医研究院中药所 1971 年下半年的青蒿乙醚提取物对鼠疟原虫近期抑制率达近 100% 的结果和 1972 年用青蒿乙醚提取物中性部分临床试用的良好结果，在实验室和临床上进一步肯定了中药青蒿的抗疟效果，使青蒿研究迈出了重要的一步，对以后青蒿素的研究有重要启示。

青蒿的提取物在海南、北京两地临床试用取得的满意结果，为发掘抗疟中药的工作带来了希望。1972 年，在青蒿提取物临床观察的同时，根据 523 办公室要求，中医研究院中药所开展了青蒿抗疟有效单体的分离研究。先用氧化铝柱分离未能得到有价值的单体。当年 11 月，组员钟裕蓉和助手崔淑莲参照文献分离中性化合物的方法，在硅胶柱上先用石油醚、后用乙酸乙酯—石油醚溶液进行梯度洗脱，分离出了 3 个单体，分别为结晶 I、结晶 II 和结晶 III [22]，叶祖光用鼠疟抑制试验证明其中结晶 II 有抗疟效果，后改称"青蒿素 II"。同时曾误认为，结晶 II 和结晶 III 按 1:1 合用能提高效果，降低青蒿素 II 的用量 [22]。

中医研究院中药所按照全国 523 办公室制定的 1973 年研究计划的要求，为了将分离得到的"青蒿素 II"尽快拿到现场进行临床试用观察，在分离得到的"青蒿素 II"较少的情况下，仅经小白鼠毒性实验后，再由 3 名科技人员试服，表明对心、脑、肝、肾、血液及其生化等生理指标均无明显变化后，中医研究院中药所领导同意"青蒿素 II"进行临床试验。

1973 年 9—10 月，以中医研究院针灸研究所李传杰大夫为组长的临床试验组，再次到海南岛昌江地区进行临床试验。全国 523 办公室工作人员施凛荣和上海 523 办公室王连柱副主任到海南了解现场工作，也到昌江石碌铁矿了解"青蒿素 II"的试用情况。

据事后了解，该组在海南岛昌江县收治外来人口间日疟和恶性疟病人 8 例，由于试用效果不好，有 2 例恶性疟患者出现了心脏期前收缩的副作用，因此带去的可治疗 14 个病例的"青蒿素 II"只试用了 8 例，便中止了临床观察。此次临床试验结果已编入北京中药所编印的资料 [23] 中，全文转录如下：

> 1973 年 9~10 月在海南岛昌江地区对外来人口间日疟及恶性疟共 8 例，用青蒿素（编者注：即青蒿素 II）进行了临床观察，其中外来人口间日疟 3 例。胶囊总剂量 3~3.5 克，平均退热时间 30 小时，复查 3 周，2 例治愈，1 例有效（13 天原虫再现）。外来人口恶性疟 5 例，1 例有效（原虫 7 万以上 / mm³，片剂用药量 4.5 克，37 小时退热，65 小时原虫转阴，第 6 天后原虫再现），2 例因心脏出现期前收缩而停药（其中 1 例首次发病，原虫 3 万以上 /mm³，服药 3 克后 32 小时退热，停药 1 天后原虫再现，体温升高），2 例无效。[24]

"青蒿素 II"在昌江县临床试用的结果，过去和现在都是为人们所关注、经常思考和分析的问题，不论其疗效、用量还是毒副反应，以及结晶物的熔点，都与后来山东、云南提取的黄蒿素（1978 年全国青蒿素鉴定会议前，各地有各自的命名，山东称之为黄花蒿素，云南均称之为黄蒿素，北京称之为青蒿素）有很大的不同。

图 2.11　山东省中 523 项目科技人员，左一魏振兴，左三田樱，左四朱海

1973—1974 年，中医研究所中药所"青蒿素 II"的提取、临床、毒性实验等研究遇到困难，进展停滞，无法确证 523 任务重点要求的恶性疟的疗效似乎已是"山重水复疑无路"，一度准备下马。但"东方不亮西方亮"，从山东省和云南省的 523 单位却传来了令人鼓舞的信息，又让人看到"柳暗花明又一村"的景象，坚定了全国 523 办公室继续抓紧青蒿研究项目的信心。

4．黄花蒿托起璀璨的明珠

参加南京 523 中草药专业会议的山东省寄生虫病研究所代表回山东后，借鉴中医研究院中药所的经验，由魏振兴等人采用本省黄花蒿的提取物进行鼠疟试验，于 1972 年 10 月 21 日在向全国 523 办公室做了书面报告。山东省寄生虫病研究所的实验结果指出：黄花蒿的提取物抗鼠疟的结果与中医研究院青蒿提取物的实验报告一致。[25]

1973 年，该所与山东省中医药研究所协作，用乙醚提取的黄花蒿的粗制剂"黄 1 号"，在巨野县进行了 30 例间日疟现症病人临床试用观察。结果显示，"黄 1 号" 6 个胶囊(每个胶囊折合生药 17.1 克)3 日疗法，对间日疟原虫具有较强的杀灭效果，控制临床症状作用迅速。效果超过氯喹的 3 日疗法，未见有明显的副作用。1973 年 9 月 27 日《"黄 1 号"治疗间日疟现症病人疗效初步观察》一文的"讨论与小结"部分是这样写的：

（1）经少数病例试用，初步可以看出，'黄 1 号'对间日疟原虫具有较强大的杀灭效能，作用迅速。特别是 6 丸三日疗法组，对原虫杀灭甚至超过现用氯喹三日疗法的速度。

（2）'黄 1 号'对控制症状亦有较好效果。三组 30 例患者服药后症状迅速控制，至多再发作一次。再发作者多在服药后数小时提前发生，似与药物杀灭疟原虫引起的'药杀热'有明显关系。

（3）应用的 3 种服药方案，以 6 丸三日疗法作用迅速完全，6 丸一次疗法和 4 丸一日两次疗法均有部分病例原虫不能彻底杀灭，有复燃现象。从部分病例原虫一度抑制，但由于药物没能继续，又有新生原虫出现，似说明本品属于速效药品，持效作用较短。

（4）本品副作用不大，6 丸三日疗法有部分病例出现腹泻、呕吐等情况，但多在服药过程中，未经其他处理自行消失。6 丸一次疗法及 4 丸一日两次疗法仅少数病例出现轻微胃肠症状。[26]

1973 年 11 月，山东省中医药研究所魏振兴从山东省当地的黄花蒿提取出有效单体，命名为"黄花蒿素"（1978 年以后统一称为"青蒿素"），初步测定其熔点为 149℃ ~151℃。他们及时将研究工作的进展，向全国 523 办公室报送了材料。

山东省实验室和临床试验可喜的新情况，引起了全国 523 办公室的高度重视。当时正是北京中药所青蒿素 II 研究工作受挫折的时候，为了详细了解山东省中医药研究所黄花蒿素研究工作的具体情况，交流经验，推动青蒿的研究，全国 523 办公室决定去山东省实地考察，并邀请中医研究院中药所派人一同前往。

1973 年 11 月，全国 523 办公室工作人员施凛荣与中医研究院中药所研究

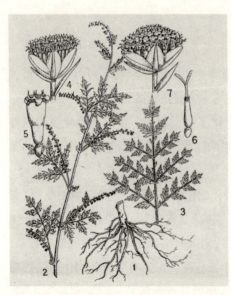

图 2.12　大头黄花蒿（罗开均. 抗疟新型药物黄花蒿素原植物的研究. 云南植物研究，1980，01）

人员蒙光容前往山东，蒙光容与山东省中医药研究所研究人员魏振兴互相交流情况，特别对青蒿素的心脏毒性和提取工艺的温度问题进行了讨论。魏振兴介绍了他们的提取方法及药理实验研究的情况，他们提取的黄花蒿单体未出现心脏毒性，提取工艺也不存在提取温度超过60℃，有效成分就会被破坏的现象。山东之行，对双方的研究工作起到互相交流、互相促进的作用。

1972年年底，昆明地区523办公室傅良书主任，到北京参加每年一度的各地区523办公室负责人会议，得知了中医研究院中药所青蒿研究的一些情况。据傅良书主任回忆，会后参观了中医研究院中药所，当时所看到的是一种黑色的浸膏。会后回

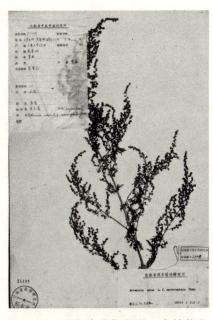

图2.13　云南省药物所送云南植物所吴征镒鉴定的大头黄花蒿植物样本

到昆明，他向云南省药物研究所（以下简称云南药物所）523小组传达了这一信息，并建议他们利用当地植物资源丰富的有利条件，对蒿属植物进行广泛筛选。

1973年年初，该所的研究人员罗泽渊在云南大学校园内发现长有很多苦蒿，便特意采集了一些带回研究所。在实验室用石油醚、乙醚、醋酸乙酯、甲醇4种有机溶剂提取和进行鼠疟抑制实验，于同年4月用乙醚提取物分离直接得到有效单体。由于当时植物尚未鉴定，根据民间植物的称谓，有效单体暂定名为"苦蒿结晶Ⅲ"（后称"黄蒿素"），单体经药理研究室研究人员黄衡进行鼠疟抑制试验，发现疟原虫快速地消失了。1973年10月，他们已完成了黄蒿素的药理和毒性的初步研究，经大、小动物的毒性试验，均未发现对动物的心、肝、肾脏有明显的损害。[27]

这些苦蒿究竟是何属、何种？他们拿着样品，找到原中国科学院昆明植物研究所植物学家吴征镒教授（受"文革"冲击正在烧锅炉）。经鉴定，这种苦蒿学名为黄花蒿大头变型（*Artemisia annua* L. f. *macrocephala* Pamp.），简称"大头黄花蒿"。

1973年4月，云南药物所用当地的大头黄花蒿提到结晶之后，由于当地资

图 2.14　山东抗疟药研究团队
在实验室开会

源少，又于当年夏天从重庆市购来了一批黄花蒿。他们发现其中黄蒿素的含量
（0.3%）是云南的大头黄花蒿含量（0.03%）的 10 倍。经进一步了解，该批黄
花蒿原料来源于原四川省（现重庆市）酉阳地区，之后又多次派人到酉阳购买黄
花蒿原料，也都表明酉阳产的黄花蒿的黄蒿素含量较高[28]。在尚未开展青蒿资源
普查之前，他们初步确证了酉阳地区为优质黄花蒿的产地，为后来的青蒿素研究
工作提供了优质黄花蒿药源。他们的发现也是后来确定酉阳作为青蒿种植基地和
青蒿素生产基地的依据之一。

　　1973 年秋，全国 523 办公室负责人周克鼎，与中医研究院中药所研究人员
张衍箴一同到云南药物研究所，了解大头黄花蒿素研究工作进展情况，学习他们
先进的提取方法。云南药物所研究人员毫无保留地介绍了黄花蒿的研究情况。回
北京时，周克鼎等还从该所带回了一些黄蒿素给北京中药所作为"对照品"。这
些都体现了互相学习，互相支援，"一方有困难，八方来支援"的大协作精神。

　　云南药物所对黄蒿素的研究，不仅从本地大头黄花蒿中一步直接就提取到了
黄蒿素，并发现了优质黄花蒿的产地，而且在初期毫无保留地为兄弟单位提供黄
蒿素结晶，体现了互相学习，互相支援的大协作精神和助人为乐的高尚风格。

　　云南药物所的研究人员早期对黄蒿素提取工艺的研究也有创新。该所研究人
员詹尔益、罗泽渊等用多种低沸点的溶剂，对黄蒿素的提取方法进行研究，从用
苯冷浸液浓缩后放置析出少量针状粗晶（经鉴定主要为黄蒿素，仅表面附着少量
叶绿素）受到启发，于 1974 年年初在实验室选用了溶剂汽油冷浸、浓缩后，也
得到了黄蒿素的结晶，随后又再用 50% 乙醇重结晶，即可得到黄蒿素的纯品。

这一提取方法定名为"溶剂汽油法"。他们用这一方法，为进行动物药理毒性试验和临床试验研究提供了足量的黄蒿素，极大地加速了研究工作的进展。

云南药物所的科技人员在黄蒿素的提取研究中用有机溶剂提取，直接就拿到了黄蒿素的结晶，不需经过酸、碱处理，并给人们传来了"大头黄花蒿素"具有强大抗疟作用这一令人振奋的喜讯。从时间上说云南药物所成功提取黄蒿素（1973年4月）要比山东省中医药研究所（1973年11月）早，在黄蒿素临床试验的时间上，则比山东晚。在中医药研究院中药所青蒿素Ⅱ的研究工作受挫的时候，山东、云南两地各自对黄（花）蒿素进行研究，其结果让人们开拓了视野，看到了希望，全国523办公室更坚定了抓住重点、加强力量、迅速推进这项研究的决心！

5. 组织小会战三方聚北京

全国523办公室于1974年1月10日召开各地区523办公室负责人座谈会。根据1973年北京、山东、云南三地青蒿（黄花蒿）研究工作的进展情况，就1974年抗疟中草药的研究任务，专门对青蒿的研究做出决定，认为有必要召集有关参研单位，在一起交流各自所做过的工作情况，总结经验，制定统一为研究计划，进行分工合作，以加快推进青蒿的研究。[29]

1974年2月28日，"青蒿素的研究专题座谈会"在中医研究院中药所举行。中医研究院中药所，山东省中医药研究所、寄生虫病研究所和云南药物所都派科技人员参加。中医研究院中药所所长刘静明、山东中医药研究所研究人员魏振兴、云南药物所研究室负责人梁钜忠和山东省寄生虫病研究所唐科长等出席。全国523办公室负责人组织参加了会议，并为此次会议发了简报。

会议在交流各单位的青蒿／黄花蒿研究工作情况的基础上，着重讨论了1974年的研究任务和分工。现将会议纪要主要内容摘录于下：

（1）有效成分的结构鉴定，1973年各单位先后都提到有效结晶，初步认为可能是同一个物质，建议由北京中医研究院中药研究所继续与上海有关单位协作，尽快搞清化学结构。

（2）青蒿有效结晶提取工艺的改进、药用部分、采收季节和资源调查等由三个单位结合本地区情况进行研究。

（3）临床前药理工作，由云南药物研究所继续进行有效结晶临床前的有关药理研究。北京中医研究院中药研究所继续搞清有效结晶对心脏的影响。

（4）临床验证，今年 10 月前完成 150~200 人青蒿有效结晶的临床疗效观察（其中恶性疟 50 例，间日疟 100~150 例）。临床验证由山东寄生虫病研究所和云南疟疾防治研究所负责，中医研究院等有关单位派科研人员参加。

要抓紧临床药品的落实。由山东省中医药研究所提取 150 人份，云南药物研究所提取 30 人份，中医研究院提取 50 人份有效结晶。

（5）青蒿简易制剂的研究（略）。[30]

按照会前的通知，山东省中医药研究所和云南药物所都把各自提取的黄（花）蒿素样品交给了中医研究院中药所。[31]1973 年，中医研究院中药所和中国科学院上海有机化学研究所（简称上海有机所）协商，进行青蒿素化学结构测定的研究，经全国 523 办公室协调，由山东省中医药研究所提供了 10 多克黄花蒿素。[31]

北京召开三地青蒿专题研究座谈会后，山东省中医药研究所、云南药物研究所按会议分工要求，当年都提取了黄（花）蒿素，分别在山东巨野和云南省云县等地进行临床试用观察。中医研究院中药所 1974 年未能按任务分工提供青蒿素结晶。

山东由省中医药研究所、省寄生虫病研究所和青岛医学院共同组成了中药化学、药理、剂型、分析、临床等专业的黄花蒿素协作组，由省中医药研究所负责人朱海和省寄生虫病研究所的研究人员李桂平负责，于 1974 年 5 月在巨野县治疗观察间日疟 26 例（其中 7 例为粗制剂），用药总量 0.6~1.2 克，3 日疗法。原虫转阴时间平均 72 小时，服药后 48 小时血内原虫大多数查不到。临床症状在第 1 次服药后即可控制。心音、心律等未见毒性反应。但复燃、复发率高，随访 2 个月，原虫和症状 4/5 复现。现将山东黄花蒿素研究协作组当年的《黄花蒿素及黄花蒿丙酮提取简易剂型治疗间日疟现症病人初步观察》的小结节录如下：

（1）1974 年 5 月上、中旬和 1974 年 10 月上、中旬，在巨野县城关公社朱庄大队试用黄花蒿素和黄花蒿简易提取剂型治疗间日疟现症病人 4 组共 26 例。对症状控制情况 4 组中除简易剂型组有 1 例出现再发作 2 次，其余均得到即时控制或再发作一次即行控制。再发作者多数于服药后 2~10 小时内发生，比原预计发作时间明显提前，根据原虫变化情况，似主要为药物大量杀死原虫后出现的"药杀热"所致。

（2）各组服药后血内原虫均迅速转阴，除黄花蒿素低剂量组1例96小时转阴外，其余均于72小时内转阴。服药后24小时原虫形态密度即出现明显变化，原虫多停滞于大滋养体期，核与原浆变模糊，在原浆内散布多数黑色粗大颗粒，原虫密度显著减少，并部分转阴。至48小时则血内原虫绝大多数不能查到，或只留少数形态明显变化了的残骸，个别病例消失时间持续至96小时。

（3）4组26例病人服药后均未出现任何不适等副作用，比较服药前后心音心律等均未出现任何变化，2名孕妇患者服药后亦未出现不适。

（4）黄花蒿素各组，随访观察2个月。单用黄花蒿素无论以0.2克×3天或0.4克×3天，原虫及症状复燃均达4/5。且复燃出现较早，一些病例于15天内即出现复燃。黄花蒿素0.4克加防疟2号片2片顿服组，2个月内复燃4/9，显示比单用黄花蒿素复燃较少，且时间较迟。均于近一个月及一月以上始出现复燃。丙酮提取简易剂型组15天内亦有2/7复燃，效果与黄花蒿素大体相似。

（5）从本次试验进一步说明，黄花蒿素为较好的速效抗疟药物。服用后可使症状迅速控制，原虫大量杀死，且未见任何明显副作用，特别用其做急救药品似有一定价值。但其作用不够彻底，停药后短期内即有复燃发生，且比数较高。单用黄花蒿素每次0.2克与0.4克×3天两组，除显示0.4克组即时疗效稍速外，复燃情况并无差异。为有效的控制复燃，似单独提高黄花蒿素用量不易达到，应考虑与其他抗疟药配伍问题。本次黄花蒿素0.4克加防疟2号片2片顿服除保持了相应的即时疗效外，复燃并得到一定程度的减少。与伯喹配伍疗效情况需做观察。丙酮提取的简易剂型保持了黄花蒿素的疗效，本次实际应用亦应考虑与其他抗疟药配伍问题。[32]

以上结果表明，山东省中医药研究所提取的黄花蒿素，对北方间日疟临床近期有良好的疗效。但由于山东地区无恶性疟疾，对恶性疟尤其是抗药性的恶性疟的疗效尚不确定。

1974年9—10月，云南临床协作组带着云南省药物所提取的黄蒿素，到云南省凤庆县、云县一带进行恶性疟为主的临床效果观察。中医研究院中药所派刘溥为观察员。临床协作组进入现场后，收治的病人很少。当年 10 月，全国 523 办公室张剑方副主任和工作人员施凛荣、广东地区 523 办公室蔡恒正主任、昆明地区 523 办公室危作民副主任一行 4 人，到云南现场检查了解 523 工作的进展情况。在云县临床观察点，他们了解到云南黄蒿素临床研究组很难收到病人，只收治了 2 例间日疟和 1 例恶性疟。随后，张剑方副主任一行又到耿马县医院，了解广州中医学院李国桥小组开展脑型疟救治研究工作的情况。当时耿马地区恶性疟流行，脑型疟病人很多。张剑方副主任征询李国桥的意见，希望该组承担黄蒿素的临床试用观察任务。李国桥愉快接受了。随后，张剑方副主任要求云南黄蒿素临床组到高疟区选点收治病人，同时要求该组立即送一批黄蒿素，交给在耿马的李国桥小组进行临床观察。张剑方副主任一行回到昆明后，又向昆明 523 办公室傅良书主任做了布置。

　　根据全国 523 办公室领导的指示，云南临床研究组由云南药物所陆伟东和疟防所检验员王学忠，以及中医研究院中药所的观察员 3 人带着黄蒿素到耿马县人民医院，交由李国桥小组进行临床试验。李国桥研究小组收治的第 1 例恶性疟病人用药后效果良好，使他感到惊奇。治疗第 2 例病人后，他向陆东伟等人说，从来未见过如此速效的药物，表示会尽快找脑型疟病人试治。又收治了第 3 例，结果仍然非常好。到了 11 月中旬，云南临床研究小组参加完前 3 例的试用后回昆明。李国桥脑型疟救治组继续试验下去。黄蒿素对恶性疟的临床疗效试验观察，很快就获得了十分满意的结果。从此，黄蒿素的研究揭开了新的一幕！

6.治疗恶性疟耿马报佳音

　　李国桥小组接受黄蒿素临床试用任务时已是 11 月初，往年的现场试验工作已到了收尾阶段。为了抓时机，尽快做出黄蒿素治疗恶性疟的效果评价，他们毅然留了下来，继续进行临床观察。经过前 3 例的试验后，李国桥从病人用药后观察到的恶性疟原虫纤细环状体不能发育为粗大环状体的现象判断，黄蒿素对恶性疟原虫的作用效果非常迅速，是奎宁和氯喹远远比不上的。虽然黄蒿素不溶于水，还不能静脉或肌肉给药，但他根据其速效的作用判断，即使把药片碾碎用水混合后，采用鼻饲的方法（相当于口服）给昏迷的病人灌药救治脑型疟，对恶性疟原虫的控制和杀灭效果也要比用奎宁静脉给药快得多。为了尽快找到脑型疟病人，他立即到边远的沧源县南腊公社设点，争取在流行季节末期收治到脑型疟病人进行试验。

李国桥小组继续工作到1975年1月，先后在耿马县人民医院和沧源县南腊公社卫生所又收治了15例疟疾病人，连同前面3例共计18例。其中恶性疟14例（包括3例凶险型疟疾），间日疟4例，获得了十分良好的结果。

全国523办公室领导之所以临时决定把云南药物所提取的黄蒿素交由李国桥小组做临床试验，是因为李国桥小组有在海南、云南现场连续7年治疗恶性疟、救治脑型疟等凶险型疟疾的丰富知识和临床经验。他曾通过注射疟原虫自身感染疟疾的方法，了解了恶性疟原虫在人体内的发育规律，在药物临床研究中，对用药后原虫的形态变化，以及临床症状表现都有研究，对恶性疟疾临床症状也有比较系统的了解，在凶险型疟疾的救治、药物治疗的观察方法方面有独到之处。当时，523项目一些重要药物的临床试用，大多要交给他们进行临床观察评价。

李国桥运用对疟原虫发育规律的认识，对试用黄蒿素治疗18例中的9例恶性疟病人，在血中原虫纤细环状体期服药后，进行了仔细的原虫形态和数量变化的观察，并用氯喹作对照，每4小时查疟原虫1次，24小时内查原虫6次。观察的结果表明：服用黄蒿素的一组病人，在服药后6小时原虫数开始减少，服药16小时原虫90%被杀灭，20小时杀灭95%以上；而服氯喹的一组病人也是在原虫纤细环状体期给药，12小时虽然也可见原虫减少，但服药后16小时平均只减少了47%，至40小时才杀灭95%。由此得出了黄蒿素杀灭恶性疟原虫的速度显著快于氯喹。但也发现黄蒿素治疗后存在原虫再现和症状复发的问题。现将《黄蒿素治疗疟疾18例小结》节录如下：

> 我们于1974年10~12月，先后在耿马县人民医院和沧源县南腊公社卫生所用黄蒿素治疗疟疾18例，其中恶性疟14例（包括凶险型疟疾3例），间日疟4例，初步结果表明，黄蒿素对疟原虫的毒杀作用快于氯喹。
>
> ……
>
> （4）疗效
>
> ① 退热时间
>
> 恶性疟除1例凶险型体温不升外，其余13例平均退热时间为37.5小时。
>
> ② 对原虫毒杀作用速度

　　恶性疟有 9 例观察了药物对原虫毒杀作用速度，于纤细环状体期开始服药，服药后 6 小时，可见到原虫数减少，一般到 16 小时，原虫被消灭 90%，20 小时被消灭 95% 以上。服药后原虫发育即停滞在纤细环状体阶段。

　　氯喹对 5 例恶性疟原虫的毒杀作用速度，2 例静滴，3 例口服，剂量均为第一天 30mg/kg（口服 6 小时内服完，静滴 8 小时滴完），第二天 10mg/kg，第三天 10mg/kg（均指磷酸盐）。纤细环状体期用药，用药后 12 小时可见到原虫数减少，16 小时平均减少 47%，24 小时平均减少 74%，40 小时消灭 95%，用药后原虫仍能发育为中等或粗大环状体。由此可见，黄蒿素对恶性疟原虫的毒杀作用速度快于氯喹（附有黄蒿素与氯喹作用速度比较图，略）。

　　此外，我们曾对一例间日疟进行观察，当原虫的细胞核刚开始分裂为 2~3 个核时给予服黄蒿素 0.6 克，服药后 2~7 小时，每小时涂片一次，观察到大多数原虫即停滞在 2~3 核阶段，少数发育为 4~5 核。由此说明，黄蒿素服后 2 小时即能控制间日疟原虫裂殖体的发育。

　　③ 原虫转阴时间

　　恶性疟 14 例中，除 2 例未观察到原虫转阴外，其余 12 例转阴最快 28 小时，最慢 84 小时，平均 54 小时。未转阴的 2 例中，1 例是 1.5 克一天疗程，观察至 68 小时未转阴，以后未再涂片观察，于服药后第 8 天症状复发，原虫复燃。另 1 例是黄疸型，原虫 334400/mm^3，第一天 1 克，第二天 0.5 克，两天疗程，服药第七天原虫未转阴。

　　间日疟 4 例均转阴，最快 40 小时，最慢 48 小时，平均 43.5 小时。

　　④ 原虫再现与症状复发

　　恶性疟有 7 例进行了短期复查。6 例先后在服药后第 8~24 天内原虫再现和症状复发；1 例第 11 天复查阴性，以后未再复查。

　　（5）黄蒿素治疗三例凶险型恶性疟疾简介

　　（例一、例二略）

　　例三：女，20 岁，佤族，妊娠 6 个月，发病 10 天胎死腹中，严重贫血（红细胞 120 万 /mm^3），体温 35℃ 以下，未给抗疟治疗。恶性疟粗大环状体 223440/mm^3，正在开始聚集于微细血管发育为大滋养体。病人送到卫生所时即产出死胎，但尚未进入昏迷。根据病人贫血严重，体温不升，死胎流产，大量原虫正在往内脏微血管聚集，已有足够证据表明病人是一例极重型凶险型恶性疟。我们利用病人尚未进入昏迷这一有利条件，立即给服黄蒿素0.5克，并给予其他必要的对症处理，支持疗法和着手进行输血，4小时后再口服0.5克黄蒿素时，病人已经意识障碍，失语，花了很大功夫才把药灌下去。很快，病人就完全陷入昏迷。此时病人血液中的粗大环状体90%以上转到内脏毛细血管中去了。第二天昏迷未见好转。凭我们前十多例使用黄蒿素的体会，病人已服下1克黄蒿素，对原虫的控制是完全有把握的，既然病人已不能口服，我们就未再给抗疟药，我们把注意力集中在输血和处理脑水肿等支持疗法和并发症防治方面。经过多次输血和综合的治疗措施，病人终于在昏迷50小时后清醒过来，72小时原虫转阴。

（6）副作用

第一天服2克的两例均出现呕吐，其余各例未见明显副反应。

9例（恶性疟7例，间日疟2例）于服药后第3~6天检查肝功能，8例正常，1例恶性疟（3天疗程，总量4.8克）于入院当天未查肝功能，服药第3天谷丙转氨酶200单位。本例服药第3~6天谷丙转氨酶持续190~200单位，是否与黄蒿素剂量较大有关，值得今后注意。

（7）体会

初步临床观察表明：

① 黄蒿素对原虫毒杀作用速度和转阴时间较快，但原虫再现和症状复发也快；

② 首剂量在0.25~1.0克范围内，第一天量在0.5~2.0克范围内，对原虫毒杀作用的速度并不因剂量的多少而有明显的差异；

③ 间日疟患者服0.2~0.3克一剂疗法，均能使原虫迅速减少，并且在40~48小时内转阴。初步认为，黄蒿素是一种速效的抗疟药，首次剂量0.3~0.5克，即能迅速控制原虫发育。

原虫再现和症状复发较快的原因，可能是该药排泄快（或者在病人体内很快转化为他种物质），血中有效浓度持续时间不长，未能彻底杀灭原虫。今后可试行改变剂量和疗程来克服这个缺点。

尽管黄蒿素在长效方面仍存在问题，但是在抢救凶险型疟疾中，黄蒿素具有高效、速效的特点，因此，我们建议尽快地把黄蒿素制成针剂，用于临床。[33]

尤其值得称道的是，李国桥根据黄蒿素杀灭疟原虫速度快的特点，很快把黄花蒿素片用于救治脑型凶险型疟疾。他们用鼻饲灌胃的办法，成功救治了 3 例脑型等凶险型疟疾，其中 1 例是孕妇脑型疟。这是一次了不起的试验。这次试验成功的意义，远远大于成功救活了 3 个凶险型疟疾病人本身，在黄（青）蒿素对523 任务所要解决的恶性疟疾的疗效一直没有确定的时候，这是第一次在临床上，以极具说服力的观察数据，对黄蒿素做出对恶性疟疾具有近期高效、尤其是速效和低毒特点的结论，是对黄蒿素的重要发现。

由云南药物所提供黄蒿素，以广州中医学院为主进行治疗恶性疟的临床试用，在耿马县用黄蒿素治疗恶性疟的结果，得出了黄蒿素治疗恶性疟疾、抢救凶险型疟疾具有速效、近期高疗效、低毒、复发率高的结论，从而对黄蒿素治疗热带地区恶性疟的疗效和安全性做出基本肯定的评价。山东省中医药研究所和寄生虫病防治研究所合作，用黄花蒿素临床治疗 19 例间日疟的试用结果，也肯定了黄花蒿素具有效果好、安全，但复发率高的基本特点。这些结论在后来国内外青蒿素的研究中，被证明是非常正确的，这也就是当时全国 523 办公室对中医研究院中药所 1973 年所做的青蒿素 II 临床 8 例的结果没有认可的原因。而黄蒿素速效、高疗效、低毒的特点是至今各种抗疟药难以与之相媲美的。尤其在毗邻缅甸，已明确出现抗药性恶性疟虫株的滇西地区，其对恶性疟疗效的肯定，为后来全国523 领导小组下决心集中力量，在 1975 年以后组织开展全国大协作、大会战，全面开展深入的研究奠定了基础，进一步对青蒿素（黄蒿素）治疗恶性疟的临床疗效及其适应症进行研究，以及开展对青蒿素的化学结构、药理、毒理、制剂、质控等开展基础研究提供充分的依据。

第三章 组织大会战创造高速度

1. 北京会议推进青蒿研究

1975 年 2 月底,全国 523 办公室在北京市北纬路饭店召开各地区 523 办公室和部分承担任务单位负责人会议（以下简称"北纬路会议"）。这是一次十分重要的会议。广东地区 523 办公室负责人把广州中医学院李国桥研究组 1975 年 1 月底结束云南现场试验、回到广州后写出的《黄蒿素治疗疟疾 18 例小结》带到会议作汇报。

鉴于 3 年来青蒿（植物黄花蒿）、青蒿素（黄蒿素）实验研究的情况,尤其是云南黄蒿素恶性疟临床良好的疗效,全国 523 领导小组认为,这是一个很有特点、很有希望的新药,应作为重点项目,下大决心,组织更多的研究单位,开展全面深入的研究,并列为 1975 年 523 任务的重点。[34] 会议决定于当年 4 月,在成都召开全国 523 中草药专业会议,对青（黄）蒿及青（黄）蒿素的研究工作进行全面的部署。

全国 523 领导小组对北纬路会议非常重视,卫生部（组长单位）"碰头会"全体成员在会前（2 月 20 日）听取了 523 办公室的汇报,会议期间（3 月 5 日）又听取了各地区 523 办公室负责人的汇报。在两次汇报中,当时的卫生部负责人对长期坚持疟区临床研究的单位做了表扬,对在青蒿研究中遇到挫折想散伙的中医研究院中药所进行了严肃批评。[35、36] 领导小组各部的有关负责人也到会并讲了话。这次会议对 523 工作的重视,是对青蒿素（黄蒿素）研究的有力推动。

2. 成都会议部署青蒿大会战

　　为了加快青蒿素的研究，全国 523 办公室先后组织了三次"大会战"。根据"北纬路会议"确定的 1975 年的工作计划和任务，全国 523 办公室于 1975 年 4 月在成都召开了 523 中草药研究专业会议（以下简称成都会议）。国家有关部委、军队总部和 10 省、市、区，军区所属 39 个单位的科技人员代表和有关领导共 70 多人出席了会议。李泽琳作为中医研究院中药所的代表参加了此次会议。

　　成都会议以青蒿（以下均指植物黄花蒿）及青蒿素（以下统指黄蒿素、黄花蒿素）研究为重点，各研究单位汇报交流了各项研究工作的进展情况。特别是广州中医学院李国桥研究小组在会上报告了与云南省药物所合作、用该所提供的黄蒿素治疗恶性疟疾和抢救凶险型疟疾的结果，山东省黄花蒿研究协作组报告的黄花蒿素治疗间日疟疗效，使与会者深受鼓舞。为了让更多的单位参与，发挥有关专业的优势，在全国更大范围内开展大协作，加快青蒿及青蒿素的研究，会议依照远近结合的原则，制定了专项协作攻关计划，并具体组织与落实了研究工作任务。

　　成都会议提出青蒿及青蒿素研究的主要任务是："青蒿简易制剂的研究尽快肯定一两种剂型，以便提供就地取材、简易制药、使用方便、价格低廉的抗疟药推广使用；青蒿素的研究，主要是解决提高疗效、降低复燃率、改进生产工艺的问题；同时从资源调查、提取方法、药理毒理、改进剂型、质量标准、药物体内代谢、化学结构测定、化学结构改造等全面深入系统展开研究。"[37] 成都会议是一次历史性的大会，是青蒿大会战的动员会，是全面组织国内医药研究单位和专

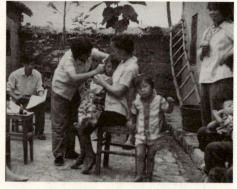

图 3.1　523 项目中的科研人员培养少数民　图 3.2　523 小组成员进村为患者诊治
族赤脚医生

业单位，进行统一部署的大协作会议，也是青蒿（黄花蒿）研究第一次大会战和重要部署的开始。

　　由于中医研究院中药所 1974 年未提取到青蒿素Ⅱ，成都会议后，为了及时给临床试验准备足量的青蒿素，中医研究院中药所在与湖北健民制药厂合作，用湖北当地的青蒿及中药所的方法，提取青蒿素失败后，由刘静明所长及时带队前往云南省药物所学习溶剂汽油提取法，并从重庆购买酉阳产的优质青蒿运回北京，提取到 500 克青蒿素，用于当年该所临床试验研究。年底，经全国 523 办公室协调安排，由中医研究院中药所提供专款，派出两位青年科技人员谭洪根、崔淑莲到四川省中药研究所，由该所研究人员刘鸿鸣带领，在重庆中药八厂，用烯醇法就地取材提取了 600 多克青蒿素[38]，为之后的临床试验提供了足够的青蒿素。因此，自 1975 年开始，中药研究所参加全国会战用的青蒿素就是和云南药物所黄蒿素所用的原料和提取方法完全一致，不再是用乙醚提取后用色谱柱分离得到的青蒿素Ⅱ；1975—1977，大会战期间中药所用青蒿素制剂共治疗恶性疟 22 例，间日疟 265 例，共 287 例（另青蒿素制剂加复方治间日疟 42 例，简易制剂治间日疟 142 例，氯喹对照 24 例，共进行临床试验 495 例）。

3．按部署青蒿研究全面开展

　　1975 年成都会议吹响了青蒿研究大会战的号角。会议对青蒿和青蒿素的研究进行了全面的部署。各地区、各单位都以极大的热情，按照任务分工，开展各方面研究工作。更大规模的大协作，把青蒿素的研究又推向了一个全面深入研究

图 3.3　1976 年在柬埔寨的小队合影

的阶段。

成都会议以后，青蒿和青蒿素的研究主要由各地区 523 办公室根据统一的计划分工，在本地区组织有关单位开展。北京中药所青蒿素的临床研究则在统一计划安排下，与广东海南、湖北、河南等地协作进行的。同时，北京中药所还协助江苏省高邮县，通过大量临床观察和调查总结，进一步肯定了青蒿生药剂型治疗疟疾的疗效。[24] 山东、云南、广东、广西、上海、四川等地的有关单位，在统一计划下，分工合作，在资源调查、提取工艺、检测方法、药理毒理、结构测定、药物配伍降低复燃率、简易剂型的研究等方面都做了大量工作。为了尽快出成果以备急需，青蒿及青蒿素研究的会战攻关，在全国和各地区 523 办公室的组织下，多系统、多单位、多专业之间，更大范围的大协作全面开展起来。

为了交流成都会议后任务落实的情况，进一步对研究工作做出新的安排，1975 年年末，全国 523 办公室又在北京召开了青蒿研究工作专题会议。各地区研究工作的进展表明，青蒿素的速效、近期高效、副反应小的结论进一步被肯定。尚待解决的复燃率高、提取成本高、药理作用还不清楚是主要问题。经讨论提出了 1976 年研究工作主要解决的问题是：

（1）改进和扩大验证青蒿简易剂型，选出几种疗效好，副反应小，成本低的剂型推广试用；

（2）扩大对凶险型疟疾病例的急救观察，研究提供可肌注、静脉滴入的制剂，制定出综合救治方案，推广试用。于五月、六月组织有关协作单位去江苏高邮县参观学习，商定扩大验证方案；

（3）改进青蒿素的提取方法和试生产工艺，逐步达到得率高、成本低、生产工艺简便的要求；研究降低复发率的措施，达到治疗药的要求，尽早推广试用；

（4）尽快测定出化学结构，进一步探讨化学结构和疗效的关系，为寻找新药提供依据。

会后经与上海有关部门商讨，并经全国 523 领导小组同意，由上海药物研究所承担青蒿素化学结构改造，合成新衍生物的研究工作。[39] 化学结构改造、合成新衍生物的研究任务正式列入了研究计划。

此次会议是继成都会议后，对青蒿及青蒿素的研究做出的另一次重要的部署，也是第二次大会战开展前对各项任务的具体安排。

1976 年 1 月 23 日—7 月 23 日，应柬埔寨的要求，我国派出一个来自军队和各省、市主要是承担 523 任务单位的疟疾研究专业技术人员，由周义清、李国桥、施凛荣、焦岫卿、瞿逢伊、王国俊、王元昌、黄承业、李祖资、姜云珍、胡善联、赵宝全、邓淑碧 13 人组成的疟疾防治考察团，赴柬埔寨协助开展疟疾的防治。为做好防治药物的准备，1975 年第 4 季度由全国 523 办公室商请能大量分离提取黄花蒿素的山东省中医药研究所和云南省药物研究所，分别制备一批黄蒿素的各种剂型，包括油混悬注射剂、水混悬注射剂和片剂、胶囊剂。这是我国的抗疟药青蒿素第一次"出国"。在柬埔寨临床试用中，再次证明了青蒿素在抗药性严重的东南亚地区，用于救治脑型疟疾和治疗抗药性恶性疟疾的效果非常优异，尤其是用于抢救脑型等凶险型疟疾病人，能使病人得到非常有效的救治并很快痊愈，从而挽救了一批病人的宝贵生命，受到柬方的赞扬和感谢。[40]

4. 黄浦江畔初解青蒿素结构

1972 年，中医研究院中药所青蒿乙醚粗提物的动物抗疟实验结果肯定后，又经临床试验取得了较好的结果，全国 523 办公室即对提取分离青蒿的有效单体和测定其化学结构做出了安排。[35]中医研究院中药所、山东中医药所、云南药物所都加快了有效结晶的提取研究，并为化学结构测定研究作准备工作。1973 年 6 月，全国 523 领导小组在上海召开了疟疾防治研究工作座谈会，在落实 5 年规划"后三年主要任务与要求"中，对中草药的研究，明确提出"青蒿在改进剂型推广应用的同时，组织力量，加强协作，争取 1974 年定出化学结构，进行化学合成的研究"。[42]

中医研究院中药所在分离到青蒿素 II 之后，测试了熔点、比旋度、红外光谱，请外单位做了元素分析、低分辨的质谱和核磁共振谱，北京医学院林启寿教授推测它可能属于倍半萜类化合物。尽管请外单位做了元素分析，但所得出的碳、氢百分比和青蒿素的分子式为 $C_{15}H_{22}O_5$ 的计算值不符，对核磁共振氢谱也未能进行归属。因从资料上看青蒿成分含有倍半萜等[43]，并从红外光谱分析青蒿素可能含有羰基基团，做了青蒿素 II 的钾硼氢还原反应以检测是否含有酮或醛类羰基，得到白色结晶产物（命名为二氢青蒿素 II，后改称双氢青蒿素），与青蒿素的红外

图 3.4 1967 年军事医学科学院田辛（右一）和宁殿玺（右二）赴越南前在国内拉练训练

光谱比较，羰基峰消失，代之以羟基峰，故曾一度误认为青蒿素 II 含酮基，但当时对其还原产物（当时称为二氢青蒿素 II 或二氢青蒿素）的化学结构以及是否是单一化合物则并不清楚。

中医研究所中药所因缺乏鉴定天然化合物结构的经验，对青蒿素 II 的基本构架未能得出任何结论，故提出和做萜类化合物有经验的中国科学院上海有机化学研究所（简称上海有机所）合作，以尽快确定其化学结构。1973 年中医研究院中药所商请上海有机所协作后，由上海地区 523 办公室进行了协调安排。

1974 年上海有机所同意中医研究院中药所派一人，一同进行化学结构的测定研究。青蒿素化学结构研究工作由上海有机所的计划处安排给第一研究室的避孕药大组承担，由曾从事甾体植物化学的助理研究员吴照华具体负责；吴照华在工作中常向曾从事萜类化学研究的刘铸晋研究员和 20 世纪 60 年代曾在捷克进修萜类化学的周维善副研究员请教，周维善当时在另一研究组从事军工任务，由于他当时兼任研究室革命委员会的副主任，也很感兴趣于结构测定工作，故经常主动来吴照华处了解和讨论进展情况。由于吴照华经常和同一大组的原研究生吴毓林讨论分析一些波谱归属和实验结果，后来吴毓林也参与了青蒿素的结构研究。[44]1974—1976 年，中医研究院北京中药所先后派倪慕云、刘静明、樊菊芬到上海有机所参与研究工作，遇到问题常通过在北京的屠呦呦向中国医学科学院北京药物研究所的梁晓天教授请教，得到梁教授的很多宝贵的指导，再反馈给在上海的研究人员。工作一开始吴照华首先将青蒿素 II 反复重结晶后，复核元素分析，获得了与青蒿素分子式为 $C_{15}H_{22}O_5$ 相符的结果。之后吴照华和两个研究所的协作人员一起，一方面借助国内当时科研单位仅有的先进仪器，包括超导核磁共振仪、高分辨质谱仪重新做出其氢谱、碳谱，以及精确分子量；另一方面则主要进行了内酯鉴别，酸、碱处理，氢化和还原等一系列化学反应研究，以此来推测青蒿素的结构。期间 1975 年春因受成都 523 会议上报告的鹰爪甲素化学分子结构中含有过氧基团的启发，得到李英带来消息的吴毓林转告吴照华进行过氧桥的定性和定量分析，证实了青蒿素也含有过氧基团，这是青蒿素结构中最最重要的特征基团。

其后，吴照华和吴毓林又进行了青蒿素的锌硼氢和钠硼氢还原反应，高产率地获得了还原产物，通过定性试验确证产物中保留了过氧基团，通过核磁共振谱证明是青蒿素的内酯被还原，不是中医研究院中药所原来认为的青蒿素中含有酮羰基，生成的半内缩醛是由一对差向异构体组成的混合物[45]，将其命名为"还原青蒿素"即后来屠呦呦称之为的"双氢青蒿素"。

综合已有的实验数据，上海有机所推定了一些分子结构的片段；再参考南斯拉夫化学家 1972 年从黄花蒿中分离到的 Arteannuin B（青蒿乙素）的化学结构，1975 年下半年提出了一个含有过氧基内酯环的可能结构式。吴照华于 1975 年 11 月参加 523 办公室在北京召开的青蒿素研究工作专题会议时做了汇报。由于这个推测的结构式和中国科学院生物物理所（以下简称北京生物物理所）用 X- 射线衍射法测得的结构在过氧基团的位置上不一致，后由梁晓天教授主持，经过论证，认为应以 X- 射线测得的结构为准。这一结构式可以解释上海有机所的谱图和化学反应。

1975 年初周维善去昆明参加他们承担的另一军工任务会议，在顺访云南省药物所、了解到黄蒿素的情况时称青蒿素结构测定研究有三点困难，一是结构研究本身的难度大，二是青蒿素的供应跟不上，三是中医研究院中药所的人已回北京，还不知道打不打算搞下去。[46] 对于青蒿素化学结构的测定工作，由于中医研究院中药所在一段时间里未能提取到足够的青蒿素，经全国 523 办公室的安排，山东、云南两地都为化学结构测定提供了一些纯度较高的青蒿素结晶。

5. 青蒿素立体结构最终确证

经过 1974 年一年的攻坚，523 办公室看到仅靠上海有机化学所和中医研究院中药所当时的技术手段和设备来解决青蒿素的结构确实难度大，当他们了解到国家在 1974 年已拨重资，购进和安装了世界最先进的 X- 射线四圆衍射仪，为中国科学院生物物理所（简称生物物理所）胰岛素立体结构研究赶超世界水平做出过贡献，立即考虑利用了这一物力、人力优势。1975 年初，由周克鼎到生物物理所邀请结构生物学科参加协作（当年党支部书记徐秀璋可见证），由此组成了药学、化学和结构生物学之间的协作。

据有关人员的回忆，当时仍处于"文革"动荡时期的生物物理所，由于是"军工"的任务，经过研究于 1975 年 3 月接受 523 办公室下达的测定青蒿素结构的任务，生物物理所领导指定由李鹏飞研究组承担，梁丽是主要工作人员。他们利用中医研究院中药所提供的青蒿素单晶，在国内唯一的一台 X- 射线四圆衍射仪收集了精确的衍射强度数据。青蒿素分子式 $C_{15}H_{22}O_5$ 表明其不含重原子（碳、氢、氧都是原子序数小于 16 的氢原子），国内没有现成的方法能解决在衍射实验中失去的相角信息。面对这一难题，李、梁二人查阅了大量国外文献，选定了国外刚刚兴起，专为解决不含重原子相角的直接法。

用 X- 射线衍射技术测定化合物的分子结构，是一门集生物学、数学、物理学交叉的尖端学科。据有关研究人员回忆，当时国内不论在设备条件和技术上与国外相比都有一定差距。国内没有经验可学，通过组内讨论、甚至争辩、推敲去搞懂，设计出数学计算模型；没有计算机程序，梁丽去现学 BCY 汇编语言。编制了所用的计算程序；没有计算机，两人跑到海淀区马神庙（地名）北京计算中心，利用后半夜计算机空闲时使用。经过反复失败，改错，试算，终于突破了新方法难关，计算机打印出了电子云密度图。赶在 1975 年 11 月 523 办公室召开的北京青蒿素协作会议的前夕，得出了青蒿素初始结构模型，该误差因子在 20% 左右，表明这个结构模型可靠。在这个误差范围内，就可以辨别出碳氧原子在三维空间的位置。梁丽在协作组学术大会上，据此报告了青蒿素原子在三维空间分布和结构式，展示了分子中 12 个碳原子和五个氧原子成键、形成空间四个环的分子骨架，另有 3 个碳原子不在环内。其结构特征是过氧桥和氧桥与三个碳原子独立构成一个六元环，五个氧原子聚集于分子一侧，不同于上海有机所推演的过氧基内酯环的结构式。

1975 年 11 月，由北京药物所梁晓天主持，由上海有机所、北京生物物理所和中医研究院中药所参与的论证会议，认为生物物理所电子云密度图测定的结构式可以解释上海有机所的谱图和化学反应，确认了 X- 射线衍射测定的结果是唯一正确的青蒿素结构。1975 年 12 月 2 日，李鹏飞亲赴上海有机所介绍 X- 射线晶体衍射测定青蒿素结构的结果。这是利用直接法获得青蒿素晶体初始结构模型，初步确立了青蒿素的化学结构式。与此同时，梁丽和中国科学院北京化学研究所朱秀昌教授确认，青蒿素的化学结构是前所未见的新型倍半萜内酯，并对分子内的碳和氧原子选择了一种有机化学命名和确定原子序号，确定非氢原子的排位。梁丽为《科学通报》起草了题为《一种新型的倍半萜内酯 - 青蒿素》的原稿。该原稿仅报道了 X- 射线衍射确立的青蒿素分子结构并绘制三维电子密度叠合图。署名"青蒿素结构研究协作组"，后来中医研究院中药研究所倪慕云在此基础上增加部分内容，仍以"青蒿素结构研究协作组"名义和同样的标题经卫生部批准后，发表在《科学通报》1977 年 22 卷 3 期 142 页。至此，全国 523 领导小组制定的确定青蒿素分子结构的任务在 1975 年完成了初始结构的测定，为 1976 年研发青蒿素衍生物提供了基本依据。

图 3.5　中国科学院生物物理所李鹏飞

据研究人员介绍，上述青蒿素初始的化学结构的测定，尚不是青蒿素精确结构的立体构型，青蒿素分子结构中含有 7 个不对称碳原子，表明青蒿素还有构型问题待定。为了测定青蒿素的绝对构型，首先要得到精细结构。以前国内单晶 X- 射线衍射都是目测强度，实验误差大，不可能

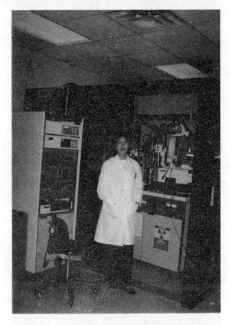

图 3.6　1989 年原中国科学院生物物理所青蒿素结构协作组的梁丽在国外实验室

得到精细结构。青蒿素是我国第一个由四圆衍射仪收集到精确的衍射强度。可以从晶体初始结构模型中各个原子在空间的三维坐标（x,y,z），经数学最小二乘方法优化原子参数，用计算机精修得到更准确的原子坐标。不过当时国内没有现成的方法。梁丽查阅国外文献，去北大旁听了数学系的有关课程，克服了诸多困难。

不幸的是，1976 年末李鹏飞由于工作劳累过度，肾病加重，英年早逝。梁丽独力继续推进最小二乘修正方法的建立，完成了编制和调试全矩阵最小二乘修正和差值电子云密度的计算程序，采用逐步精修原子参数和合理加权，误差因子降为 7.45%。达到当时国际精度水准。尽管科技发展四十年后的今天，该误差值仍在衡量精细结构的误差因子范围 2%～8% 的国际精度标准之内。

在此基础上，梁丽又首次引入了 X- 射线反常散射方法，克服了由氢原子组成的青蒿素只能发射微弱反常散射效应的不利条件，可以通过利用累积测量对反常散射灵敏的 X- 射线衍射强度，得到了准确的实验值；根据上述精细结构的碳和氧原子的三维原子坐标（x,y,z），计算了青蒿素晶体反常散射效应的理论值。比较二者差别，测定了绝对构型。这才完成青蒿素全部立体结构和空间构型的测定。这项任务是将三个新方法突破性地用于青蒿素的晶体结构研究，1977 年年底完成了全部的研究。该学术成果由梁丽执笔，署名为"中国科学院生物物理研究所青蒿素协作组"，发表在《中国科学》1979 年 11 期第 1114—1128 页上，其后又以同样内容和标题用英文发表于中国科学英文版 *Scientia Sinica*, 1980, 23（3）380—396。

北京生物物理研究所的晶体结构研究，确定了青蒿素化学结构，表明我国 20 世纪 70 年代中期，在这方面的研究已达到世界先进水平。如果不是当年在全国 523 办公室统一领导下，调动全国最先进的设备和科研人员最大的积极性，任何一个单位或个人都不可能将青蒿素的化学结构的研究，达到如此高的可信性和科学性。无怪乎，当我国科研人员 1981 年首次将青蒿素的化学研究，在北京召开的世界卫生组织疟疾化疗工作会议上报告后，与会国外专家立即称赞是一篇漂亮的报告，是对我国科学水平的惊叹！

6. 完善研究为成果鉴定作准备

1976 年 7 月，全国 523 办公室在江苏高邮县召开了青蒿简易剂型治疗疟疾群防群治现场会，听取了高邮县卫生局的经验介绍。会上进一步协调了青蒿研究工作计划，并提出了以下要求：

青蒿简易剂型的研究：对现有几种青蒿简易剂型继续扩大临床试用，进一步肯定和提高效果，选出 1~2 种适应广大农村就地取材、土法制药、推广使用的剂型，1977 年组织地区间交叉扩大试用；

青蒿素防治疟疾的研究：重点是解决降低复发率和改进制剂工艺，选出几种较好剂型和方案，1977 年在大范围扩大交叉试用；

青蒿素 II 化学结构的研究：要把绝对构型确定下来，并完成鉴定前的全部资料准备。化学结构改造，1977 年合成选出 1~2 种衍生物进行临床试用；

青蒿素药理毒性和代谢的研究：要抓紧进行，为进行药物鉴定和研究提高提供依据。

会议要求，要根据分工，组织力量，尽快完成优质青蒿资源调查，完善青蒿素的生产工艺，为寻找质量好、得率高、成本低的原料，为普及推广创造条件。[47]

这次会议为完善青蒿素（黄蒿素）的研究成果再次做了部署，对第三次大会战进行了"决战前"的安排。

至此青蒿素已经发现数年，无论青蒿资源调查、青蒿素质量控制、临床前药理和毒理学研究、青蒿素的生产、制剂的研究以及临床试验，都迫切地需要提供统一的青蒿素含量测定方法和质量标准。1976 年 12 月，全国 523 办公室委托北京中医研究院中药所和山东省中医药研究所组织各有关单位的药物分析科技人员，举办青蒿素含量测定学习班。

1977 年 2 月 18—28 日，在山东省中医药研究所举办第一次黄（青）蒿素含量测定交流学习班。测试的黄花蒿（青蒿）样品由各地自带 1~2 公斤。[48] 参加交流学习班的人员除了中医研究院中药所、山东中医药研究所和云南药物所 3 个单位外，还有上海、广东、广西、江苏、河南、四川、湖北等省市的药物所、植物所、药品检定所、寄生虫病防治研究所、制药厂等 15 个单位的科研人员。参加交流学习班的人均按通知要求，除了介绍交流各自建立的多种含量测定方法，还用四川（重庆）和山东产的黄花蒿（青蒿）以及黄花蒿（青蒿）素进行了实地操作演练。大家互相观摩，共同讨论，比较每一种方法的优缺点和实际的可行性。在交流学习班上，通过互相交流，取长补短，大家认为南京药学院和广州中医学院合作建立的紫外分光光度法较好，但南京药学院人员没有出席未能当场演练，且还需要改进方法。学习班对制定青蒿素和青蒿制剂的质量标准、青蒿素含量测

图 3.7　1977 年 523 办公室在北京组织的第二次青蒿素含量测定学习班

定方法，包括青蒿、青蒿素及制剂的含量测定方法的下一步研究做了明确的分工。[49]

1977 年 9 月，按全国 523 办公室的要求，又在中医研究院中药所举办了第二次含量测定研讨学习班。这次的任务一是要确定一个可信又可行的青蒿素测定方法；二是从中医研究院中药所、山东中医药研究所和云南药物所分别拟订的青蒿素质量标准中，修改制定出一份统一的质量标准。由于涉及药典的要求，又请了中央（卫生部）药检所严克东共同参加提意见。含量测定方面，大家一致认为还是南京药学院和广州中医学院建立的紫外分光光度法最好，但存在的问题是还没有按上次学习班的意见改进。为了完善这个方法，大家和广州中医学院的沈璇坤一起讨论改进，就在中医研究院中药所实验室进行实验，最后由严克东、沈璇坤、罗泽渊、田樱、曾美怡等 5 人起草确定了含量测定方法。青蒿素质量标准以曾美怡起草的质量标准为基础，山东中医药研究所田樱和云南药物所罗泽渊提供的数据作补充共同制定出统一的质量标准。

这两次学习班取各家之所长，很快解决了实际问题，又一次体现了大协作高速度推进研究工作。

为了做好青蒿素和青蒿简易制剂成果技术鉴定前的准备，1977 年 4 月，全国 523 办公室在广西南宁召开了"中西医结合防治疟疾药物研究专业座谈会"（以下简称"南宁会议"）。会议传达了当年 3 月在北京召开的全国 523 会议精神，总结评价了 1975 年 4 月成都会议两年来青蒿、青蒿素研究结果和进展，并提出了成果鉴定前必须继续完成的任务要求。

自 1975 年 4 月成都会议以后，经过两年的 3 次大会战，江苏、四川、广东等地用青蒿素和青蒿简易制剂临床观察治疗疟疾 2000 多例。其中用青蒿简易制剂治疗 1200 多例，有效率在 90% 以上；用青蒿素的各种剂型试验观察了 800 多例，有效率 100%；云南、山东等地的青蒿素注射剂，月复发率由 30% 降到 10% 以下，但复发率高的问题仍未获满意解决；青蒿素救治脑型疟 84 例，效果优于奎宁和其他药物；青蒿素化学结构已经确定并合成了衍生物；青蒿素的药理、毒性、代谢等也开展了研究；确定了紫外分光光度法作为青蒿素含量测定方法；制

图 3.8　1983 年上海药物所李英在实验室　　图 3.9　1977 年桂林制药厂刘旭在中试试
验室

定了青蒿素的质量标准；青蒿素的提取生产工艺和制剂的研制也有了改进提高。

"南宁会议"对 1977—1978 年的青蒿研究任务提出 3 个要求：

① 青蒿生药简易制剂，进一步在疟区推广试用，以便定型生产，选出
较好的 123456 青蒿素剂型在不同地区交叉验证；

② 对生产工艺、质量标准及药理、毒性资料及时总结整理；

③ 青蒿素的几个衍生物，要抓紧做好临床前的实验工作，力争早日进
入临床试用。

会议就青蒿、青蒿素成果的鉴定做了具体的安排，要求尽快完成鉴定所
需资料的补充和准备，以便及早鉴定后安排生产，为战备提供药品。[50]

南宁会议为青蒿素尽快鉴定和青蒿简易制剂能够尽快生产做了具体的部署和
安排，是鉴定前的一次预备会，为青蒿、青蒿素成果的鉴定做了周详准备。

第四章　丰硕的成果 历史的丰碑

青蒿和青蒿素的发掘研究，从 1972 年中医研究院中药所在南京 523 中草药专业会上报告青蒿乙醚粗提物抗鼠疟的实验结果，到 1975 年年初，在云南中缅边境产生抗药性的高疟区治疗当地恶性疟做出对治疗抗药性恶性疟的肯定评价，只用了 3 年时间。到 1978 年通过成果鉴定，也只有六七年时间。青蒿素的研究经过大量艰苦细致的工作，终于获得巨大的成功。期间，虽然有的单位经历困难和挫折，但在统一计划部署、分工协作下，充分调动和集中全国的技术力量和条件，把各个研究单位各自的优势整合为整体的优势，使这项一个单位难以完成的项目，以令人难以置信的速度和较高的质量顺利完成，为青蒿素及其衍生物成为举世闻名的抗疟新药打下坚实的基础。1977 年 3 月"三部一院"（卫生部、石油化工部、总后勤部、中国科学院）在北京召开的有关省、市、区，部、委以及军队所属单位负责人参加的工作座谈会议简报指出：

> 青蒿防治疟疾的研究在短短的两年时间（编者注：指 1975 年 4 月成都会议起），取得了显著的成绩。有 3000 多病人试用，肯定了治疗效果。研究工作逐步深入，从资源调查、植化提取、药理毒性、化学结构、生产工艺、含量测定、药物制剂等方面进行了大量的研究工作。进展这样快，是任何一个部门、一个单位所不能办到的。[51]

为做好鉴定会准备工作，1977 年 10 月，全国 523 办公室依据各单位报告的情况，经过认真的分析研究，向"三部一院"呈送了青蒿素研究工作基本情况的报告。报告对成绩的评估留有相当余地。其基本评价是：

经过近 10 年的努力，把青蒿的研究提到一个新阶段，在救治脑型疟和治疗抗氯喹恶性疟病人方面达到了国内外先进科学技术水平。

该报告分四个部分。[25]

第一部分叙述青蒿和青蒿素发掘研究的过程。概述了中医研究院中药所青蒿的研究于 1972 年先行起步，乙醚提取物临床观察效果满意；但 1973 年 9 月用青蒿素 II 临床观察了 8 例，疗效、安全性结果不好，"因未能达到预期满意效果，研究工作曾一度受到影响。"借鉴南京中草药专业会议青蒿研究的信息，山东省寄生虫病研究所采用该省黄花蒿粗提物临床观察间日疟 30 例效果满意；后又与该省中医药研究所协作，分离出有效单体定名"黄花蒿素"，1974 年临床观察间日疟 26 例，疗效较好。云南省药物所 1973 年 4 月从大头黄花蒿中直接提取出黄蒿素，经药理毒性实验证明速效、低毒。1974 年 11 月—1975 年 1 月，由广州中医学院临床研究小组治疗观察恶性疟、间日疟 18 例，肯定了其速效超过氯喹，得到"其高效、速效特点，是目前各种抗疟药中所难媲美"的结论。全国 523 办公室认为："云南、山东 44 例疟疾病例观察，对深入开展青蒿研究起到了很大的推动作用。"

报告的第二部分、第三部分主要介绍了青蒿研究进展的具体情况和存在的一些问题。第四部分对下一步工作提出了建议。

为了准备青蒿、青蒿素成果的鉴定资料，1978 年 3 月，全国 523 办公室在北京香山召开了鉴定会的预备会议，把各单位的研究资料按专业综合在一起，分为 12 个专题，每专题推选一个单位整理，负责起草向鉴定会提交的技术报告。预备会起草了《成果鉴定书》（草稿），其中争议的主要问题是排名问题，经过充分讨论，最终达成基本共识。有关技术报告和《成果鉴定书》（草稿）会后带回各单位征求意见。

1975 年成都会议以后，经过多次部署，在统一计划下分工协作，各地区有关单位的各项研究工作都取得较好的进展，为召开青蒿和青蒿素的成果鉴定会打下了扎实的基础。

1．药学研究项目齐全

青蒿素的剂型研究关系到青蒿素推广使用的问题。各单位围绕青蒿素的使用方便性和复燃率高问题研制的剂型各有特色。口服剂型有粉剂、片剂、固体分散剂、微胶囊和油丸 5 种。为解决复发率高的问题，研制了油透明注射针剂、油混悬注射针剂和水混悬注射针剂等。

青蒿的简易制剂有鲜汁、煎剂、冲服剂、浸膏片剂等。有些单位开展了简易制剂和复方配伍，提供了一些在群防群治中推广使用的方案。

含量测定和青蒿素的质量标准，通过两次研讨学习班，集思广益，取长补短，确定了紫外分光光度法作为青蒿素含量的检测方法。质量标准在中医研究院中药所曾美怡提出的文本基础上，用山东、云南两地提供的数据作补充，经过修订完成了草稿。

2．临床试用基础厚实

1974 年，黄蒿素（青蒿素）虽然在云南、山东通过 37 例疟疾病例的观察，肯定了其治疗疟疾尤其是恶性疟疾和凶险型疟疾的效果及优点，但例数较少，试用的范围较小。成都会议要求各地扩大临床试用研究。各地区用当地的黄花蒿、青蒿提取加工，用黄（青）蒿素和黄（青）蒿制备各种剂型，扩大临床试用。黄（青）蒿素在云南、广东（海南）和柬埔寨的治愈率均达 100%。四川、广东、河南等地也试制了青蒿片，即时有效率也达到了 100%。青蒿素和青蒿简易制剂在广东（海南）云南、河南、山东、江苏、湖比、四川、广西，以及在老挝、柬埔寨治疗各类疟疾共 6550 多例，其中青蒿素 2099 例 [52、53] 均取得满意结果。[54] 青蒿素口服剂和注射剂近期疗效均可达到 100%；青蒿素油混悬针剂的月复发率为 10% 左右；简易剂型的有效率也稳定在 80% 以上。

3．资源分布基本掌握

成都会议后，广东、云南、江苏、四川、广西、福建、北京各地区植物和中药生药专业人员，迅速在全国各地展开了青蒿野生资源的调查，证实青蒿在我国南北各省分布很广，资源丰富。过去作为药材收购占的比例极小，而大量用作绿肥。据估算，仅广西桂林地区每年即可收购 500 吨，广东年产量估计为 5000 吨；野生青蒿生药中青蒿素的含量，一般南方高于北方。以南岭山脉、武夷山脉以南为高含量区，尤以广西、广东以及海南北部为最高。南岭以北秦岭以南为中含量区，其中以重庆（原四川）酉阳、彭水、秀山等地，以及湖南的湘西地区、武陵山区及贵州、云南、广西、湖南交界的地区，生长的黄花蒿多呈群落分布，不仅产量多，而且青蒿素的含量也较高，蜡质较少。一般情况下，秦岭以北地区为低含量区，东北地区多为微含量区。

4．药理特点初步摸清

　　总结中医研究院中药所、山东中医药研究所、云南药物所，以及广东、广西、四川、江苏各个单位的实验和临床研究的大量资料，523 办公室得出了对青蒿素药理和毒理特点的肯定结论。青蒿素杀灭疟原虫的速度明显快于氯喹和其他所有的抗疟药，但近期复发率高，与青蒿素在体内吸收迅速、分布广、排泄快、无积蓄的特点相一致；青蒿素为一低毒性药物，动物实验和临床研究均表明青蒿素临床用量对心、肝、肾等主要脏器无明显不良反应，动物实验各项毒性指标均无异常，用于治疗怀孕病人，也未发生不良反应现象；在云南、广东（海南）等地，对用氯喹治疗失败的病例，用青蒿素治疗均可获得成功，表明它与氯喹无交叉抗药性，可用于有抗药性疟疾的治疗。由于青蒿素杀灭疟原虫特别迅速，控制临床症状特别快，因而是救治脑型等凶险型疟疾的首选药物。

图 4.1　军事医学科学院微生物流行病研究所抗疟药研究人员丁德本

5．提取工艺基本确定

　　云南药物所在 1974 年研究出溶剂汽油提取方法后，为了将黄蒿素尽快投入工业生产，在昆明制药厂的配合下，进行了黄蒿素工业生产工艺放大的试验。经过多次试验后，1975 年 12 月至 1976 年 1 月和 1976 年 9 至 10 月

先后两次用溶剂汽油法提取黄蒿素进行生产工艺放大试验，共投黄花蒿干叶原料
2.256 吨，得出"以黄花蒿叶为原料，用汽油提取黄蒿素，具有流程短、收率高、
成本低、易纯化、操作简便、工艺稳定、不需要特殊设备和试剂、产品纯度高的
优点，可以作为黄蒿素工业生产工艺"的结论。此工艺成为后来各地试产工艺的
基础。云南药物研究所批量生产黄蒿素的提取工艺，为提供科研、战备用药做出
了贡献。山东中医药研究所的丙酮提取工艺，使青蒿素含量低的青蒿提高了青蒿
素的得率。广西桂林芳香厂改进云南溶剂汽油提取法，使桂林地区青蒿素得率提
高。中医研究院中药所的乙醚提取法未能实际应用。

6．化学结构谜团破解

青蒿素化学结构的测定之初是以上海有机所和中医研究院中药所人员共同参
加下确定了青蒿素的化学组成和分子式，根据光谱的数据和各种化学反应，探测

图 4.2 1976 年 1 月 23 日至 7 月 23 日，应柬埔寨的邀请，我国派出由承担 523 任务单
位的专业技术人员组成的疟疾防治考察团，赴柬帮助开展疟疾防治和青蒿素临床验证。考
察团全体人员在小吴哥的合影。前排右起：赵宝全、王国俊、邓淑碧、姜云珍、瞿逢伊，
后排右起：李祖资、胡善联、施凛荣、焦岫卿、周义清、王元昌、黄承业、李国桥

到了分子的个别片段和基团，并提出了一个可能结构式。但因所用科技手段局限，未能解析出正确的青蒿素化学结构式。全国 523 办公室调动北京生物物理所，引入了新兴起的结构生物学中的 X-射线晶体结构测定，参加大协作。X-射线晶体结构研究是利用青蒿素单晶，在刚购进的现代最精密的四圆衍射仪上，收集了准确的 X-射线衍射数据，参考了中医研究院中药所提供的分子式 $C_{15}H_{22}O_5$，直接由电子云密度图得到了唯一正确的青蒿素分子结构式。经过最小二乘方法精修后，又用 X-射线衍射的反常散射方法，确定了青蒿素分子的绝对构型。这一成果是当今世界公认的具有抗疟活性的青蒿素其绝对构型的三维立体专一结构。证明青蒿素是一个仅由碳、氢、氧 3 种元素组成的、具有过氧基团的新型倍半萜内酯，是与已知抗疟药的化学结构完全不同的新型化合物。

1820 年，从印第安人用的金鸡纳树皮中分离出了抗疟疾有效物质生物碱奎宁，20 世纪中叶发明了以氯喹为代表的 4-氨基喹啉类抗疟药。它们的化学结构中都具有含氮原子的杂环和侧链。因此，曾有国外药物学家总结说：抗疟药的结构必须有一个含氮元素的杂环和碱性侧链。青蒿素抗疟作用的发现和化学结构的确证，是继奎宁和喹啉类抗疟药物之后的重大突破，也是发掘继承祖国医药学伟大宝库的一项重大成果。青蒿素化学结构的确证，为开展青蒿素衍生物的研究，从中找出比青蒿素效果更好的抗疟药打下了基础。阐明青蒿素化学结构是对 20 世纪 70 年代有机化学家的重大挑战，就当时我国的技术水平来说，即使是在世界范围内难度也是很大的。它是在全国和有关地区 523 办公室的统一安排和筹划下，动员了有关科研力量和高精仪器设备，在全国有关科研部门和科研人员的无私协作下取得成功的。通过这项研究工作的实践，显示了我国科研人员鉴定天然有机化合物的化学结构的技术水平。

第五章 鉴定会宣告抗疟药青蒿素诞生

1978 年 11 月 23—29 日，经过一年的协商和资料准备，全国 523 领导小组在江苏省扬州市（高邮县所在地区行署所在地）主持召开了青蒿素（黄蒿素）治疗疟疾科研成果鉴定会。卫生部、国家科委、中国人民解放军总后勤部的有关领导和机关干部，有关省、市、区，军区领导和全国 523 办公室、地区 523 办公室的同志出席，承担研究任务的"三部一院"直属单位，9 个省市区、军队所属参与青蒿、青蒿素研究的科研、医疗防疫单位、医药院校、制药厂等主要研究单位和主要协作单位的领导和科技人员代表参加会议。会议邀请了中华医学会、卫生部药典委员会、中央药品生物制品检定所、《新医药学杂志》的代表参加。参加鉴定会的共 104 人。

1．集体创造分工汇报

承担青蒿素研究任务的，有国家部委直属科研机构，9 个省、市、区及军队医药院校、研究所共 45 个主要单位。这是一项艰巨的科研系统工程。根据鉴定会预备会议的分工，提交鉴定会的材料分为 12 个专题，由 14 名专家代表报告。

（1）青蒿品种和资源调查报告（广西植物所王桂清）；

（2）青蒿的化学研究（中医研究院中药所屠呦呦）；

（3）青蒿素的药理学研究（中医研究院中药所李泽琳）；

（4）青蒿制剂治疗恶性疟和间日疟的临床研究（昆明医学院王同寅）；

（5）青蒿素制剂治疗脑型疟（广州中医学院李国桥）；

图 5.1　昆明医学院的王同寅　　　　图 5.2　江苏高邮县卫生局陆子遗

（6）青蒿素制剂治疗抗氯喹株恶性疟疾资料综合（海南区防疫站蔡贤铮）；

（7）青蒿素含量测定和质量标准制定（中医研究院中药所曾美怡）；

（8）青蒿素制剂的研究（山东中医药所田樱）；

（9）青蒿素的生产工艺的研究（云南药物所詹尔益）；

（10）青蒿素的生产工艺的研究和综合利用（桂林芳香厂邓哲衡）；

（11）青蒿浸膏片的工艺、药理和临床研究（四川省中药所吴慧章、臧其中，成都中医学院罗中汉）

（12）青蒿简易制剂治疗疟疾资料（江苏高邮县卫生局陆子遗）；

需要说明的是，青蒿和青蒿素的研究资料是由各单位提供，集中后分工整理的，专题的报告人只是多家协作单位的代表，报告的内容并非个人的成果。如"青蒿的化学研究"的报告，其内容不仅涉及青蒿植物化学的研究，还包括青蒿素各种提取方法，化学结构鉴定等大协作的共同成果，报告人只是各个研究单位推举的代表。其报告的内容决不代表其个人的成果。其他专题也如此。

2. 排名争议达成一致

青蒿素成果的诞生凝聚了太多单位和科研技术人员、管理人员的心血。青蒿素成果的鉴定，表明了各参与单位为之付出的艰辛劳动各有不同的贡献得到肯定。在提倡发扬社会主义风格的社会氛围里，有的单位代表从自己部门、单位的成绩和荣誉出发，对主要研制单位的名次排列也有分歧，有争议。为此，通过会上讨论、会下交换意见，主持会议的领导出面做工作，原对排名有意见的单位代表，顾全了大局，不再坚持己见。

图 5.3 参加海南 523 项目研究工作的庞学坚（右）在做疟原虫体外培养（范南虹翻拍）

这次鉴定会由于是把青蒿简易制剂和青蒿素的研究两个项目作为一个大项，合并进行鉴定的，因此，青蒿素的研究部分排了 4 个单位；青蒿简易制剂的研究排了 2 个单位。6 个主要研究单位排名顺序如下：

卫生部中医研究院中药所；

山东省中医药研究所；

云南省药物研究所；

广州中医学院；

四川省中药研究所；

江苏省高邮县卫生局。

另外，主要协作单位为中国科学院生物物理研究所、中国科学院上海有机化学研究所等 39 个单位。

青蒿素成果鉴定会的情况，《新医药学杂志》1979 年第一期做了全面的报道。

3. 各家贡献尊重历史

从中药青蒿到青蒿素的发掘研究成功，有单位对谁先谁后不断有所争论。现将各单位提取结晶物和临床试验结果时间按原始资料记述如下。

（1）提取出青蒿素（黄蒿素、黄花蒿素）的时间

中医研究院中药所，1972 年 11 月从北京地区青蒿植物中提取出青蒿结晶物，最初命名为"青蒿素 II"，后改称青蒿素。

云南药物所，1973 年 4 月从昆明地区大头黄花蒿乙醚提取出结晶物，最初

图 5.4　海南地区防疫站蔡贤铮保存的 1976 年提取的青蒿素。《海南日报》范南虹摄，2011 年 11 月 28 日

命名为"苦蒿结晶 III"，后定名为"黄蒿素"。

山东省中医药所，1973 年 11 月从山东泰安地区的黄花蒿中提取出 7 种结晶，第 5 号结晶定名为"黄花蒿素"。

（2）临床试验评定结果时间

云南药物所提供的"黄蒿素"即"苦蒿结晶 III"，1974 年 10 月至 1975 年 1 月主要由广州中医学院临床组在云南耿马县以恶性疟为主、出现抗药性的地区进行临床试验，抢救、治疗凶险型恶性疟 3 例，恶性疟 11 例，间日疟 4 例，与氯喹对照，首次对黄蒿素治疗恶性疟做出速效、近期高效、副反应低、短期复发率高的临床评价。

山东中医药所、山东寄生虫病研究所于 1974 年 5 月在山东省巨野县临床用"黄花蒿素"治疗间日疟 19 例，对北方间日疟疗效较好，无明显副反应。尚未对有抗药性的恶性疟的临床疗效进行试验。

中医研究院中药所于 1973 年 9—10 月在海南昌江地区对"青蒿素 II"进行了 8 例临床试验，间日疟 3 例有效，恶性疟 5 例未显示明显疗效，其中 1 例虽即时有效，但 6 天内复发，2 例无效，另 2 例因心脏出现期前收缩的副作用而终止了临床试验。中医研究院中药所重新开展青蒿素的临床研究，是在成都会议组织 10 省、市、区的单位大会战以后于 1975 年开始的，中医研究院中药所用云南的溶剂汽油提取法，用重庆购得的青蒿提取到 500 克青蒿素，在统一安排下，分别与海南及湖北医科院、武钢医院、河南等单位合作进行了临床试验。

由于当时各单位分离出的结晶物尚未测定化学结构，还没有质量的标准和对应的分析检验的数据报告，结晶物是否是为有效的抗疟成分，其临床试验的结果是当时唯一可确定该结晶物是否为青蒿素的主要依据。

从以上历史事实，各单位提取青蒿结晶物的时间有先后，肯定结晶物的临床试验结果的先后又有所不同。因此，在青蒿素临床做出肯定的基本评价之后，对青蒿素的发明谁先谁后的问题一直存在着不同的看法和争论。全国 523 办公室对这一问题，始终以尊重历史、客观和慎重的态度，对待各家做出的不同贡献，在历次的文件评价中都遵循了同一原则。

图 5.5　山东省参加青蒿素抗疟药工作的魏振兴、朱海和田樱（从左至右）

图 5.6　青蒿素指导委员会秘书朱海与四川中药所人员在一起，从左至右依次为周瑞匡，吴慧章（四川中药所 523 项目负责人），山东客人，朱海，钟炽昌（科研科长），蔡定华，刘鸿明

1974 年 2 月，在北京召开的北京、山东、云南三地青蒿素研究座谈会后，报"三部一院"、发各地区主管部门、地区 523 办公室和有关研究单位的《简报》中这样表述：

> 1971 年以来，（卫生部）中医研究院中药研究所，山东省寄生虫病研究所、中医药研究所，云南省药物研究所等，先后对青蒿进行实验研究和临床验证，取得了初步的成绩。[30]

这一排名次序是按中草药青蒿（黄花蒿）研究时间的先后排列的。

1977 年 10 月在青蒿素鉴定会前，全国 523 办公室在给"三部一院"的报告中，叙述青蒿素发掘研究过程，仍按北京、山东、云南工作先后排列。但对各单位工作的评述则有所不同。在叙述北京（卫生部）中医研究院中药所 1973 年青蒿素 II 临床试用 8 例的结果后，评语是"因未达到预期满意效果，研究工作曾一度受到影响"；在叙述广州、云南和山东临床试用的结果后，评语是"1974 年通过云南、山东 44 例疟疾病例观察，进一步肯定了青蒿素（黄蒿素）治疗疟疾效果和一些优点。对深入开展青蒿研究起了很大的推动作用。"[25]

1978 年 11 月，在扬州青蒿素鉴定会上经过充分讨论、争论，最后通过的《青蒿素鉴定书》上的评语是：

1971 年 10 月，（卫生部）中医研究院中药研究所从中药青蒿（黄花蒿）中找到了抗疟有效部分。1972 年和 1973 年（卫生部）中医研究院中药研究所、山东省中医药研究所和云南省药物研究所，先后分离出有效单体青蒿素（黄花蒿素、黄蒿素）。1974 年广州中医学院和云南药物研究所在临床上成功地运用青蒿素救治了恶性疟和脑型疟。从 1975 年开始，（卫生部）中医研究院、山东、云南、广东、四川、江苏、湖北、河南、广西、上海、中国科学院和中国人民解放军等有关单位，共同组成了青蒿研究协作组。从资源、临床、药理、化学结构、制剂、生产工艺、质量规格标准等方面进行了深入系统的研究。[54]

会议通过的鉴定书，既表明了开展青蒿研究工作时间的先后，又对疗效是否成功做了评价，同时肯定了数十个单位所作的贡献。对鉴定书的评述，有的部门和单位当时还有不同意见，经会议领导小组做工作，为顾全大局，他们未再坚持意见。

对于青蒿素的命名，也是鉴定会讨论的重点问题。传统中药中包含植物黄花蒿和植物青蒿，统称青蒿。青蒿素是从植物黄花蒿提取出来的，而植物青蒿并不含有抗疟成分。因此，对抗疟有效成分的命名一直有两种不同的意见。一种主张称"青蒿素"，因为青蒿是祖国传统抗疟中药，中医研究院中药所从一开始就称为"青蒿素"。另一种意见认为，青蒿的抗疟成分是从植物黄花蒿中提取出来的，真正的植物青蒿不含有抗疟成分，从实际和学术的角度，应定名为"黄花蒿素"或"黄蒿素"。这个问题的争论，既是一个学术的问题，实质也关系到排名的问题。会议未就此做出结论，建议会后由有关部门和专家讨论确定。

关于定名的问题，当时的研究结果已证明，植物黄花蒿和大头黄花蒿含有此抗疟有效成分，植物青蒿不含此抗疟成分。最后按鉴定书的名称随传统中药定名为"青蒿素"（QINGHAOSU）。《中国药典》（2000 版）已按中药用药习惯，将中药青蒿原植物只保留黄花蒿一种，即 *Artemisia annua* L.。

4．发明证书归属六家

1978 年 12 月 28 日，国务院发布了《中华人民共和国发明奖励条例》。卫生部代表全国 523 领导小组，以在江苏省扬州市召开的青蒿素鉴定会上确定的 6 个主要研究单位，向国家科委申报了青蒿素发明奖。

国家科委发明奖评选委员会在评审中，认为青蒿素作为一个新药的发明，确证药物的化学结构必不可少。一个新药若不清楚其化学结构，就不可能确定为新药。因此，提出担负青蒿素化学结构研究的中国科学院生物物理研究所和中国科学院上海有机化学研究所应列入主要研究单位。四川省中药研究所和江苏省高邮县卫生局，他们研制的主要成果是青蒿生药片和青蒿生药简易制剂，对于青蒿素抗疟药成果的研究发明，应列入主要的协作单位。在征得卫生部同意后，国家科委于 1979 年 9 月为卫生部中医研究院中药研究所、山东省中医药研究所、云南省药物研究所、中国科学院生物物理研究所、中国科学院上海有机化学研究所、广州中医学院等 6 个单位颁发了由国家科委主任方毅签发的"发明证书"，在获奖单位名称后面，特别加有一个"等"字。发明项目为"抗疟新药——青蒿素"，奖励等级二等，奖章号码 1005，发明证书原仅有一份 A00011 号发给（卫生部）中医研究院中药所，后为其他 5 家单位补发 A00611 ~ A00615 号同一发明证书，单位名字排列格式与 A00011 号不同，但均为真件。[17]1979 年 9 月在颁发证书的同时，《人民日报》发表公告，向国内外郑重宣告了我国科技工作者发明的"抗疟新药 —— 青蒿素"诞生。

在回顾总结这段历史的时候，应特别指出的是，江苏省高邮县卫生局和四川省中药研究所（位于重庆）虽然最后在青蒿素成果发明奖上没有排上名次，但两个单位为青蒿素研制成功所做出的成绩不容忽视。

江苏省高邮县卫生局在青蒿和青蒿素研究过程中，赤脚医生顾文海等在县卫生局的领导支持下，在民间应用中草药治疗疟疾的基础上，有组织、有计划，较大规模进行了青蒿多种简易剂型和多种治疗方案的临床试验，并初步肯定了中药青蒿简易制剂治疗间日疟的效果。

四川地区 523 中医药协作组，在 1975 年以后的青蒿研究大会战中，发扬其技术和地域的优势，成为青蒿、

图 5.7　参加过青蒿治疗疟疾工作的江苏省高邮县二沟卫生院院长沈学足

青蒿素研究大会战的主力军之一。全国 523 办公室分配四川地区的任务是，为适应备战、备荒的需要，在高邮县的基础上，尽快拿出一种就地取材、制备简易、有较好疗效的青蒿粗制剂。四川地区 523 办公室在地区有关领导部门的支持下，以四川省中药研究所为中心，该所化学、药理等科室的 20 多名科技人员，全都投入了青蒿、青蒿素研究工作。全地区军队、地方从事科研、医疗、防疫、教育、制药等 40 个单位协作，从植物资源、化学提取、药理毒性、临床试验、生产工艺、质量标准等进行全面系统的研究，青蒿粗制剂"青蒿片"临床治疗恶性疟、间日疟 590 例，达到 100% 的疗效[55]，得到速效、近期高效、副作用小、工艺简便、资源广、成本低的评价。经全国 523 领导小组同意，由四川地区召开鉴定会议审查讨论，青蒿片作为单独一项科研成果通过鉴定。四川省中药研究所在青蒿素大协作的科研工作中，研究成功生产工艺"稀醇法"，不仅为中医研究院中药所提取了 600 克青蒿素，也为其他科研、临床试验研究和战备提供了一批青蒿素。

除青蒿素的 6 个研制单位和青蒿简易制剂的 2 个研制单位外，尚有 37 个协作单位，他们也为研制青蒿、青蒿素承担了大量临床试验、资源调查、质量标准等研究工作，做出了各自的贡献。这些单位和科技人员为了援外、战备的急需，执行上级交给的任务，不计报酬，不图名利，默默奉献，其精神和风格是值得敬佩的。

此外，云南、山东、广东、广西的有关制药厂及其领导部门为援外、战备，突击生产提供一大批青蒿素，保证了临床实验研究的需要和我军的战备急需，各级组织领导者以及成果的发明者，永远不要忘记榜上无名者对青蒿素研制

图 5.8　四川省中药所当年参加 523 项目研究的部分重庆研究员，从左至右依次为：周瑞匡，郭履清，肖铭玉，吴慧章，顾月翠，鲁灵恩，尹才渊，黄贞明

成功所做出的贡献。

　　青蒿素的研制成功，是我国科技工作者集体的荣誉，奖状上具名的6家发明单位各有各的发明创造。但可以断言，从传统药中用现代的科技手段研制成功一种新结构类型的新药，发明证书上的6个单位，以当时的人才、设备、资金、理论知识和技术，无论哪一个单位都不可能独立完成。

5. 青蒿素化学结构公开

　　近十几年来，不断有人提出，青蒿素作为一个抗疟新化合物，为什么要把这个研究成果过早地公开发表而不申请专利呢？这也与当时的历史背景有关：那个年代，绝大多数科技人员还没有知识产权的观念，而国家的专利制度也至1985年才建立起来。

　　1976年，当获悉南斯拉夫一位植物化学家也正在分离提取当地所产的黄花蒿的天然化合物，从得到的信息分析，认为与我们正在研究的青蒿素相同。在那个年代里，把研究成果写成论文发表、为国争光是当时科技人员的唯一选择。公开青蒿素的化学结构，表明青蒿素为中国人所发明。接着，先由北京生物物理所梁丽起草了题为《一种新型的倍半萜内酯——青蒿素》的原稿，署名"青蒿素结构研究协作组"，之后中医研究院中药所倪慕云在此基础上增加部分内容，仍以"青蒿素结构研究协作组"名义和同样的标题，再由中医研究院请示，经全国523办公室同意和卫生部批准，于1977年在《科学通报》第3期上发表了第一篇青蒿素的论文，报道了中医研究院中药所、北京生物物理所和上海有机所合作研究的青蒿素化学

图5.9　1979年卫生部中医研究院中药所的屠呦呦作为参与青蒿素抗疟新药发明工作的科技人员代表领奖

图 5.10　青蒿素指导委员会秘书周克鼎与山东科研人员在一起，左二为魏振兴，右一为田樱，右二为朱海，右三吴慧章

结构式，出于保密而未提及青蒿素的抗疟疗效。1979 年，第二篇青蒿素化学论文，由有机所执笔，中医研究院中药所刘静明、倪慕云、樊菊芬、屠呦呦和中国科学院上海有机化学研究所吴照华、吴毓林、周维善署名，以《青蒿素（Arteannuin）的结构和反应"为题，发表在《化学学报》37 卷第 2 期。1979 年 11 月，青蒿素的第三篇论文由中国科学院生物物理研究所青蒿素协作组署名，以《青蒿素的晶体结构及其绝对构型》为题，由梁丽执笔，以"中国科学院生物物理研究所青蒿素协作组"署名，发表在《中国科学》B 辑 11 期；后又在该杂志的英文版 *Scientia Sinica* 1980 年 23 卷第 3 期以同样的署名和同样的题目用英文向国外介绍了青蒿素的晶体结构和绝对构型。

　　青蒿素的抗疟疗效于 1979 年以 "抗疟新药青蒿素的研究"为题公开发表在《药学通报》第 2 期（14 卷第 49—53 页）上（现已更名为《中国药学杂志》）。这篇综述性文章主要报道了青蒿素的药效、毒理、药代和总数 2099 例临床试验（青蒿素片剂、油剂、油混悬剂和水混悬剂）的结果。此稿也以 "青蒿素研究协作组"（Qinghaosu Antimalaria Coordinating Research Group）的名义发表，但在脚注中明确列出九个协作单位的名称，即中医研究院中药研究所、山东省中西医结合研究所、云南省药物研究所、广州中医学院、四川省中药研究所、江苏省高邮县卫生局、昆明医学院、中国科学院生物物理研究所和有机化学研究所以及多个省、市、自治区（广东、云南、广西、湖北、河南、山东、四川等）的现场。它的英译稿发表在 1979 年 12 期的《中华医学杂志英文版》（*Chinese Medical Journal*）第 811—816 页上。

6. 战备生产各显真功

青蒿素这一成果的诞生，直接为我军战备和边防军民防治疟疾提供了有力的保障。20 世纪 70 年代末，由于部队战备需要，急需生产一批青蒿素备用。国家医药管理总局、中国人民解放军总后勤部、卫生部联合向云南、广西、四川、广东等省、自治区有关主管部门，下达了生产青蒿素的紧急任务。指定的生产单位有云南省药物所和昆明制药厂、四川省中药研究所和重庆制药八厂、广西桂林芳香厂、广东海南制药厂。[56] 各有关省、区的领导部门对此非常重视，迅速做出部署和安排。这些单位是我国最早提取和试生产青蒿素的研究所、制药厂，在各地区 523 办公室的组织协助下，科研和生产单位制定合理的生产工艺，挖掘生产潜力，清理库存和收购黄花蒿，即刻投入生产。四川省中药研究所把用于科研和临床试用的上百万片"青蒿浸膏片"也作为提取青蒿素的原料。在各地区的共同努力下，上级下达的生产任务很快完成，提供了青蒿素油针剂几十万支。后又追加下达生产 100 公斤青蒿素的任务（但未完成）。这是一次对 523 科研单位和生产单位的考验。每一个承担青蒿、青蒿素科研、临床、生产、后勤服务的单位和人员，急战备之所急，供战备之所需，尤其是生产一线的人员，更是废寝忘食，加班加点，都为能参加研制和生产抗疟新药青蒿素，能为战备服务而倍感自豪和欣慰。

通过这次紧急战备任务的生产，起到了加速科研成果推广的作用，也进一步推动了青蒿素科研工作的深入开展。而且，为了满足国内外对青蒿素的迫切需要，解决青蒿素工业化定点生产的问题摆上了领导部门的日程。

第六章　青出于蓝而胜于蓝

1．改造结构上海药物所领军

1978 年在江苏省扬州市召开的青蒿素鉴定会，宣告了中国抗疟新药青蒿素的诞生。从青蒿素研究开发的历程看，这还只是青蒿素研发中的第一阶段。此后，一系列青蒿素衍生物的诞生和青蒿素类新复方药物的研究开发，以及它对其他疾病的应用开发，可以称得上是青蒿素研究进入又一新的高潮。

1975 年年底，就在青蒿素的化学结构测定工作刚要完成的时候，全国 523 办公室组织有关专家讨论，瞄准了对结构新颖、作用机制特殊、疗效快速的青蒿素的衍生物研究。

为了寻找比青蒿素疗效更高、原虫复燃率更低和制剂更稳定、使用更方便的新一代抗疟药，依据青蒿素化学结构的特点，专家们一致认为，可先通过对青蒿素的结构修饰，提高其溶解度和生物利用度，从而提高其疗效。

图 6.1　原 523 项目化学药专业组部分科技人员在 1989 年 4 月北京世界卫生组织热带病研究和培训特别规划署疟疾化疗科学工作组会议上的合影，从左至右依次为安静娴、钟景星、邓蓉仙、陈昌、张秀萍、李英

图 6.2　1987 年在实验室，左起：虞佩琳、嵇汝运、朱远明、李英、陈一心

1975 年 12 月，在上海召开的 523 化学合成药评价和鉴定会议期间，全国 523 办公室周克鼎会同上海药物所合成研究室的有关专家，商讨了青蒿素化学结构的改造工作，认为这是克服青蒿素缺点的一个好办法，就此达成了共识。

上海药物所从 1967 年就开始承担 523 化学合成抗疟药和中草药抗疟的研究任务，成立了合成、植化和药理三个小组，是 523 任务的主力单位之一。在常山乙碱化学结构改造的研究和中草药仙鹤草抗疟作用的研究中，做出了很多卓有成效的工作。李良泉等从常山乙碱化学结构改造研究中获得的衍生物常咯琳（即 56 号），不仅有较好的抗疟作用，而且克服了常山乙碱呕吐的缺点。由于该药与同期 523 项目研究的其他抗疟药相比疗效较不理想，未被用作抗疟药，但却被开发成为一个抗心律失常的新药。在中草药仙鹤草的研究中，通过实验室研究，肯定了它的提取物有显著的抗疟效果，之后又从中分离出 5 个有效单体仙鹤草酚（A—E），测定了它们的化学结构并进行了全合成。因为仙鹤草酚含有较多的酚基，对肠胃道的毒性较大，于是李英等又做了结构改造，减少酚基的数目以减低毒性，但没有成功。

1976 年 2 月，全国 523 领导小组向上海药物所下达了进行青蒿素化学结构改造、寻找新衍生物的研究任务后，该所立即组织 3 个 523 小组成员，围绕青蒿素化学结构与效价的关系及衍生物的合成开展了研究。

2．衍生物研究抓住重点目标

青蒿素是含有过氧基团的倍半萜内酯，上海药物所李英等通过鼠疟模型比较青蒿素衍生物的抗疟效价，发现经过催化氢化生成的脱氧化合物（氢化青蒿素）无抗疟作用，说明过氧基团是青蒿素抗疟作用的有效基团。上海有机所在测定青蒿素化学结构时进行了各种化学反应，大部分反应产物已失去过氧基团或青蒿素的母核。唯一例外的是在 5℃ 左右、青蒿素被钠硼氢还原后生成的还原青蒿素，既保留了青蒿素的母核，也保留了过氧基团。于是，合成室 523 组合成了还原青

蒿素和脱氧青蒿素，由药理室 523 组进
行鼠疟筛选。实验结果表明，失去过氧
基团的脱氧青蒿素毫无抗疟作用，而还
原青蒿素的抗疟效果比青蒿素更高。这
是一个非常重要的实验结果，也是一个
非常重要的发现。它证明了过氧基团是
抗疟活性必需的基团。既然过氧基团是
抗疟必需基团，那么其他过氧化物是否
也有效呢？他们继而又合成了一些简单
的过氧化物与天然的过氧单萜（驱蛔素）

图6.3 （左起）上海药物所陈林、周钟鸣、顾浩明

一起交给药理组进行药效试验。但这些化合物的抗疟效果很差。由此推断，在青
蒿素结构改造物中，除应保留过氧基团外，还需要同时保留青蒿素的母核。植物
室 523 组开展了青蒿素在人体内的代谢研究，希望从青蒿素的代谢物中寻找结构
改造的线索，试验结果表明这些代谢物均无抗疟作用。

　　虽然，还原青蒿素比青蒿素的抗疟效果更好，但它的溶解度没有多大改善，
稳定性反而不如青蒿素本身。在此基础上，合成 523 组的李英等设计和合成了 3
类还原青蒿素的衍生物，即醚类、羧酸酯类和碳酸酯类衍生物。

　　在 1977 年 4 月于广西南宁召开的 523 中西医结合防治疟疾专业座谈会和同
年 6 月于上海召开的 523 化学合成药专业组会议上，上海药物所的虞佩琳、盖元
珠和瞿志祥报告了他们制备青蒿素衍生物的方法和今后的研究方案（其中包括水
溶性化合物青蒿酯类的方案）和已合成的 20 多个青蒿素衍生物的初步筛选结果。
1977 年 9 月，药理组顾浩明以 SD_{90}（抗鼠疟活性 90%）作为比较标准再次测定
了这些衍生物的抗疟活性。还原青蒿素的生物活性是青蒿素的 2 倍；SM224（后
称蒿甲醚）是青蒿素的 6 倍，是醚类衍生物中活性最高的；SM227（后称蒿乙醚）
次之，是青蒿素的 3 倍。还有不少酯类化合物的活性是青蒿素的 10 倍以上。

　　1977 年 11 月，经科研人员讨论决定，根据青蒿素衍生物的抗疟效价，在 3
类衍生物中各选出一个抗疟作用最高的化合物，进行大动物的疗效和毒性实验。
实验所需化合物的量比较大。期间，由于植化组曾发现将制备还原青蒿素的甲醇
反应液直接酸化，也可生成蒿甲醚。因此，他们由此发展成一步法，加快了提供
SM224 的速度。合成组则提供了衍生物 SM108 及 SM242。在比较三者的毒性、

稳定性、溶解度及生产成本等因素后，因 SM224 化学性质稳定，油溶性大被选定为候选药。此后，上海药物所的药理研究人员对 SM224 的药理毒性及药物的吸收、分布、排泄，药物代谢动力学、胚胎毒、致畸性，以及在体内的化学转化等进行了系统的研究。

为了赶在第二年的疟疾高发季节进行的临床试验，在上海地区 523 办公室的组织和协调下，云南省药物研究所、四川中药所和广西桂林芳香厂无偿提供了青蒿素原料。SM224 油针剂由上海第十制药厂蒋异山等人负责制备。定量分析的方法由上海市药品检验所的王仲山等人研究提供。1978 年夏天，SM224 临床前的各项研究工作在各单位的通力合作下顺利完成，只等有关部门审查批准临床试用。

对于这样一个集体研究的新药，上海药物所副所长嵇汝运教授将其命名为"蒿甲醚"，英文名为 Artemether。

3. 蒿甲醚临床试验获得成功

1978 年，全国 523 办公室把经过审批的青蒿素衍生物蒿甲醚的首次临床试验安排在海南现场，由广州中医学院 523 临床研究小组承担。上海药物所的科研人员将临床用药送到海南并参加了临床观察。为了记述历史记录的真实性，现将 SM224（蒿甲醚）首次临床试验的原始报告[57]摘录如下：

> 临床验证时间 1978 年 7—9 月，为海南疟疾流行高峰。临床验证现场选择抗药性恶性疟流行地区、设备条件较好的东方县人民医院。

图 6.4　上海 523 办公室主任王焕生（左）与上海药物所张淑改（中）、李英（2006 年）

临床研究负责人为广州中医学院 523 临床研究组李国桥医师，东方县人民医院新医科郭兴伯医师。

临床资料，收治的 17 例病人中，脑型疟合并溶血者 1 例，恶性疟 14 例，间日疟 2 例。6 例病人入院前服用过氯喹，其中 2 例已服完 1 个疗程。

治疗方案总剂量组分 240 毫克和 480 毫克两个组（每天肌注 1 次），3 天为一个疗程。

疗效评价：

（1）"SM224"（蒿甲醚）治疗疟疾病人 17 例全部临床治愈。从原虫转阴和退热时间，两组疗效均比青蒿素水混悬注射剂 1200 毫克要快，使用方便。

（2）17 例疟疾病人中有 6 例于投药前 10 天曾接受过氯喹治疗，2 例已服完一个疗程，但症状仍在加重。使用 "SM224" 后疗效满意。初步证明蒿甲醚对抗氯喹恶性疟治疗效果可靠。

（3）"SM224" 240 毫克组，治疗恶性疟病人 4 例，一个月内原虫全部复燃。480 毫克组治疗恶性疟 11 例，9 例追访一个月，3 例 20 天均未发现复燃。初步认为 "SM224" 治疗恶性疟总剂量 480 毫克为宜。

以上是对青蒿素衍生物蒿甲醚首次临床试用的评价。虽然临床验证只有 17 例，但已经显示出这个青蒿素衍生物治疗疟疾病人的疗效比青蒿素优越。临床的结果与上海药物所的动物试验结果一致。

一个良好的开端是成功的一半。1978 年海南现场临床试用成功的消息，令上海药物所科技人员受到极大的鼓舞，但大家更期待以后大规模的临床试验结果。大规模临床试验需要充足的药源，在全国 523 办公室的组织协调下，云南昆明制药厂承担了这个任务。1980 年初夏，上海药物所的朱大元和殷梦龙来到该厂，将陈仲良、殷梦龙研制的用钾硼氢替代钠硼氢的一步反应法扩大中试。昆明制药厂王典五总工程师主持了蒿甲醚及其油针剂的试产任务。

从 1978—1980 年的近 3 年时间，在全国 523 办公室安排下，蒿甲醚在海南、云南、广西、河南、湖北等疟疾流行区，按照统一的临床试用方案（连续 3 天用药），共治疗疟疾病人 1 088 例，其中恶性疟 829 例（包括确诊的抗氯喹疟疾 99 例、脑型疟 56 例）、间日疟 259 例。各地临床治疗结果基本一致。829 例恶性疟近期

图 6.5　在国家科委的支持下，中信技术公司与法国罗纳普朗克公司 1990 年签署蒿甲醚注射剂委托销售协议

治愈率 100%，其中用药 600~640 毫克者 457 例，在 24~48 小时内退热、疟原虫转阴。其退热和杀灭原虫的速度均超过氯喹等抗疟药。追踪治愈病人 354 例，一个月复发率为 7%，远远低于青蒿素。因为肌肉注射给药，能方便地抢救危重恶性疟病人，尤其引人注目的是抗氯喹病例全部治愈。各地的临床试验报告认为蒿甲醚具有高效（剂量小）、速效（退热快、血中原虫消失快）、毒性低（副反应轻，未发现与该药有肯定相关的毒性反应）、便于使用等优点。还认为有"两个独到"，在治疗抗氯喹恶性疟方面有独到之处，在制剂与疗效上有独到之处；有"两个可靠"，治疗危重型疟疾病人疗效迅速可靠，在抗氯喹地区治疗恶性疟疗效可靠；有"两个欢迎"，由于制剂改进，注射部位不再肿痛，病人特别是儿童愿意打针，医护人员乐意用药。

至此，蒿甲醚作为青蒿素第一个衍生物，顺利地完成了当时药物鉴定的要求。1981 年 1 月 20—22 日，由全国 523 领导小组主持，在上海召开了疟疾治疗药蒿甲醚鉴定会。参加会议的有北京、广东、云南、山东、河南、四川等省、市及解放军科研机构等 37 个单位的 56 名代表。国家科委、国家医药管理总局、解放军总后勤部、上海市科委、中国科学院上海分院、上海地区 523 办公室等领导部门的负责人和代表参加了会议。会议高度评价了蒿甲醚研究成果，认为这是继青蒿素之后的又一重要进展，建议有关部门积极创造条件，尽快组织生产。

1985 年我国卫生部颁布《新药审批办法》，按照审批法的要求，青蒿素指导委员会组织有关单位进行蒿甲醚的特殊毒性（致癌、致畸、致突变）实验，临床方面，由广州中医学院三亚热带医学研究所按照 GCP 规范进行 I 期和 II 期临床试验，共治疗恶性疟 315 例（其中脑型疟 7 例），全部临床治愈，28 天复燃率为 7.4%，确定为 5 天疗程，总剂量 480mg。1987 年 9 月上海药物研究所和昆明制药厂获得蒿甲醚原料药和蒿甲醚注射剂新药证书。

1996 年 12 月，蒿甲醚获国家科委颁发的国家发明奖的三等奖；1997 年，蒿甲醚被列入了世界卫生组织颁布的第 9 版《基本药物目录》。

4．首选青蒿琥酯救治脑型疟

　　1977 年 4 月，全国 523 办公室在南宁召开"中西医结合防治疟疾药物研究专业座谈会"，6 月，又在上海召开了 523 化学合成药专业会议。上海药物研究所在这两次会上介绍了青蒿素化学结构改造及其衍生物的构效关系的研究资料，以及青蒿素水溶性衍生物合成路线的思路。会后，广西地区 523 办公室鉴于广西青蒿资源丰富，青蒿素的含量较高的有利条件，决定组建"广西青蒿素衍生物研究协作组"，要求桂林制药厂开展青蒿素衍生物的研究。[58] 该厂刘旭参加了上海523 合成药专业会议，听了上海药物研究所合成青蒿素衍生物的报告回厂后，利用该厂的原料、中间体的条件，由广西桂林芳香厂提供青蒿素原料，合成十几个衍生物，由广西医学院、广西寄生虫研究所负责效价和药理、毒性实验研究，其中代号 804、887 的效果突出。1978 年 9 月，广西中医药研究所负责化合物的元素分析、红外光谱、质谱、核磁共振等化学结构的测定，并于 10 月请中国科学院生物物理所协助做了 X- 射线衍射的确证。

　　1978 年 7 月，桂林制药二厂将 804- 钠制成粉针冻干注射剂（804 使用时以碳酸氢钠水溶液溶解生成钠盐），桂林制药厂将 804- 钠制成片剂，由广西医学院、广西寄生虫病防治研究所、广州中医学院和北京师范大学防化教研室进行药理、毒理等实验，未见明显毒性。同年 9 月，广西寄生虫病防治研究所在广西宁明县用 804- 钠肌肉注射临床试验 32 例，疗程 3 天，总剂量 300 毫克，均迅速退热和原虫转阴，治疗疟疾病人具有近期高效、速效和低毒的特点，但仍有近期复燃率较高的缺点。同年 11 月，广西 523 办公室将已完成的 24 例（其中恶性疟 9 例，间日疟 15 例）临床实验结果作为资料提交给青蒿素鉴定会议，题目为"青蒿素衍生物的研究"。

　　此后两年，广西寄生虫病防治研究所和广州中医学院在海南岛用 804-钠肌肉注射、静脉注射和 804- 钠片剂及 804- 钠＋磺胺多辛联用口服共治疗疟疾 284 例，均获得高效、速效、低

图 6.6　1986 年 8 月在上海宝山宾馆召开的青蒿琥酯初评会，左二焦岫卿，左三周克鼎，右一宁殿玺

毒的治疗效果[59]。1979 年 11 月中国药学会第四次学术会议在南京召开，桂林制药厂刘旭发表了"青蒿素衍生物的研究"报告，报告了 804- 钠的 186 例临床治疗结果，后在 1980 年《药学通报》第 4 期上成文发表。[60]

1980 年 11 月，广西壮族自治区科学技术委员会、医药管理局和卫生厅在桂林召开"804- 钠"技术鉴定会，根据 284 例疟疾治疗的临床试验效果，尤其以 804- 钠制剂解决了水溶性问题，适宜于凶险疟疾的抢救而通过了鉴定。1981 年 3 月广西卫生厅批准桂林制药厂青蒿琥酯片剂和桂林制药二厂的青蒿琥酯注射剂生产上市。

804 为还原青蒿素的琥珀酸单酯，命名为青蒿琥酯。1982 年 3 月，世界卫生组织化疗科学工作组在日内瓦召开全体会议，对原在 2 月与青蒿素指导委员会签订的研究合作计划中，只确认青蒿琥酯作为治疗脑型疟的优先开发项目，并对青蒿琥酯制剂工艺、质控标准等表示关注。中国青蒿素及其衍生物研究开发指导委员会（简称青蒿素指导委员会，于 1982 年 3 月成立的一个负责与世界卫生组织等国际机构合作与联系、组织协调国内青蒿素研发的专门机构，见后述）根据世界卫生组织建议，组织上海医药工业研究院、军事医学科学院、北京药物所、上海药物所、中国中医研究院中药所、广州中医学院、桂林制药一厂、桂林制药二厂、广西医学院、广西中医学院、广西寄生虫病研究所等单位对青蒿琥酯制剂，从原料药精制、制剂工艺改进、质量标准以及有关粉针剂无菌分装生产车间的管理、毒性实验到临床试验等方面，按照世界卫生组织提供的标准重新进行了研究开发。特别是在改进制剂工艺和建立青蒿琥酯血药浓度测量方法中，上海医药工业研究院、北京药物所分别做出了重要贡献。

1984—1986 年，青蒿素指导委员会组织药学、药理毒理、临床单位按《新药审批办法》和世界卫生组织的要求，对青蒿琥酯重新进行新药研发。除统一组织科研力量，统一计划协调外，还提供了经费保障。

1985—1986 年，由广州中医学院主持，在海南岛和云南西双版纳地区，按国际标准对青蒿琥酯静脉注射剂重新进行临床试验，共治疗疟疾 500 例，其中恶性疟 443 例（含脑型疟 31 例），间日疟和三日疟 57 例，疗效良好。1988—1989 年，又对肌肉注射给药的 180 例进行 3 天、5 天和 7 天疗程的疗效比较，28 天原虫复燃率分别为 52%、9.8% 和 2.5%。青蒿琥酯片口服治疗恶性疟 100 例，28 天复燃率 3 天疗程为 51.2%，5 天疗程为 4.4%。有关协作单位又按照《新药审批办法》要求，补充了有关实验和数据，如按标准补做 I 期、II 期临床试验，疗程的用药剂量也做了一些调整。

1985 年 7 月 1 日，卫生部发布《新药审评办法》，对新药审核增加了不少指标。在青蒿素指导委员会的组织协调下，有关协作单位又按照《新药审评办法》要求，补做 I 期、II 期临床试验，补充了有关实验和数据，疗程的用药剂量也做了一些调整。

1987 年 4 月由青蒿素指导委员会为申报单位，卫生部于 1987 年 4 月 6 日向桂林制药厂、广西医学院、广西寄生虫病研究所、广州中医学院、上海医药工业研究院、军事医学科学院微生物流行病研究所、中国医学科学院药物研究所、中国中医研究院中药研究所 8 个合作单位颁发《新药证书》，编号：（87）卫药证字 X–01 号，新药正式定名为"青蒿琥酯"；其注射剂则由上海医药工业研究院、桂林第二制药厂、广州中医学院等合作完成，3 个单位共同获得卫生部颁发的注射用青蒿琥酯《新药证书》，两年后的 1989 年青蒿琥酯获得国家发明三等奖。

青蒿琥酯在使用方面，可以静脉、肌肉注射给药，使青蒿素及其衍生物治疗疟疾增加了一个更易推广、使用更方便的剂型，尤其是可用于凶险型疟疾，如昏迷的脑型疟病人的救治，丰富了青蒿素及其衍生物的使用。经过 20 多年的商品生产和临床应用，青蒿琥酯已经成为当今国际上医护人员救治脑型疟疾的首选药物。

新药青蒿琥酯的研制成功，是在原来研究工作的基础上，于 1982—1987 年的 5 年间，由青蒿素指导委员会按世界卫生组织新药要求标准，组织国内较强的专业科技力量，给予经费支持，完成了新药开发全部研究项目，包括后来组织开展国际合作的工作，这一成功又一次显示了全国大协作的优势。

2010 年 11 月桂林南药的注射用青蒿琥酯（双针剂型）通过了世界卫生组织的质量预认证，商品名为 Artesun；2011 年 4 月世界卫生组织将其作为重症疟疾治疗的首选用药收入其《疟疾诊断与治疗指南》。

5. 青蒿素研发实用新剂型药

早期研制的新抗疟药中还有一个少为人知的青蒿素栓剂。青蒿素抗疟效果的研究 1978 年已通过全国 523 领导小组组织专家的技术鉴定，但是当时青蒿素并没有一个固定的剂型，所获得的临床数据来自各种不同的剂型，这是由于青蒿素在极性和非极性溶剂中的溶解度差，难于制备成可以正式生产的剂型，尤其是用于凶险型恶性疟的救治受到极大的限制。当时我国的药物研究和生产均未能达到国际承认的"3G"（GLP、GCP、GMP）要求，研制的青蒿素类药物注射剂与国际标准差距较大，短期内做到也有难度。为了让青蒿素尽快用于疟区患者必须另辟蹊径。

广州中医学院 523 科研小组在青蒿素的临床研究中，曾用青蒿素灌肠方法成功救治脑型疟患者。借鉴中药栓剂肛门直肠给药方法，把青蒿素做成栓剂，用于治疗一些不能口服的昏迷患者或小孩患者，不失为一种简便可行的方法。

1982 年，中医研究院中药所所长刘静明和李泽琳、沈莲慈等立题开展青蒿素栓的研究，青蒿素指导委员提供部分经费支持。该所制剂室负责制剂工艺和供临床用药；药理室承担药效、毒理和药代动力学研究；分析室承担制剂的含量和体液中含量的检测。又与广州中医学院李国桥带领的 523 科研小组合作，由他们负责临床试验。1982—1984 年在海南岛收治恶性疟 358 例，其中重症疟疾 32 例，又先后在湖北枣阳、广东深圳和海南岛收治间日疟 108 例，疗效良好。

1984 年 10 月，在广州召开"青蒿素栓剂治疗疟疾研究"鉴定会时获悉，《新药审批办法》即将颁布，并确定将青蒿素指导委员会重点开发的青蒿素栓、蒿甲醚注射液和注射用青蒿琥酯等 3 个新药作为第一批一类新药的审批对象，要求青蒿素栓按新审批办法申报。1986 年 3 月，评审会要求补充直肠给药的动物药效学和健康志愿者 I 期临床药代动力学的资料。课题研究组按要求完成补充研究资料后，通过了新药评审。同年 10 月，卫生部向中医研究院中药研究所颁发青蒿素栓和青蒿素的新药证书，同时给广州白云山制药厂颁发两药的生产批文。由于开拓国际市场难度较大，白云山制药厂一直没有生产。后由基思·阿诺德博士将青蒿素栓剂带往越南试用于临床，随后越南自行生产用于基层。

青蒿琥酯、蒿甲醚和青蒿素栓都分别作为一类新药，按照我国《新药审评办法》标准要求通过国家新药审评，当时在国内成为新药审评的一个"样板"。然而，青蒿素栓作为第一个新药的报批，在证书的申报和颁发中出现了一点瑕疵，后来为原 523 及青蒿素研究的单位带来一些异样的气氛。

6．双氢青蒿素及其片剂的研发

双氢青蒿素（还原青蒿素）和青蒿素相比，抗疟作用略优于青蒿素，但是稳定性差和毒性大于青蒿素是其不利的因素。当年 523 办公室委托山东中医药研究所的田樱通过实验考察还原青蒿素的稳定性，中医研究院中药所的曾美怡也发现还原青蒿素相当不稳定，当年上海药物所的李英在制备衍生物时认为还原青蒿素的半缩醛结构是其不稳定的因素，因而将其制成稳定的缩醛衍生物。由于稳定性原因，且当时有效、稳定性更好的蒿甲醚和青蒿琥酯正在研制，523 办公室没有另组织人员开发还原青蒿素。

由于蒿甲醚和青蒿琥酯的合成都是以还原青蒿素为中间体，多年来上述两个药物的药代动力学研究表明，原药进入体内均迅速分解，其首要的有效代谢产物都是还原青蒿素。生产成本低和药物制备流程简单是还原青蒿素的另一优点。1985 年中医研究院中药所决定立项开发还原青蒿素。由屠呦呦（化学室）、李泽琳（药理室）、曾美怡（分析室）分头负责还原青蒿素化学、药理（包括毒性和临床药理）、原料药、制剂和体液含量测定。1985 年分析室曾美怡完成了建立原料药含量测定方法的工作，该方法后来成为《中国药典》（2000 版，2005 版，2010 版）的双氢青蒿素和双氢青蒿素片的含量测定方法。而由于还原青蒿素不稳定问题不被重视，药理室亦因种种原因无法按计划进行，之后便退出了还原青蒿素的课题组。

1986 年中医研究院中药所重新任命屠呦呦为组长，将还原青蒿素改称"双氢青蒿素"，并分别委托北京中医药大学进行鼠疟药效试验，军事医学科学院微生物流行病研究所进行猴疟药效试验，北京协和医学院寄生虫病教研组测定对人恶性疟原虫体外抗疟效价，中药研究所富杭育课题组进行大鼠和犬的亚急性毒性试验和生殖毒性试验，中国药品生物制品研究所进行微核、CHL 染色体畸变和 Ames 3 项致突变试验。[61] 中国医学科学院药物研究所的放射免疫法用于非临床（兔和犬）药代动力学和双氢青蒿素 I 期临床药代动力学研究。[62、63] 课题组采用了中医研究院中药所周钟鸣和北京师范大学生物系合作完成的小鼠体内吸收分布排泄和代谢的试验结果，并采用了已建立的双氢青蒿素含量测定方法用于片剂的测定[64]。

双氢青蒿素及其片剂制剂历时 6 年余，于 1992 年研制完成获得新药证书，同年获得中医药管理局科技进步一等奖和国家科委、5 家媒体单位评选的"1992 年全国十大科技成就"。中医研究院中药所将其转让给北京第六制药厂生产，由北京科泰新技术公司推向国际市场销售。双氢青蒿素作为抗疟药的重新评价，使青蒿素衍生物的抗疟药家族里又增添新的一员，使青蒿素类抗疟疾药物的应用又多了一个选择，也为后来双氢青蒿素复方的研制提供了重要的条件，只是其稳定性问题在国际上始终是一个饱受争议的因素。

在这里值得一提的是，有不少报道称双氢青蒿素于 1973 年就创制成功。众所周知，青蒿素的化学结构是 1975 年以后才确证的，如果能先于青蒿素化学结构确证之前就"创制了双氢青蒿素"，也就没有必要组织那么多的人力物力，用那么多的时间、高精仪器设备，再去进行青蒿素的母核和各个基团结构的研究了！如果不是先确定了青蒿素的化学结构，又如何知道仅仅经过一个化学还原反应得到的白色粉末就是自己要创建的化合物呢？

据有关资料显示，1973 年，中医研究院中药所提取得到青蒿素 II 后，为研究其结构，在北京医学院林启寿教授指导下，对青蒿素 II 的基团进行过一些探索性的实验，其中曾用硼氢化钾等试剂与其进行还原反应，得到一些结晶产品。但当时青蒿素的化学结构尚没确定，且还原反应实验条件也未有严格控制，实际上既不知道该反应产物的结构，也不知它是否是单一物质。

当年中医研究院中药所派倪慕云、刘静明、樊菊芬到上海有机所，在吴照华的指导下，通过对青蒿素部分结构的掌握，并对其纯品的核磁共振图谱的分析，才弄清楚这个被中药研究所称为"二氢青蒿素 II"或上海有机所称为"还原青蒿素"的结晶是青蒿素内酯基团被钠（钾）硼氢还原后产生的一种内半缩醛化合物，是两个差向异构体的混合物。这个结论是直至 1975 年以后青蒿素的结构基本清楚了以后才得出的。因此，不论从何种角度看，都难以支持所谓于 1973 年就已创制发明了还原青蒿素（后改称双氢青蒿素）的论点。

7. 青蒿素类药新药首批审评

我国的《新药审批办法》颁布以前，所有的药物在生产前均由研发单位组织召开鉴定会，邀请有关专业人员对其技术进行成果鉴定，一旦通过即可自行安排生产，实质上是一种自我鉴定，其弊端不言而喻。青蒿素、蒿甲醚和青蒿琥酯都经过这种鉴定会，如 1978 年召开的规模盛大的青蒿素成果鉴定会。20 世纪 80 年代初期，特别是 1981 年世界卫生组织在北京召开的疟疾化疗科学工作组第 4 次会议，听到专家们盛赞中方在青蒿素及其衍生物抗疟研究方面的成就的同时，我们也发现我国药物研究水平和世界水平的巨大差距。当时我国尚没有一个权威的新药审批机构和相关法规可以对药物从实验室基础研究到临床试验进行严格和规范的审批，研究、临床和生产方面也没有 GLP、GCP 和 GMP 要求。

1984 年 9 月 20 日中华人民共和国主席令公布的《药品管理法》（1985 年 7 月 1 日起实施）第 24 条提到"国务院卫生行政部门和省、自治区、直辖市卫生行政部门可以成立药品审评委员会，对新药进行审评"；1985 年 3 月 15 日卫生部党组决定成立卫生部药品审评委员会，同年 6 月 12 日该委员会在北京成立成为卫生部新药审评的咨询机构。

由于多年来青蒿素、蒿甲醚和青蒿琥酯在其研发过程中得到国内外专家的帮助，不断完善基础和临床研究，无论在药效学、作用机理、特殊毒性、非临床和临床药代动力学以及临床试验等方面都为我国药物研究填补了空白，在当时申请的新药中处于领先的地位。根据《药品管理法》规定，卫生部于 1985 年 6 月 16 日聘请医药专家成立了药品审评委员会。卫生部药政局建议，由西药分委员会于 6 月 16 日在北京举行第一次会议，对新药青蒿素及其栓剂进行试评审，这对评审委员和申报者来说也是一次崭新的实践。评审委员经过讨论，提出 16 条书面评审意见，要求进行补充。会后青蒿素及其栓剂课题组按书面意见补充了相关资料。1986 年 3 月评审委员会进行第一次正式评审，由有关人员全面介绍情况，专家提问，申请人按专业当场答辩后，有关人员退场，由专家们进行评议。根据评审意见，要求青蒿素及其栓剂申请人在 3 个月内补充以下内容：（1）直肠给药途径的动物药效研究；（2）Ⅰ期临床健康人药代动力学研究。课题组李泽琳、杨立新、戴宝强等在军事医学科学

图 6.7　1983 年青蒿素指导委员会在厦门举行青蒿素类药物研发会议，左一周克鼎，左四张逵，左五王秀峰，左六李泽琳，左七朱海

图 6.8　1980 年中医研究院中药所李泽琳前往英国伦敦卫生与热带医药学院（LSHTM）的华莱士·彼得斯博士（Dr. Wallace Peters）实验室进行青蒿素作用机理研究

图 6.9　中国青蒿素指导委员会青蒿素生产销售举行会议。前排左起王存志，魏振兴，王殿武，周克鼎。右二朱海，右三傅良书，右四张逵，二排右三田樱，右四吴慧章

院五所焦岫卿和宁殿玺的支持合作下，顺利完成猴疟直肠给药的药效学研究；周钟鸣用赵世善、曾美怡建立的高效液相测定法，完成了健康人 I 期临床药代动力学试验。1986 年 10 月 3 日青蒿素栓作为第一个新药通过审评获得青蒿素及青蒿素栓新药证书和生产批文。此后青蒿琥酯和注射用青蒿琥酯于 1987 年 4 月获得新药证书和生产批文；蒿甲醚和蒿甲醚注射液于 1987 年 9 月获得新药证书和生产批文。

　　青蒿素及青蒿素栓是我国颁布《新药审批办法》后首个通过新药审批的药物，其后如上所述，青蒿琥酯及其制剂和蒿甲醚及其制剂也相继通过新药申请，获得新药证书和生产批文，这些青蒿素类药物在《新药审批办法》早期的执行过程中，以这三种抗疟药作为西药一类新药的审批对象代表，在一定程度上起到了样板和示范的作用。不能不说，523 项目中青蒿素类抗疟药的研制在我国新药报批评审历史上具有极其重要的意义。

第七章　通向世界道路曲折

1. 论文发表世界卫生组织寻求合作

随着"文革"结束，全国科技活动逐渐活跃，各种学术会议相继召开，学术期刊也陆续恢复出版发行。从 1967 年开始，523 项目抗疟药的研究 10 多年来已经积累了大量科学数据和资料。《科学通报》1977 年刊发的青蒿素化学结构简报，是以青蒿素化学结构研究协作组名义发表的。1979 年英文版的《中华医学杂志》刊登以青蒿素研究协作组名义发表青蒿素抗疟作用的论文，公开了大量实验研究和临床研究的数据。此后，一篇篇由科技工作者个人署名的青蒿素论文，陆续出现在学术期刊上。

在我国抗疟新药青蒿素成果公布后，1979 年年初，上海药物所化学合成研究室李英等将完成的青蒿素衍生物的研究工作写成简报，向《科学通报》投稿，

图 7.1　1979 年 3 月世界卫生组织热带病研究和培训特别规划署来华对青蒿素的抗疟研究进行考察，访问北京和山东。左一为山东省中医药研究院朱海

图 7.2 世界卫生组织
1973 年—1988 年第三任总
干事丹麦人哈夫丹·马勒
博士（Dr Halfdan T. Mahler）

于 1979 年下半年刊出。该所药理研究室顾浩明等在 1980 年《中国药理学报》创刊号上，发表了标题为《青蒿素衍生物对伯氏疟原虫抗氯喹株的抗疟活性》的论文，报道了 25 个青蒿素衍生物的抗鼠疟活性（SD_{90}）。同年，广西桂林制药厂刘旭也在《药学通报》上报道了青蒿琥酯的合成。所有这些，都引起了世界卫生组织和国外有关机构的高度注意，不断跟踪搜集我国青蒿素的研究信息。

1980 年 12 月 5 日，时任世界卫生组织总干事的马勒博士致函我国卫生部钱信忠部长称，鉴于多种抗药性恶性疟原虫株的蔓延已对当今世界构成严重威胁，世界卫生组织疟疾化疗科学工作组迫切希望近期在中国召开一次抗疟药青蒿素及其衍生物的研讨评价会议，探讨帮助中国进一步发展这类新药的可能性。卫生部同意后，我国与世界卫生组织长达 6 年的合作从此开始。

2. 世界卫生组织在北京举行研讨会

经过一年的准备，由联合国计划开发署、世界卫生组织设立的热带病培训研究特别规划署（热带病研究和培训特别规划署，Special Programme for Research and Training in Tropical Diseases）下属疟疾化疗科学工作组（SWG–CHEMAL）主持的青蒿素及其衍生物学术讨论会，于 1981 年 10 月 6—10 日在北京召开。这是疟疾化疗科学工作组的第 4 次会议。为了准备好这次会议，国内从事青蒿素类药物研究的单位，包括军事医学科学院、中国医学科学院药物所、上海药物所以及中国中医研究院中药所等集中研究技术力量，分别对青蒿素研究中的薄弱环节，尤其是药理、毒理和药物代谢的研究方面，及时补充了有关实验数据。

这次会议是疟疾化疗科学工作组第一次在日内瓦总部以外召开的会议，是专为我国发明的抗疟药青蒿素及其衍生物进行全面评价和制定发展规划的一次重要的国际会议。出席这次会议的有疟疾化疗科学工作组成员，印度中央药物研究所所长阿南德（N. Anand）教授，美国国立卫生研究院药物化学部主任邦罗西

图 7.3 世界卫生组织在华举办培训班（一） 图 7.4 世界卫生组织在华办培训班（二）

（A. Brossi）博士，美国华尔特·里德陆军研究院实验治疗部主任坎菲尔德（C. J. Canfield）上校，英国伦敦热带病医学和卫生学院原生动物研究室主任彼得斯教授，世界卫生组织官员韦恩斯德费尔（Walther Wernsdorfor）和特里格（P. I. Trigg）及东南亚地区疟疾顾问克莱德（D. F. Clyde）博士等。中国方面出席会议的有主要管理部门和研究单位的领导、代表和部分药理、药化专业的专家。他们是陈海峰、顾浩明、何斌、嵇汝运、季钟朴、金蕴华、李国桥、梁晓天、梁丽、刘尔翔、刘静明、刘锡荣、刘旭、沈家祥、宋振玉、滕翕和、屠呦呦、王佩、王同寅、杨立新、朱海、周克鼎、周维善、周廷冲、周钟鸣，以及多名列席代表等。会议两主席由阿南德教授与我国卫生部科技局局长陈海峰担任。

学术会议报告了 7 篇论文，均由我方代表宣读。主要内容包括：青蒿素的分离和结构测定、青蒿素及其衍生物的化学和合成研究、抗疟效价和作用机制的初步研究、药物代谢与药代动力学研究、急性亚急性及特殊毒性实验报告和临床试用研究报告等。每篇论文宣读后都进行提问、解答和充分讨论。最后分为化学、药理毒性和临床 3 个组，并做更深入的交流和讨论。

会议开得很成功，学术报告的反应十分强烈。疟疾化疗科学工作组在会议总结报告中，首先肯定了青蒿素及其衍生物的抗疟作用，并给予高度评价。报告指出："合乎理想的新药都应具有新的结构和作用方式，这样可能会延缓抗药性的产生，从而它可以有较长的使用期限。此外，也还需要有一种易耐受、安全、作用快的制剂来治疗重型恶性疟疾，特别是脑型疟。显然，中国抗疟药青蒿素是符合上述主要要求的。因为它具有新型的化学结构，作用方式似乎与现有杀裂殖体药物不同，并有速效特点。"

图 7.5 1981 年周克鼎与英国伦敦卫生与热带医药学院的华莱士·彼得斯在十三陵附近看到青蒿

图 7.6 1981 年 10 月卫生部钱信忠部长在疟疾化疗科学工作组第 4 次会议结束时宴请外国科学家们

　　会议主席阿南德教授也指出："青蒿素的发现和青蒿素衍生物的研究成功，其重要意义在于该类化合物的独特结构以及抗疟作用方式和任何已知抗疟药毫无雷同之处。这就为今后设计合成新抗疟药提供了新的路子。因此，青蒿素类化合物对抗氯喹原虫株有效就不足为奇了。"

　　鉴于在东南亚、西太平洋、南美洲以及东非抗氯喹原虫株的迅速蔓延对人类造成了灾难，会议迫切希望中国科学工作者与世界卫生组织疟疾化疗科学工作组密切合作，共同推进这类化合物的研究与发展。会议要求中国严格按照国际标准，早日完成临床前必须完成的工作，包括完善剂型和早期怀孕妇女胚胎毒性和致畸胎可能性的研究，争取在最近两年内完成，以便大规模推广运用此类新药。

　　会议最后通过了《青蒿素及其衍生物发展规划》，提出了近两年和远期应当继续研究的课题；制定了世界卫生组织疟疾化疗科学工作组与中国合作研究的初步计划。为加强对这项工作的领导，促成研究计划的顺利实施，世界卫生组织建议中国尽快成立相应的管理协调机构，以便与世界卫生组织秘书处联系，并在国内协调这一规划的实施。世界卫生组织将在文件规定范围内对这一项目提供支持与资助。有关这次会议的论文和技术资料，由疟疾化疗科学工作组以世界卫生组织丛书形式出版发行。

　　会后，在对这次国际学术会议进行评价时，有关部门领导和与会科技人员认为，通过会议，显示了我国医药科研新的成就和水平，加强了与国外的学术交流，推动了我国医药学研究的开展；同时也看到我国在新药研究工作上，特别是在药物制剂工艺和临床前药理毒理研究方面，与国际标准要求还有很大差距，有些研究领域还有薄弱环节，甚至空白。大家感到，能找到差距也是一种进步。不少与会科技人员满怀激情地说，我们封闭太久，不了解国际上的情况，现在有了一个好的规划，借助与世界卫生组织合作的有利条件，有可能尽快把我国新药研究提高到一个新的水平。大家对与世界卫生组织未来的合作都寄予很大期望。

会议期间，国家卫生部、国家医药管理总局的有关领导多次到会。国家卫生部钱信忠部长在会议结束后会见了出席这次会议的世界卫生组织疟疾化疗科学工作组全体成员和其他国际友人。

此次会议上中方的 7 篇报告的内容归纳为 6 篇论文，以中国青蒿素及其衍生物抗疟研究协作组的名义发表于《中医杂志》（英文版）1982 年，第 2 卷，第 1 期，3–38 和 45–50 页。以下是 6 篇论文及参与研究的单位，展示了我国在大协作的组织形式下，青蒿素及其衍生物当时的研究水平：

（1）Chemical studies on qinghaosu（artemisinine），参与单位为中医研究院中药研究所、中国科学院有机化学研究所和中国科学院生物物理研究所。

（2）The chemistry and synthesis of qinghaosu derivatives，参与单位为中国科学院上海药物研究所、中医研究院中药研究所、桂林制药厂、山东省中医药研究所。

（3）Antimalarial efficacy and mode of action of qinghaosu and its derivatives in experimental models，参与单位为中医研究院中药研究所、军事医学科学院微生物和流行病研究所、中国科学院上海药物研究所、广西医学院、广西中医学院、广州中医学院、上海第二军医大学、中国医学科学院寄生虫病研究所。

（4）Metabolism and pharmacokinetics of qinghaosu and its derivatives，参与单位为中医研究院中药研究所、中国医学科学院药物研究所、中国科学院上海药物研究所、广州中医学院、四川省中药研究所、广西医学院、北京师范大学。

（5）Studies on the toxicity of qinghaosu and its derivatives，参与单位为中医研究院中药研究所、军事医学科学院、山东省中医药研究所、云南省药物研究所、四川省中药研究所、中国科学院上海药物研究所、广州中医学院、广西医学院、广西中医学院。

（6）Clinical studies on the treatment of malaria with qinghaosu and its derivatives，参与单位为昆明医学院第一附属医院、海南卫生防疫站、广州中医学院、山东省中医药研究所、河南省卫生防疫站、云南省药物研究所、山东省青岛医学院、山东省寄生虫病防治研究所、中国科学院上海药物研究所、广西寄生虫病防治研究所、湖北寄生虫病防治研究所、郑州卫生防疫站、中医研究院。

3. 青蒿素指导委员会成立

随着国内外形势的发展变化，1980 年 8 月 27 日，卫生部、国家科委、国家医药管理总局［原为医药工业总公司，全国 523 领导小组成员单位，"文革"期间与石油化工部（曾称燃料化工部）合并，"文革"结束后改称国家医药管理总局］、总后勤部联名向国务院、中央军委呈报了《建议撤销全国疟疾防治研究领导小组的请示报告》，汇报了 523 科研任务的完成情况，以及 13 年来取得的科研成果和提供药品援外战备的情况。根据国家对国民经济实行调整、改革的方针，建议撤销全国和地区疟疾防治研究（523）领导小组及其办事机构。经国务院批准，从 1981 年开始，把这项科研任务继续作为国家医药卫生科研重点项目，纳入有关部、委，省、市、区和部队的经常性科研计划之内。

1981 年 3 月，四部委、局（卫生部、国家科委、国家医药管理总局、总后勤部）在北京召开了各地区疟疾防治研究领导小组、办公室负责同志工作座谈会。卫生部黄树则副部长代表全国 523 领导小组做了工作总结。卫生部钱信忠部长，总后勤部张汝光副部长，国家科委武衡副主任、医药管理总局胡昭衡局长等负责同志讲了话。会议向 110 个单位颁发了奖状，向长期从事组织管理工作的 105 名同志授予了荣誉证书，并对下一步的科研任务和 523 专职组织管理人员的安排提出了要求。

523 任务和管理组织机构撤销后，为了适应新出现的局面，加强与世界卫生组织等国际机构的合作与联系，组织和协调国内正在研究和开发的青蒿素及其衍生物等项目，完成青蒿素及其衍生物的研发任务，根据世界卫生组织的建议，1982 年 3 月 20 日，卫生部、国家医药管理总局决定联合成立"中国青蒿素及其衍生物研究开发指导委员会"（简称"青蒿素指导委员会"）。卫生部科技局局长陈海峰担任主任委员，中医研究院副院长王佩和国家医药管理总局科教司工程师佘德一担任副主任委员，各有关主要研究单位的领导和有关专家分别担任委员和顾问；为了加强与世界卫生组织等国外机构联系，先后聘请国家医药管理总局金蕴华、沈家祥总工程师等担任顾问。他们为我国青蒿素及其衍生物与国外的合作发挥了重要的作用。

青蒿素指导委员会下设秘书处,由周克鼎(专职)、张逵、李泽琳、王秀峰、朱海组成。另设化学、药理、临床与临床药理、制剂4个专业协作组。在全国523领导小组及办公室撤销后,青蒿素指导委员会是我国青蒿素及其衍生物开发研究的组织者,在筹划建设青蒿素的生产基地,组织产品的开发、生产、质量管理,促进与国外交流,推进与世界卫生组织和国外制药企业的合作,引进先进技术和新药管理制度等方面,担负起统一领导和协调内外关系,在新的发展时期建立了新的管理模式。它的成立在我国青蒿素及其衍生物研发历史上发挥了重要的作用。

4．GMP 检查条件未获通过

经过一系列的协商和准备,1982年2月1—14日,疟疾化疗科学工作组派秘书特里格博士和科学顾问海佛尔(N. Heiffer)、李振钧(C.C. Lee)博士访华。他们先后参观访问了北京、上海、桂林、广州有关科研单位和药厂。最后由陈海峰主持与他们协商,就我国与世界卫生组织两年开发研究项目的技术要求和资助问题初步达成了合作协议。为了提供药物给国外临床试用和国际注册,计划在两年内按照国际标准完成青蒿素(口服)、蒿甲醚和青蒿琥酯(针剂)制剂的质控标准、临床前药理毒性实验资料和临床 I、II、III 期等 6 项课题的研究工作。世界卫生组织向中方提供人员培训、仪器设备和必要的纯种实验动物等。

1982年3月,疟疾化疗科学工作组在日内瓦召开全体会议,对1982年2月在中国签订的研究合作计划,只确认青蒿琥酯做为治疗脑型疟的优先开发项目,同时提出了对该制剂生产工艺的关切;并向我方提出将派美国食品药品管理局技术人员访华,进一步了解药厂生产与管理方面的情况。

为迎接世界卫生组织及美国食品药物管理局人员前来进行 GMP 检查,青蒿素指导委员会拨出专款,支持桂林第二制药厂生产青蒿琥酯的粉针剂车间和昆明制药厂生产蒿甲醚的油针剂车间进行技术改造,增加一些必要的净化和空调等设备。上海医药工业研究院和军事医学科学院派专家协助药厂培训技术骨干,建立健全生产管理的规章制度和技术操作规程。对实验室研究单位,青蒿素指导委员会积极支持改善实验条件、学习掌握 GLP 规范,提高研究工作质量。在临床研究方面,中医研究院中药所药理研究室与广州中医学院 523 临床研究室密切合作,依照国际标准在国内率先进行了青蒿素栓剂的 I 期临床试验研究。

图 7.7 青蒿素指导委员会主要成员许文博（右三）、周克鼎（右四），李国桥，（右二），和王秀峰（左五）

　　按照国际惯例，新药在国外注册前必须要有一个公认的法定机构派员对生产厂的生产条件和生产管理进行实地考察并做出评语，即所谓 GMP 检查。根据世界卫生组织的提议并经我国政府批准，美国食品药物管理局检查员罗纳德·泰斯拉夫（Ronald F. Tetzlaff）在疟疾化疗科学工作组秘书特里格博士陪同下，于 1982 年 9 月 21—28 日到昆明制药厂和桂林第一制药厂、桂林第二制药厂进行 GMP 检查。其中对桂林制药二厂生产青蒿琥酯制剂的无菌车间进行了重点检查。检查的程序是，先由美国食品药品监督管理局检查人员讲述对制剂生产的 GMP 要求，结合工厂实地情况逐项对照进行检查，并核对生产原始记录等；然后提出问题，组织药厂的技术人员讨论，最后写出检查报告。

　　对桂林制药二厂生产青蒿琥酯针剂无菌车间 GMP 检查的评语是："在生产上缺乏严格的管理制度；在技术要求上，特别是制剂车间的无菌消毒和测试方法还缺乏科学依据；在厂房设计与设备维护方面尚不够合理。"结论是：按照上述条件，桂林第二制药厂生产青蒿琥酯静脉注射针剂车间不符合 GMP 要求，其生产的制剂不能用于中国以外地区的临床试验。

　　对昆明制药厂的 GMP 检查，美国食品药物管理局人员虽未写出详细检查报告，但表示存在的问题与桂林制药二厂是类似的。为了在我国物色找到一个能够符合 GMP 要求的工厂生产青蒿琥酯针剂，以便尽快提供给国外以进行临床试验，后又对被认为是我国国内条件最好的上海信谊制药厂进行检查，但美国食品药物管理局人员检查结论还是一样。

　　虽然这次接受美国食品药物管理局 GMP 检查的我国的几个制药厂的制剂车

图 7.8　中国青蒿素指导委员会被解散时，沈家祥争取世界卫生组织热带病研究和培训特别规划署经费支持，组织的中国两药（蒿甲醚和青蒿琥酯）技术资料翻译班子

间都未能通过，但对药厂和我国的陪同人员，都是一次学习 GMP、了解 GMP 难得的机会，在观念上改变了以往 GMP 高不可攀的认知，认识到建立和健全 GMP 规范化生产，并不是一味要追求物质条件，而首要的是生产管理人员和技术人员素质的提高。

　　美国食品药物管理局的 GMP 检查员泰斯拉夫解释说："严密的规章制度与科学的生产管理方法，目的是为了保证工厂生产的药品全部符合质量控制标准，才能达到安全有效。"他还把 GMP 的含义简要地概括为两个英语单词：一个叫"writing"（写），一个叫"signature"（签名）。意思是从药物生产的第一步配方投料开始，到产品出厂，对每一道工序操作的程序与技术要求，都要用书面条款写下来，让技术人员都知道应该怎么做，不应该怎么做。同时在执行过程中对每一道工序或每一项技术检查，都要作详细文字记录，执行的技术人员和检查

图 7.9　1982 年 9 月美国食品药品监督管理局检查员泰斯拉夫（右二）在王大林、李泽琳和周克鼎（从左至右）陪同下对昆明、桂林制药厂进行 GMP 条件检查

图 7.10　1983 年 5 月，世界卫生组织应邀派霍宁教授夫妇等 4 位专家来华，在中医研究院中药研究所举办青蒿素及其衍生物体液测定方法药代动力学培训班。霍宁先生（左三）、霍宁夫人（左五）夫妇与中方技术人员曾衍霖（左二）、曾美怡（左四）、于毓文（左六）、李泽琳（左八）等合影

的主管人员，也都要在记录上签名以示负责。

在桂林制药二厂，泰斯拉夫还为大家做了多次实地示范演示，给大家留下了深刻印象。在无菌生产车间的实验台两侧，各摆放着一排未贴"消毒"和"已用过"标签的玻璃杯。泰斯拉夫让在场的人都转过脸去，他从实验台上拿起两个杯子向大家发问："谁知道哪一只杯子是干净消毒的？"当然大家回答不出来，就连主管这个车间的技术人员也回答不出来。泰斯拉夫严肃地说："这就是 GMP。看似简单的事，但实际执行起来就不简单了。"

而我们恰恰在这些方面做得很不够，一位厂方技术负责人感慨地说。我们过去往往用"习惯"或"经验"代替科学和规章制度。因此，通过美国食品药物管理局的 GMP 实地检查，大家颇受教益。认识到学习 GMP、执行 GMP 和检查 GMP 不再是一句空话，更不是为了应付上级检查、可以蒙混过关了事的，而是为了保障千百万人用药安全和身体健康的大事，也是为了工厂企业自身生存和发展的大计。

5．合作谈判无结果而告终

由于制剂车间未能通过 GMP 检查，我国与世界卫生组织的合作亮了"红灯"，不但影响到青蒿琥酯制剂的生产，也直接影响到临床前一系列研究工作，包括制剂工艺、稳定性和药理毒性等研究的进行。事态严峻，情势紧迫！为此，我国卫生部科技局局长、青蒿素指导委员会主任委员陈海峰于 1982 年 9 月 30 日约见了疟疾化疗科学工作组秘书特里格博士，就双方下一步的合作交换了意见。特里格博士提出了两条可供选择的途径。其一，由中国新建一个符合 GMP 的生产青蒿琥酯针剂的车间，但国际注册可能要推迟 3~5 年；其二，与国外合作，利用国外设备加工一批符合 GMP 标准的制剂，尽快完成国际药物注册所需要的临床前药理毒性研究，同时在中国国内加快建立 GMP 车间，以备后期生产使用。

青蒿素指导委员会认真研究了特里格博士的建议，权衡利弊，认为争取时间尽快完成药物国际注册乃为上策；便于 1982 年 11 月 11 日致函疟疾化疗科学工作组，表示同意探讨在国外合作加工一批青蒿琥酯制剂的可能性，同时表示如条件许可，还可以考虑包括临床前药理毒性研究工作与国外进行全面合作（因为担心实验室 GLP 条件对国际注册的影响），并希望世界卫生组织提出具体的合作研究单位与合作计划方案。

1983 年 1 月 4 日，青蒿素指导委员会接到特里格博士的复信。复信表示考虑推荐美国华尔特·里德陆军研究院与我国合作青蒿琥酯的开发研究。2 月 14 日，特里格博士专程赴美国与华尔特·里德陆军研究院进行磋商。美方决定于 5 月 30 日派国防部国际卫生事务局（International Health Affair）布朗上校和华尔特·里德陆军研究院海佛尔博士访问我国，讨论有关青蒿琥酯合作研究事宜。鉴于事前对美国来华谈判方案一无所知，时间又那么仓促，青蒿素指导委员会担心谈判难以取得满意结果，便于 5 月 24 日函告世界卫生组织推迟美方访问，并要求对方提前把合作方案送交我方。直到 12 月 22 日，特里格博士寄来了《青蒿琥酯的研究合作协议书》正式文本，并称《协议书》已为世界卫生组织和美国国防部（DOD）同意，希望我方尽快安排三方会晤时间。

接到《协议书》的第二天，即 1983 年 12 月 23 日，新任卫生部科技局局长、青蒿素指导委员会主任委员许文博召集会议，对世界卫生组织和美国国防部起草的《协议书》进行了认真讨论。也可能是由于不同的文化对《协议书》内容的不同理解，当时我们认为《协议书》不是建立在"平等互利"和"友好合作"基础上，而是企图以"条法"把我方手脚捆住，与会人员对此极为不满，对《协议书》提出了很多实质性的修改意见和建议。

1984 年 2 月 17 日，世界卫生组织热带病处处长卢卡斯（A.O. Lucas）来信，告知我方将于 1984 年 3 月 13 日来华讨论《青蒿琥酯的研究合作协议书》事宜。后形成意见一致的文本再由世界卫生组织热带病研究和培训特别规划署与美方讨论。

1984 年 5 月 3 日，卫生部、国家医药管理局联合向国务院提交关于批准《合作研究青蒿酯协议书》的请示。

图 7.11　1987 年中国青蒿素指导委员会王秀峰（左一）在沈家祥（左二）的联系下，与世界卫生组织热带病研究和培训特别规划署来华访问的托雷·戈达尔（Tore Godal）主任、特里格秘书等开会，左三曾美怡，右四张逵，右五昆明制药的刘羊华

图 7.12　1987 年 6 月南斯拉夫科技人员来华了解中国医学科学院北京药物所宋振玉（右二）实验室建立的青蒿素药代动力学研究方法，赵知中所长（左三）和曾美怡（左一）与客人合影

　　从 1982 年 9 月世界卫生组织向我方推荐与美国华尔特·里德陆军研究院合作研究青蒿琥酯，到 1984 年 10 月双方同意初步合作研究青蒿琥酯的草案，已历时两年。期间，往来信函公文不计其数，对各方权利和义务的争议不断，但三方始终未能同坐在一张桌子上进行过实质性的讨论。

　　出乎意料的是，在这一期间，国外研究青蒿素的势头之快令人感到吃惊！1982 年，瑞士罗氏药厂对青蒿素进行了人工全合成。1982 年 5 月正在美国华尔特·里德研究院访问的彼得斯教授在他所在的大楼外发现了青蒿植物[65、66]，采集青蒿并从中已分离出青蒿素，测定了理化常数，并准备发表研究结果。出席 1981 年 10 月世界卫生组织在中国召开的青蒿素及其衍生物学术报告会的印度、英国等国专家，在回国后有的开始进行青蒿引种栽培、育种和种植试验，有的开始进行青蒿素药理学研究等。正如世界卫生组织热带病处卢卡斯处长当时所警告的那样："你们研究的东西有被别人抢走的危险。"当然，他当时这样讲，目的是敦促我方不要在《协议书》问题上与美国讨价还价，实际上也是挑明了：你们已经没有什么密可以保了。卢卡斯的讲话一针见血！在这种情况下，我方不得不请世界卫生组织对某些国家和机构施加影响，要求他们尊重中国的发明权和处理好双边关系，以利于今后的合作。但这种"劝说"是徒劳的，因为我们已经将青蒿素及其衍生物的发明公开了。

　　1985 年 9 月，热带病研究和培训特别规划署主任 A.O. 卢卡斯给青蒿素指导委员会主任许文博来函称："由于一位中国科学家在美国国立卫生院邦罗西博士实验室发现青蒿琥酯在某些条件下不稳定，因此热带病研究和培训特别规划署认为青蒿琥酯不能优先开发。"[67]青蒿琥酯由世界卫生组织协调与美国的合作，经过两年反反复复的纷争，最终以没有谈判而结束谈判。

6. 蒿甲醚蒿乙醚又起风波

蒿甲醚与蒿乙醚同属于二氢青蒿素醚类衍生物，可称为一对"姐妹花"。上海药物研究所科技人员于 1977 年首次合成，并在 1979 年的《科学通报》和 1981 年的《药学学报》上公开了它们的合成方法、物理常数和抗疟活性。蒿甲醚的抗疟效果比蒿乙醚好 1 倍，在我国审批注册成一类新药。但是，世界卫生组织却在 1985 年决定开发蒿乙醚。他们为什么不支持抗疟效果更高，并且已经通过临床试验证实的蒿甲醚，而要另起炉灶开发蒿乙醚，这一决定实在令人不解。

风源来自何方？这还得从头说起。

1985 年上半年，疟疾化疗科学工作组成员、美国国立卫生研究院（NIH）药物化学部主任邦罗西博士一行，访问上海药物研究所。科技人员向客人介绍了蒿甲醚的研究情况。当时蒿甲醚已经在昆明制药厂成功生产，其特点是疗效高、毒性低、化学稳定性好、与氯喹无交叉抗药性。来访的客人对稳定性好这一特点非常感兴趣，因为他们在 1982 年把青蒿琥酯作为脑型疟治疗药物优先开发项目，进展一直不很理想。不知道是什么原因，后来从疟疾化疗科学工作组又传出蒿甲醚在体内会降解成甲醇而导致毒性加大的说法。

1986 年 4 月 6—7 日，经过一年的酝酿和准备，疟疾化疗科学工作组在日内瓦召开的会议上，制定了全面开发蒿乙醚的计划。布鲁西博士在会上所作的蒿乙醚的开题报告中称："疟疾化疗科学工作组指导委员会，

图 7.13 1986 年初青蒿素指导委员会抗疟药合作代表团在南斯拉夫访问，左四周克鼎，左五许文博，左六曾美怡，右二李泽琳

在 1985 年就决定了把蒿乙醚而不是蒿甲醚作为疟疾化疗科学工作组研究开发的重点药物。"在谈及选择蒿乙醚的理由依据时，布鲁西博士说："根据文献报道，这两个化合物虽然具有同等抗疟效价，但选择蒿乙醚可以避免蒿甲醚在体内分解出甲醇，继而转化为甲醛和甲酸而显示毒性。"而这一情报的来源，据说是中国一位科学家的个人通信。

值得人们回味的是，当时以一条通过"个人通信"所获得的信息，世界卫生组织既没有与上海药物研究所交换意见，也没有进行科学试验就改变了与中国合作的初衷，而单方面决定开发蒿乙醚。对此，很多中国科学家也很难理解。

其实，在世界卫生组织疟疾化疗科学工作组会议宣读的一篇《蒿乙醚未来研究开发计划》中列出要进行的 8 个项目，有一半项目是支持优化、培育青蒿资源、提高青蒿素生产能力，以及加强由青蒿素转化为蒿乙醚技术的研究。同时在长期供药的问题上认为，除中国具有丰富的青蒿资源外，美国、欧洲和亚洲均有人已经从青蒿植物中分离出青蒿素。但在中国以外进行商业性的青蒿素生产和大规模转化蒿乙醚的工作还需要继续进行。由此不难看出，世界卫生组织疟疾化疗科学工作组开发蒿乙醚，实际上是对与中国合作缺乏信心，这也就不难理解为什么谈判两年没有结果了。

以后，我们也不太了解世界卫生组织疟疾化疗科学工作组在研究开发蒿乙醚进程中，是因为遇到了什么困难还是出于其他考虑，也许是因为沈家祥作为中国在热带病研究和培训特别规划署化疗科学工作组中的唯一一名中国成员，多次借会议机会据理力争，为中国的青蒿素做了很多工作；1987 年 2 月 26 日，热带病研究和培训特别规划署秘书韦恩斯德费尔博士和西太区 RO/ 热带病研究和培训特别规划署官员希赖（Shriai）先生访华，向我国提出共同合作开发蒿乙醚和使用青蒿素原料的意向。鉴于该药与我国批准生产的蒿甲醚属于同类化合物，为了避免在国际上与我国的蒿甲醚竞争，我方经研究同意与其合作。

1987 年 10 月 16 日，世界卫生组织热带病研究和培训特别规划署的戈达尔处长等一行 3 人来华访问，就合作开发生产蒿乙醚事项与国家医药管理局达成了协议。但后来又不知道是什么原因，世界卫生组织热带病研究和培训特别规划署对该协议未予批准执行。

事隔两年后，我们才发现世界卫生组织热带病研究和培训特别规划署与荷兰 ACF 公司签订了合作开发蒿乙醚的协议。其财政预算计划（1990—1996）约为

600 万美元，包括研究开发二氢青蒿素的苯甲酸醚（Artelinate）的水溶性制剂、青蒿资源及生产青蒿素等。他们在研究过程中，发现了蒿乙醚对动物的神经毒性很大，于是把神经毒性的研究扩大到我国研制成功的蒿甲醚、青蒿琥酯、青蒿素。他们的研究结果表明，青蒿琥酯和青蒿素对神经的毒性小，而油溶性的蒿甲醚对神经虽有一定毒性，但小于蒿乙醚。事实与他们原来推断的"蒿甲醚毒性大，蒿乙醚无毒"大相径庭。然而，蒿甲醚对神经有毒性（尤其是对听觉神经的毒性），在多年大规模临床应用中始终也没有发现。

蒿乙醚临床试验结束时，一个疗程的总剂量定为 960 毫克，比蒿甲醚高 1 倍。这个临床试验结果和早年上海药物研究所的动物试验结果完全一致。2000 年，蒿乙醚上市了，但在申报进入世界卫生组织的基本药品目录时没有获得成功，至于是什么原因，中方也不太关心了，可能是因为同类型的蒿甲醚、青蒿琥酯已经率先于 1995 年进入该目录了；也可能是蒿乙醚对神经系统的毒性比蒿甲醚大，而且剂量大、成本高的缘故。其他的研究项目包括 Artelinate 水溶性制剂和青蒿素资源的开发等，也未见有后续的报道。

此后若干年，我国的昆明制药厂和桂林制药厂，虽然也生产了青蒿素类药物产品，但由于生产条件 GMP 标准未能与国际标准衔接，产品很难直接在国际市场立足销售。西方的少数几家大制药企业却利用它们在已有的基础和优势，与我国生产青蒿素类药物产品的药厂进行合作，低价购买这些药厂的半成品或成品，进行"加工"，换成它们的包装后，成为它们企业的品牌"产品"，以我国制剂数倍或十几倍的价格在世界各地出售。有个别国外企业甚至在我国购买青蒿素原料，仿制加工成各种产品后高价出售。时至今日，尽管我国生产青蒿琥酯的桂林制药厂和生产蒿甲醚的昆明制药厂早已实施了 GMP 生产管理，产品质量符合要求，但令人尴尬的是，它们所生产的制剂想被国际主要药品管理机构认可仍是困难重重，除了通过国家间双边渠道开拓制剂市场外，它们仍然只能作为国外制药公司的原料生产基地。再加上早先我们对品牌认识不足，世人只知道青蒿素类药物是这些国外大公司的产品。在主流公立市场的世界卫生组织采购青蒿类产品的名单里，2006 年以前没有中国生产青蒿素类药品厂家的名字。我国的青蒿素产业仍然没有摆脱受制于人的局面，本应借中国原创发明的新药缩短与国外公司的差距仍未实现。这不能不说是从事青蒿素研究的科技人员和生产青蒿素的企业最大的遗憾。

当然，我们在与世界卫生组织合作过程中，也受益颇多。一是看到我们在新药研发中的不足，明确我们应该努力的方向，从中学到许多新东西，同时还通过世界卫生组织引进了新的管理概念和模式、方法以及新的技术。我国一些从事青蒿素研制工作的科技人员得到资助到国外学习。世界卫生组织也派专家来华举办药物血液浓度测定技术方法等培训班，对推进青蒿素的临床药理研究和其他药物的研究起到了很好的作用。

通过与世界卫生组织的合作，使我们的科技人员感触良多。通过交流，我们不得不自问：为什么我们能创出青蒿素及其衍生物等世界一流的科技成果，却不能制造出符合国际标准的世界一流药品？

通过交流，我们还应该自问：为什么我国科技人员有能力、有智慧发明青蒿素和青蒿素衍生物，却保护不了自己发明的科研成果？在国内，一项技术产品凭借国家的技术保护政策，也许能够保护 7—8 年。但是，到了国际上，由于我们公布了青蒿素和衍生物的化学结构，就失去它的发明专利权，人家就可以不买我们的账，一边与我们洽谈合作，另一边自己就干起来了。

往者不可谏，来者犹可追。通过与国外的"合作"，我们学会思考，知道了自己的薄弱之处；学会总结教训，激起了自强的决心！

第八章　为了造福全球疟疾病人

1. 学后反思兴业须靠自强

在这次国际合作活动中，我们深感对药品的国际标准所知太少。由此，我们也开始认识到，新药研制开发如不与国际接轨，就走不出国门，进入不了国际市场。

虽然与世界卫生组织和美国华尔特·里德陆军研究院合作研究青蒿琥酯进展得不够顺利，结局也不尽如人意，但由于青蒿素指导委员会在合作谈判初期，尤其是在药厂GMP检查遭遇"红灯"之后，已预料到未来合作中的复杂性和不可预测性，果断采取了"两条腿走路"的方针，依靠全国大协作的优势，认真

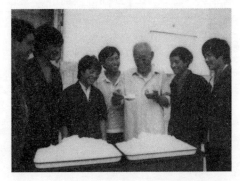

图 8.1　山东省中医药研究所魏振兴（右三）在 523 项目结束后接受青蒿素指导委员会指派进行青蒿素工业化生产开发工作，1990 年在重庆酉阳武陵山制药厂主持建设的首个吨级青蒿素提取厂生产出的首批青蒿素

学习掌握世界卫生组织提供的国际标准与技术方法，加上得到国家财政部的专款支持，最终还是如期地完成了青蒿素栓剂、注射用青蒿琥酯和蒿甲醚注射剂的开发研究，并顺利地通过国家药政部门的审查批准。这是我国按照国际标准开发新药的一次尝试，也是对我国新药开发科技力量的一次考验。

我国新药评价与审批管理制度，在 20 世纪 80 年代初期尚不健全。当时，我

图 8.2　1987 年青蒿素指导委员会与世界卫生组织热带病研究和培训特别规划署人员进行会谈。左起昆明制药厂刘羊华，中医研究院中药所张迷，热带病研究和培训特别规划署的道布斯丁、戈达尔和特里格

国尚无专门从事临床药理研究的机构，临床药理科技人员力量薄弱，临床前药理毒性，特别是特殊毒性的研究几乎是空白。我国制药厂生产的青蒿素类抗疟药不能得到国际公认。

关于青蒿素抗疟药的安全性问题，全国 523 领导小组和后来的青蒿素指导委员会都非常重视。[68]1981 年我国还没有实施 GLP 管理规范，没有一个合格的 GLP 实验室，但是已经了解到国际上对药物安全性评价的毒性试验，必须在 GLP 规范管理的实验室内进行；因此就有意识地按照 GLP 要求比较系统地进行了青蒿素油混悬剂对大动物（猴）的 14 天长期毒性试验。结果表明，3 倍临床治疗剂量组（按当时设计的临床治疗剂量，下同）的猴子无任何毒性反应，6 倍剂量组（48MKD）的动物出现一过性的网织红细胞减少，超过 12 倍剂量组（96MKD）的动物才出现明显毒性反应。毒性表现为造血功能严重抑制，心肌受损，出现了神经毒性，1/6 动物死亡于心力衰竭。按照上述毒性剂量设计方案，又用狗做了 14 天的长期毒性试验，结果与猴子的毒性反应类同，但症状较轻，无动物死亡。因此，可以认为，青蒿素作为重症疟疾的急救药对治疗抗药性恶性疟疾是最安全的。

此后，青蒿素指导委员会便借助世界卫生组织疟疾化疗科学工作组提供的研究设计方案和来华专家的指导，于 20 世纪 80 年代初期，在国内率先按照国际标准对青蒿素类抗疟药进行研究，开创了我国按照国际标准研发新药的先河，在一些领域填补了空白。

中医研究院中药所药理研究室由李泽琳主持，开展了青蒿素类抗疟药致突变和生殖毒性试验研究，消除了人们对青蒿素类药物可能发生类似20世纪60年代在德国发生的"反应停事件"的担心，并首先开展用电子显微镜研究青蒿素对疟原虫形态学的作用原理。1983年曾美怡阐明了紫外分光光度法测定青蒿素含量的化学反应机理；1986年赵世善在此基础上，在国内首先建立了青蒿素高效液相色谱紫外检测法，成功地用于动物和人体血浆、唾液以及植物中青蒿素含量的测定，检测灵敏度达到2.5ng/ml；周钟鸣对疟疾患者用青蒿素栓后的药物代谢动力学的研究，证明人服用青蒿素胶囊后，青蒿素血液浓度和唾液浓度 – 时间曲线一致，其血液浓度是唾液浓度的6.6倍。1986年曾美怡协助军事医学科学院微生物流行病研究所建立了本芴醇的高效液相色谱法，保证了后来配合诺华开展本芴醇的群体药代动力学研究和阐明本芴醇对临床治愈率的影响奠定了基础。

军事医学科学院微生物流行病研究所药理毒理研究室由滕翕和主持开展了青蒿素类抗疟药长期毒性试验研究，为力求达到GLP规范化要求，在组织科技人员技术练兵的同时，草拟了毒性实验、检验项目各种标准化操作规程（SOP），为最后实验研究工作总结提供了完整、科学而且有说服力的数据资料，得到药品评审部门的高度赞扬。这也是国内首次按GLP规范的要求对药物进行临床前安全性评价。

军事医学科学院放射医学研究所宋书元在动物的毒理试验研究中，经过仔细的观察，发现大剂量青蒿素可使实验动物的早期网织红细胞数下降。[69] 这一发现成为后来青蒿素类药临床用药毒性监测的重要指标方法之一。

中国医学科学院药物研究所由宋振玉和杨树德主持开展了青蒿素类抗疟药临床药代动力学的研究，建立的放射免疫测定法和还原型电化学极谱检测高效液相色谱法（HPLC–Ee），为制定临床给药方案提供了科学依据。

广州中医学院疟疾研究室由李国桥主持开展了青蒿素类抗疟药I期临床试验，以健康人为试验对象，观察了解药物临床的不良反应和耐受性。这在我国过去的临床研究是没有先例的。为了与

图8.3 1991年复方蒿甲醚项目签署风险期合作协议。前排左起沈家祥、金海娜、周克鼎、周义清、吴嘉善，后排左起刘天伟、沈德林、李南高、王菊生

图 8.4　1994 年中信技术公司，军事医学科学院微生物流行病研究所和昆明制药厂与瑞士汽巴嘉基公司（现瑞士诺华公司）签署复方蒿甲醚项目专利许可开发协议。左起沈德林、周义清、金海娜和罗宾·瓦尔克（Robin Walker）

国际接轨，国家卫生部药政局批准由广州中医学院负责组织实施，临床试验监督人由卫生部药检所朱燕担任。这是我国首次按照世界卫生组织提供的青蒿琥酯、蒿甲醚 I 期临床试验设计方案，对健康成人志愿者进行耐受性和药代动力学的双盲试验。

为进一步掌握国际药物注册对申报文件资料的要求，在国家医药管理局沈家祥的支持下，利用争取到的世界卫生组织热带病研究和培训特别规划署少量经费，1988 年，在沈家祥指导下，由周克鼎组织滕翕和、邓蓉仙、赵秀文、曾美怡等，按照国际药物注册规格与要求，对注射用青蒿琥酯、蒿甲醚的申报注册材料进行了全面整理和通篇翻译，请世界卫生组织疟疾化疗科学工作组的知名专家和顾问协助审查。他们提出了很多有益的意见和建议，成为中国企业开展药品研发、国际注册的重要参考资料。

经过 10 多年的探索研究和各有关单位通力合作，从青蒿素改造衍生出来的蒿甲醚的油针剂、青蒿琥酯的水针剂和青蒿素栓被卫生部批准生产。1987 年 9 月 11 日，国家卫生部召开新闻发布会，宣告蒿甲醚针剂、青蒿琥酯针剂和青蒿素栓剂作为治疗抗药性恶性疟和抢救脑型疟病人的特效药研制成功，开始投入市场[70、71]。虽然青蒿素栓剂于 1986 年获得新药证书，但在国内并未实际生产，后被引进到越南临床试验，由越南药厂自行生产用于农村基层。1992 年，我国又先后批准了蒿甲醚 – 本芴醇复方和双氢青蒿素片剂投产。1998—2004 年，国家药品监督管理局又先后批准颁发了青蒿素 – 磷酸萘酚喹复方、双氢青蒿素 – 哌喹系列复方等多个新药证书和生产批件。

从 1985 年我国开始实行新药评审规定，到 1995 年全国总共批准一类新药 14 个，其中青蒿素类抗疟新药就占了 7 个。这充分说明与国际接轨为新药研究赋予的活力，同时也表明青蒿素类药在我国新药研究历史中所占地位极为重要。

2. 首个吨级青蒿素工厂建成

早在 1978 年由卫生部、医药管理总局、解放军总后勤部联合发文下达紧急生产青蒿素任务的过程中，虽然有关单位较好地完成了战备用药的生产任务，但也发现存在两个亟待解决的问题：一是对青蒿资源掌握和储备得还不够全面、充分；二是原有的几种提取工艺与实现工业化规模生产仍有较大差距。因此，尽快建立青蒿素工业化生产的设施，被提上有关部门具体的议事日程。

20 世纪 70 年代组织的全国青蒿资源调查，已经发现四川省酉阳地区的野生青蒿的蕴藏量大、品质优良、青蒿素含量较高，而且呈群落分布的特点。当时青蒿素的科研、临床需要的青蒿素原料，大部分是从来自酉阳地区的青蒿草提取的。青蒿素指导委员会考虑到开发和保护酉阳地区的优质青蒿资源，对实现我国青蒿素及其衍生物产品商业化的重要意义，1983—1984 年拨专款组织科技人员开展酉阳地区优质青蒿资源的调查，并就在酉阳建立青蒿种植基地和青蒿素工业化生产厂进行可行性研究。

在青蒿素指导委员会的建议和推动下，1986 年 7 月，获得省科委资金支持后，四川省酉阳县开始筹建青蒿素提炼厂。为了保证我国自行研究设计的第一个吨级青蒿素工业化工厂生产工艺的性能，同时考虑到酉阳地区处于贫困山区缺乏技术和经费，根据优势互补的精神，青蒿素指导委员会拨专款支持山东省中医药研究所研究青蒿素的生产工艺、青蒿人工种植及种质培育和解决武陵山制药厂的生产设备。同年 11 月，由四川省医药管理局和省卫生厅批准，武陵山制药厂成立。

图 8.5　军事医学科学院微生物流行病研究所复方蒿甲醚发明人团队

图 8.6　1993 年复方蒿甲醚在海南按照药品临床试验管理规定标准进行临床试验

1987 年 7 月，武陵山制药厂与山东省中医药研究所签订了《青蒿素原料药生产的工艺技术转让合同》，在山东省中医药研究所魏振兴的带领下，经过青蒿素工业化生产的小试和中试，成功生产出合格的青蒿素产品。卫生部、国家医药管理局于 1987 年 9 月在新闻发布会上同时宣布，我国吨级的青蒿素厂建成投产。它是我国也是世界上第一条工业化生产青蒿素的生产线。

　　为了扩大青蒿素产能，解决蒿甲醚等终端产品的原料来源，经青蒿素指导委员会的支持协调，在白云山制药厂不生产青蒿素原料药的情况下，卫生部将青蒿素的生产批件批转给昆明制药厂。获得青蒿素生产批件的昆明制药厂与四川武陵山制药厂经过协商，双方同意建立生产青蒿素的合作关系，并签订了联合生产青蒿素的协议。协议明确由昆明制药厂负责把好青蒿素的生产质量关，并向武陵山制药厂以预支货款的方式投资 20 万元人民币，有力地帮扶了处于资金困境的工厂，推进了我国青蒿素的产业化发展。1987 年 12 月，四川省涪陵地区批准武陵山制药厂新建青蒿素车间。1988 年元旦，车间破土动工，建设资金主要来源于青蒿素指导委员会担保"青蒿素一定能够打入国际市场"后，三峡扶贫办公室给付的 125 万元人民币扶贫专款。1990 年在上级领导部门的关怀和大力支持下，一个设计年产量更大的青蒿素工业化提炼车间建成投产。

　　在武陵山制药厂建设过程中，时任青蒿素指导委员会秘书长的周克鼎多次到酉阳调研，帮助当地解决一些实际问题。他对在当地有"科技扶贫使者"美誉的魏振兴不顾年老体弱、忘我工作的精神非常敬仰，并加倍鼓励从总后部队为帮助筹建酉阳武陵山青蒿素制药厂而退伍的王美胜、王套先、黄殿宇、李春玉、肖功文、李祖荣等多名退伍军人，鼓励他们在贫穷偏僻地区安心创业，对他们寄予厚望。武陵山制药厂青蒿素的投产，为推动我国青蒿素及其衍生物走向世界创造了条件，具有历史性的意义。

然而，在武陵山制药厂的青蒿素生产渐入佳境的时候，却发生了一起本不应发生的令人扼腕的相煎事件。

中医研究院中药所青蒿素栓课题组申报新药青蒿素栓时被告知，按新审批办法，青蒿素作为原料药也必须同时报送有关技术资料履行报批手续。在其上报的青蒿素技术资料中，有不少是当年523办公室组织大协作共同完成的工作，鉴定会提供的各项研究资料，是由各单位提供的资料整理成的，包括药学、药理、毒理、临床、化学结构测定、提取工艺、含量分析方法等都是大协作单位的研究成果。而且在新药审批制度建立的7年前，国家科委也已批准中医研究院中药所、山东省中医药研究所、云南省药物研究所、中国科学院上海有机化学研究所、中国科学院生物物理研究所、广州中医学院等6家为青蒿素的共同发明单位，且均获得国家颁发的发明奖证书。青蒿素作为抗疟药已是世人皆知的事实，而1986年10月卫生部颁发青蒿素栓新药证书时，却把青蒿素原料药的新药证书独家发给中医研究院中药所。虽然当时没有引起关注和异议，但随着时间的推移，并未参与青蒿素栓研发的某些人，却利用中医研究院中药所得到的青蒿素新药证书的"独占权"，无视获得青蒿素发明奖的其他单位的权益，引发了中国青蒿素研发进程中最不和谐的事件。这是中医研究院中药所青蒿素栓课题组所始料未及的。

1994年，中医研究院中药所独得的青蒿素新药证书，首先通过律师在媒体宣扬青蒿素的知识产权是中医研究院中药所一家所有，指出一些制药厂生产青蒿素侵害了他们的权益。随后又选择性地状告由青蒿素指导委员会筹划和实施、并帮助从四川省科委和三峡扶贫办公室申请经费建设的武陵山制药厂生产青蒿素非法，侵犯了他们一家单位的权益。又因白云山制药厂不生产青蒿素，卫生部将其生产批件于1988年转批给正在生产蒿甲醚需要青蒿素原料的昆明制药厂，昆明制药厂又与武陵山制药厂合作，采取预支货款的方式联合生产青蒿素原料药，从而昆明制药厂也成为共同被告。山东省中医药研究所也曾是共同被告，后被撤销。这本是不应该发生的事情，正如前文所述，由于战备和防治工作的需要，筹建青蒿素生产基地的问题早于1978年就提上领导部门的具体日程，建厂在一定程度上也是后计划经济体制的"行政"行为。况且在诉被告侵权时，原告方也应自省自己的作为，是否也构成了对发明证书上其他5家单位的侵权？

这次事件背离了 1979 年 9 月原告和其他 5 个发明单位共同获得国家发明奖和昆明制药厂已获得卫生部颁发的青蒿素生产批文的事实，至今仍在原告与其他发明单位之间产生诸多不和谐的气氛。而当年正处于起势而败诉的武陵山制药厂因此也濒临破产，人员流散最后被重庆华立控股收购。这件事给酉阳县当地，甚至后来出现的中国青蒿素原料企业带来诸多负面影响和不利因素。这不能不说是一件令人十分遗憾的事！

3．路漫漫科工贸共同打市场

青蒿素衍生物的研究与开发是一项高科技、外向性、科工贸三结合的系统工程，长期以来一直在全国 523 办公室、青蒿素指导委员会及国家有关部门的统一领导与协调下进行。

青蒿素类新药国际市场的开发，由于受投资大、标准高、技术性强等因素制约，不论是对我国的制药生产企业还是科研单位，在当时都是既陌生又困难的事。更重要并为大家所担心的，是国外研究开发青蒿素热潮的兴起，使我国的青蒿素产业面临着严峻的挑战；并且国内争夺青蒿资源和流向国外、青蒿素散乱生产和药品制剂出口无序竞争的状况也在出现。加上此时由卫生部和国家医药管理局成立的"青蒿素指导委员会"，在完成蒿甲醚、青蒿琥酯和青蒿素栓剂国内药品注册但尚未转入市场开发阶段时，中医研究院一方自 1987 年年初多次向卫生部等领导部门建议撤销青蒿素指导委员会。1988 年 6 月 13 日，卫生部和国家医药管理局联合发文，青蒿素指导委员会被宣告结束。有关青蒿素类抗疟药的研究开发工作，继续纳入各有关部门、单位自行管理。在产品向市场转化的关键时期，全国绝大多数的青蒿素类药物研发科技人员和企业高度认可的统一协调机制不再存在，而中医药方面却没有部门和单位有威信及能力承担起主管和牵头的角色，处于弱势的青蒿素类药品企业在面对贫穷地区的国际市场时感到极度困惑，原有的科、工、贸三结合的链条关系也由此而中断。

在青蒿素指导委员会撤销后，如不及时采取有效措施，很好地加以组织和引导，势必造成恶性竞争的混乱局面，将使我国青蒿素的研发和青蒿素产业在国际上由原来的优势变为劣势，国家也将蒙受经济损失。

1987 年 11 月，国家科委郭树言副主任和国家医药管理局顾德馨教授等一行访问非洲，听了我国驻尼日利亚大使馆王嵎山大使对我国抗疟新药蒿甲醚治疗疟疾效果神奇、在尼日利亚引起轰动的介绍，郭树言副主任一行留下了极其深刻的印象。王大使向郭树言副主任建议，现在正是我国青蒿素进入非洲最好的时机。"非洲需要青蒿素，青蒿素也需要非洲啊！"早在1987年和1988年，军事医学科学院微生物流行病研究所的焦岫卿、丁德本等专家就在尼日利亚、索马里开展了蒿甲醚和复方蒿甲醚的临床验证试验，在尼日利亚等非洲国家，人们称青蒿素是"东方的神药""来自中国的救命药"。青蒿素类药品成为人们送给亲戚朋友的高级礼品。

郭树言副主任回国后，便着手抓紧这项工作，并指定社会发展科技司的丛众处长和陈传宏具体负责组织和协调，原全国523办公室和青蒿素指导委员会秘书处负责人周克鼎被聘为义务顾问。1988年1月，国家科委向国务院办公厅报送了《关于抓紧我国青蒿素类抗疟药生产和国际市场销售工作的报告》，提出了若干措施和建议及有关部委的分工。1988年5月24日，郭树言副主任就青蒿素等抗疟药的生产、销售和开拓国际市场等问题召开了座谈会。卫生部、国家医药管理局、国家对外经济贸易部、农业部，以及昆明制药厂、桂林第一制药厂、第二制药厂、广州白云山制药厂等单位有关负责人出席了座谈会。

郭树言副主任指出："为推动这项工作，国家科委和有关部门先后召开过3次会议并联合下发了文件。这对理顺关系，搞好分工与协调起到了促进作用。如果协调不好，也可能会有风险。因为目前国外正在加紧开发这类产品。我们只有潜在的经济效益，还没有真正的效益。几个厂家都很着急，普遍反映由于产品未能出口创汇，当前资金十分短缺，坐等效益等于失掉良机，十分为难。这次请大家来就是为了如何搞好国内协调，团结一致对外，把潜在效益变成真正效益。"[72]

座谈会后，在周克鼎的积极参与下，国家科委制定了《加快青蒿素类抗疟药科研成果推广和出口创汇实施计划方案》。方案提出，在国家科委统一组织协调下，采取科、工、贸一体化方式，有针对性地开展国际技术合作、药物注册和贸易谈判；通过招标的方式选择出口代理商，并由政府提供一定的投资，作为将来创汇分成的依据。

方案同时对部门分工也提出了相应的要求：海关总署负责把好青蒿资源、种子、青蒿素类原料出口关；国家医药管理局负责抓好生产质量关，尽快达到GMP标准；经贸部负责国际市场开拓工作；卫生部通过援外医疗队扩大对外宣传，推广青蒿素类产品。

1988 年 7 月 16 日，国家科委、国家医药管理局、对外经济贸易部、农业部、卫生部联合下发《关于加快青蒿素类抗疟药物科研成果推广和出口创汇的通知》，并出台了实施方案，采取竞争方式，委托有积极性和有条件的公司，承担青蒿素的国际合作项目。

1989 年 8 月 28—30 日，国家科委组织中国医药保健品进出口总公司及其分公司、科华贸易公司、中国国际信托投资公司（现为中国中信集团公司）的技术公司（以下简称中信技术公司）等 19 家公司与昆明制药厂、桂林制药厂、桂林第二制药厂共同商议青蒿素的国际合作和签订有关合同（国家科委与公司，公司与药厂），商谈合作的有关事宜，并就各公司所代理推广销售的国家／地区做了分工。

国家科委的统一组织协调，开始扭转国内青蒿素行业"散、乱、争"的局面。经过公开招标，9 家有实力和有出口权的公司、代理生产厂家开始进行药物国外注册、临床验证和技术合作等活动。其中，在寻求国际合作方面以中信技术公司和科华公司的成效较为突出。由于药厂、科研单位与商贸公司配合，责、权、利明确，提高了企业在国际竞争中的活力。经过 4 年的努力，青蒿素系列抗疟药已在东南亚、非洲或拉美地区 20 多个国家注册，开始批量出口到一些急需抗疟救治的国家和地区，国际科技产业的合作正在逐步开展，已同世界多个跨国集团公司如瑞士的诺华（前身之一汽巴－嘉基）公司、法国的罗纳－普朗克公司、赛诺菲公司和印度的卡地拉等公司建立了不同形式的科技与商贸合作，青蒿素系列抗疟药开拓国际市场工作已迈出关键的一步，为我国医药走向世界提供了宝贵的经验。

随着全球经济一体化的发展趋势，国外跨国制药集团公司已纷纷实现强强联合。当前与未来，我们医药产品的竞争对手不是在国内而是在国外，不是西方传统强大的医药公司，而是来自新兴市场的发展中国家，而在 20 世纪 80 年代末，从资源利用、产品开发、市场销售到科学研究都面临着与现今完全不同的严峻挑战。由于体制上的原因，不论商业还是科技合作谈判，多年来已有过不少的沉重教训。同时，我们还清醒地认识到，在国际市场的开拓上，我们还缺少经验；在资金投入上，不少企业既缺少实力，又缺乏远见，甚至急功近利；建立我国自己的国际销售网络还需要一段漫长的时间；为了求生存，谋发展，国内生产青蒿素及抗疟药的商贸企业和科研单位，在市场经济新的条件下，如何开拓国际市场还需要不断地进行探索。这些问题必须着力加以解决，才能为我国青蒿素产业开辟出一条新的道路！

4. 青蒿素复方技术我国领先

青蒿素衍生物的发明，是在青蒿素发现的基础上继续向前发展了一大步，再次体现了中国人的聪明才智。

由于青蒿素和青蒿素衍生物临床治疗疟疾控制症状和杀灭疟原虫的效果都特别快，在第一次服药后，发烧等临床症状减轻或消失，身体血液内的疟原虫在1~2天内很快消失，但不能被全部杀灭，为防止复发，需连续7天服药，否则在十天半个月后，疟原虫又将复燃，引起疟疾病的复发。在广大贫穷落后的疟疾流行区，在病人感到已没有症状的情况下，要求他们坚持7天服药是很困难的；同时长疗程服药，也意味着药费的增加，从而使青蒿素类单方药物的推广应用受到很大限制。另外，世界卫生组织认为，当今已经没有比青蒿素类更有效的其他药物可以用于对付抗药性恶性疟，若青蒿素类单方药被广泛反复使用，有可能很快使恶性疟原虫对它产生抗药性。人们担心一旦出现这种情况，恐怕就很难在短期内重新找到另一个可以有效对付抗药性恶性疟疾的新药了。

面对这一难题，我国从事抗疟药研究的科学家又一次充分展现了他们的聪明才智。如果说青蒿素衍生物的发明是对青蒿素发现的发展，那么，为了克服青蒿素类单方药存在的不足，提高疗效，防止或延缓抗药性的产生而研究发明的一系列青蒿素复方药，则是对青蒿素应用研究进一步的创造发展。

早在1967年，科研人员在承担523任务时，就非常明确所要实现的目标，即寻找出能对付抗药性恶性疟疾的防治药物和办法（因为对于间日疟等其他类型疟疾，已有的抗疟药如氯喹治疗效果很好，至今仍不存在抗药性的问题）。经过长期的研究试验，军事医学科学院在战时医学防护和救治药物以及抗疟药的研究中，积累了研制复方药物的丰富实践经验。在接受应急抗疟药的任务后，很快为紧急援外战备提供了防疟1、2号片，以及由上海医药工业研究院和第二军医大学联合研制的防疟3号片，这些都是复方药，较好地解决了在抗药性恶性疟疾流行区防治疟疾的问题。他们提供的防治疟疾的药物和方案，与当时美军同期装备

的药物相比，效果更好、性能更先进，办法也更为简单、实用和有效，不仅较好
地解决了保护部队战斗力的应急问题，而且在 10 年的时间里陆续发明了以青蒿
素为代表的一批新药。这批新药，包括非青蒿素类的本芴醇、萘酚喹和咯萘啶等
化学合成抗疟药，是 20 世纪 80 年代以后我国在世界抗疟药研发保持领先地位的
物质基础。而美方最有代表性的发明是新药甲氟喹（MQ，Mefloquine）。本来
世界卫生组织和美国对甲氟喹寄予很高的期望，以雄厚的财力和权威性作支撑，
希望尽快在全球推广，却没想到很快就碰了壁。因为甲氟喹本身及其与周效磺胺 –
乙胺嘧啶（SP）的复方法西密（MQ+SP，Fansimef）在多个地区使用后不但很
快就产生了抗药性，而且毒副作用大，尤其是对神经系统的毒性。

　　基思·阿诺德（Keith Arnold）原是瑞士罗氏远东研究基金会医学主任，还
曾就职于美国华尔特·里德陆军医学研究院从事抗疟药物研究。当 523 任务帮助
越南研究青蒿素时，阿诺德也正在为美军研究抗疟药物，可以说当年是战场上的
对手。在为罗氏远东研究基金会工作的时候，阿诺德在为了甲氟喹早期临床试验
中寻找对照药作对比观察，1981 年联系上了中山大学的江静波和广州中医药大
学的李国桥，辗转进入中国后，李国桥向阿诺德推荐了中国的青蒿素。随后在我
国海南岛进行了两药的对比试验，结果大大出乎于他的意外，青蒿素比甲氟喹清
除疟原虫速度要快的多。有关此次研究的论文于 1982 年在《柳叶刀》上发表，
并根据杂志社的要求附上了青蒿的彩色照片。该文的第一作者是江静波，而临床
研究工作是李国桥、郭兴伯及其同事与他进行的。当时论文稿费的英镑支票寄给
了江静波教授，不过他无法在国内兑现。这是有关青蒿素论文首次在国外著名杂
志上发表。[73] 随后，阿诺德与李国桥合作的青蒿素复方治疗疟疾的另一论文也于
1984 年发表在《柳叶刀》上，这是在国外发表有关青蒿素类药物联合用药的第
一篇文章。

　　军事医学科学院微生物流行病研究所，是我国最早从事疟疾防治研究的单位
之一。1951 年以来在海南岛、云南边防部队的疟疾防治中积累了较丰富的经验，
培养了一支高技术水平、高素质的科技队伍，承担 523 任务后，他们是研究抗疟
药的主力之一，如药理毒理研究所的周廷冲院士和微生物流行病研究所的俞焕文
为 523 项目的规划和应急复方药物的设计做了大量工作。

　　该所已故的著名药物化学家邓蓉仙，与上海医药工业研究院研究人员张秀平
分别担任 523 化学合成药专业组的正副组长，在 523 抗疟化学药的研究工作中承

图1　1976年由承担523任务单位的专业技术人员组成的赴柬埔寨疟疾防治考察团。前排右起：王承业、王元昌、周义清、邓淑碧、姜云珍，后排右起：赵保全、李祖资、施凛荣、李国桥、胡善联、王国俊、瞿逢伊、焦岫卿

图2　1981年世界卫生组织/热带病研究和培训特别规划署第一次在中国北京召开青蒿素类药物疟疾化疗工作会议

图 3　1989 年世界卫生组织 / 热带病研究和培训特别规划署第二次在中国召开青蒿素类药物疟疾化疗工作会议

图 4　2005 年 10 月在北京召开有关专家和领导部门老同志座谈会，对《迟到的报告》书稿讨论修改审定。前排左起张剑方、宋书元、沈家祥、陈宁庆、张逵，后排左起施凛荣、李国桥、周义清、杨淑愚、李泽琳、丛众、周克鼎、王存志

图 5　1981 年 523 全国领导办公室负责同志合影留念

图 6　2004 年中国人民解放军总后勤部授予军事医学科学院微生物流行病研究所抗疟药
研究团队"科技创新模范"称号

图 7　1981 年各地区疟疾防治研究领导小组、办公室负责同志工作座谈会合影留念

图 8　瑞士诺华中国公司 2004 年举办的"复方蒿甲醚国际科技合作十周年"庆祝会

图 9　2009 年中医药管理局举办的"青蒿素复方快速控制疟疾项目研讨会"

图 10　2009 年瑞士诺华制药公司为复方蒿甲醚专利发明人团队转交欧洲发明人奖奖杯

图 11　2012 年汕头会议合影

图 12　1978 卫生部中国中医研究院中药研究所
523 组获得全国科学大会奖

图 13　1978 年云南药物
研究所青蒿抗疟研究获得
全国科学大会奖

图 14　保留在中国中医研
究院中药研究所的 1979
年青蒿素获得国家发明二
等奖证书

图15　保留在山东省中医药研
究所、云南省药物研究所、广
州中医学院、中国科学院生物
物理所和上海有机化学研究所
的1979年青蒿素国家发明二等
奖证书

图16　1990年军事医学科学
院微生物流行病研究所本芴醇
获得国家发明一等奖证书。

图17　军事医学科学院微生物
流行病研究所磷酸萘酚喹获得国
家发明二等奖

图18　2009年军事医学科学院
微生物流行病研究所复方蒿甲醚
发明人团队获得欧洲发明人奖

担组织协调专业协作组的工作。她们在各自的研究工作中均做出了突出的贡献。

张秀平当年领导的上海医药工业研究院的 523 抗疟药化学合成研究组，与上海第二制药厂合作，引进合成了周效磺胺；与第二军医大学许德余、沈念慈等专家合作，研制成功了长效抗疟药磷酸哌喹。这两个新药后来分别成为"防疟 2 号片"和"防疟 3 号片"的主要成分。哌喹也在国内疟疾流行区被广泛使用。

邓蓉仙领导的抗疟药化学合成室，从 523 项目科研工作开始，便合成了大量的新化合物，从中筛选出了新的抗疟化合物本芴醇。该室的李福林等人合成了磷酸萘酚喹。这两个新化合物由滕翕和、焦岫卿等组织研究人员完成药学、药理、临床等研究后，都被批准为一类新药；本芴醇获得国家发明一等奖，磷酸萘酚喹获得国家发明二等奖。青蒿素以及这两个新药，都获得了迄今为止我国新药最高的发明奖项。这些新药和医科院上海寄生虫病研究所陈昌等研制的磷酸咯萘啶，为后来我国青蒿素复方领先世界提供了坚实的物质基础。

1992 年，军事医学科学院微生物流行病研究所率先成功开发了蒿甲醚 – 本芴醇复方，获国家新药注册。2003 年，他们用青蒿素和磷酸萘酚喹组成了另一个新复方，也获得国家新药注册。蒿甲醚 – 本芴醇复方与瑞士诺华公司以专利实施许可实施和开发方式合作，诺华公司投入大量资金和专业人员，在我国已有的基础上按国际新药研发标准重新进行研究开发评价，使该复方新药于 2002 年被载入世界卫生组织基本药物核心目录，2009 年获得美国食品药物管理局注册，是唯一被美国食品药物管理局批准在美国上市的青蒿素类复方抗疟药。这些都标志着继青蒿素及其衍生物之后，我国青蒿素复方研究技术又成为国际先进水平的代表。

1981 年在北京举行的世界卫生组织热带病研究和培训特别规划署疟疾化疗科学工作组青蒿素及其衍生物学术讨论会上，与会人员围绕青蒿素一旦被广泛应用可能产生抗药性的问题展开了讨论。军事医学科学院微生物流行病研究所的科技人员以敏锐的眼光和思路，把防止和延缓青蒿素系列及其他新抗疟药产生抗药性，或提高已出现抗药性的药物的疗效，作为一个深入的研究方向，开立了研究课题。

军事医学科学院微生物流行病研究所在早期援外应急预防复方的基础上，于20 世纪 80 年代初即开展了青蒿素及其衍生物与其他抗疟药组成复方的探索研究。1982 年 1 月，滕翕和手写了青蒿素指导委员会与世界卫生组织合作内容的建议清单，其中包含延缓抗药性研究题目，她们在与世界卫生组织的合作建议被拒绝并被断言"你们没有研究复方药物的条件和能力"的情况下，1982 年下半年，在滕翕和的支持下，由周义清向青蒿素指导委员会提出"合并用药延缓青蒿素抗药性的探索研究"立项申请，并得到资助。[74]他们建立了新的实验模型，以作用特点不同、代谢周期差异较大的两药科学配比，选择周效磺胺 – 乙胺嘧啶（SP）、本芴醇等长效抗疟药与青蒿素类药配伍进行探索。克服两药缺点，达到互补增效、缩短疗程、延缓抗性的目的。1985 年青蒿素指导委员会准备与南斯拉夫企业合作研制复方药物时，在分析探索研究结果后，考虑到剂型的稳定性和可实施性，宁殿玺提出并选定了蒿甲醚与本芴醇配伍的方案进行实验研究。自 1986 年起，宁殿玺任课题第一负责人，与周义清、王云玲共同按我国新药审批技术要求主持开展该项研究。重新依据蒿甲醚和本芴醇的药理学研究数据，经计算和猴疟模型的实验，经过最节省、简单的临床验证，选定了 1∶6 的组方比例，至今仍是瑞士诺华公司复方蒿甲醚（Caortem）以及诺华公司与疟疾风险基金（疟疾风险基金）共同开发的儿童分散片剂型的固定比例。近年来多种印度企业仿制药物依然采用的组方比例。

正如前面所提到的，蒿甲醚是中国科学院上海药物研究所与昆明制药厂合作研发的抗疟药，1981 年年初通过鉴定，是我国自主研发的一类新药。本芴醇也是我国自主研发的具有新的化学结构的抗疟新药，与氯喹无交叉抗药性，于 1989 年获国家一类新药证书，先由昆明制药厂生产，后委托浙江新昌制药厂生产。本芴醇作为治疗药显效较慢，与蒿甲醚等速效药物配伍，实验研究和临床试用表明可以达到优势互补，显示了明显的增效及延缓抗药性产生的作用。

本芴醇与蒿甲醚组成的复方，由军事医学科学院微生物流行病研究所按国家新药审批要求完成各项研究工作后，于 1992 年 4 月被批准为三类新药，颁发了新药证书及生产批件。至此，世界首个固定比例青蒿素类复方新药在我国诞生，世界卫生组织称之为青蒿素类复方疗法（Artemisinin–based Combination Therapies, ACTs）中首个固定配比的青蒿素类复方药物。经历 15 年，复方蒿甲醚于 2007 年获得国家科学技术进步二等奖。

5. 新药研发国际合作创先例

蒿甲醚—本芴醇复方抗疟新药，面对的是国内抗疟药的微小市场和国外贫困地区流行广泛的疾病，不可能得到丰厚利润。当时有着一类新药蒿甲醚注射剂的昆明制药厂，也存在着开发国际市场资金、技术实力和经验欠缺的问题。让两个药品同时面对国际市场，对一个企业来说可谓是心有余力不足。如何发挥这一复方的作用，造福全球疟疾流行区的民众，体现真正价值，就必须让其进入国际市场。1990年之前，为了我国青蒿素类抗疟药的出口、为国家创造效益，科技部、国家医药管理总局等领导部门虽然都曾为此进行了尝试，但终未能取得满意的进展。蒿甲醚—本芴醇复方如何走出国门，走向全球，创造效益，确实是一个很现实的问题。

1990年以来，中信技术公司作为复方蒿甲醚片剂（蒿甲醚－本芴醇复方）项目的商务代表，与军事医学科学院微生物流行病研究所、昆明制药集团股份有限公司和浙江医药股份有限公司新昌制药厂合作，在国家科委（现国家科技部）的支持下，与瑞士诺华公司进行开发合作的谈判。经过长达20多年的国际科技合作，诺华公司投入大量资金，按国际新药研发标准重新对该复方进行研发评价、注册上市，并在市场推广上采取公私伙伴合作（PPP，Public-Private Partnetship）模式。它是迄今为止，中国专利药品通过与国际上知名度高的制药企业合作，使之以国际水平的研究成果走向世界的一个先例。它也标志着继青蒿素及其衍生物之后，我国青蒿素复方研发能力又成为国际先进水平的代表。同时，它也是生产技术管理规范化，原料及终端产品在国内生产，成果和产品借船出海，为我国发明专利实现经济效益的成功模式。复方蒿甲醚产品在冠上瑞士诺华Coartem的商品名后，在国际上享有很高的声誉。国际上新开发的青蒿素类复方均通过和复方蒿甲醚（蒿甲醚－本芴醇）的临床疗效进行对比作为一种公认的疗效评价标准。经中信集团推荐，诺华公司总裁魏思乐博士（Daniel Vasella）被授予2004年度中华人民共和国国际科技合作奖。

复方蒿甲醚国际科技合作的过程，很值得回顾和总结。它的成功对后人有重要的启示。它从一个方面向国内新药研制、生产企业和经贸企业提供了开展国际合作、让中国药品走向世界并融入世界医药规范体系的新路和经验。每个具体的产品不完全一样，也不可能都套用一种模式，但共同的一点是国际标准化，与国际接轨是不能回避的。

1990年3月9日，中方由国家科委社会发展科技司牵头，以中信技术公司、军事医学科学院微生物流行病研究所、云南省昆明制药厂组成的科、工、贸合作体为一方，与瑞士汽巴－嘉基公司（现诺华公司）为一方，双方先签署了《保密协议》；1991 年 4 月 29 日，双方又签署《第一阶段风险合作协议》；同年 5 月 16 日，签署了《专利合作申报协议》；1994 年 9 月 20 日，诺华公司与中方正式签订了为期 20 年的《专利许可与开发协议》，同年 10 月 17 日得到国家科委的批准。用了长达 5 年的时间才签署了为期 20 年的合作协议，期间双方都经受了巨大的考验。

按照合作协议，复方蒿甲醚必须按国际标准在世界各地重新进行临床评价。根据瑞方的要求，双方重新进行了临床前研究、临床验证和对各项研究资料的全面考察。最终结论是，我方原来所做的全部研究实验数据都经得起国际机构的重复。其中有两个关键问题决定了合作能否继续进行。

在双方签订《第一阶段风险合作协议》后，诺华公司对中国科学家的研究能力和水平提出质疑：一是药物临床疗效的可靠性和科学性；二是药物在人体血浆的含量测定方法的准确性和可信性。

第一，关于复方蒿甲醚治疗恶性疟的临床效果和组方的科学性问题。首先是瑞士汽巴 – 嘉基公司的化学家对复方蒿甲醚治疗恶性疟的临床结果产生怀疑。他们的根据是组方中的两药本芴醇和蒿甲醚均不溶于水，很难吸收怎么会有效？其二是瑞士公司的临床药理学家认为中方做的 400 例临床试验不符合 GCP 标准，结果不可靠，更不相信复方蒿甲醚的 28 天治愈率高达 96.1%。为此，瑞士公司决策人改变了"先签订最终协议后做临床试验"的承诺，要求中方将临床试验提前到 1993 年，并按 CGP 标准在中国海南省对复方蒿甲醚进行治疗恶性疟 100 例的临床试验。由于瑞方这一要求，从某种意义讲，海南临床试验结果决定中瑞双方合作开发复方蒿甲醚的前景和命运，双方对此都很重视。为此，中瑞共同组成临床试验小组，中方由焦岫卿负责，瑞士公司派李昕威全程监督，按瑞士公司提供的 CGP 标准实施。在海南省三亚市农垦医院进行了临床试验。经 5 个月的努力，在医院的支持下，共完成了 102 例恶性疟的临床观察任务。这 102 例近期全部临床治愈，住院 28 天，4 例原虫复燃，28 天治愈率为 96%，这一结果与我方以前观察 400 余例的 28 天治愈率（96.1%）基本一致。由此说明我方以前做的临床结果，虽然没有按 CGP 标准，但试验结果真实可靠。

复方蒿甲醚的临床药效问题解决之后，瑞士公司又提出复方的剂量配比和临床使用方案的科学性问题。这个问题对于复方药物来讲用理论无法说清楚，只能用试验结果来证实，故于 1994 年在海南按 GCP 标准进行了第二次临床试验。

这次试验采用的是复方与组方单药平行双盲随机对比试验。中方仍由焦岫卿负责，瑞士公司派范凡为监督员共同组成临床组，用 5 个月时间，在海军 425 医院的帮助下圆满完成病例观察任务。此次临床试验由于采用随机双盲对比，排除了各种干扰因素，当解密后把统计结果往桌上一摆，以无可争议的数据事实证明中方科学家提供复方蒿甲醚组方配比合理，临床使用方案正确。

图 8.7　2005 年在瑞士首都伯尔尼中国驻瑞士使馆，科技部副部长李学勇和中国驻瑞士大使朱邦造向 2004 年度中华人民共和国国际科技合作奖获得者、瑞士诺华公司总裁魏思乐先生颁发奖励证书和证章

　　第二是本芴醇在人体血浆中含量测定方法的准确性和可靠性。复方蒿甲醚组方之一的蒿甲醚，其在人体内的药代动力及对疟疾的疗效早已确证，瑞方没有提出异议。而组方另一个单药本芴醇是个新抗疟药，如瑞方科学家所说本芴醇"像大理石一样"难以溶解于水，因此建立准确可靠的血药浓度测定方法，用以考察本芴醇在人体内的药代动力学，从而确证中方的治疗方案是否合理是重要的一环。中方由滕翕和全面负责，聘请中医研究院中药所曾美怡负责建立本芴醇的血药浓度测定方法，卢志良等负责具体操作和数据计算。与此同时，瑞方也委托设在马来西亚槟榔城世界卫生组织临床药理检测中心负责建立本芴醇血药浓度测定方法。瑞方将健康人服用本芴醇后按时采集的每一份血样分为两等份，用液氮保存，分别交给中方人员和槟城人员。待双方测定方法建成后，同时用各自的方法测定血样，绘制各自的血药浓度 - 时间曲线。结果显示曲线趋向一致，但两种方法的测定结果，中方测定结果平均为马方的 14 倍。从本芴醇的溶解度推测，瑞方怀疑中方测定有误。

　　但中方专家所建立的测定方法经过严格的方法学认证，自信没有问题，为此中方建议瑞士公司主持召开专家研讨会。会上两个实验室分别报告了各自的实验操作过程，经双方专家讨论和相互提问，槟城实验室承认他们的工作有误，并确认中方的方法是正确的。但为了公正起见，瑞士公司组织一个保密小组，配置不同浓度的本芴醇血浆样品和空白对照，并对全部待测的样品混合编号，作为未知样品交给两个实验室进行测定，结果中方所测数据全部无误，证明中方提供的测定方法是正确的。瑞士公司提出需派专家到北京考察中方实验室条件和操作是否符合 GLP 要求。中方接受考核要求并同意他们派员考察。瑞士公司总部派德根博士到北京进行实地考察，同时与中方科学家共同操作。德根认为中方实验室及其操作基本符合 GLP 要求。经过三个回合的考验，最终确定采用中方提供的测定方法，对 200 多位患者进行了复方中本芴醇群体药代动力学的研究。

经过临床和药代动力学两项试验的考察，中瑞双方科学家增强了了解和互信，合作开发复方蒿甲醚的工作从"风险研究阶段"正式进入国际合作阶段。

与此同时，瑞方用标准动物在 GLP 实验室开展了对复方蒿甲醚的临床前药理毒理研究，其结果与中方提供的药理毒理研究结果完全一致，结合前面提到的临床和药代动力学研究，瑞方对中国科学家的能力和水平，从不相信到刮目相看。军事医学科学院微生物流行病研究所专家们出色的工作，不仅推进了复方蒿甲醚的国际合作，也为中国科学家争得了荣誉和尊重。

据有关材料介绍，复方蒿甲醚开展国际合作 25 年来，在中国新药标准的基础上，顺利达成各种国际标准要求，包括世界卫生组织的 GLP、GCP、GMP 标准，以及欧共体（欧盟）的新药研制程序标准。从 1999 年获得欧盟药品注册开始，陆续完成了在绝大多数世界疟疾流行区域国家和地区的注册，到 2009 年获得美国食品药物管理局的药品注册，该复方已在全球 86 个国家（地区）获得药品注册，在非洲和东南亚的主流市场广泛销售。

以中国专利为优先权的该药组方发明专利，在现诺华公司的努力下，获得了包括欧共体、美日澳、非洲工业产权国等 49 个国家的专利保护。这不仅开创了中国研制的新药取得国际专利权的先例，而且使青蒿素类第一个复方抗疟药成为至今全球同类药物拥有最多发明专利保护国的药品，也是能够进入世界卫生组织基本药物目录中少有的具有专利保护的复方药物之一。国际专利的申报成功，为国际合作，为实施该复方国际品牌战略奠定了坚实的基础。在双方共同进行了 5000 多例国际多中心临床验证，完善了产品的质量标准，并通过循证医学研究后，复方蒿甲醚被多个非洲国家首选为一线疟疾治疗药，被联合国儿童基金会（UNICEF）、世界卫生组织、无国界医生组织（MSF）、全球基金（GFATM）等国际机构推荐为援助用药。

值得一提的是，中国的这一发明未能获得印度和南美一些国家的专利，甚至为此还被一些国家的最高法院判决永不授予专利。2006 年起根据联合国决议的精神，瑞士诺华公司放弃了其在最不发达国家所享有的复方蒿甲醚专利权利。

全球抗击疟疾行动的蓬勃开展和疟疾流行形势的大为改观是复方蒿甲醚广泛应用及带动效应的结果。2001年在中方承诺降低原料药价格 30% 以后，诺华公司与世界卫生组织签订以成本价格向疟疾流行国家的公立市场

图 8.8　2006 年柬埔寨政府因实施快速灭源除疟法取得成效授予李国桥"莫尼沙拉潘"金质骑士级勋章

提供依从性包装的复方蒿甲醚药品的《谅解备忘录》，合作期 10 年。当时，公私合作模式尚未得到验证，世界卫生组织及联合国机构的其他科学家对与私营企业的密切合作持谨慎态度。虽然遭到世界卫生组织与私营公司走得太近的非议，但 10 年之后，这一《备忘录》的签署揭开和引领了全球青蒿素类复方药品抗击疟疾的新篇章，标志着诺华公司与世界卫生组织一道建立起了里程碑式的公私合作伙伴关系，开创了全球抗击疟疾历史上首个公立 - 私立伙伴合作，以及采取无利润、成本价格向发展中国家的公共卫生系统以及贫困患者供应最新、最有效、最具有突破性的 ACTs 抗疟药的先例，改变了以往公立市场采购的药品廉价、但效果差的方式，从而迎来了全球抗疟事业的全新时代。

到 2011 年这一合作终止时，世界卫生组织在网站上发表了《谅解备忘录的终止报告》，回顾了诺华公司与世界卫生组织就复方蒿甲醚供货签署备忘录的10 年来所取得的成就：

—— 10 年中，仅诺华的复方蒿甲醚原创药就向疟疾流行的国家供应了 4 亿多人份（生产能力提高了 21 倍），价格也由协定之初的每一人份 0.9 ~ 2.4 美元持续降低了 43% ~ 60%（0.36 ~ 1.30 美元）。2010 年中以蒿甲醚 - 本芴醇为组方的药物（含原创药和仿制药）的供应数量占公立市场青蒿素类复方药物供应总量的 70% 以上。复方蒿甲醚儿童分散片剂型在 2009 年初进入市场，价格保持不变。

—— 诺华公司与世界卫生组织达成的以成本价格向发展中国家公立市场提供ACTs 抗疟药的方式已逐渐扩展应用到 18 个抗疟药采购机构，包括 UNICEF、

PMI、UNDP、MSF、GFATM、PSI 等国际机构和伙伴行动。

——从签署备忘录时仅有一家企业生产固定比例 ACT 药品的情况，发展到至今已有三家企业的复方蒿甲醚仿制药和 4 种其他固定比例的 ACTs 药品通过世界卫生组织的预认证或获得世界卫生组织的治疗用药推荐，在基于成本价格基础上提升了这一挽救生命的药品的可供应能力。

以上所述完全说明对复方蒿甲醚进行国际合作开发是正确的选择。以其前期进入国际市场、申报国际专利、进行国际注册所需投入的资金，与短期内回收的经济效益相比，在国内是没有哪个公司有如此的胆量、气魄、经验和能力进行运作的。目前全球仅瑞士诺华公司和印度多家仿制药企业生产的蒿甲醚 – 本芴醇组方药品就占据抗疟药公立市场供应量的 70% 以上；从成本上讲，瑞士诺华公司一直是以成本价格甚至低于成本价格供应的。截至 2015 年，仅瑞士诺华公司的复方蒿甲醚就向全球供应了近 8 亿人份，中方由此从瑞士诺华公司获得的专利许可使用费达一亿多元人民币。依据世界卫生组织每年发布的《世界疟疾报告》统计，2001—2015 年的 15 年间，蒿甲醚 – 本芴醇（AL）组方药物供应量接近 15 亿人份。如果不是走与国外合作这条路，这一成果就达不到如此高的应用水平和认知度，可能还被锁在保险箱中，也就难以造福于全球的疟疾病人，更难以让国际学者和机构认识中国的青蒿素。

此后，军事医学科学院微生物流行病研究所抗疟药课题组，由丁德本和王京燕负责将该所新研制的抗疟药磷酸萘酚喹与青蒿素科学配伍，于 2003 年又成功研制了复方萘酚喹片并获得新药证书和生产批文，转让昆明制药集团生产。该复方（商品名 ARCO）突出的特点是使用方便，只需口服一次便可治愈抗药性恶性疟，是目前国内外使用最简便的青蒿素类复方药，如今单次或者一日服用的方式使其成为世界卫生组织和疟疾风险基金推荐的抗疟新药开发的范本。截至 2013 年 5 月，已在 22 个国家获得注册和许可销售。人们有理由相信，有优良效果且服用更方便的复方萘酚喹，也将和复方甲醚一样，在全球遏制疟疾的行动中，发挥越来越突出的作用。

6. 为了再创青蒿素的新辉煌

为中国青蒿素走向世界做出贡献的，还有广州中医药大学李国桥领导的研究小组。他们从 1967 年接受 523 任务起至今已 50 年，坚持开展抗疟药的研究。尤其是 1974 年接受青（黄）蒿素的临床试验任务以来，他们对青蒿素临床应用的研究持续了 40 多年从未间断。

1974 年他们与云南省药物研究所合作，首先得出了黄蒿素（青蒿素）对恶性疟疾具有"速效、近期高效、低毒、短期内复发率高"的结论。

1975 年成都会议以后，根据全国 523 办公室的安排，李国桥研究小组和李国桥本人分别承担了青蒿素临床研究协作组的牵头单位和新药制剂临床研究的负责人的重任，在后来的青蒿素类药物的研发中，他们也是青蒿素衍生物蒿甲醚、青蒿琥酯、双氢青蒿素和青蒿素栓剂临床研究的负责单位。李国桥研究小组用青蒿素成功救治凶险脑型疟疾的研究结果，促使世界卫生组织把青蒿素列为救治脑型疟疾的首选药物。在多年的临床实践中，1984—1988 年，李国桥研究小组通过对上千例病人的治疗，分别以 3 天、5 天和 7 天的不同疗程、剂量作比较，得出了 7 天疗程可把青蒿素的治愈率提高至 95% 的结论。对青蒿素延长疗程的研究，改变了以往认为青蒿素治疗疟疾复发率高的片面认识。他们提出的 7 天疗程方案，被世界卫生组织确定为青蒿素类药治疗恶性疟疾的标准疗程。

20 世纪 80 年代初，随着青蒿素类药品上市使用，孕妇重症疟疾病人使用青蒿素类药物增多。虽然，一方面由于青蒿素类药物的速效而大大降低了死胎、流产的发生率，有效地保护了母体和胎儿的生命；但，另一方面是孕妇使用青蒿素类药后，对出生婴儿的发育会有什么影响？通过对 23 例用青蒿素治疗的脑型疟孕妇的出生儿（3~6 岁）进行多年的随访追踪观察，李国桥研究小组未发现有畸形及智力异常。于是，他们于 1989 年提出，青蒿素类药是治疗中、晚期孕妇恶性疟和重症疟疾的首选药物。

1990 年，他们受印度学者关于青蒿素对间日疟配子体作用研究的启发，得到瑞士罗氏基金会的资助后，开展了青蒿素对恶性疟配子体感染性影响的研究。1991—1995 年间，他们被特邀到越南帮助救治脑型疟，从病人的骨髓涂片观察到青蒿素对早期配子体发育的影响，并在 3 年里建立了按蚊感染试验方法。通过解剖几千只按蚊，初步证明青蒿素不仅对恶性疟成熟配子体有较好的抑杀作用，而且对骨髓中的 I ~ IV 期早期配子体均有较快速的杀灭作用；对刚进入外周血液而未具感染性的配子体，也能阻止其成熟而防止其传染性；对外周血液中的成熟配子体的抑杀作用，于用药治疗后 7 天和 14 天，分别使其 70% 和 100% 的配子体失去传染性。这个重要的发现纠正了 1978 年有人仅凭临床治疗后血中成熟配子体迟迟不转阴，就认为青蒿素对恶性疟配子体无效的错误结论。通过青蒿素对配子体传播性能本质的进一步研究，我们对青蒿素的抗疟作用有了新的认识。青蒿素抑杀疟原虫配子体这一独特的作用，是过去所有疟疾治疗药都不具备的。这一发现，有可能为控制疟疾流行提供一种新的思路或途径，即利用青蒿素抑杀配子体这一特性，发挥其阻断配子体传播疟疾的作用，进而控制疟疾的传播。

由于国内疟疾病人较少，20 世纪 90 年代初，李国桥研究小组走出国门，把研究基地设到国外，结合临床研究，以学术带动产品，多次赴印度、非洲等国家和地区帮助治疗疟疾，同时也为我国青蒿素生产企业开拓市场。

青蒿素的发现已有 40 多年，青蒿琥酯和蒿甲醚作为商品药也有近 30 年的时间。但是，它们尚未能广泛应用于疟疾流行区。主要存在的问题是疗程太长，疗程长不仅病人难以坚持，由此也增加了用药量，增加了病人的药费负担，同时长期使用青蒿素类单药有可能出现疟原虫的耐药性。要解决以上问题，可行的办法是从研究新复方入手。理想的抗疟复方疗程要短，并尽可能选择疗效好、成本低廉的药物进行配伍。为了让全球贫穷的疟疾流行区民众能用上中国生产的效果好、价格低、使用方便的青蒿素类抗疟药，中国的科研人员不遗余力地开展具有特色的新抗疟复方的研制。

20 世纪 80 年代初期，李国桥领导的科研小组就已在海南岛从事青蒿素复方配伍的临床研究。他们利用 523 任务研发的两个新药（青蒿琥酯和磷酸哌喹）进行配伍试验，初步取得了较好的效果。而真正让他们下决心全力开展新复方研究的，还得从他们应邀去越南用青蒿素救治脑型疟疾说起。

1989 年，越南进入经济改革建设时期，大量人口流动，疟疾多处暴发流行。越南的恶性疟抗药性严重，出现大量重症疟疾病人死亡。原为美军做抗疟药研究的医生基思·阿诺德，此时服务于瑞士罗士制药公司，正在胡志明市开展甲氟喹的临床研究工作。他早在 20 世纪 80 年代就与李国桥研究小组有过交往，与李国桥成为好朋友，还曾专程到海南岛李国桥小组的研究基地参观，非常了解他们的研究工作。因此，他向越南胡志明市大水镬（Cho Ray）国家医院院长郑金影教授推荐邀请李国桥来越指导疟疾救治。

1991 年，李国桥小组应邀前往胡志明市，指导用青蒿素救治重症疟疾患者。当时中越两国尚未恢复正常关系。越南卫生部部长以私人名义，到宾馆向他们咨询良策。李国桥建议，在越南全国疟疾流行区，立即广泛采用广西桂林制药厂生产的青蒿琥酯作为治疗药。果然，第二年越南的疟疾病人死亡人数显著下降，而广西桂林制药厂青蒿琥酯的销售量则迅速上升。两年后，越南大街小巷的小商铺里，昔日的奎宁已被青蒿琥酯所代替。

在这一过程中，他们深深感到，帮助越南救治重症疟疾患者最好的办法，应是用一个短疗程又价廉的青蒿素复方，在城乡医院普遍使用，大幅度降低重症疟疾的发生率，从而降低病死率，再加上青蒿素有抑杀配子体阻断传播的作用，又可以降低疟疾流行强度从而降低发病率。于是他们把原来在海南岛初步研究效果较好的复方，试用到越南南方，但结果却大大出乎意料。该复方在海南岛疟区一次服药就可获 95% 的治愈率，而在越南治愈率却只有 70% 左右。李国桥恍然明白，由于越南战争中大量化学抗疟药的使用，使越南成为多重抗药性恶性疟流行最严重的地区，况且还可能存在不同地区疟原虫株差别的问题。此后，李国桥在越南当地重新进行临床联合用药的观察试验，又再回到实验室进行研究。经过 5 年的努力，第一个以双氢青蒿素与磷酸哌喹配伍的新抗疟药复方——疟疾片 CV8，于 1997 年被越南卫生部批准注册和生产，两年后被列入越南国家抗疟第一线用药。"CV8"的寓意是中越合作，C 为 China（中国），V 为 Vietnam（越南），8 是在越南经过 10 个联合用药配伍中的第 8 个处方。

当 CV8 在越南注册、生产的时候，世界卫生组织驻越南、柬埔寨、老挝的代表艾伦·夏皮罗（Allan Schapiro）也密切关注此事。1998 年，他专程访问了广州中医药大学热带医学研究所，详细考察了解 CV8 的研制情况和临床评价的结果。

2000 年初，世界卫生组织热带病研究和培训特别规划署邀请李国桥以临时顾问身份出席在泰国（清迈）举行的讨论抗药性恶性疟疾防治的会议，请他专题报告 CV8 的研制情况。同年，应世界卫生组织热带病研究和培训特别规划署的要求，李国桥与其签订了 CV8 技术保密协议，把 CV8 研究资料提交世界卫生组织热带病研究和培训特别规划署进行评价。2001 年，世界卫生组织热带病研究和培训特别规划署向李国桥提出改进 CV8 配方的意向。同年 5 月，夏皮罗博士和英国牛津大学的杰瑞米博士到广州商谈改进配方的具体建议。此时，李国桥已经为他们准备好改进后的新复方样品。令他们感到意外的是改进后的成分和配比竟然与他们正要提出的建议基本一致！他们共同把新复方暂定名为 Artekin，并

图 8.9 2014 年非洲国家科摩罗联盟副总统兼卫生部长为广州中医药大学的李国桥和宋建平颁奖，表彰他们带领的团队在快速灭源灭疟工作中的突出贡献

图 8.10 2012 年怀特（Nick White）、李国桥和基思·阿诺德在汕头

带走了 200 个病例的治疗药，返回英国牛津大学驻越南的研究基地进行临床试验。

由于 Artekin 新复方成本造价比较低，夏皮罗博士对其极为关注。尽管当时瑞士诺华公司的蒿甲醚—本芴醇复方已经被列入的基本药物目录，但由于售价仍较高，他希望未来的 Artekin 能够进入公立医疗机构以取代氯喹，解决非洲疟疾因抗药性日趋严重而导致病死率和发病率有增无减的难题。后来夏皮罗博士担任西太区疟疾顾问、地区代表，进而成为世界卫生组织总部分管疟疾控制的要员。2001 年 11 月，他主持召开世界卫生组织（上海）抗疟药发展会议后，立刻又筹划在 2002 年 3 月召开世界卫生组织（广州）加快 Artekin 国际标准化的研讨会。这是继 1981 年 10 月和 1989 年 4 月，世界卫生组织热带病研究和培训特别规划署疟疾化疗科学工作组在北京举行两次研讨会后，在中国又为青蒿素抗疟药专门举行的会议。尤其是 2002 年 4 月在广州召开的加快双氢青蒿素—磷酸哌喹片国际标准化研讨会，特请来 12 名国际有关方面的权威专家，为加快推进 Artekin 的国际注册、列入世界卫生组织的基本药物目录、成为全球疟区一线抗疟药共同出谋划策。

为了世界卫生组织（广州）加快 Artekin 国际标准化的研讨会的召开，夏皮罗博士会见了广州市林元和副市长及国家药品监督管理局和国家中医药管理局的有关领导。为了创造 Artekin 的 GMP 生产条件，他专程陪同美国药典委员会（USP）的 GMP 专家——美国药典药物质量信息管理局顾问、食品药物管理局负责考察国外工厂的前负责人彼得·史密斯（Peter D. Smith）到广东顺德环球制药厂考察，并在两年内连续检查了 3 次，直到彼德写出评价，认为"该厂完全可以按 GMP 条件承担生产足够使用的 Artekin 的生产任务"。为了推进 Artekin 的国际标准化研发，他又建议李国桥与英国牛津大学怀特教授和世界卫生组织热带病研究和培训特别规划署合作，联合申请比尔·盖茨资助的全球疟疾风险基金，该项目获得了基金 350 万美元的资助。

图 8.11　在重庆酉阳青蒿 GAP 种植基地工作的罗荣昌

至 2002 年年底，Artekin 在全球各个流行区与包括蒿甲醚—本芴醇复方在内的其他抗疟药对照的试用中，共观察了 5000 个病例，取得了治愈率高达 97% 以上的临床效果。综合该药的疗效、不良反应、成本价格、使用方便度等，被认为是目前优点全面的一个抗疟药。

李国桥带领青蒿素抗疟研究团队，在青蒿素抗疟药复方十几年的研发过程中，继承发扬了当年 523 精神，把一些从事 523 抗疟药研究的老骨干汇集到广州，在以往临床研究为主的基础上，通过横向联合，从青蒿优质品种的栽培研究，青蒿的规范种植、青蒿素的提取生产，青蒿素复方新药的药学、药理毒理、临床研究，到成品的加工生产，重新整合成具备 GAP、GLP、GCP 和 GMP 抗疟药研发生产条件的产业链。在新药研发和生产方面，组成了专业配套，有相应的研究、生产人才队伍的机构。把全球大多数疟疾病人能用得上青蒿素复方作为追求的目标，以自己技术产品的优势，去夺回本应属于青蒿素发明国的市场和效益。

他们充分利用和发展 523 已有的抗疟药科研成果，按国际标准开展复方新药的研发，又研制出一个性能好、成本低、使用方便、安全性高、制剂稳定，而且能够较快阻断疟疾传播的新青蒿素复方 Atequick，获得了国家药品食品监督管理局颁发的新药证书和生产批件。

2004—2006 年，研究小组与柬埔寨国家卫生部及国家抗疟中心合作，结合 Atequick 扩大临床试验研究，用新复方上加 9 毫克小剂量的伯氨喹，40 天内全民服药 2 次的方法，用于快速清除疟疾传染源的试验，在恶性疟高度流行的石居省和喷坏省 2.8 万人口地区，经不断改进，先后在 3 个点试验，使当地人群带虫率 1 年内下降了 95%，较快控制疟疾的流行，总结出安全的快速灭源除疟法（fast elimination malaria by source eradication，FEMSE）。

2007 年，在进一步完善技术方案后，又把快速灭源除疟法移植到非洲岛国科摩罗近 4 万人的莫埃利岛进行试验，两个月后，人群带虫率下降了近 94%，月发病下降了 93%。蚊虫疟原虫感染阳性率于开展试验 4 个月后，从 3.1% 降至 0%。2012—2013 年，该法又在该国近 80 万人的另外两个大岛（昂儒昂岛和大科岛）先后推广，之后全国再无疟疾死亡病例，疟疾发病的人也很少，基本控制了疟疾的流行。

快速灭源除疟法的初步成功，有可能为全球快速控制疟疾流行提供一种新的思路和简捷办法，把疟疾防治策略从传统的防蚊灭蚊为主改变为消灭传染源为主，从而使之在更多的疟疾流行国家，在更大的范围推广使用，扭转严峻的疟疾流行的形势，使中国青蒿素为人类控制和消灭疟疾做出更大贡献，让青蒿素再创历史辉煌，为中国人续写新的骄傲篇章！

为表彰李国桥团队为防治疟疾做出的贡献，2006 年，柬埔寨王国政府授予李国桥"莫尼沙拉潘"金质骑士勋章；2007 年，越南卫生部向李国桥颁发"为了人民健康"奖章；2011 年，越南政府再次向李国颁发"友谊勋章"。2013 年，科摩罗总统向李国桥教授颁发了"绿色发展"勋章；副总统兼卫生部长向宋健平博士颁发了奖章。

第九章　回顾历史启示良多

　　回顾 523 项目的发展历程，尤其是沿着"中草药青蒿——青蒿粗提物——青蒿素——青蒿素衍生物——青蒿素复方的发明"所走过的不平凡道路，凡是参与和了解 523 任务的人，无不感到激动和自豪。

　　了解 523 项目的成就和青蒿素的发现以及多个挽救生命药物研发成功的历史、关心这一事业的人们往往会提出这样一个问题：为什么在当时的动荡年代，在科技人才少、仪器设备差、时间短的情况下，中国人能研发出如此多的优良药物？在两年内就成批生产提供了防 1、防 2、防 3 三种复方预防药援外；3 年就从中药青蒿草中提取了青蒿素，并基本肯定了其治疗恶性疟疾速效、高效、安全的评价；4 年就批量提供援柬试用，7 年就按新药标准要求完成了鉴定和审批，成功发明了被称为"20 世纪后半叶最伟大的医学创举"的青蒿素，使抗疟药的研究和应用能够在世界范围内领先。国内外医药界对此常常有种种疑问，有的感

图 9.1　1981 年世界卫生组织热带病研究和培训特别规划署疟疾化疗科学工作组第 4 次会议，从左至右上海药物所嵇汝运、顾浩明和云南医学院王同寅、广州中医药大学李国桥在一起

到不可思议，有的根本就不相信。

在此，拟就 523 科研和青蒿素研究开发的历程做一简要回顾，供有关学者和人士研究参考。

1. 国家领导人的关怀

523 项目是毛泽东主席、周恩来总理指示开展的抗美援越的紧急战备任务，是来自"最高司令部"的命令。1969 年，毛泽东主席亲自审阅了 523 任务执行情况的报告。周恩来、李先念等国家领导人曾多次对 523 任务做了重要的批示。国家领导人的关怀，政府各部、委和各承担任务的省、市、区的有力领导，从国家中央部门到地方各级无不对 523 项目给予高度重视。这对于顺利完成任务是极大的助力。因此，即便在"文革"特殊的年代，在其他科研工作几乎都停顿的形势下，523 项目却能得到自上到下的全力支持，各部门和单位从人力、物力和财力上给予充分的保证。

523 任务第一次协作工作会议以后，随着国内形势的发展变化，各领导部门和单位的体制及组织人事也有调整变动，但 523 任务的科研管理仍然一脉相承，从不间断。1970 年，523 原制定的三年规划已经期满，而越南战争的形势更为激烈，523 的各项研究工作正在深入开展，需要制定新的规划。周恩来总理对卫生部、国家燃料化工部、中国科学院（国家科委与中国科学院合并）和总后勤部三年 523 任务执行情况的报告和有关问题的请示做了批示。根据周恩来总理的指示，国务院、中央军委联合下发了"（71）国发 29 号"文件，调整了全国 523 领导小组的组长单位，由卫生部替代国家科委为组长单位，中国人民解放军总后勤部仍为副组长；办公室仍设在军事医学科学院，任务执行和实施体制未变。1971年 5 月，全国 523 领导小组在广州召开工作会议，制定了 1971—1976 年五年研究规划，进一步加强了领导，落实了任务。

1970 年以后，越南战争形势呈现出更为复杂的局面。柬埔寨的朗诺·施里马达发动军事政变后，留居北京的西哈努克亲王向周恩来总理推荐了他的法国私人医生阿·里什提供的一个与我们的防疟 2 号片基本相同的处方。当时正在广州召开全国 523 工作会议。1971 年 5 月 28 日，周总理将此处方批转卫生部军管会副主任谢华同志和中国医学科学院院长吴阶平同志，要求"中国医学科学院和军事医学科学院，组织力量到海南、云南边疆有恶性疟地区进行实地试用"；并明确指示"如有效，我们可大量供应印度支那战场，因为他们正为此所苦"。会议传达了周总理的批示，对于进一步落实"（71）国发29号"文件、对加强各级领导对523援外战备任务的重视非常及时、非常重要，进一步指明了523任务的方向，与会人员也受到很大鼓舞，有助于523研究任务得到更好的落实。

这次会议制定了一个新的五年规划，对研究内容做了适当调整。523任务研究工作进入了一个新的发展时期，包括青蒿素在内的一批重要成果陆续诞生。

1973年2月25日，全国523领导小组以"三部一院"的名义向国务院、中央军委报告了"（71）国发29号"文件落实及五年计划的执行情况。时值南方和中原5省疟疾暴发流行，报告提出，为了适应国内疟疾防治的需要，523项目研制的防治药物，除保证援外，也在国内一些疟疾流行区推广使用，并请示召开一次全国的523工作会议，检查五年规划的进展，落实后三年的任务。李先念等国家领导人对请示报告做了批示。同年5月，全国523领导小组在上海再次召开了工作会议，检查并进一步落实了规划后三年的研究任务。

1976年，原制定的五年研究规划已经期满。虽然越南战争已经结束，但523任务一批即将出成果的研究工作尚未结束。针对这种情况，全国523领导小组于1977年3月在北京又召开了一次全国523会议，交流情况，总结经验，并制定了1977—1980年的四年研究规划。会后，"三部一院"就会议的情况向国务院、中央军委做了报告，报告中再次明确"疟疾防治科研工作是一项国家医药科研项目"，要求卫生、科技、化工及军队等部门密切配合，共同把这项工作抓好。李先念副主席做了"这项工作很重要"的批示。会议纪要下发有关省、市、区和军区以及部、委及军队直属有关单位。

523任务自始至终被列为国家军工项目。国家计委将其列入科学技术发展计划第321项任务。

2．大协作劣势变优势

20世纪70年代，我国对新药研究，尤其是新型的抗疟药的研究，确实存在专业人才少、仪器设备落后，也不是主要研究课题等问题，和西方国家相比，不论是研究经费还是技术条件确实处于劣势地位。

尽快研发提供新药就是提高战斗力。为了完成紧急援外战备任务，力争在最短时间研制提供有效抗疟药，当时只有将五六十个有关的科研、教育、临床、制药生产单位组织起来，多部门、多单位、多专业互相配合开展大协作，利用分散在各部门、各单位的仪器设备，并把五六百名有关专业的科技人员组织起来，结成一个大协作攻关的集体，用系统工程的管理模式，以特定经费，统一计划，分工合作，部门、单位、专业之间互相配合，互相支持，使实验研究、临床研究、工厂生产的研制过程紧密衔接，把各有关部门、单位、人员分散的技术力量，集中起来调动整体优势，从而为援外战备提供有效抗疟药赢得了时间。

以防疟片 2 号为例，军事医学科学院完成实验室工作后，需要扩大临床试验，而复方中的一个成分周效磺胺国内无货，当时由于国际世界对中国封锁禁运，国家化工部（国家医药管理总局）和全国 523 办公室派人赶往上海组织药厂试制。上海第二制药厂领导当即决定停下部分产品的生产，腾出设备，调集技术骨干，解决了工艺，专门赶制了一批周效磺胺，及时为防疟片 2 号提供原料，用于扩大临床试验。1968 年全国 523 办公室组织了军事医学科学院，上海、广东有关科研、生产单位，广州、昆明军区下属的军事医学研究所、防疫大队和有关的军医大学的医疗、卫生人员，在海南、云南疫区现场同时进行试用，从而争取了一两年时间，药品及时提供援外。

再以青蒿素的研究开发为例，这一过程如同接力赛跑。北京中药所的研究工作有了苗头，随后又遇到困难和挫折；山东省中医药研究所、云南省药物所起步虽晚，但却进展顺利，后者接上来又往前快跑。如果没有后两个单位的参与并取得顺利进展，青蒿素的研发可能夭折或至少要推迟若干年。云南省药物研究所的实验室研究进展顺利，但临床研究却缺少经验，未能收到满意的病例。那时高发流行季节将过，假如不是临时决定由广州中医学院正在云南现场开展脑型疟救治研究的李国桥小组接下去，而后者在两个月内对黄蒿素治疗恶性疟疾做出肯定的结论，并成为全国 523 领导小组下决心组织全国大会战的依据，就很难使青蒿素研究成功大大推前。

如前所述，蒿甲醚和青蒿琥酯的研究开发，也是继青蒿素之后的又一次集中各单位专业、设备优势和技术力量成功合作研究的典型事例。当世界卫生组织建议在青蒿素的衍生物中优先开发青蒿琥酯时，青蒿素指导委员会及时组织国内中国医学科学院药物研究所、军事医学科学院微生物流病研究所等 8 个单位的相关专业知名专家共同合作，按世界卫生组织新药的标准要求，很快较好地完成了研发工作，经卫生部审批，向 8 个单位颁发了新药证书。

3．远近结合立足创新

东南亚抗药性恶性疟难以防治，其中的关键是如何克服抗药性。根据当时战局的发展，为了保护部队战斗力，必须在短时间内提供有效的药物。近期应急的办法，是用老药组成复方，取得了很好的预防效果。但同时也预期到以老药组成复方，有可能在使用三五年后，又将会出现抗药性。要根本解决抗药性疟疾防治问题，必须在指导思想上，确立远近结合的原则，寻找新结构类型的新药，走创新之路。总体研究规划和计划如此，具体项目的安排也是如此。

例如，化学合成药的研究计划，在进行老药复方研究的同时，要投入更多的力量，开展寻找无抗药性的新化学合成药和普筛新药的研究。借鉴国外寻找新化学合成抗疟药的途径和经验，但不重复他们的研究老路。在执行 523 任务的十几年里，科研人员不但研究成功了几个新化学抗疟药，而且在中医中药研究中也取得突破性的进展。

从中草药寻找新抗疟药的研究，也是按照远近结合的原则进行部署的。开始是以疗效肯定、副作用明显、化学结构清楚的常山及常山乙碱为重点，以克服其呕吐的副作用作为近期研究内容，又将常山乙碱的化学结构改造作为长线部署投入较强、较多的技术力量。在青蒿及青蒿素取得进展后，对其研究及时调整部署，组织力量，也从近期和远期的两个方面，以大会战的形式做了安排。为早日提供援外战备，解决短期复燃率的问题，一方面把就地取材，简易制药，通过调整用药剂量、改变剂型、延长疗程、配伍复方等寻求改进作为近期研究的内容和要求，另一方面把搞清青蒿素的化学结构，合成衍生物作为远期的任务。近期研究完成了青蒿制剂"青蒿片"，达到高效、速效、毒副反应小、生产工艺简便、成本低的较满意效果，可就地取材，普及推广，可解决战时一旦药源供应不上或平时群防群治的用药问题。远期的目标完成了化学结构测定，合成了蒿甲醚、青蒿琥酯等，解决了提高溶解度、提高疗效、方便使用的问题，也成为当今世界卫生组织全球遏制疟疾行动广泛推广使用的唯一王牌药物。

4．中西结合殊途同归

在 1967 年 523 任务第一次协作会议制定的规划中，就把中西医药结合寻找无抗药性新药作为主要的研究思路。除投入相当力量研究寻找新的化学合成抗疟药外，对发掘我国医药学宝库中的中药新抗疟药，给予更大的关注，寄予更多希望。

523 大协作一开始，在发掘中草药方面就投入较多的力量，从大量查阅历代医药资料、深入疟区调查收集验方和秘方入手，在收集的 7 万个方药中，普筛出 5000 多个，从中精选出 20 多个深入进行实验和临床研究。筛选出有希望的方药后，便集中力量（包括技术力量和仪器设备力量）一抓到底。青蒿素、鹰爪、仙鹤草、陵水暗罗等就是通过对祖国医药学的发掘，采用现代医药研究技术进行提高，经过分离有效单体、测定化学结构，有的完成人工全合成，进行了结构改造。除青蒿和青蒿素外，有多种中草药如鹰爪、仙鹤草等也分离了单体，都展示了较好的抗疟效果，且具有新化学结构特点。由于有的抗疟作用不及青蒿素强，有的毒副反应较大，有的药源稀少，不能大量提取或合成生产等，未再作为重点深入开发应用。

驱避蚊虫剂的研究，也同样从化学药剂和中草药两个方面进行研究与开发。最终获得的主要成果，多数也是从民间调查采集的中草药中研究提高得来。

针灸防治疟疾是我国一种传统的截疟方法，经过大量临床试验，提高免疫力，从而显示出一定的疗效。但对无免疫力或疟原虫多、持续高热的恶性疟病人，尚难达到良好治疗效果。

化学合成药的研究，设计合成了上万个化合物，广筛了 4 万多种化学物质，有 29 个（含复方）经过临床试验，14 个通过鉴定。本芴醇、磷酸咯萘啶、哌喹和随后在 523 任务基础上开发的磷酸萘酚喹等是其中的代表，它们的特点是起效慢、效果持续时间长。从中药青蒿素及化学结构改造而来的衍生物蒿甲醚、青蒿琥酯等，具有速效、高效的特点，但短期复燃率高。蒿甲醚和本芴醇配伍，或用青蒿素与哌喹、萘酚喹配伍组成的复方，不但保留两药之长，克服了两药所短，而且具有 1 加 1 大于 2 的增效作用。一个从传统中药发掘提高，一个从设计化学结构合成，可谓是中西医药结合，相得益彰。

5．团结一心无私奉献

523 研究项目立项时正是越南战争升级，我国加紧边防备战和"文革"期间，523 项目既是一项科研任务，又是一项军事任务，也是一项政治任务。在党和国家领导人的指示关怀和各级领导的重视下，523 项目的科研队伍充满激情，人们把 523 任务视为发扬爱国主义和国际主义的神圣行动。科技人员为能有幸参加执行这一重要任务而深感光荣和自豪。它成为参加研究任务的科研队伍团结协作的巨大精神动力。崇高的精神动力转化为一代人的责任感，从而焕发出极高的工作热情，人的聪明才智得到充分的发挥，不论是在城市里的实验室还是在山区农村试验现场，大家团结一心，听从召唤，不畏艰险，排除种种困难，公而忘私、甘心情愿地牺牲个人利益，投入自己的全部精力，为援外和战备做出了贡献。

防治疟疾药物研究任务下达后，为了解、体验恶性疟流行的特点及其对部队的影响，观察试用应急防治药物的效果，军事医学科学院先后派出专家任德利、周义清、顾德鸿、叶宗茂、虞以新、田辛、宁殿玺等同志，第二军医大学也派瞿逢伊、周明行等同志赴越南了解疫情。有的同志还随越南部队行动，进行防治药物的效果观察。在空中有敌机轰炸，地面有敌特破坏，战事紧张艰苦的情况下，连续数十天徒步穿越胡志明小道，完成了试用考察任务，写出了东南亚恶性疟流行情况和防治要求的考察报告，应越南要求及时大量地提供了中国新研制出的疟疾防治药物。1976 年，应柬埔寨之邀，我国卫生部派出由承担 523 任务主要单位的周义清、李国桥、施凛荣等 13 名同志组成的考察组赴柬埔寨协助防治疟疾，在高度流行区工作生活了半年，一些同志感染恶性疟、登革热等传染病却带病坚持工作，较好完成了疟疾流行情况的防治考察和青蒿素等新药试用的任务，受到柬方的称赞。

许多科技工作者为 523 工作不避艰险。在"文革"期间，四川省中药研究所科研人员，在重庆地区两派武斗激烈期间，转到地下室坚持搞实验研究。第二军医大学两派参加 523 工作的人员，白天批判辩论，晚间共同合作做实验。上海地区在"文革"夺权后，各单位处于瘫痪状态，为了保证 523 任务不受干扰，地区 523 办公室经与各单位协商，把承担化学合成抗疟药研究的人员集中在上海寄生虫病研究所、化学驱避剂研究的人员集中在第二制药厂，一起进行实验研究。军事医学科学院院领导，把两个研究所承担任务的数 10 名 523 科技人员集中起来，由全国 523 办公室直接领导，不参加单位的"文革"活动。南京地区有的单位，承担 523 任务的科研人员受到造反派的批斗，办公室顶着压力，深入到各单位耐心劝说，宣讲 523 工作的重要性，并要求未经办公室同意，不得随意揪斗，不得停止研究工作。

许多同志为了完成 523 研究任务，甘愿自我牺牲，不怕艰苦困难、不怕劳累、病痛和危险。广州中医学院李国桥、广东省人民医院关碧珍等同志，为了探索疟疾发病规律，观察针灸的有效穴位或试验新药疗效，自身感染疟原虫，忍受连续高热病痛进行试验观察；医学科学院药物所于德泉服用常山后，饱受强烈呕吐的煎熬；有的科研工作组连续几年、十几年深入云南、海南边境和贫困深山疟区，和当地居民一起过着吃糙米饭和无油空心菜的艰苦生活。南京地区 523 中医药民间调查组，为了追寻一个中药治疟方，越过千米高山，跑了 60 多里路。广州中山大学江静波教授的女儿在农村插队溺水身亡，他让老伴处理后事，自己仍坚持出差工作。中医科学院药物所钮心懿同志的丈夫刚刚去世，她忍着悲痛，仍带科研工作组到海南做临床试验。该所年近花甲的老专家傅丰永教授，为了加快中草药研究进度，带着实验动物小白鼠和必要设备进驻到海南南岛农场，一边繁殖饲养动物，一边开展中草药调查，收集到较好的药方，立即采药就地粗提，进行抗疟效果的筛选试验。许多单位发扬集体主义先人后己的精神，山东省中医药研究所、云南省药物研究所在只能少量提取青蒿素期间，仍然支援北京中药研究所和上海有机化学研究所，用于化学结构测定的实验研究。中国科学院生物物理所梁丽等同志，测定青蒿素的结构绝对构型的试验起了关键作用，却不声不响，不争名利。期间，梁丽梦中都在检查计算机程序，以至于她两岁的儿子都从母亲的梦话中学会了"最小二乘"专业词语。由于当时该所计算机少，用的人很多，为了争取时间，他们就晚上加班。李鹏飞同志更是身体不好，疲劳过度，旧病复发昏倒在实验室，后不治去世，令人悲痛和怀念。

在"文革"动乱武斗期间，广东（海南现场）、云南 523 领导小组及办公室承担了大量现场管理和后勤保障工作。广州军区卫生部宋维舟部长、邵明政部长，昆明军区卫生部史霞光部长、王礼副部长，海南军区防疫大队郭广民队长，海南行政区卫生局刘通显局长等同志，对每年十几个、二十几个进入现场的民间抗疟药方采集调查、药物试验的工作组，都亲自过问安排。海南军区为每个 523 现场试验组派一名军医配合，负责行政、安全和后勤保障工作。广东（海南现场）、昆明 523 办公室为各工作组选试验点，安排进出现场的接送，由于边境山区情况复杂，甚至安排部队或民兵武装陪护科技人员，做了大量工作。

特别令人不能忘怀的，一些领导和机关的同志，给了 523 项目很大的关心支持和鼓励。卫生部钱信忠部长在"文革"艰难的处境中，重新工作后听取了 523 的工作汇报，当即给予了很高的评价和鼓励。他说，在"文革"动乱中，523 项目不但出了一批科研成果，而且保护了一批科研单位，保护了一批知识分子。国家科委医药局田野局长，在"文革"期间，深入实验室检查工作，听取工作汇报，给科技人员以鼓励。卫生部科技局陈海峰局长，积极协调解决 523 地区领导小组和地区办公室的组织机构的工作，在"文革"期间，亲赴云南边境地区检查看望各地在现场的科研工作组科技人员。化工部（国家医药管理总局）陈自新局长、佘德一同志十分关心支持 523 的工作，除认真做好本系统的 523 工作以外，还关心着整个 523 的工作，凡需化工、医药管理系统解决的问题，有求必应，积极支持。各地区省、市、区，军区领导和机关工作同志，对 523 工作都十分关怀和支持。海南、云南疟区的部队、农场、当地防疫部门、基层卫生院，对 523 科研工作组都给予了工作上、生活上的大力支持和协助。他们的奉献是我们不能忘记的！

第十章　青蒿素荣誉属集体

　　青蒿素是我国医药科技工作者的集体发明创造，也是全国一盘棋、统一计划、严密分工，发挥大协作优势、集中优势兵力打歼灭战，用接力赛的形式，攻克一个个难关，多快好省高速度成功研发的一项科技成果。原卫生部副部长黄树则在1981年总结523工作的报告中指出："523工作的特点是部门多，地区广，任务互相联系，工作互相衔接；把科技人员，各专业、现场和实验室，生产和使用，科研和防治等有机结合起来，有组织，有计划，有步骤地开展工作，是523多快好省地完成科研任务的关键。只有在大协作中，才能真正做到思想上目标一致，计划上统一安排，任务上分工合作，专业上取长补短，技术上互相交流，设备上互通有无，彼此互不设防，一方有困难，大家来支援，团结协作。"[75]在523研究项目中，青蒿素研发成功的事实证明，这是我国多专业、多学科，众多科技工作者密切合作"大力协同"的结果，如此重大的研发任务，在当年靠一个单位、一两位科技人员是无法完成的。

　　熟悉和参加过青蒿素国际合作的原国家医药管理局总工程师、中国工程院院士、原世界卫生组织疟疾化疗小组成员沈家祥教授，针对青蒿素发明精辟地指出："没有523，就没有青蒿素。"这是对523任务和青蒿素发明实事求是的评价。试想，若没有越南反侵略战争，没有疟疾对军队战斗力的严重影响，没有越南领导人向我国领导人的求援和我国战备的需要，不言而喻，就没有523任务，也没有必要投入如此大的力量，去研究开发防治抗药性恶性疟的药物。否则，又有谁会去专门研究开发中草药青蒿呢？人们难以想象在那个特殊年代，会有哪个单位、哪个人在没有特定任务的情况下，去为研究青蒿、黄花蒿而投入如此巨大的人力、物

图 10.1　1996 年香港求是基金会在北京向青蒿素研究人员颁发"杰出科技成就集体奖"，图中是出席颁奖会的部分受奖单位代表，左起李英、梁钜忠、魏振兴、李国桥、刘旭

力和财力。同时，如果没有 523 任务的特殊性，也就没有 523 这种强有力的、科学的、严密的大协作组织模式，也就很难在青蒿和青蒿素研究出现挫折和困难时，全力进行组织和推动，也就很难说有青蒿素研究今天的成果。

523 项目结束后创新的一系列青蒿素类药物，是 523 项目前期积淀下来的，它对中国医药研发的促进厥功至伟！青蒿素及青蒿素类抗疟药的发明，引起了国内外医药学界的极大关注。纵观当今世界上优良的各种抗疟药，无不都以 523 项目为根。

为了表彰对人类做出重大贡献的中国科学家集体，1996 年 8 月 30 日，香港求是科技基金会为青蒿素研制项目颁发了"杰出科技成就集体奖"。受奖单位，除青蒿素的发明单位外，增加了研制青蒿素衍生物的单位。受奖的集体代表是屠呦呦、李国桥、魏振兴、梁钜忠、周维善、李英、朱大元、顾浩明、刘旭、许杏祥。在颁奖大会上，国家卫生部原部长陈敏章向大会主席和各位来宾介绍了我国抗疟药研究战线上一支团结协作、艰苦奋斗、做出了重大贡献的科技队伍及部分代表的事迹。他在讲话中指出："在国务院批准的全国 523 领导小组及其办公室的领导下，全国统一计划，分工合作，在开展抗疟药的研究中诞生了青蒿素。青蒿素抗疟药的研究开发成功，是我国多部门、多学科长期团结协作的硕果。今天表彰的 10 位科技人员，仅是参与这项工程做出突出贡献的代表。"[76] 香港求是科技基金会是把青蒿素作为"杰出科技成就集体奖"进行表彰的、奖励的青蒿素及其衍生物是一项集体的成果。

2004 年初，泰国以国王普密蓬·阿杜德名义为研制抗疟药物青蒿素的中国医药科技工作者颁发了泰国最高医学奖——玛希顿亲王奖，以表彰我国科技工作

图 10.2　2004 年中国青蒿素类药物团组领取泰国授予中国青蒿素及其衍生物研究协作组的 2003 年度玛希敦亲王医学奖奖章。左起王晴宇、国家科委程副部长、国家奖励工作办公室陈传宏主任、李英、吴毓林

图 10.3　209-2009 年 11 月 3 日诺华公司总裁魏思乐来华向军事医学科学院微生物流行病研究所发明人团队转交奖杯

者发明青蒿素及其衍生物、青蒿素复方以及在治疗疟疾方面所做出的杰出贡献。颁发的奖牌上刻着"中国青蒿素团体奖"。

　　2009 年，复方蒿甲醚专利发明人团队周义清、宁殿玺等获欧洲发明人奖（非欧盟区）。2010 年复方蒿甲醚又获美国盖伦奖最佳药物奖。

　　2011 年，屠呦呦因青蒿素的发现，以及在由此而发明的复方蒿甲醚等青蒿素类抗疟药物为挽救全球疟疾患者生命、遏制疟疾流行做出重大贡献的影响下，获得美国拉斯克奖；2015 年又荣获诺贝尔生理学或医学奖。

　　基于中国 523 项目开发的抗疟新药为全球抗击疟疾行动提供最有效的挽救生命的措施之一，成为 21 世纪以来全球卫生健康的最伟大成就之一，逐渐备受青睐的中国青蒿素也实至名归地为中国科学界迎来第一个诺贝尔科学奖项。从 2011 年拉斯克奖到 2015 年的诺贝尔奖，都明确提到了中国青蒿素类药物挽救了数百万患者生命的成就。

图 10.4　2011 年屠呦呦因青蒿素类药物之最佳药物复方蒿甲醚在全球挽救生命中做出的贡献而获得拉斯克奖

图 10.5　屠呦呦领取诺贝尔奖照片

　　回顾我国青蒿素类抗疟药研发的发现史，人们不应忘记，为青蒿素类抗疟药做出贡献的，还有许许多多不被世人所知的人名。这其中凝聚着他们的汗水和心力。首先是我国传统医药学宝库中蕴藏着丰富的知识资源，由于余亚纲、顾国明的科学实践，让青蒿进入对其深入挖掘的视野；对高邮民间青蒿防治疟疾经验的调研，是随后屠呦呦复筛青蒿并肯定青蒿乙醚提取物有效的基础；之后钟裕蓉首先分离到有效单体青蒿素 II，初步证实其对间日疟有一定效果；在中医研究院中药所青蒿素的研究出现挫折时，山东省中医药研究所的魏振兴和云南省药物所的罗泽渊都成功分离出黄（花）蒿素；并由广州中医学院李国桥用云南省药物所的黄蒿素，在已发现存在抗药性虫株的云南中缅边境，成功救治了 14 例恶性疟（包括脑型疟）患者，首次肯定了青蒿素治疗恶性疟短期内速效和高效、低毒的特点，由此 523 办公室领导组织开展了全国大协作，上海有机所吴照华、吴毓林和中医研究院中药所刘静明、倪慕云等开展了青蒿素化学结构的部分研究，并由北京生物物理所李鹏飞、梁丽最终确定了青蒿素的绝对构型；昆明医学院王同寅、中医研究院中药所李泽琳、海南寄生虫病研究所蔡贤铮和防疫站庞学坚等参与的扩大临床验证；中央药检所严克东、中医研究院中药所曾美怡、山东中医药研究所的田樱、云南药物所罗泽渊和广州中医学院的沈璇坤为主完成青蒿素含量测定和规格标准（草案）。

　　在遏制疟疾流行、挽救人类生命真正发挥作用的青蒿素类药物的研究历史中，从 1976 年开始，在 523 项目和青蒿素指导委员会的持续领导下，以上海药物所李英等为首开展多种衍生物类型化合物的合成和抗疟作用比较，为蒿甲醚（李英等）、青蒿琥酯（刘旭等）、双氢青蒿素（屠呦呦等）等新药的开发提供了依据。李泽琳等开发的青蒿素栓剂成为中国新药审评的第一个新药。在另一条战线上研究发明的新化学抗疟药，如军事医学科学院的本芴醇（邓蓉仙及滕翕和等）、磷酸萘酚喹（李福林和焦岫卿），上海寄生虫病研究所的咯萘啶（陈昌和郑贤育），第二军医大学和上海医药工业研究院的哌喹（许德余和张秀平），这些我国自主创新（哌喹例外）的合成新药后来和青蒿素类药物组成复方，例如复方蒿甲醚（军事医学科学院周义清和宁殿玺）、复方磷酸萘酚喹（军事医学科学院丁德本和王京燕）、双氢青蒿素或青蒿素和哌喹加伯氨喹组成的复方（广州中医药大学李国桥小组）成为现今世界抗击抗药性恶性疟的主要药物。复方蒿甲醚在改革开放的大形势下，由国家科委领导下，组成科、工、贸一体，和瑞士诺华公司合作，成为开创中国医药国际科技合作的先河。

更不能忘记的是，云南詹尔益开发工业提取法和山东魏振兴在重庆酉阳建成提取厂及开展青蒿种植研究，为这类药物实实在在地发挥挽救生命的作用创造了前提。

这一件件成功的事例都充分显示了在全国统一领导下，充分体现各单位齐心协力集成的优势合力，这种力量势不可挡，可作为建立创新型产业的一种借鉴和思考。523任务在科研管理方面所做的工作也有其历史的意义，做出一定的贡献。凡此种种，所有事件都发生在中国这一片土地上，给全球受到疟疾磨难的人们送去了福音，让受尽疟疾之苦难的患者绽露出了笑容。

回忆那段难忘而自豪的历史，为单位、为个人在523项目和青蒿素类药物研发过程中做出的成绩而兴奋不已的时候，不应该忘记那些也曾为523任务和青蒿素的研发，为宝塔顶尖那颗璀璨的明珠增添光彩，甘做奠基石的无名英雄们。荣誉不仅仅属于几个榜上有名的单位，不仅仅属于几个代表人物。523的每一个项目和青蒿素类抗疟药的研发，"它的一切科研成果都是全国多部门、多单位长期共同努力协作的结果。"[57]这一成果不仅是有名者做出的成绩，也有许多无名者的默默奉献。以青蒿素成果为例，1978年，扬州青蒿素成果鉴定会上报告的资料就凝集着几十个单位和数以百计的个人的辛勤劳动。成果鉴定会上的14名报告人中就有8名所在的单位，在青蒿素发明证书上找不到他们单位的名称。鉴定会上作为主要研制单位的四川中药研究所和江苏省高邮县卫生局，在颁发国家发明证书时，让位于其他单位。因此，获得荣誉的单位和个人不应忘记、更不能抹去他们每一个人在青蒿和青蒿素的研究中所做出的历史贡献。除了受奖单位外，其他的49个协作单位和数百名科技工作者的全力协作，理应得到承认和尊重。

青蒿素类药物的研究成果，体现并洋溢着我国科学家对祖国的奉献精神，充分表现出许多知识分子，许多革命干部公而忘私，"看事业重如山，视名利淡如水"的高尚情操和集体主义气概，这种精神是中华民族走向强盛之灵魂，是值得永远铭记和发扬的。

青蒿素的发现和青蒿素类药物的研发是一代中国科学家和革命干部，为中国崛起而无私奉献的一曲社会主义大协作的凯歌，它将载入中国医药的发展史册和世界医药的史册！

第二部分

为无名英雄点赞

图 11.1　1981 年 523 项目组解散时所有科技、人员领导合影

　　青蒿素的发现，青蒿素类抗疟药的发明及应用推广，523 项目其他抗疟药的成功研究是我国一代医药研究科学家创造的成就，其中也不乏凝集着 523 项目办公室科研管理人员付出的心血。他们是一群默默奉献的无名英雄。在人们欢欣鼓舞赞颂青蒿素获得世界科学大奖的时候，人们不应忘却曾经为之付出的无名英雄们。军功章里的荣耀，也闪烁着他们的光亮。欣逢 523 项目立项 50 周年，借《迟到的报告》再版，我们要为完成 523 任务，在青蒿素类抗疟药的成功研发做出重要贡献的另一群榜上无名的"英雄"们点赞。

　　523 项目的 13 年和青蒿指导委员会的 8 年里，在各级领导的关怀支持下，523 办公室和青蒿素指导委员会秘书组的组织管理者不怕困难，艰苦奋斗，尽心尽职，甘于奉献，为这一事业放弃了自己的专业或原来的职务，奋斗了十几年，有的甚至 30 多年。他们和各承担任务单位的领导和管理人员，在 523 任务和青蒿素研究困难和关键的时候，以对事业的高度责任心、毅力和聪明才智，对工作中出现的每一个问题，及时进行分析指导和协调，共同把这项巨大科研任务推向前进。尤其是，523 办公室的人员有军人，也有地方干部，大多数坚持了十余年，兢兢业业，任劳任怨。有的由于长时间不在原单位工作，领导在安排工作、职级升调时有的把他们的贡献遗忘了，生活、级别待遇受到一定的影响。

广东、广西、四川、江苏（南京）云南（昆明）地区 523 办公室，既要深入单位抓好所承担的各项研究任务的落实，在每年疟疾流行季节还要安排协调好进入现场试验的研究分队的具体事务。上海地区承担 523 任务的单位多、有科研单位，也有制药厂，管理联系面广，承担的研究项目多，任务重，523 办公室的同志们做了大量组织协调工作。办公室主任王焕生同志，还因 523 工作外出发生车祸，折断了两根肋骨。这些同志勤勤恳恳，不计较个人得失，遇到困难和挫折，以自己为援外战备尽了一份力量，没有虚度年华而倍感自豪，无怨无悔。

然而，人们再回首，在青蒿素类抗疟药这一举世瞩目的发明和 523 其他数十项成果发明中，虽然也有他们聪明才智和心血的付出，但却没有看到他们在其中的名字。他们也是青蒿素类抗疟药和 523 项目研究成果的无名英雄。

曾任全国 523 办公室和青蒿素指导委员会秘书组负责人，来自军事医学科学院的周克鼎同志，自始至终参与了 523 任务和青蒿素科研管理的全过程，是一位备受各方称赞的科研管理者，是众多无名英雄的代表。值此 523 项目立项 50 周年之际，我们选编在周克鼎同志逝世后诸多老战友、老同事、老朋友的几篇对他

图 11.2　周克鼎在上海延安饭店　　图 11.3　沈家祥院士追忆周克鼎

怀念的纪念文章，以飨读者，寄予深切的怀念！人们可以从中感受 523 项目和青蒿素类抗疟药研究科研管理者的真实、具体、生动的工作和所作出的贡献，以及从他们心底里所发出的心声。

　　周克鼎同志，生于 1927 年 11 月 18 日（农历 10 月 13 日），卒于 2008 年 1 月 10 日，河南唐河人，毕业于前第三军医大学。他 1949 年入伍参加革命工作，从事军队卫生管理工作，1955 年调入军事医学科学院，从事医学研究管理工作。周克鼎同志在"全国 523 办公室"任上，到 523 项目及办事机构撤销（1967—1981）后，在"中国青蒿素及其衍生物研究和开发指导委员会"（简称青蒿素指导委员会）担任委员兼秘书长（1981—1988），前后做了 21 年抗疟药的科研管理工作，在业务上，从一个医生变成一个新药研发，特别是对以植物为原料的天然化学药（青蒿素）、人工半合成的化学药（青蒿素的衍生物），以及与合成药物配伍的青蒿素类复方药物的开发知之甚多的、知识面很广的科研管理人才。

为中国抗疟新药青蒿素类
药物的研究开发作出卓越重大贡献的
周克鼎同志功载史册永垂不朽！
周克鼎同志
陈海峰
二〇〇八年八月一日哀挽

图 11.4　陈海峰追忆周克鼎

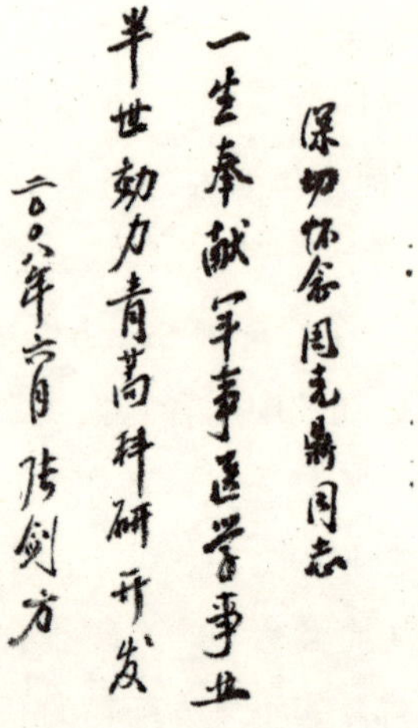

深切怀念周克鼎同志
一生奉献军事医学事业
半世勠力青蒿科研开发
二〇〇八年八月　张剑方

图 11.5　张剑方追忆周克鼎

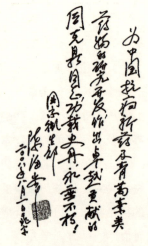

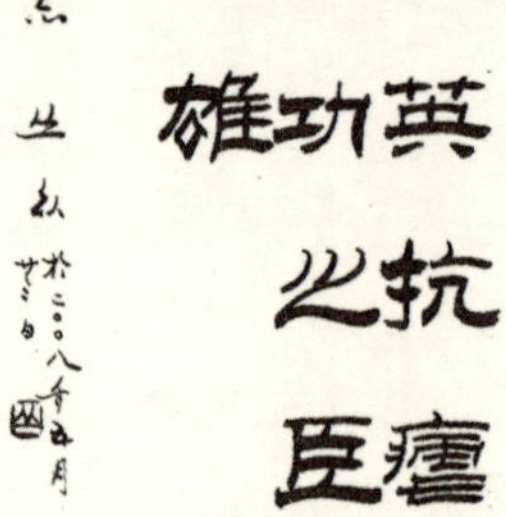

科管精英
楷模有功英
名扬抗
英雄疟
之臣瘼
怀念周克鼎同志
丛众
二〇〇八年五月

图 11.6　丛众追忆周克鼎

克鼎同志安息吧！
你是人类抗疟斗争
史上大功臣！
宋书元　08.1.12.

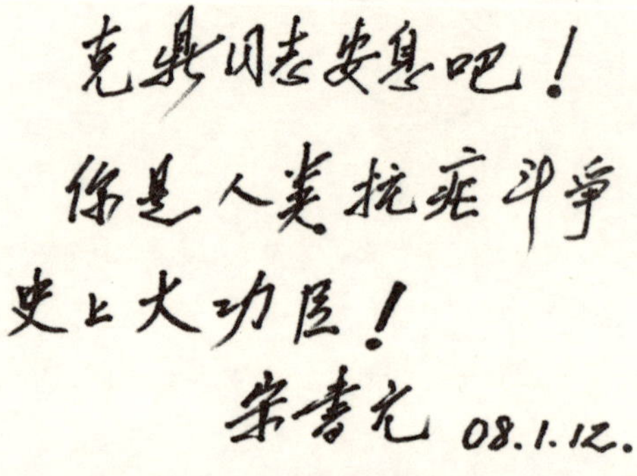

图 11.7　宋书元追忆周克鼎

青蒿情　黄花香——深切怀念周克鼎同志

施凛荣

图 11.8　523 项目时期的周克鼎

光阴似水无情，斯人骑鹤仙游八载，适逢中国 523 项目立项 50 周年前夕，青蒿素荣膺诺贝尔奖，《迟到的报告》一书再版，更加难忘故人，追思往事，栩栩眼前，更加怀念他对 523 项目和青蒿素事业做出的伟绩，以及堪为后人楷模的崇高美德。

523 棋局的棋手

523 项目是时代赋予中国科研工作者的特殊任务。这支科研队伍在党中央和国家领导人的关怀下，有坚强而又有权威的领导班子和层层负责的管理机构，落实和协调每一项、每个阶段的任务。科研管理人员就如同棋手，在什么时候下哪一步棋，下一步棋又将如何衔接，用什么人来完成某项任务，是他们根据出现的不同情况做出判断考虑的问题。一支强大的科研团队需要有卓越的科研管理人员，在管理执行中发现人才，爱护人才，信任和团结他们，激发他们对国家的荣誉感和对工作的高度责任热情，最大地发挥他们在工作中的特长和主观能动性，出色地完成所担

图 11.9　施凛荣（左）与周克鼎（右）

负的任务。周克鼎同志就是一名卓越的"棋手"。

　　1967 年，第一次全国 523 会议后，全国 523 办公室设在军事医学科学院，初期办公室有十几个人，除直接负责承担研究任务的两个研究所人员的科研和行政管理外，主要是担负协作研究计划的制定，与领导小组部门、各地区 523 办公室和承担任务单位的沟通联络，组建专业协作组，组织协调项目任务的分工落实，以及上下沟通的文件、工作总结、报告、简报等。周克鼎同志既参与重要的决策，又是具体工作任务的承担者，是办公室的笔杆子，许多重要文件以他为主起草。他名义上不是 523 办公室的领导，但在任务的组织协调方面却起到重要的核心作用。

　　他是从军事医学科学院科管部（当时的建制名称，即后来的科技部）综合计划处调到 523 办公室的，曾做过编辑的工作，英语有很好的基础，也有多年机关工作和科研管理的经验。我初调到 523 办公室时，对机关和科研管理工作毫无经验。他年长我 11 岁，像大哥哥一样，给我热情指导。后来又放手让我专门联系、了解化学合成药专业组的研究工作，到 523 有关科研所（室）跟班，一方面了解研究工作的进展，一方面学习熟悉有关业务知识。在他悉心的帮助下，我在办公室和专业组的专家那里得到许多知识，提高了办事能力。他既是我的兄长，也是

图 11.10　1987 年周克鼎（前排左四）代表青蒿素指导委员会在酉阳开会商量青蒿素提取厂建设事宜，前排右一魏振兴

我的老师。十几年的朝夕相处建立起的深厚情谊，使我们之间在之后的 523 工作 30 年里联系从未间断过。

图 11.11　施凛荣（左一）、周克鼎（左二）

不论在什么情况下，他对 523 办公室的工作总是充满热情。1970 年至 1974 年，随着我院机构和人员的调整，在一段时间里，除了院、所分管的领导，523 办公室日常的管理工作就只剩下他和我两人，且归并到军事医学科学院微生物流行病研究所科管科，给他挂了副科长的职位。这与当时各地区 523 办公室通常有五六个人的力量相比，谁能想到一个上有 4 个国家部委参与的领导小组，对下联系 6 个地区（上海、南京、广东、广西、昆明、四川）的 523 办公室和 1 市 3 省（北京、山东、辽宁、陕西）协作单位的全国办事机构曾是这样的状况。然而，他并不计较自己的职位，面对这种状况，丝毫也没有影响工作的热情，依靠主动向领导小组主管部门和分管领导汇报，与各部委具体负责 523 项目的同志联络沟通，积极主动提出开展工作的建议，争取上级的领导和支持。同时，及时通过各地区 523 办公室向地区领导小组汇报，向有关承担任务单位传达上级的指示精神，通报任务的进展和形势，进行沟通交流，鼓动宣传，得到来自各方面的支持。尤其是在化工部（期间曾称为燃料化工部，制药工业局，后归国家医药管理总局管理）负责落实 523 任务的佘德一同志和总后卫生部刘计晨同志热心大力的支持下，极大地推动了 523 各项研究工作的深入。后来他常风趣地说，523 办公室的工作就是"宣传领导，四处游说"。这体现了他对困难的乐观情绪，也确实是当年 523 任务和青蒿素研究工作能够取得成功的真实写照。其道理十分浅显，国家部门分管 523 工作的领导都担负许多工作，他们不只是负责 523 项目一件事。要保证 523 工作顺利开展，就必须靠办公室主动向领导汇报，把领导请出来"领导"。他们对 523 任务的重视，一个批示、对具体承办人员的一句口头指示，都是组织落实做好工作的重要依据。同样，要得到承担任务地区领导的重视和支持，也要主动向地区 523 领导小组和承担任务单位的领导汇报，利用一切有利的条件，向领导做好"宣传"，争取他们对工作的大力支持。

前瞻睿智的设计师

原卫生部科技司陈海峰司长在信函中如此评价，他"实际上是当年 523 新药研发的科研设计师"。他是一个设计师，又是一个组织者，也是一个执行者。523 项目全面展开以后，根据各项研究的进展和国内外捕获的信息，及时审视和调整工作思路，有针对性拓展相关的研究工作。为此，他十分尊重各专业组的专家，倾听他们的建议，共同讨论研究工作中的热点问题，依靠和发挥他们的作用的同时善于总结。他在组织抗疟中草药、化学合成药和植物驱避剂以及后来扩展的杀虫药械的研制中，经常与中草药专业组组长单位中科院药物所的于德泉，上海药物所的陈仲良，化学合成药专业组组长军事医学科学院微生物流行病研究所的邓蓉仙（我们常称呼她为邓大姐）、副组长上海医药工业研究院的张秀平，驱避剂和杀蚊虫药械专业组军事医学科学院微生物流行病研究所的陆宝麟、朱成璞，疟疾免疫专业组北京生物制品研究所陈正人等专家讨论，一方面向他们请教，又及时对各项研究任务进行总结，并对下一步的工作进行调整部署和具体的安排。在办公室主任、军事医学科学院微生物流行病研究所白冰秋所长领导下，针对脑型等凶险疟疾死亡率高的问题，组织专家在广州召开了论证会，成立了专业组。专业组救治脑型疟的研究取得了重大的进展，救治水平至今在国际上保持领先。疟疾免疫专业组就是在听取陈正人、陆宝麟、俞焕文等教授的意见后组织并召开专业组会议的。这项研究当时在国际上我们也是较早开展的。后来在青蒿素的研发中，也充分显示出他对全局工作的前瞻思考和安排（见后文）。

他十分注重科研资料的总结和积累。1974 年，523 各项研究工作已开展了六七年了，各单位都有不少的研究实验总结、报告的资料。当时国内的专业文献出版业务尚未恢复，他说几年来大家辛勤工作的研究资料不收编起来就将散失。这些资料对后人是很宝贵的。在他的提议和组织下，各地区 523 办公室和各单位、专业组把多年来的研究资料

图 11.12　1986 年初青蒿素指导委员会代表团（从右至左）周克鼎、李泽琳、曾美怡、许文博在南斯拉夫

搜集起来，请当时与 523 办公室合并办公、负责钩端病协作工作的陈锦石指导编辑工作，由办公室人员自己动手整理各地送来的资料、按不同任务专业编辑出版了多集的《疟疾防治研究资料汇编》和合订本《疟疾研究》，请了郭老（沫若）题写了书名，成为"文革"时期不多的，也是至今少有的在疟疾研究方面十分宝贵的专业文献资料。

《迟到的报告》一书附录中，《抗疟中草药研究工作经验总结》《植物驱避剂研究工作经验总结》和《523 抗疟药青蒿素及其衍生物研究专题工作报告》是 523 任务 13 年间，在发掘祖国医药学宝库时升华出来的"结晶"。他常为这些经典之作感到欣慰。这三篇十分珍贵的经验总结，是他一手组织撰写的，凝聚着他和专业组专家的心血。这些资料对指导中药的研究开发，过去、现在和将来都具有重要的意义。

青蒿素的有功之臣

青蒿素研究从初始出苗头到科研成果鉴定到工业生产，从与国际标准接轨到走出国门，他功不可没。没有他的执着的争取和追求，难有青蒿素的今天，或至少要推迟若干年。

早在 523 项目立项之前，他就参加了项目研究规划制定，把青蒿等中药列入重点的研究对象。1972 年，青蒿出现苗头，523 办公室决定加快推进临床试验。其时已是海南岛疟疾流行季节末期，他一方面请广东（海南）523 办公室协助安

图 11.13　1990 年周克鼎在法国罗纳普朗克　图 11.14　周克鼎在非洲
公司巴西分公司前

排试验的医院，又通过总后卫生部刘计晨安排解放军 302 医院收治疟疾患者。1973—1974 年，当北京中医研究院中药所青蒿素 II 临床试验、提取青蒿素 II 遇到困难，科研人员情绪受到影响时，他通过当时在该所"支左"的军代表、军事医学科学院放射医学研究所副所长赵相做工作，给大家鼓励和支持。他还亲自带领该所的张衍箴到云南省药物研究所，了解大头黄花蒿研究工作的情况，学习他们的提取方法。青蒿素扩大临床试验，他及时请李国桥在海南举办临床试验研讨学习班，制定统一的试验方案和疗效判定的标准。他对青蒿素的研究看得深远，在南京中草药专业会议报告青蒿粗提物动物显示较好效果后，立即要求抓紧对青蒿提取方法、药效、安全性做进一步实验研究，在肯定临床疗效的同时，加快有效成分或单体的分离提取；1973 年，尽管青蒿研究尚处初期阶段，在他起草的"五年规划后三年任务"中明确提出"组织力量，加强协作，争取 1974 年定出化学结构，进行化学合成的研究"；在青蒿素临床效果肯定后，关注并组织青蒿资源的调查，以四川中药所等单位组织协作，初步调查摸清了南方几省的青蒿的产量和青蒿素含量的基本情况；青蒿素作为抗疟药研究成果鉴定前，组织有关研究单位，举办两期青蒿素含量测定经验交流学习班，确定了测定方法，并制订了青蒿素的质量规格标准。为了准备青蒿素成果鉴定，把各单位的研究资料集中，按不同专业系统进行总结，编写成果鉴定资料，保证了青蒿素成果鉴定会成功召开。在青蒿素的疗效和化学结构基本确定之后，他着手组织上海药物研究所对青蒿素化学结构进行改造，及时对新苗头组织开展协作研究。《迟到的报告》中的许多记述都有他所做工作的反映。

　　在那个对外封闭的年代里，虽然青蒿素科研成果于 1978 年鉴定了，但严格上讲，它仍不是一个完善的新药，不具备向外推广使用的条件。当时，比青蒿素更具有特点的衍生物蒿甲醚和青蒿琥酯及一批已具雏形的新抗疟药成果还在研发中。但 523 援外任务已经完成，全国 523 领导小组办公室从军事医学科学院改迁到卫生部科教司办公。为了对青蒿素的研究事业、对仍坚持在开展研究工作的单位和研究人员负责，不让即将取得成果的研究工作因此而中断，他和张剑方副主任作为办公室的主要负责人，每天从西郊五棵松坐公共汽车到市区后海的卫生部上班，坚守岗位，有始有终。在卫生部科教司陈海峰司长等的关怀下，继续管理组织有关项目的研究，妥善处理了 523 办公室工作的过渡。他们所做的，意味着仍将被称为"吃家饭，拉野屎"，无单位可依靠的一项临时的事。他们心中明白，

图 11.15　周克鼎在京城大厦会议室。左起昆明制药厂张楚成、周克鼎、中信技术公司毛菊英、周义清

图 11.16　1991 年与贝宁客人在中信公司国际大厦，左一中信技术公司李加成，左二国家科委顾问周克鼎，右一国家科委社发司领导丛众

若不听领导的暗示回原单位工作，对个人将不会有好的结果，工作做得再好，成绩再突出，既不能获得单位承认，还由于长期不在单位，在"文革"后单位人员调整中，失去干部职位任用、级别提升的机会，相应的待遇也将因此而失去。然而，他们更看重的是事业！不能让已获得重大进展的研究，成果收获在望的工作，因自己回原单位而中断。他们义无反顾，默然承受个人面临的损失而无怨无悔。后来发生在他身上的事实，也正如所预料那样。这无不使人感到困惑、遗憾与无奈！他们为了 523 的成果和青蒿事业做出的个人牺牲是令人钦佩的！

走出国门的推力者

1981 年，523 工作正式结束之后，为筹备在北京举行的世界卫生组织第四届疟疾化疗工作组会议，以及成立中国青蒿素及其衍生物研究指导委员会（简称"青蒿素指导委员会"），他做了大量的组织协调工作。为了完善青蒿素的毒性研究资料，他与军事医学科学院放射医学研究所联系，落实了研究工作；他因西方的"反应停事件"，十分重视药品潜在的特殊毒性，在中药所李泽琳等研究人员努力下，这些问题都赶在会议前做出了结果。

1981 年世界卫生组织北京会议后，为了建立联系渠道，卫生部和国家医药管理总局联合成立了"青蒿素指导委员会"。他出任委员兼秘书长，是委员会唯一一位全职工作人员。在开发青蒿素栓、青蒿素衍生物蒿甲醚、青蒿琥酯、蒿甲醚－本芴醇复方，以及国际合作的谈判活动中，他都付出辛劳，发挥了无可代替的作用。在青蒿素指导委员会工作期间，为了与国际药品研发、生产的标准接轨，他请国

图 11.17　1990 年周克鼎 (右) 和丛众 (中) 在中信公司国际大厦与法国罗纳普朗克公司的富恒 (Faurant) 先生签署蒿甲醚针剂销售协议

家医药管理总局金蕴华、沈家祥等专家为顾问，组织有关单位学习并按照 GLP（军事医学科学院微生物流行病研究所滕翕和负责）、GCP（广州中医学院李国桥负责）、GMP（广西桂林制药厂负责）的要求，对以上药品重新工作，完善生产规范。在他的组织协调下，青蒿素类药的研制，在一定程度上，可谓开创了我国新药按国际标准研发的先河。

为了尽快让青蒿素走出国门，他在推动青蒿素走向世界的努力中不遗余力。在青蒿素指导委员会工作结束后，又和沈家祥教授组织新药研究开发小组，聘请在京的专家宋振玉、邓蓉仙、滕翕和、李泽琳、曾美怡、周钟鸣、赵秀文等翻译国际注册所需的文件。按照世界卫生组织的要求，重新整理（包括补充实验）编写蒿甲醚、青蒿琥酯的注册文件，翻译成英文文本，由沈家祥审查后，请世界卫生组织的专家审查并提出修改和补充意见。他还为国家科委社会发展司担任义务顾问，为青蒿素产品的国内外合作，加快青蒿素类抗疟药产业化走向世界出谋献策。

他与山东中医药研究所的魏振兴教授，为了我国的青蒿素产业基地的建设，多次到重庆酉阳山区，为当地青蒿的种植、青蒿素提取厂的建设和生产做出了重要的部署，推动了我国青蒿素产业的建设。他出面联系，青蒿素指导委员会为酉阳武陵山青蒿素项目，向三峡总公司争取到 125 万元人民币资金担保，用于提取厂建设，加快了新抗疟药青蒿素推荐给世界的速度。

老周一定在梦中为复方蒿甲醚的成功微笑过。为了造福全球疟疾病人，他在复方蒿甲醚研发中，在多个环节发挥了别人无可代替的作用。1981 年，北京世界卫生组织化疗工作会议后，时任青蒿素指导委员会秘书长的他，支持青蒿素复方研究的立项，资助军事医学科学疟疾室课题启动经费，后又搭桥牵线与昆明制药厂合作。青蒿素指导委员会撤销后，他义务担任国家科委社会发展司顾问，为青蒿素走出国门出谋献策。在受聘中信技术公司和军事医学科学院疟疾室顾问时，在他协调下双方进行合作，与昆明制药厂在国内形成科工贸联合体。他解放思想，

图 11.18　1987 年 3 月（左起）李国桥，许文博，王秀峰，周克鼎在海口

图 11.19　青蒿素指导委员会工作时期，周克鼎，王秀峰，佘德一等

冲破各种压力，积极支持开展国际合作，与现瑞士诺华公司的成功合作的谈判中，他是中方谈判的主要代表。他在复方蒿甲醚研发和内外合作的多个关键环节上，发挥了他人无可替代的作用。随后 20 多年的中瑞国际合作，复方蒿甲醚创造了传统中医药与现代技术的完美结合，使我国研发的抗疟药走出了国门，在国际医药界上有了中国创新发明的药品，赢得了尊重，使中国青蒿素再创今天的辉煌，是值得自豪和骄傲的。他曾说："复方蒿甲醚能够有今天，也是瑞士诺华公司对我国科学家研究工作的尊重。只有把我们发明成果转变成为一个产品，才能够为人类服务。这在当时真是难呀！虽然有了发明却难成为国际认可的产品，进入不了国际市场就不可能医治患者，不能解脱疟疾病人的痛苦。当时诺华若不是真心帮助我们对复方蒿甲醚的开发，尊重我们的研究成果，并最终把成果全球推广应用，就不能以当今雄辩的事实证明中国人发明的伟大，而光靠说自己的发明好是不行的。"瑞士诺华中国公司原总裁李振福先生在怀念周老时曾说过："复方蒿甲醚在全球控制及消灭疟疾中正在做出巨大的贡献，今天在国际上能有这样的地位是中国人的骄傲，也是中国改革开放进程中，在国际医药合作方面取得的伟大成就，青蒿素和复方蒿甲醚的发明可以作为国际医药史上一个很重要的里程碑。周（克鼎）教授和众多中外科学家一道 40 年多年来从事这一事业，他们为中国在全球医药界争得了荣誉，是诺华人崇敬的学者和朋友。能共同参与到拯救生命、造福人类的事业中是人生中最美好的经历，我们最乐于看到与中国人民和科学家一道合作前进。"

老骥伏枥壮志不已

523项目大协作和青蒿素类抗疟药研发的各个阶段和事件中都有周老的身影，而改革开放 30 年来也正是周老工作最繁重和取得成效的年代。从他的工作和生活可以勾画出中国医药产品自主创新和走向世界的道路，其中涉及众多研究单位、企业、政府部门，科学家、科研管理者、工人，甚至农民。中国的青蒿素事业已经并将继续影响着后一代的人，包括中国的科学工作者和普通民众，甚至其影响也在国际上逐渐深入人心。

从 1998 年开始，世界卫生组织强烈推荐在抗药性严重的地区治疗恶性疟疾应该使用青蒿素类药物，青蒿素类抗疟药从过去的局部战争的需要变成一个全球急需的药物，特别是 2001 年 11 月世界卫生组织第三次在中国举行的抗疟药开发会议上明确强调，今后抗药性疟区必须使用青蒿素类复方，使青蒿素类复方研究突然面对一个世界性的庞大的国际市场。因此，保护青蒿资源、建立符合 GAP 的青蒿种植基地和开展提高青蒿素产量的研究、建立符合 GMP 的青蒿素提取和生产的工厂、建立全国有序的种植计划和生产计划、扶持符合 GLP 要求的药理和毒理基础和临床前药理研究、建立符合 GCP 要求的国际几大疟区的临床研究、探索进入国际市场的路子等等都是十分紧迫的任务。由于周克鼎同志对很多问题有比较深入的了解，虽然当时他已离职休养，但却从未放弃对青蒿素事业的热情和关心。他仍然乐于接受国家科委社会发展司和中信集团的中信技术公司的先后聘任，担任无报酬的义务顾问，继续为青蒿素类抗疟药研制和国际合作发挥余热。

他对长期从事青蒿素研究的军事医学科学院微生物流行病研究所疟疾研究室、广州中医药大学从事青蒿素疟疾研究的李国桥、首创青蒿素衍生物的上海药

图 11.20 国家科委、中信技术公司和桂林药厂前往越南开展青蒿琥酯业务，周克鼎（前排右一），魏振兴（前排左一），叶治生（二排右四），国家科委杨哲（二排左一）等

物研究所李英等的工作十分关注。这些单位和专家也都非常尊敬他和信任他，乐于及时向他通报信息，反映情况。20世纪80年代，在青蒿素指导委员会工作时，他就曾非常关注李国桥单位的研究工作，并力所能及地给他们提供帮助。20世纪90年代以来，他经常了解他们的工作进展并为他们出主意提建议，给予很多的支持和鼓励。他是李国桥抗疟团队的亲密朋友。2001年，他参与由广州健桥医药科技有限公司和华立控股

图 11.21　2007 年诺华公司高层人员魏友乐和李振福先生的会见　宁殿玺、李振福、周义清、魏友乐、周克鼎、刘天伟

股份有限公司联合发起的，旨在继续推动青蒿素研究的"青蒿素科技基金"的筹备工作，与几位 523 办公室的同事和专家，共同起草了进一步深入开展青蒿研究的提纲（"青蒿素科技基金"启动一年后因华立控股的原因而中止）。2002 年，在李国桥的倡议下，他积极参与筹备在广州中医药大学举行的 523 项目 35 周年纪念活动。他为这次活动写了一篇《战地黄花分外香》记述 523 项目和青蒿素研究发明经过的文章。也就在这次活动中，大家提出了书写一本 523 历史和青蒿素发现的史料的动议。在李国桥单位的赞助下，原 523 办公室部分成员组成了编写小组。因 523 办公室停止工作后一些资料失落，他和张剑方副主任不顾年事已高的辛苦，到济南、上海、广州、昆明等地访问老专家、老同志，召开座谈会，收集历史资料。他动手编辑复印装订了 5 本《523 与青蒿素资料汇集》，为编写《迟到的报告》一书提供了重要历史资料。他也是《迟到的报告》一书的主要执笔者之一，实事求是反映了 523 项目和青蒿素发明的历史经过。2007 年 1 月，他和几名老同事应邀出席在广州举行的"青蒿素复方临床研究评价国际学术会议"，参观广东新南方青蒿产业链的基地，寄希望于我国青蒿事业进一步发展！更令人难忘的是，2008 年 1 月上旬，在他即将走完人生最后历程之际，他在半昏迷中见到前来探望的李国桥，仍不忘询问、关心他们的青蒿素复方在柬埔寨和科摩罗开展快速清除疟疾试验的结果！

素心若雪后人楷模

关于他对我国青蒿事业所做的贡献，在他的战友、朋友、同事的追忆怀念文章里，以及由他参加编写的《迟到的报告》一书中都有许多具体的记述。他收集编辑的《523 与青蒿素资料汇集》中，也存有由他起草的文件和珍贵的手稿。在这些资料里，人们不难看到，他对青蒿素的情怀，以及为中国人的青蒿素产业所奉献出来的一颗赤诚之心。他对抗疟新药青蒿素做出的贡献是当今从事青蒿、青蒿素产业的企业老板们不应忘记的，也是国家有关部门处理与青蒿素相关的政务中应该了解的！也是全球关注青蒿素的人们，政治家、活动家、企业家们应该知道的！

他思路活跃，业务基本功扎实，工作务实富有见解。他如同青蒿研究群体的主心骨和带头人，每一份计划、简报、报告，每一次会战、合作、谈判、会议，每一个产品，都有他的身影，都有他留下的心迹。他的威信源于他的执着、敬业、诚信，洞察力、判断力和组织能力。他始终遵循踏踏实实做人、认认真真做事的原则，以求实精神谋事。

论其业务基础、外语水平、对新鲜事物的敏锐和组织管理能力，如果从事学术技术工作，他可以是一位高水平的专家，完全应该享有比他后来所得到的更优厚的待遇和荣誉。但实际上，与其对事业的贡献相比，与同学历、资历的人相比，他得到的却是再普通不过的一般的待遇。

他做人本分，是一个热情而不浮躁，有见解而不强加于人，有能力而不爱张扬，有学识而谦逊，不争功诿过，大度包容，克己让人，甚至为了青蒿的事业而忍辱负重。他对人和蔼、诚恳，平易近人没有架子，能理解善待别人，有从不与人争吵的儒雅人格魅力，不同性格、不同年龄的人都愿意与他交朋友，交流思想，在各单位 523 项目骨干中几乎没有人不认识他。

在他人生最后的十几年里，他对青蒿素抗疟的事业仍充满激情。他经常怀念 523 年代各单位、科研人员从大局出发，在完成任务中做

图 11.22　2005 年《迟到的报告》一书审稿会

到思想上目标一致，计划上统一安排，任务上分工合作，专业上取长补短，技术上互相交流，设备上互通有无，彼此互不设防，一方有困难，大家来支援，那种团结协作和争取胜利的精神。在谈到青蒿素药物研究的成就时，他总是想到这是祖国的荣誉，归功于全团队的合作，只要能够团结在一起，精神上互相支持，不断取得新成就，就感到极大的安慰。

2002 年，沈家祥院士在中医药管理局主办的重庆会议上就曾指出："新药研究的根本在于发现。……从过去的经验看，组织全国大协作就是一个高招。以523 办公室抓抗疟药研究为例，七八十年代我国研究成功以青蒿素系列为主的新药，比全世界几家跨国公司加在一起的还多、还要好。可见组织得好，我国的科学家也有能力创制新药，在国际上也是有竞争力的！"谁都知道照搬历史和模式是要犯错误的，其本身就不是创新。大家也都知道不尊重历史也是要犯错误的。重大的创新研究，关键是除了要有出色的科学家，还要有对专业熟悉，有准确判断力和前瞻的睿智思维，任人唯贤用人所能，且有"雷峰"献身精神的能驾驭全局的科研管理者。没有这样的科研管理者，研究项目可能会是静不下心来的过程，结果则可能散乱无序的出现无谓的重复。

往事如烟，当我们回忆这些往事的时候，人们看到的是一个曾经为青蒿素的辉煌倾注了毕生，却对自己的功名利禄淡泊，素心若雪的高尚情操所映托出来的鲜亮光彩的人生。在他的笔记手迹《记蒿甲醚及复方蒿甲醚的发展》中有以下生动的文字："回忆往事是激动人心的，甚至有苦有甜。因为今天的成就，影响着中国两代科学家的身心。""我们今天回顾，首先想起对此贡献又故去的科学家，和那些年纪已迈退休、参与过战斗的人们。""我们应当纪念他们。""我们回忆总结——也是给我们心灵上一次净化——这不是一代人的贡献！"从中我们清晰地听到一位为青蒿素奉献一生却一心想着他人的老管理大师发自心底的铿锵有力的心声，难道这还不能使曾为功名利禄的得失而不甘心、难过的人自省吗？

图 11.23　1988 年周克鼎和魏振兴在酉阳县政府会议上

老周曾对他的孩子们说过："我这

图 11.24   2006 年 523 项目座谈会上周克鼎介绍罗泽渊

图 11.25   1989 年世界卫生组织第二次在北京举办青蒿素类药物会议

一生就认认真真地做了一件事，一件关乎千百万人性命的大事。"这件事就是中国青蒿素事业。中国工程院院士沈家祥也题词："周克鼎同志致力于抗疟事业，功在祖国，惠及全球。"中信公司的刘天伟在悼词中也说道："周老的一生是幸福的一生，他支持帮助鼓励过那么多科学家和企业的创新研究和发展，有那么多国内外的人们认知他，敬爱他，他为之付出心血的青蒿素类药品在全球挽救了那么多人的宝贵生命，为重庆酉阳贫困山区那么多农民的脱贫奠定产业基础，还有更多的青蒿人正继续努力着实践他的理想和心愿。"说到幸福，老周的一生也有他自己对幸福的理解和实践，有着自己的幸福度，青蒿素就是周老幸福的源泉，也为他人实现了幸福、创造了幸福！与他相识的人都从内心深处渴望从中汲取到更多、更深层次的感动和快乐，成为永恒的记忆常驻心间。

周克鼎同志永远离开了我们，他于 1982 年所作的《攻关》一诗则给人们留下了他最真实的心声：

攻关

银发笑当年   我抗疟欣慰

攻关十五年   蒿芳育人间

天地如此大   独我难容身

愿作草木灰   壮蒿更加美

我亦所顾愿   喜看蒿花飞

解救疟民苦   天外含笑睡

周克鼎   1982 年

图 11.26　帮助父母收割青蒿的小女孩

　　他的光辉形象总是在我们的头脑中不断地闪过。周克鼎同志的一生就像他的名字一样，踏踏实实的工作作风，牢牢地鼎立在人们的头脑中。

　　斯人逝去，思情难断！现在可以告慰他的是，他曾为之倾情毕生、一往情深的青蒿素正在造福全球疟疾流行地区的万民百众。如今青蒿素的名声已经誉满天下，青蒿所绽开的小黄花袭人的香气正飘散于人间。可以相信，虽然随着时间的流逝，也许人们将淡忘，或者不了解这位对人类社会曾经做出重要贡献的无名英雄，但青蒿素和青蒿素类药物发明的史册里，将永远深深地镌刻着他的英名！

　　深情青蒿安慰君，飘香黄花溢全球！

2015 年 11 月

思念克鼎　回忆青指①

张　遂 （1925—2013）

20世纪70年代末，越南抗美救国战争结束，我国积极援外战备任务（523任务）研制出一大批疟疾预防药物、治疗药物和防制蚊媒等措施，有力有效地支援越南抗击美国侵略战争中的疟疾防治难题，出色地完成了历史使命。特别是青蒿素及其衍生物蒿甲醚、青蒿琥酯的问世以及大量化学合成药苗头的研究取得可喜的进展，同时培养和锻炼了一批科研人才，成果丰硕，呈厚积薄发之势，形势十分喜人。

随着越南战争结束，援外任务完成，以及国内外形势的发展变化，1981年四个部委决定撤销"523"抗疟药物研究组织机构。当时为了适应正在开发研究的青蒿素及其衍生物等局面，并根据世界卫生组织的建议方便与世界有关组织机构联系、合作，及继续组织协调国内研发青蒿素类药物工作，由卫生部、国家医药管理总局联合成立了"中国青蒿素及其衍生物研究开发指导委员会"（简称青蒿素指导委员会或"青指"），

图 12.1　张遂与朱海在厦门

---

① 本篇及其之后的两篇文章选自《纪念周克鼎同志》文集。

图 12.2   黄衡、张遽和罗泽渊在 2006 年 523 项目座谈会上

设正副主任、委员和秘书处。主任由卫生部科技局局长陈海峰兼任，副主任由中医研究院副院长王佩和国家医药管理总局总工程师佘德一兼任；秘书处由五位秘书组成，周克鼎为委员兼常务秘书（秘书长），主管并主持全面研发业务、制定计划、组织筹备各项专业会议、检查项日进展情况、撰写总结等上呈下达的工作，秘书处办公室设在中医研究院宾馆地下室的一间小屋子里，只有两套办公桌椅、一部电话、一张双层单人床和几个资料柜。外地的秘书朱海同志来京办事也居住在这里。周克鼎教授家住丰台干休所，风里来雨里去，每天乘交通车两个多小时到东直门这间办公室里上班。为使青蒿素药物早日走向世界，我们一起克服困难，放弃可能升迁和提高待遇的机会，原因是我们有共同的愿望和决心。在"青指"秘书处工作期间，我和周克鼎教授一直搭档，配合工作密切相互满意，成了志同道合的伙伴。他的言行也感染了我。我们经常一起深入科研第一线，结识了许多老 523 的科研工作者，了解他们的工作前景和困难，使我坚定了要更好地为科研第一线人员服务的决心。离休后，我又坚持在"青指"秘书处干了 3 年，直到其解散。觉得有生之年做成一件好事，有益人民的事就是没有虚度年华，倍感开心和自豪，想到能为青蒿素事业做点贡献就开心和愉快。

青蒿素指导委员会虽然成立了，但是并没有资金来源，而原来参加青蒿素结构改造所发明的衍生物（蒿甲醚和青蒿琥酯）仍有大量的研发工作需要进行。各单位研发经费都有困难，要求"青指"支持，否则研发的项目要停止工作，怎么办？正在一筹莫展之际，周克鼎想到直接去找财政部的领导，因此会同王佩和我，找到财政部李处长，汇报青蒿素研究工作的情况，满腔热情地向领导宣传青蒿素研究开发的重大意义，终于得到财政部的支持，拨给 200 万人民币的开发专款，并决定由中国中医研究院中药研究所财务处代管，指定由我兼管办理支付手续工作。就是用这笔钱，1982 年底开始按照各单位上报的研究计划和进度，及时给各研究单位拨发专款，解了经费危机的燃眉之急。各单位如鱼得水，迅速加快了研究速度。首期专款支持的青蒿素相关研究项目总共有近 30 个课题，涉及单位十多家，其中包括青蒿素代谢测定方法的建立，青蒿琥酯毒理、临床研究，青蒿资源调查，重庆酉阳青蒿素提取厂筹建，以及国内外的学术交流和外国专家教学，以及从国外引进专门做毒理试验的实验犬等等，特别是用少量经费支持了军事医学科学院微生物流行病研究所周义清教授"合并用药延缓青蒿素抗药性的探索研究"和邓蓉仙教授的课题组本芴醇新药的研究；1985年起的第二期经费分配中还对中药所的双氢青蒿素研究给予了支持。这一时期的"青指"工作真正起到了对青蒿素及其衍生物的研究开发的指导作用，使有关工作顺利进行。也可以看出，"青指"从国家获得的青蒿素专款支持过蒿甲醚、青蒿琥酯、双氢青蒿素和复方蒿甲醚

图12.3　1983年8月青蒿素指导委员会在厦门举行会议

以及有关化学合成抗疟药的研发工作，这些都是国家经费，参加这些工作的科研人员在发表有关文章的时候应该强调经费的来源。

老周在推动各项科研工作所做的贡献，是大家永远不会忘记的。如果不是有这笔资金保证，毫不夸张地说，蒿甲醚、青蒿琥酯和以后继续开发出来的复方蒿甲醚至今还只能作为某些人的科研成果，发表几篇论文就束之高阁而已。

周克鼎虽然为青蒿素指导委员会争取到了当时为数不小的经费，但是对这笔资金的使用却是非常严格。当时青蒿素指导委员会办公地点虽然设在中医研究院，但是房子问题解决不了，我建议在总参第一招待所租一间客房办公，周克鼎说钱要用在刀刃上，没有同意租办公室，而是在中医研究院建在地下室的招待所租了一个十几平方米的套间，白天办公，夜间当卧室，还可以接待外地来谈工作的同志。十几年来，没有买一件办公用具，借中药研究所一张方桌、一个文件柜、一个小水桶和两个暖瓶。在市内外出开会，从未报过市内交通费和过时餐费，相反地，有时和司机外出，赶不上回食堂用饭，就自掏腰包请司机吃饭。

因为周克鼎是唯一的专职委员和秘书，其余人员都是兼职，人手缺乏，因此往往为了开好一次专业会议，他总是不分节假日，昼夜加班加点十分辛苦，我和

图 12.4   张逵、李泽琳和陈海峰在 2006 年
523 项目座谈会上

图 12.5   2006 年 523 项目座谈会上昆
明制药厂王存志、刘羊华与张逵

他相处几十年，从没有听到他说一声苦或累，而是把他的全部心思和精力投入到青蒿素类药物的研发工作中去。

同在秘书处的另外四位兼职秘书的分工是，李泽琳（中药研究所药理室）、朱海（山东中医药研究所所长）和王秀峰（卫生部科技司干部）负责协调各个项目的科研工作，张逵（中药研究所副所长）分管行政后勤和 200 万专款财务支付工作。周克鼎善于向各方面的专家和专业人员请教和学习，对科研工作能够高瞻远瞩，能够把各个学科的工作，有机地联系起来，在不同的时期提出不同的重点，为"青蒿素指导委员会"的两个部（局）领导当好参谋，为青蒿素类研发这一涉及多学科的系统工程项目的有序地进行，提供了极其宝贵的建议。

正当全国各有关科研单位在为提高青蒿素类抗疟药的临床疗效，寻找更有效和更稳定的制剂而努力时，这个由两个部（局）决定成立的"青蒿素指导委员会"因某个单位的建议而突然宣布撤销，事前没有与任何人和秘书处通过气。对此，我很不理解心中生气，老周却默默无语。多年开发研究的资料归谁接管无人过问，国家投入这样大而又这么有前途的科研项目就此结束，实在也使周克鼎和秘书处的其他秘书难以理解，心有不甘。周克鼎找到国家科委丛众处长和国家医药管理总局总工程师沈家祥教授（中国医药开发中心的负责人，世界卫生组织疟疾处聘请的中国顾问）商讨，得到沈家祥教授的大力支持，重新组成一个新药研究开发小组，设在总局医药开发中心办公，解决了经费和办公地点，沈家祥教授当顾问，继续组织青蒿素类药物的研发工作。

世界上恶性疟高发区和对药物抗药性严重的地区是非洲、东南亚和南美，对于我国来说，恶性疟对已有药物的抗药性问题并不是很严重，因此，要使我国科学家研发的青蒿素类抗疟药发挥其最大的作用，就必须使这些抗疟药走出国门。因此翻译注册文件便是新药开发研究小组的首要任务。沈家祥教授当时是国家医药管理总局的副总工程师，管理着中国医药开发中心，他当时还任联合国开发署和世界卫生组织的疟疾化疗领导小组的成员，唯一的一位中国科学家的代表；他一直关心着中国青蒿素类药物与国际的合作工作进展。我们建议迅速组织起一个新药开发专家研究小组替代"青指"，请沈教授牵头任顾问，继续进行青蒿素研发工作。大家凝结在一起，想到一起，说干就干小组随即成立，周克鼎任组长，我任副组长，分别管理业务和行政工作，特别得到了沈家祥教授的大力支持，这一开发小组属总局医药开发中心管辖，在总局大楼内安排了办公室，小组的成员聘请在京的专家担任。成员有宋振玉（医学科学院药物研究所药理学专家）、邓蓉仙和滕翕和（军事医学科学院微生物流行病研究所研究员抗疟药本芴醇的发明人）、宋书元（军事医学科学院放射医学研究所药理毒理研究员）、曾美怡（中药研究所分析室研究员）、周钟鸣（中药研究所药理室研究员）、赵秀文（卫生部药品审评中心专家）等。小组的首要任务是按照世界卫生组织的要求，重新整理（包括补充实验）编写蒿甲醚、青蒿琥酯的注册文件，翻译成英文文本，由沈总审查后，请世界卫生组织的专家审查并提出修改和补充意见。在此期间，前后由沈总组织人员撰写向世界卫生组织介绍有关青蒿素类在国内外研究的情况及其发展前景的英文文章。使国外对我国在青蒿素的研究方面有比较详细的了解。由于缺乏经费，参与编写和翻译的人员除了车马费以外，都是没有任何报酬。这不是任何一级领导下达的任务，但是大家都很乐于在周克鼎和沈总的领导下，团结一致，用了一年多的时间将任务完成。世界卫生组织的专家帮助审查，提出很中肯的修改意见和需补充的内容。为我国研发的抗疟药走向国际走出了重要的一步。

图 12.6　2004 年复方蒿甲醚十周年纪念会上曾美怡、周义清、张逵、宁殿玺、李泽琳

当时我国的一些药厂在进入国际市场方面也做过一些尝试，但都因未能达

图 12.7　在 2006 年 623 项目座谈会上陈海峰，周钟鸣，张逵。

图 12.8　2006 年 523 项目座谈会，从左至右：朱海、张逵、周克鼎、周义清、周钟鸣

到符合国际上通行的注册标准，而不能在国外正式上市。但是要达到国际的注册标准，从基础化学和药理毒理、临床研究都必须符合国际上的 GLP 和 GCP 规范标准，而上述这些研究所用的药物，其制剂和原料的生产又必须符合 GMP 规范的要求。但是多数的科研和药厂人员对这些规范都是不甚了解的。早在青蒿素指导委员会初期，周克鼎就和李泽琳亲自陪同世界卫生组织派请的专家，来我国考察药厂，讲解 GMP 规范；请世界卫生组织专家帮助解决测定青蒿素类药物的血药浓度。在实验室研究方面，军事医学科学院微生物流行病研究所请周克鼎担任顾问（没有报酬），他和滕翕和教授等专家非常重视实验室的管理，尽量向 GLP 靠拢，努力提高我们的技术水平。

　　由于青蒿素类药物都是以青蒿素为原料，因此就涉及青蒿的种植问题，他曾经邀约我一起到四川酉阳考察当地青蒿的生长情况，经过实地考察，他认为酉阳是一个贫困山区，通过试验比较也证实酉阳的青蒿是优质青蒿，如果能够建一个青蒿素生产厂，除了保证将来原料的供应之外，还能使当地老百姓脱贫致富，因此在反复考察之后，决定给酉阳拨几万元，并请山东中医药研究所的魏振兴教授到酉阳帮助建厂，改进提取方法，周克鼎也帮助该厂和昆明制药厂订立销售协议，使酉阳厂建成为第一个生产吨级青蒿素的厂，保证了青蒿素原料供应问题。

　　1989 年 4 月在北京举行的世界卫生组织疟疾化疗科学工作组抗疟药学术研讨会，这次会议虽然由卫生部科技司主管，具体负责人是沈家祥教授，会议组织的工作交给了解掌握中国科研工作全貌的"青指"的秘书们，我又一次帮助周克鼎倾心工作。就是在这次会议上，军事医学科学院微生物流行病研究所在 4 月 25 日下午第一次报告了蒿甲醚和本芴醇联合用药的临床前研究，揭开了全球青

蒿素类复方药物研究的序幕。因为没有可以进行国际交流的课题，屠呦呦未参加这次会议。会后，原"523"办公室的管理人员张剑方和周克鼎、施凛荣和我与出席会议的老523项目中抗疟药的研究人员举行了一次茶话会，老同志们见面更是为中国青蒿素新药事业抒发情怀。

　　世界卫生组织认识到青蒿素类抗疟药的高效速效无毒的优点，但是在一些国家和地区多是作为单药使用，使青蒿素类药物有可能面临抗药性的危险，同时临床报告又显示，青蒿素类药物和已有的抗疟药同用，既可以保护青蒿素又可以阻缓这些老抗疟药的抗药性的产生，因而提出使用青蒿素类药物复方疗法的主张。而在此之前，为了支持军事医学科学院微生物流行病研究所探索用青蒿素类药物和自行研发的本芴醇配伍组成的复方，周克鼎提议又为研究课题拨了经费（2万元），使这个复方得以研发顺利进行。时值国家科委支持青蒿素类药物寻求国际合作，周克鼎被科委请去，参加这个计划的探索工作，前往法国、巴西和美国进行考察。周克鼎为复方蒿甲醚寻找科、工、贸三结合的途径，和微生物流行病研究所的科研人员一起向瑞士的诺华（当时的汽巴－嘉基）制药公司介绍青蒿素类单药和复方的研究，促成复方蒿甲醚成为世界上第一个列入世界卫生组织基本药物目录的固定配方的复方抗疟药，挽救了非洲数以百万计的恶性疟疾患者的性命，被尊之为"神药"。至今，复方的发明人团队认为，周克鼎同志对复方蒿甲醚的成功，在关键环节上发挥了重要的作用。

　　如果说周克鼎第一次争取国家经费，解决青蒿素类药物研发中的经济危机立了功，而第二次突然撤销"青指"造成青蒿素类抗疟药研发工作出现中断、停止、下马无人管局面，又是他主动建议请沈家祥牵头支持，重使青蒿素类药物研发工作加速和顺利地与国外组织和企业开展合作，为人民健康做出了重大贡献，为祖国争得了荣誉，因此我认为他和沈家祥功劳不可磨灭、他们是今天复方蒿甲醚成为造福万民百姓的功臣，值得人们牢记。

图 12.9　青蒿素指导委员会在厦门会议

图 12.10　1981 年世界卫生组织青蒿素会议秘书组，周克鼎等　　　图 12.11　张逵

　　青蒿素的发明，是全国医药科技工作者的集体创造的产物，也是发挥全国一盘棋、统一计划、严密分工的大协作，集中优势兵力打歼灭战，用接力赛的形式攻克一个个难关，多快好省高速度成功研发的成果。而"青指"更是接力 523 项目，是大协作的延续，更为全球的青蒿素类的复方药物和国际合作模式奠定基础。

　　回忆这段难忘而自豪的历程，绝不应忘记那些曾为 523 任务和青蒿素研发甘当奠基石的无名英雄们，荣誉不仅仅属于几个榜上有名的单位和个人，它的一切成果是全国多部门多单位科研工作者们长期共同辛勤劳动、共同努力协作的成果，是许多知识分子，许多革命干部公而忘私，看事业重如山，视名利淡如水的高尚情操和集体英雄主义精神的体现。这种精神是中华民族走向强盛之灵魂。

　　周克鼎始终是站得高，看得远，不受任何干扰，不论在任何环境条件下，都保持艰苦奋斗和默默奉献的精神，不计较个人得失，无论是在顺境或逆境，都凭着他对抗疟药事业的热爱和高度的责任感，坚持遵循为世界疟疾患者提供高效速效和无抗药性的抗疟药，为青蒿素—青蒿素衍生物—复方蒿甲醚推向世界而不懈地努力。我参与青蒿素研究项目是从 1973 年在中药研究所分管 523 项目开始的，到 1981 年兼任"青指"常务秘书分管专款拨付及"青指"后勤工作，1985 年 5 月被迫离休，之后仍义务继续"青指"秘书工作三年，到 1988 年突然接到通知撤销"青指"后，又得到沈家祥教授帮助组成新药研究专家小组又干到 1993 年退出。这 20 多年几起几落，周折反复，克服了种种困难进行工作，虽付出一定代价，但收获匪浅，提高了业务水平，增加了科学知识，广交一批科学家、革命干部朋友，最高兴的是终于使青蒿素类新药研究成功，走向世界，给国家争得荣誉，并真切感受到全国大协作精神的启发教育，觉得自己晚年时感受到研发成功的青蒿素药物能为人民健康做出的益处，无论精神上、心情上都受到极大的宽慰，很自豪，很欣慰，自己不愧为党多年培养；更深深体会到一个人想做成功一件事都不容易，庆幸自己遇到一位周克鼎这样的品德高尚、才智出众的好搭档、好共产党员、好干部，我为他的逝去而感到惋惜，思念之情难以言表。

2008 年 12 月稿

2011 年 3 月修订

张逮，原北京中医药大学中药系党总支部副书记，中国中医研究院中药研究所党委副书记、副所长，青蒿素指导委员会秘书组秘书之一，分管后勤和财务。

无私的品格　青蒿素"教父"

王美胜

　　青蒿素的竞争归根到底就是一个资源的竞争，谁掌握了优质的种源，能种出比别人优质的产品，谁就有了竞争的优势，这是 20 多年前周克鼎教授对青蒿素未来竞争市场的预测。在现今青蒿素类产品进入了国际市场，青蒿素加工企业爆满，产能严重过剩的情况下，酉阳青蒿的优质高产，总是让青蒿素厂家优先采购。酉阳青蒿的生命力就如周克

图 13.1　王美胜在路边看老人采收的青蒿

鼎教授讲的一样，如实地体现了 20 年前他预测的结果。

　　酉阳县位于重庆市与湖北、湖南、贵州省交界的结合部，处于武陵山脉的中心地带，是一个集老、少、边、穷为一身的贫困地区。1983 年酉阳在农村土地责任制改革的推动下，基本解决了农民吃饭的问题；此时，酉阳县委、政府为了增加农民的收入，打开走向工业化的大门，于 1985 年初组织了酉阳县党政经济考察团到京进行政策、项目的摸底考察，在北京四川饭店邀请了酉阳籍老乡和亲友召开了座谈会，介绍了酉阳的经济发展情况，希望大家帮助贫困的家乡找项目，争投资，尽快帮助酉阳脱贫致富。甘英同志代表北京市委政府与子女出席了座谈会；朱琳同志与长子李小鹏及李琼同志代表李鹏同志和年迈的母亲赵君陶老人出

图 13.2　魏振兴、黄殿宇在酉阳政府开会

图 13.3　20 世纪 80 年代酉阳青蒿普查，王美胜（右），罗荣昌（中）

席了座谈会；赵施格夫妇代表母亲与其父亲赵世炎烈士的亲朋出席了座谈会，会后大家都为酉阳的经济发展想办法找项目，北京市派出了经济考察团到酉阳进行项目与投资考察，建立了通县（现通州区）与酉阳县对口支援关系。

当时我所在单位基本建设工程兵企业处划入总后军需部为生产管理处，下属制药厂（现北京长城制药厂）正需要建立原料基地，酉阳中药材资源的声誉让总后制药厂找管理处，派我陪药厂副厂长唐连义同志对酉阳的中药材资源进行了考察，结合这事，当即我从酉阳的实际情况出发，建议酉阳与药厂建立关系，为总后药厂生产中药材原材料和产品粗加工，进而向制药厂靠近，最终达到生产中成药的目的，在征得药厂与处领导同意后，我带酉阳县领导与有关人员考察了总后药厂，正式拉开了酉阳武陵山制药厂筹建的序幕。

1986 年 4 月 11—13 日在成都召开的对酉阳青蒿资源评审鉴定会确定了酉阳青蒿的高含量结果后，参加会议的酉阳县中药材公司生产科罗荣昌科长返回酉阳就立马给县委、政府提出了立足酉阳青蒿资源优势就地建厂加工青蒿素的报告，受到县委、县政府领导的高度重视，指出要想尽一切办法，争取国家确定在酉阳安排建第一个青蒿素厂。同时，要求各级各部门，疏通一切关系，争取与中国青蒿素及其衍生物开发指导委员会（以下简称青指）取得联系，尽早报告酉阳想建青蒿素厂事宜，求得"青指"的认准。

1986 年 5 月，我从北京回老家酉阳县李溪区蚂蝗乡官坝村探亲，回家不几天，酉阳县原人大冉茂焕主任与县经协办田祖琪主任专程从酉阳到官坝，讲明代表县委、县政府接我到酉阳，希望我从在北京总后勤部司令部管理局生产管理处工作的方便中，帮助酉阳从北京寻求青蒿素项目，指出青蒿素是战时急需药品，有可能从部队方面比较容易找到青蒿素的主管部门，希望想尽一切办法把青蒿素项目为酉阳争到手。探亲结束后，酉阳县委、县政府为我出具了介绍信等有关书面的材料，全权委托我帮助家乡找到第一个国家青蒿素项目。

回京后，时任国务院副总理的李鹏同志正找我了解赵世炎烈士家乡的建设发展情况，当我汇报到酉阳中药材资源特别丰富，其中青蒿素含量居全国之首时，李鹏副总理认为酉阳可突出自己的优势，就地建药厂加工中药材比较适合县情。李鹏同志的认可，为酉阳创建武陵山制药厂指出发展方向，同时也为酉阳建立药厂推开了大门。紧接着我与有关单位在电话上进行了广泛联系，之后直去中国中医研究院中药所，见到了李泽琳教授，讲明了我此行的目的。她简要地介绍了青蒿素的情况，电话与周克鼎教授联系，告诉他酉阳县委、县政府派人找"青指"汇报有关工作，并约定星期四到中药所与青指在京领导见面，对酉阳的情况进行专门的汇报。当我一见到周教授的电话号码时，就明白是军线总后的号码，凭着军人的感觉，以及与军队、军人的感情，我当即就预感到对酉阳县委、县政府交办的工作心中有了几分把握。

1986年6月2日（星期四）下午3时，周教授、张逵所长、李泽琳教授、田樱教授在中药所一间会议室听了我的汇报后，问题问得很多，问得很详细。酉阳的山川地貌，风土人情，自然资源，青蒿生长情况一一问遍，特别是在酉阳老百姓的衣食住行，经济收入上，周教授问得特别多，对那里老百姓的贫困情况深表同情，这为后来他下决心支持在酉阳建青蒿素厂起到了决定性的作用。一个下午很快就过去了。

一周后周教授告诉我，经"青指"领导研究决定：派中医研究院中药研究所陈和荣教授（县政府专门发了邀请信）先期到酉阳进行青蒿的种植试验，马上通知山东省中医药研究所的魏振兴教授到京，协商安排到酉阳考察一事，让我随时听电话通知，准备与魏教授见面。

6月24日，魏教授到了北京，在

图13.4　魏振兴在酉阳的塑像

中药研究院招待所见面时还有与他同行的"青指"领导之一，山东省中医药研究所朱海所长。他们听完我的汇报后，周教授当即与青指的几位领导研究决定由山东省中医药研究所负责，派魏振兴教授到酉阳考察，进行现场采样测试，得取决定建厂前的有关理论依据，时间决定在八月下旬成行。同时要求我与部队联系，希望部队支持我陪同魏教授一同到酉阳考察，负责该项目的地方行政协调工作。

军队的支持很积极，同时也是无私的。当时我在总政基建工程兵善后办公室秘书处工作，在基本建设工程兵李人林主任办公室任秘书，他是二方面军的老红军，曾在酉阳的革命老根据地南腰界战斗过。听说军队有一种战备药的原料产在酉阳，能给老百姓带来致富，更能给部队战时带来胜利的希望，需要我去帮助一段时间工作，望给予支持！他专门给秘书处领导打招呼给我请假，催我早去早回！通信部队后来又提供了通信联络及发电机组等的支持。当年的青蒿素项目从总后、总政、总参的相关单位给予了我们无尽的支持，在中国青蒿素走向世界为人类谋福利的今天，无尽的感谢只好以军礼回敬部队！

把"青指"计划派人到酉阳考察青蒿素项目的决定告诉酉阳县政府后，我就先期到了酉阳汇报与安排青蒿及青蒿素考察事项。县里听了我的汇报后，对工作进行了安排，决定建药厂与青蒿素的工作酉阳由县经济协作办公室夏兴辉同志负责，罗荣昌同志负责配合陈和荣教授青蒿栽培试验项目，我负责北京的事情，还负责魏振兴教授的青蒿素测试与建厂事项的联系。

要生产青蒿素，参照行业的规定，为配套青蒿素车间的建设必须要建立相适应的药厂。在周教授的认同下，为酉阳县提出了先建立制药厂同时建立青蒿素生产车间的建议，决定以青蒿素项目争得药厂的项目审批，以生产中成药产品保工厂运行，最终实现生产青蒿素的目的。

为支持青蒿素的开发，急需方方面面的技术人才。周教授与总后机关制药厂金润厂长联系，希望总后药厂能从技术上、人员上、产品上给予组建药厂提供帮助。总后机关制药厂在酉阳四川武陵山制药厂与青蒿素车间建立之初，给予了无私的支持，抽调了黄殿宇、李春

图 13.5　当年参加武陵山青蒿素厂建设的退伍军人们

图 13.6 原武陵山青蒿素厂的黄殿宇与魏 图 13.7 2005 年王美胜到家看望周克鼎
振兴在酉阳

玉、肖功文、李祖荣、王套先 5 名军人帮助酉阳筹建武陵山制药厂，从产品制剂
到技术管理，为中国青蒿素的起步起到了奠基铺路的作用。可以说，没有军队的
大力支持，中国青蒿素的工业化生产不定要晚多少年才能问世。

在"青指"的安排下，朱海所长与魏教授如期到了酉阳。参照"青指"于
1983 年 8 月厦门会议安排的西阳青蒿考察工作和 1986 年 3 月四川中医药研究院
南川药物种植研究所，四川省涪陵地区药品检验所完成《四川省酉阳县青蒿资源、
生态生物学及青蒿素含量调查研究报告》，进行了分乡包片的采样化验准备工作。
8 月下旬，魏教授的化验开始了，当我从建华厂车间后面采摘的青蒿单株小样化
验为 9.40‰的结果时，在酉阳从北京来的同志与县上的有关人员都沉浸在无比高
兴的欢乐之中。同时，陈和荣教授的青蒿栽培试验在酉阳县板溪乡县农职中也顺
利地进行着。

当时酉阳地方的长途电话很难与外界联系，我们通过总参通信四团驻酉阳三
营的军线将化验结果报告给了周教授，他听了十分高兴！要求我们要好好与地方
处好关系，照顾好魏老，准备进行酉阳青蒿全方位的青蒿素测试，并让转告县政
府，他将准备来酉阳，与魏教授一同讨论建青蒿素厂一事。

四川武陵山制药厂在周教授的关怀与青蒿素项目的推动下按计划一步一步向
目标靠拢，青蒿素的化验也一个乡一个乡地进行着。当时外来人员厂房未建设好
时还住过山洞，没有来得及顺利上上户口的无粮食供应来源，靠县经协办全体工
作人员捐献粮票买面条度日，没有资金变卖家什；县上为建药厂，在无资金投入
的情况下，顶着风险从五倍子发展基金中抽出 11 万元用于药厂组建。很快四川

武陵山制药厂在县、地、省各级有关部门的支持下组建起来了。

　　1986 年 9 月 14 日，周教授与朱海所长第一次到了酉阳，他对酉阳的青蒿资源信心十足，但看到总后药厂来酉的战士们创业的艰辛倍感心痛，当他了解到酉阳拼尽了全力才合理不合法地从其他产业中挤出 11 万元钱投入药厂的建立而感慨万分。而依然存在的人员、技术、投资三个艰难的问题不得不带回北京讨论。

　　期间四川省科委主任宋大帆同志到酉阳考察工作，听说有国家有关部门派来的教授在酉阳进行青蒿素科研，专门去拜望了魏教授，并问魏教授科研上有什么困难需要省科委帮助解决时，魏教授提出青蒿素从实验室进入工厂化生产之前，需要进行中试的资金无着落时，宋主任让魏老放心，只要"青指"支持酉阳建青蒿素厂，中试资金由省科委负责落实。过不了多久，38 万元中试与星火计划资金如期到位。

　　随着县、地、省有条件的部门都先后给酉阳建厂发出了支持的信息，这对无资金投入的贫困山区的地方无疑是一种有力的支持，也给我们支援酉阳的同志们带来了信心。

　　周教授带着回京的三个问题很长时间讨论不出结果，毕竟"青指"是一个学术科研性的临时机构，没有支持建厂的投资能力与左右方方面面的行政管理权限，只能通过各方的协调与宣传达到推进青蒿素产业的目的。

　　当时，总后药厂支援的五名战士都是外地人，而且多数是北方人，语言的不便，下来后对地方差距的适应困难很大，"青指"的所有领导担心好不容易请来的技术人才酉阳留不住而影响青蒿素的开发。当时，周教授确实了解到了总后药厂金厂长已经给五位同志做了万一酉阳留不住人才后的第二套安排方案。工厂建起来后，魏教授的技术教给谁，人员怎么招收，技术怎么传授，基地怎么建立，原料怎么组织都需要有人做全盘的考虑。

　　建工厂需要投入，靠等各级各部门吃拼盘的办法想来不是理想的办法，等到各单位承诺兑现，恐怕刚招来的工人早饿跑了。何况信息不等于现实，建青蒿素厂需要上百万元以上资金投入从何

图 13.8　2007 年王美胜、宁殿玺、徐航在酉阳

而来？

涉及的产品销售问题在当时反而不是什么难解决的问题，由周教授做工作，决定酉阳青蒿素车间作为昆明制药厂的一个原料生产车间，生产的青蒿素不管市场如何都由昆药包销；还要求昆药做出承诺，在酉阳青蒿素车间建设中昆药先期投入 30 万元，按预付货款处理，待青蒿素产品出来后用产品折算，昆药都是按周教授的安排兑现了的。

图 13.9　2005 年周克鼎、王美胜、周义清（从左往右）在中信公司京城大厦

在这三个问题上，周教授找我去谈了几次话，目的就是需要从中找到解决问题的办法。并一再强调"青指"考虑各方的因素，决定原则上不安排在县以下地方建青蒿素厂，主要原因是县上拿不出钱，"青指"又无钱安排，还有人员、技术、交通、通信都十分不方便，不利于产业化发展。青蒿原料的运输问题反过来又咬上了交通等其他几个问题。其实，只要其他几个问题解决好了，就地进行原料加工当时都是大家公认的好办法。

为了解决人员的稳定问题，保证青蒿素车间能顺利上马，权衡方方面面的关系利弊，比较合适的办法是我自己亲自参与管理这件事。为了让"青指"的领导和周教授放心，我提出转业返酉领办青蒿素的想法，他听了当然很高兴。但考虑到我当时在北京工作的优越条件，他认为我的想法和决定是否有点超出常理，是一般人们难以接受的做法。在他老人家还有一点心存疑虑的时候，我向他提出了我以军人的信誉担保，自始至终在酉阳把青蒿产业坚持下去的保证；但有一个首要条件，要求周教授自始至终要支持酉阳建青蒿素厂。到如今，我是这么说的，也是这么做的，始终做到了言行如一。作为周教授指定的"青指"在武陵山区青蒿开发的联络员，在他领导下，一直尽着军人的职责。因为在我们心里，每时每刻都装着这位和蔼的领导、长者、老师、"政委"。他对青蒿素产业的追求与感情，踏实认真负责的态度，更是我们这些后来进入青蒿产业的人认定的在青蒿产业上领路的"教父"。他清廉的生活作风，踏实的工作精神，对事业的执着，使我们无任何理由去过多地考虑自己的得失。

生产技术如何更好地掌握，首先是要解决学习技术的人的问题，边远贫困的

图 13.10　2007 年黄殿宇在酉阳魏振兴塑像前

西阳山区，有人才不愿回来，进来了又难以留住。现成的离生产青蒿素的要求又太远，唯一的办法只有从当年高考毕业落榜生中由魏教授统一考试，择优录取；再由魏教授和军事医学科学院微生物流行病研究所派出的以宁殿玺教授为首的教授培训组设班专门培训。通过这种办法，杜绝了人员招收上的种种漏洞，又从根本上解决了学技术的人才问题，因此，当初武陵山制药厂的每一个正式职工，个个都是好样的。也因此在之后青蒿素生产技术人才多从酉阳跳槽，到处建青蒿素厂，人为地把青蒿素产业推到了今天的局面。

　　余下一个投资的问题，是当时建青蒿素厂特别棘手的事情。1987 年初，为找投资伙伴，我陪同周教授走访了几个与总后有关联的军队企业，包括当时的军事医学科学院实验药厂和总后机关制药厂，要么有技术有产品，缺投资；要么都认为酉阳太边远，太落后，山高皇帝远，地方政府会把投进去的老本都折腾掉，怕血本全亏无法向上级部门交代。此时，三峡工程正准备上马，周教授想到酉阳属三峡地区，是否可从三峡移民工程的起步中想想办法，做做工作。我即刻把周教授的想法转告给了在三峡办工作的原酉阳县委书记殷之骆同志，青蒿素的项目马上引起了三峡总公司领导的重视。当时三峡总公司的江辉同志很快去拜访了周教授，了解青蒿素的开发过程和青蒿素的市场前景，并要求周教授能否担保中国青蒿素一定能打入国际市场，周教授做了肯定的答复，只是在时间的早晚问题上无法做出肯定。这样，在三峡办的支持下，酉阳青蒿素的项目进入了发展的快车道，作为三峡移民安置的第一个试点项目列入了三峡移民工程计划。

　　为了把建厂资金争到手，周教授不顾年高体病，一天只能坚持坐 100 多公里山路的汽车，用几天时间坚持赶到了酉阳，陪同三峡总公司的考察人员对酉阳青蒿项目进行了全方位的考察，争得青蒿素车间一期工程的 125 万元的股份投入。从此开始，世界迎来了中国青蒿素的工业化生产。

　　十几年过去了，当 2004 年春季我和中信技术公司的刘天伟同志去看望周教授时，讲起往事，他还风趣地说：为了青蒿素，我们去讨过饭，要过钱，用科学

家的人格为青蒿素担过保，算得上是丐
帮啦！我就是那丐帮的头。

　　记得与老人家谈起酉阳建厂事时，
周老找出一本发黄的日记本，上面抄录
了1987年周老去酉阳回京前写给魏振
兴和我及其他退伍军人的两首诗，这是
他在回忆和品味着当年的滋味，他伤感
着为酉阳青蒿产业并肩作战的老伙伴的
离世，他忧心着不正常的青蒿行业中的
人和事，但他仍然憧憬着青蒿事业美好
的未来。老周的心中永远有青蒿，读起
当年小诗的时候眼里闪着泪光，我和天
伟是他的听众。

图13.11　复方蒿甲醚获得欧洲发明人奖
时所用照片

《使者》

（1987年7月3日离酉阳返京写小诗
　　　　　一首书赠魏振兴教授）

科学使者魏振兴，受命来到酉阳城；
蒿花起舞迎宾客，桃花羞愧哑无声；
行装未解沿河看，满眼青蒿遍地金；
乡里老幼多奇异，唯独使者知其因；
武陵青蒿这独好，科学实验要先行；
选种育苗工艺精，结晶伴着泪水涌；
耄耋之年不言老，要写续篇祭蒿洪。

《寄望》

　　（1987年7月3日离酉阳返京前，以小诗书赠给王美胜，黄殿宇等同志，
以鼓励他们认清青蒿开发前景，战胜困难，迎接曙光到来。）

图 13.12　2007 年纪念 523
项目时矗立在酉阳桃花源广
场上的魏振兴塑像

图 13.13　王美胜

　　　宝库在你们脚下，

　　　财富在你们手上。

　　　科学是打开宝库的钥匙，

　　　诚信是迈往事业成功的大门。

　　　黎明前的黑暗可能有长有短，

　　　但成功的秘诀只有一个——

　　　只能给当机会到来时已做好准备的人。

　　　人生道路多坎坷，

　　　胜者永远属强人。

　　看到这些，我也深深地知道了周老没有忘记我们呀！

　　我们这一代青蒿人为了青蒿素奋斗了一辈子，在物质上没有得到太多，可是，我们用无私的奉献让中国青蒿素走向了世界！

2008 年 4 月

　　王美胜，1970 年入伍，在中国人民解放军总后勤部司令部机关企业处工作期间涉足青蒿素项目。1987 年受"青指"委托，从总政治部直工部基建工程兵善后办转业，与总后机关制药厂 5 位转业军人一起到酉阳协助创办第一个青蒿素厂。现任酉阳富民青蒿科技有限公司经理，从事青蒿种植和种质业务。

忆与周克鼎同志相处的往事

宁殿玺

我与周克鼎同志相识大约是在 1969 年，那时他在全国疟疾防治协作领导小组办公室（523 项目）工作，我是军事医学科学院药理毒理研究所（即六所）从事 523 研究工作的一名年轻成员。我们接触的并不多，但他朴实的工作作风、平易近人、谈吐儒雅拉近了我们的距离。自 1981 年我从事青蒿素类药物研究后，我们的接触逐渐多起来。由于我们的年龄相差 14 岁，40 年来无论职务的变化和我们都步入了老年，但他始终叫我小宁，我也一直称呼他为老周。我们不在一个单位，所从事的具体工作不同，但抗疟药把我们联系在一起，

图 14.1 《纪念周克鼎同志》文集封面照片

接触时密时疏，我们几乎没谈过个人的私事，每次都是有关中国抗疟药的研究和发展。现在回忆起我们相处的日子，他的言行给我留下的印象仍十分深刻。

一、抗疟新药青蒿琥酯研究的组织管理

20 世纪 80 年代初期，老周是中国青蒿素及其衍生物研究开发指导委员会（简

称青蒿素指导委员会）的主要成员之一，我当时主要从事药物毒理学研究。为了全新研制抗疟药青蒿琥酯针剂，青蒿素指导委员会协调上海医药工业研究院、广西桂林制药厂、军事医学科学院微生物流行病研究所（即五所）、中国中医研究院和广州中医学院等多家单位分工合作共同承担研制任务。五所承担了该药的药效学和犬的急性及亚急性毒性实验研究，我有幸在滕翕和教授的指导下负责毒性实验研究。青蒿素指导委员会拨来专款，我们新建了大动物实验饲养房，添置了生化自动分析仪等先进的科学仪器，学习并参照世界发达国家新药研究标准和要求，系统地制定了整个实验的 SOP（标准操作规程），对实验动物、实验室条件、实验设计、操作程序、实验记录、数据分析及总结报告等都制订了严格的规范化要求，在国内率先推行了新药研究的 GLP 标准，我和我的同事受益匪浅。王秀峰、周克鼎、张逯等青蒿素指导委员会成员几次来检查工作，给我们鼓励和支持，并把从英国引进国际通用的实验犬（小猎犬）的犬种直接落户在我院，自此后我们都用这种犬做毒理实验。在归纳撰写青蒿琥酯新药申报资料时，老周派我蹲点上海，负责生物学部分，老周坐镇北京遥控，我和上海医工院的同志们共同完成的申报材料，顺利地通过了上海市组织的评审专家的初审。在提交给卫生部新药审批办后，据审批办的朱燕教授讲，审评委员们很满意，对我们的工作评价很高，审评一次性通过，该药的申报资料成为当时和以后一段时间的样板，该药在较短的时间由多家单位共同圆满完成 26 项研究工作，并撰写了科学性很强的申报资料，与老周的精心安排、周密组织、宏观调控是分不开的。

二、抗疟新药蒿甲醚研制的协调

图 14.2　周克鼎 2001 年在家中

据我所知，老周也一直在协调和关照上海药物研究所和昆明制药厂联合研制的蒿甲醚针剂。蒿甲醚的新药申报和审评与青蒿琥酯是在同一次审评会上进行的；审评前老周组织青蒿琥酯和蒿甲醚两药的研究者们在我院丰台招待所一起交流工作和准备新药审评的答辩，因此，我结识了昆明制药厂（以下简称昆药）的刘羊华厂长、王典伍总工程师等昆药人，昆药人的质朴给我留下了良好的印象，昆药人接触了我们的实验工作也给予赞赏，当老周和我得知蒿甲醚因一些工作存在缺陷而未被通过时对此都感到惋惜。当蒿甲醚需要补做大动物的毒性实验时，昆药刘厂长通过老周转达希望我们给予帮助，由于我当时已从毒理室转到疟疾室，在老周的协调和督促下，我们一起共同促成了由昆药出资委托毒理室李培忠主任承担蒿甲醚的犬毒性实验。因为这种委托研究是不享受成果荣誉的，我们能接受这一工作对于昆药

图 14.3　周克鼎和周义清教授在 2005 年参观北京诺华昌平制药厂复方蒿甲醚生产线，在该厂工作了 20 多年的施耐德总经理介绍复方蒿甲醚的生产情况

来讲是雪中送炭，对于我们来讲是从中国青蒿素类抗疟药的大局考虑而不计名利的，老周的牵线搭桥起了很大作用，后来，我得知我们给昆药领导留下了良好的印象，我们与昆药人从相识逐渐过渡到相知。

三、五所疟疾室的顾问高参

　　1985 年，我所把抗疟药研究室按专业分为疟疾室，药理毒理室和药化室三个独立的研究室。疟疾室的编制当时只有 10 人，所承担的任务是筛选苗头化合物，临床前药效评价和抗疟药临床研究。疟疾室面临的最大困难是科研经费不足，为了增强技术实力，我作为研究室主任，聘请了滕翕和、邓蓉仙、周克鼎三位专家作为我室的顾问高参，每逢室里遇有困难或商讨大事时，我都请三位老同志参加。当时老周在青蒿素指导委员会工作，办公地点在东城区，家住在海淀区，我所在丰台区，每次来研究室他只能坐公交车或院内班车，后来他家搬到丰台区，离我所近些就骑自行车，每逢我们请他时他都不顾劳累，有请必到，每次来都要在周义清实验室里长谈，研究室的人也都愿意与他交谈。在他的指导下，我室当时的口号是"求生存，求发展；自力更生，同舟共济"。意思是"不向上级争编制，不给领导添麻烦，争取给所里做贡献"。此期间，我们在对外参加会诊时发现，北京虽有很多高水平的大医院，但他们对疟疾病并不十分熟悉，更缺乏对新抗疟

图 14.4　2007 年瑞士诺华公司人员在
京采访活动

图 14.5　军事医学科学院微生物流行病研究
所复方蒿甲醚研发人员

药的了解和使用知识。我们有技术力量和新型抗疟药，在老周和周义清的支持下，我室成立出国人员热带病防治服务部，并编写了出国人员热带病防治手册，为了扩大宣传，老周和我多次去北京的一些援外工程和劳务公司做宣传，了解非洲疟疾对援外人员的影响，当时我们坐公交车来回跑路，有时中午饿着肚子，下午两三点钟才回到家，现在想起来真有些对不住老周，无偿的支持，热心的指导，忘我的参与，他是一心想帮助我们，想把中国研制的青蒿素抗疟新药在非洲发挥作用。

就这样，我们当时被很多援外单位所了解，外出会诊多了，来服务部咨询购药的人也多了，经过我们的手提供有效抗疟药诊治的病人有外宾、军委领导、出国工作的记者和援外的工程技术人员，特别是还挽救了一位从东南亚回国疟疾病发的中央电视台记者的生命。我室每年也能收回几万元，在当时这点经费对于支持我们的科研工作起了很大作用。1989 年受一家公司的邀请，所里委派焦岫卿和邹伯安赴尼日利亚，丁德本和时云林赴索马里为出国人员服务。他们使用的是国内其他单位和我们自己研究的青蒿素类抗疟药，为这些援外人员治病的同时，也为当地的疟疾患者服务，在索马里还进行了新研制的复方蒿甲醚的临床验证，这些药品的疗效在当地产生了良好的影响，尼日利亚当地的报纸报道说中国专家带来的是"神药"。我室在 1987 年还获得了先进党支部称号，研究室荣立集体三等功。

研究室的各项工作当年做得有声有色，这些与老周，滕教授，邓教授的指导协助密不可分。

四、复方蒿甲醚新药研发的"贵人"

1982 年，周义清教授得到青蒿素指导委员会的经费支持，立题开展"合并用药延缓青蒿素抗药性产生的探索研究"；我于 1985 年调入疟疾室任主任，开始参加该课题的研究。经过近 3 年的动物实验，发现并证实青蒿素与周效磺胺 – 乙氨嘧啶合理配伍，或与我所即将完成研究的抗疟新药本芴醇合理伍用，在鼠疟模型中均呈现了明显的互补协同增效作用，并能延缓其抗药性的产生。1985 年底老周带来了卫生部崔月犁部长将于 1986 年访问南斯拉夫的消息，青蒿素指导委员会推荐青蒿素复方药的研制作为与南斯拉夫合作的项目之一，并亲临研究室与我们共同研讨已有的实验资料和结果，参加这次研讨会的除我室研究骨干外，还有我室的顾问邓荣仙和滕翕和两位教授，会上大家审议了青蒿素 – 本芴醇组方的实验结果，确认了该组方的药效特点，但对于青蒿素与本芴醇的最佳配比 20：0.625 产生了疑虑，剂量相差过于悬殊，能否用药效更好的青蒿素衍生物替代青蒿素，根据我们以往做的青蒿素、蒿甲醚、青蒿琥酯的药效学实验结果，我提出用药效比青蒿素高 10 多倍的蒿甲醚替代青蒿素组方，得到大家赞同，但这就需要都一切重新开始，为了赶进度，我组织了全室协作，分工完成配比选择、增效作用、延缓抗性等各项实验，最终按期完成了实验，将结果提供给青蒿素指导委员会。

1987 年，与南斯拉夫合作谈判无果而终，复方蒿甲醚的研制工作按我国新药审批要求已完成了鼠疟、猴疟的药效学研究，急性毒性试验证明其安全无增毒，并在海南以两药 1：6 伍用初试证明良好的疗效，增强了我们的信心和决心，但遇到的问题还是无研究经费来源。此时，昆药已接受了本芴醇新药的技术转让，手中握有蒿甲醚、本芴醇的生产权，复方蒿甲醚将来归属昆药应是顺理成章之事，请昆药能否提前支付转让费来做研究是我和两位老周（周义清，周克鼎）多次讨论的话题。作为青蒿素指导委员会成员，我室顾问双重身份的老周，把信息转达给昆药刘羊华厂长，并促成我

图 14.6　宁殿玺与酉阳李溪镇长期坚持种植青蒿的 80 多岁老人

图 14.7　宁殿玺与昆明制药厂原厂长刘羊华 20 年后在昆明见面

们赴昆药商谈。时任所长助理的焦岫卿教授代表所领导，老周代表青蒿素指导委员会，我当时作为复方蒿甲醚课题的第一负责人一同到昆明，与昆药领导进行交流。我们如实的向昆药介绍了实验结果，并介绍了我们对该药前景的预期判断。由于我们与昆药已有交往，相互比较信任，加上昆药对老周熟悉和尊敬，以及老周反复的周旋，他以第三方的姿态客观地分析合作的必要性和可能性，很快就达成了共识，我们与昆药签订了联合研制复方蒿甲醚的协议书，双方明确了责任分工、目标进度计划、利益分配条款，这里应特别提到昆药分期提供了 30 万元经费作为提前支付的转让费，虽然条款明确说明如我们拿不到新药证书则 30 万元经费如数退还，老周作为青蒿素指导委员会成员与时任卫生部科教司司长的王秀峰共同代表青蒿素指导委员会以担保方签了字，但这种投资也是有很大压力和一定风险的，我们作为科研院所的压力更大些。时隔近 20 年的 2006 年我陪同诺华公司的专家在昆药采访时，负责这一风险合作的老厂长刘羊华谈出了自己当时心情，他们当然也愿意能与军事医学科学院五所联合研制这一还没有绝对把握的新组方，但加上要支付本芴醇和蒿甲醚的转让费，又要拿出来几十万元合作，这笔费用是当时昆药作为西南地区最大的国营药厂积累了几年的开发经费，一些领导也担心万一遇到挫折，迟迟拿不到新药证书，这笔巨额投入可能也会泡汤。昆药的勇气和胆量在现在看来也是具有远见卓识的，其实也反映出他们对青蒿素类新药的了解和坚持，并怀有憧憬，同时由于老周在这中间所起的重要作用，使我们的合作一拍即合，在复方蒿甲醚研究的关键时刻起到雪中送炭的作用，为我们之间的相互理解、密切合作、顺利进展奠定了基础。

　　复方蒿甲醚在寻求国际合作和国内联合方面，老周当时曾作为国家科委社会发展科技司和中信技术公司的青蒿素类药物开发技术顾问，在参与咨询和表达建议方面都发挥了积极的作用，这一时期我由于工作调动没有参与，但从参加谈判的中信公司的人讲，由于老周的特殊地位和他对复方蒿甲醚研究资料的充分了解，成为中方的主要谈判代表，另外从国际合作方诺华公司对周义清和周克鼎"二周"的认同和良好评价都证实老周一直是在起着积极和关键的作用，因此我称他是复方蒿甲醚的"贵人"。

五、为中国青蒿素类抗疟药打入国际市场鞠躬尽瘁

老周从 1967 年 523 项目成立以来，到 2007 年病重前，一直在为中国的抗疟药研究，特别是在青蒿素类药物逐步进入国际市场有其独立的见解和前瞻性的全面判断，这与他长期从事科研管理积累了丰富的经验以及对工作的热忱、责任心是分不开的。如果说 1983 年离休前他所做的一切是属于份内应做的工作，那么他退休后还孜孜不倦的出谋划策，在青蒿素指导委员会和受聘为国家科委顾问则完全是出于对中国抗疟药事业的热爱。据我所知，老周离休后担任过科委、中信公司、我所、我室的顾问是没有工资报酬的，只有中信公司曾一度给过小额劳务补助，而中国青蒿素类药物发展和国际合作的每一阶段却渗透了老周的心血和汗水。

早在 20 世纪 80 年代中期，他就为青蒿资源的调查和建设青蒿素生产厂操心，他为此曾 3 次赴四川酉阳（现为重庆市酉阳土家族苗族自治县），并积极支持四川酉阳建立青蒿素生产厂，无论从定点酉阳、募集投资和动员技术力量方面都发挥了重要作用。山东省中医药研究院研究员魏振兴教授相当一段时间长期在酉阳生活建设青蒿素厂，工作遇到困难或出现困惑等问题时，最想交流的人就是老周，而对于这位个性很强的魏教授每次都会得到老周的排解和安抚。我曾两次陪老周一同（1987 年和 1989 年）去过酉阳武陵山制药厂，当时酉阳县的陈朝然副县长，经济合作交流办公室的王美胜，厂长王套先、黄殿宇等同志对老周在酉阳的贡献给予了充分的肯定，当地县政府专门组织了一次座谈会，县委、县科委、武陵山厂的领导和魏振兴十余人参加，事先老周与魏振兴长谈了 2 个多小时，并参观了生产车间。在座谈中，老周对县政府重视青蒿素厂的建设和全力支持给予了充分的肯定，同时对以后的发展及注意的问题提出了几点建议。我在这次座谈会上提出青蒿素生产的效益潜力在于提高青蒿中青蒿素的含

图 14.8　周克鼎和周义清在中信公司京城大厦会议室

图 14.9　曾美怡和宁殿玺在周义清家　　　图 14.10　周克鼎魏振兴宁殿玺在酉阳

量，选育高含量的青蒿，开展人工种植将是今后势在必行的潜力所在。老周事后就与我谈如何从国家科委取得科研经费支持，并协调魏振兴教授、上海药物所李英教授，由我牵头申请了以"四个一"为主要内容的青蒿素开发研究课题，即"一个青蒿素类药物的新剂型，一个青蒿素类苗头化合物，一套改进的青蒿素生产工艺，一个青蒿素高含量的籽种选育"，得到国家科委 20 万元的研究经费，用时 3 年圆满完成了任务，研制出的蒿甲醚胶丸（新剂型）转让给了酉阳武陵山制药厂。这个项目也支持并促进了酉阳人工种植高含量优质青蒿的早期探索性试点工作，特别是启动了在北方种植青蒿的试验。当时老周也是国家科委青蒿素开发的顾问，能够得到这笔研究经费的支持，我想他一定发挥了一些作用。

　　2005 年，当年参加复方蒿甲醚研究工作的人员都已退休，复方蒿甲醚的中外合作在开拓国际市场方面取得了显著的进展，并在世界享有盛誉，在中信技术公司项目经理刘天伟的提议下，由五所撰写复方蒿甲醚申报国家级奖励的申报资料。我虽然已退休多年，在大家的推举下接受了这个任务，与时任五所疟疾研究室主任的王京燕共同承担，自此结识了中信公司的刘天伟，由于他的热心和对国际合作后复方蒿甲醚的进展十分了解，并掌握了大量的资料，我与他联系频繁，逐渐成为复方蒿甲醚项目的同事。他对老周非常尊重，时而邀我一起去老周家探望。

　　老周走了，他是带着中国抗疟药的成果到了另一个世界，尽管抗疟药那么多的成果中都没有老周的名字，但从事抗疟药研发的许多人都知道他，都曾从他那里受益过。他病危期间，我和五所王京燕教授去看他，当时病室中还有施凛荣、韩森等人，他神志模糊，有气无力的对家人孩子们喃喃自语，"不要让他们走，一会儿就开会了，这是毛主席关心的任务，我的材料还没准备好呢……"在解放

图 14.11　1988 年受"青指"委托，宁殿玺到酉阳武陵山制药厂进行培训

军总医院的遗体告别室里，送别那天，满屋摆放着鲜花，100 多人与安详地沐浴在鲜花丛中的老周告别，军事医学科学院五所的万兴坤政委，政治部魏建国主任，老干办郭雪主任等人亲临吊唁，国家科学技术奖励办公室陈传宏主任、老战友们、科研院所、青蒿素类药物生产企业、酉阳青蒿种植企业、中信公司、昆明制药、新昌制药和诺华中国公司都送来了花篮。老周并不是明星，也不是名人，级别也不高，这些人前来送行是冲着他多年来的人格魅力、奉献精神而来的。当中信公司的项目经理刘天伟念到"他在梦中为成功微笑过"的时候，不禁让我们所有人泪眼朦胧，正如宋书元教授在老周遗体前悲痛地说："克鼎同志，你是中国抗疟药的功臣，真正的无名英雄！"

　　老周辞世 46 天后，2 月 25 日又传来与他一起在青蒿素指导委员会共事的朱海病逝噩耗，这又给熟知他们的老 523 人增添了沉重的思念和痛惜。朱海是抗日战争时期就参加革命的老同志，曾是山东中医药研究所的所长，他从 523 项目时期就与老周相识，后来同在青蒿素指导委员会中担任秘书（兼职）。他俩一个在北京，一个在济南，每逢朱海来京就住在地下室的秘书办公室内，里面有一张上下铺床上。朱海回山东时他俩经常书信传鸿，无话不谈。是青蒿素工作把他俩联系到一起，并结成深厚的友谊。朱海为青蒿素的研发也做了大量的工作，他所在的研究所是青蒿素发明单位之一，他也是有功之臣。

　　老周与朱海曾一起去四川酉阳调研青蒿资源和考察建设青蒿素生产厂事宜，为了支持青蒿素指导委员会的工作，决定派魏振兴教授协助建厂和人工种植青蒿；魏教授曾长住酉阳具体负责技术工作，从生产工艺设计、设备安装、种植和种子、人员培训全面主抓。为了支持魏教授的工作，1988 年，朱海曾承担了培训班教中药学课程，我也被请去教药理毒理学课程，40 名高中毕业生是从当地优选后进行正规学习培训，每门功课都有 200 多个学时，最后要通过考试过关才行，这些学员后来成为青蒿素厂的技术骨干。

我和朱海曾多次接触，他是一位质朴、率直的长者，朱海逝世后，中信技术公司的刘天伟经理闻讯请朱海女儿朱伟建整理她父亲遗物时注意收集有关周克鼎的资料，朱伟建发现了多封周克鼎写给她父亲的信件，这些珍贵的文字笔迹的记载，让我们看到了两位老人生前在青蒿素指导委员会期间条件之艰苦、工作之艰辛以及他们乐观、敬业、坚持的心情。我选了其中几封摘抄主要内容如下。

在给朱海的多封信件中，周克鼎同志写道："吾昨晚未归，伏案书文，诸多难题，无一随心，酯钠出路事，无人定夺，一筹莫展，百事积压，开步甚难，室内虽有暖气，但独灯单影，颇感冷清，随提笔成诗，述及思念：别来半月余，不觉时光疾；办事不得力，时时常思念；桌椅尘埃积，室内空荡荡；电铃一声响，心神突愕然；盼君早日归，居室增温暖。"

"因为近来工作停顿，天气又热，房子又被别人'占去'，我很少去办公室。"1985 年"办公室已搬入招待所（地下室）二间房子，比原来不方便极了。""别来又是二十余日。走后就发了个简报，3 号科技局批了，打印了半月，院、所相互推，你说这工作可怎么干。""指导委员会的头头像走马灯一样转，我们就不好办事了。难哉！难哉！""现在的工作是老牛拉破车，拖拉得很。现在青蒿酯主要是临床工作了，其他无事干，也无钱干。财政部今年一分未给。""我也走一步，看一步，那又怎么办，领导忙得很，找汇报也难。"

"我现在主要进一步熟悉过去的青蒿素谈判资料，准备提出方案准备谈判；您若有空，希望也考虑一下今后下一步怎么办？不一定看世界卫生组织，我们自

图 14.12　朱海在山东

图 14.13　朱海、张迳、周克鼎

己总得搞。""争取周内召开指导委员会部分成员会，但主要领导不在，也难成行。给上级报告已草拟成文，但无人讨论，当然更不能告知屈格（指热带病研究和培训特别规划署的特里格博士）。只有耐心等待别无他法。""关于谈判后的报告，卫生部压了近 20 天，报科委后又对协议书有意见，目前尚未批准。世界卫生组织三天两催，希望五月底来访和谈合作的问题。但未能实行。科委

图 14.14　朱海与周克鼎在酉阳开会

还是对第 9 条有意见。认为这样的协议书对我不利。并说谈不成不一定跟他们合作。事情看来要拖下去。我们无能为力，这是上边的事情。""这里情况仍然杳无音信，已给特里格信，望他速复，争取五月访华讨论究竟。目前看来希望不大，因为中美关系如此冷淡，美即批了也不能去。现在我们拟自己搞，不管他，但要把话说清楚。一方面争取主动，一方面还抓着他不放，继续资助。""最近主要忙搞修改协议书，科委、外交部做了认真讨论与修改，现在还要上报，请批准。至于修改后的协议书，世界卫生组织，美国能否接受尚有问题，若拖下去，非拖垮不可。还得打主动仗。""报告还未批下来。8 月 14 日通知，外交部意见还得给国务院写报告，我只好再写报告。拖了半年之久，真是奇闻。""特里格十日来电，说美国当局已批准合作，并派海佛尔及一名官员（上校）来访华，因该官员为国防部国际保健事务局的，对其访华背景不详尚不能批准来访。今我同李来卫生部找外事局拟通过刘锡荣在日内瓦开会之便向特里格了解原委，待情况弄清楚之后再做决定。"

　　针对重庆酉阳青蒿素厂遇到的问题，老周也是非常了解的，从工艺技术和市场的出发点考虑的也很多。"四川酉阳小王、小李常来京见我，我对他们这一段工作曾不十分满意，当然他们县停电有困难，主要是没有把这个工作当作重要的事要求，季节不等人；另国际上形势对我们很有利，国内也需要原料，拖拖拉拉干事不行的。我希望尽快请老魏去酉阳搞工艺，搞成本核算，若可行缺什么设备我们尽力协助解决。请您促一下，若定下来何时去酉阳先来京研究一次。工艺一定下来，我考虑找昆明等厂来支持，经费不会有太大困难，当务之急主要是工艺

图 14.15 周义清、宁殿玺和"欧洲发明奖"奖杯

可行，成本低，就有出路。若工艺再好，成本高也够呛。这个道理谁都明白。""四川青蒿素生产厂，目前也遇到困难，主要是当地管理不善，扯皮太多，使一个未开工的厂搞得债务很大。但我们的生产工艺还是好的，基本上可以完全提取出来。再一个交通不便，溶媒运输困难，这些问题亟待解决。最大的问题，市场未打开，各地积压青蒿素不少，生产出来没人要。国家又不让出口，这就产生矛盾。一旦制剂有销路，这一点青蒿素是没问题的。""据酉阳来电话，中试已结束，获率6‰左右，总算可以。老魏将由小李陪同送回济南，县、地都很关照，并来看望（周专员，刘书记）。老魏工作很好，望能建议予以肯定和表扬。当然关键要予以支持。"

我写此文，纯属个人表达对周克鼎同志的怀念之情和崇敬之心。我觉得，中国的科学研究要创新、要出高水平的大成果，非常需要像老周这样的科研管理人才，一个不计较个人得失，具有一定远见和组织管理能力，懂业务并善于团结不同力量的人。

老周是中国现代抗疟药研发当之无愧的功臣，他的奉献就像雨露一样浇灌"青蒿"，他给人们留下的印记如同青蒿盛开时的小黄花，是那样的淡雅清香。我与他相处近40年，受益匪浅，他是我学习的榜样。

老周，一路走好，青蒿上的露滴就是为你点亮的天堂冥烛！

2008 年 2 月稿

2015 年 11 月修订

宁殿玺，1965 年毕业于吉林医科大学（现吉林大学白求恩医学部）。原军事医学科学院微生物流行病研究所研究员，曾任疟疾研究室主任，所科技处处长，参加多项抗疟新药药理、毒理和临床的研究工作，是复方蒿甲醚的第二发明人和主要完成人。

第三部分

中国 523 项目和抗疟新
药开发及应用大事记
（1964—2015）

为了更客观全面反映历史，以及几十年来，我国科技工作者为青蒿素类抗疟药的研究发展做出的不懈努力和成就，本大事记在能够搜集到的历史资料的基础上，以时间为轴将523项目和青蒿素类抗疟药的研究和发展的主要事件逐一介绍，并作为中国523项目五十周年纪念版之《迟到的报告》的附件，供检索使用。

1964 年

20世纪60年代，越南战争爆发。抗药性恶性疟疾造成严重的非战斗减员。为解决抗药性恶性疟疾防治的难题，越南国家领导人来华求助。毛泽东主席答应了越方的请求。任务由周恩来总理交部队组织落实。总后勤部作为援外紧急战备任务，指示军事医学科学院和第二军医大学及广州、昆明和南京3个军区的卫生部军事医学研究所开展抗疟药的研究。

1964—1967 年

军事医学科学院先后派出多批流行病学专家，赴越部队对疟疾的流行情况进行调查，并将应急的预防药"防疟1号片"和"防疟2号片"试用于现场，观察预防效果。这两种防疟片连同后来由第二军医大学和上海医药工业研究院联合研制的"防疟片3号"成为越南军民抗美救国战争中主要的抗疟药。我国先后为越南提供抗疟药100多吨。

1965 年

1958年毛泽东关于中医的批语，极大地推进了发掘、整理中国传统医学遗产的工作。全国各地陆续出版了多种古代医籍整理的专辑。5月初，上海中医文献研究馆编的上海市丛刊《疟疾专辑》由上海科学技术出版社出版。该书主要从"经典、历代论著、各家医案、上海中医文献研究馆馆员心得和单方、验方"五个部分整理了传统医学有关疟疾的理论与治疗、搜集了历代论著中有关疟疾治疗的药方近752个。

1966 年

鉴于任务的艰巨性和当时国内政治形势，该项任务只靠部队的科研力量在短期内难以完成。总后勤部商请国家科委组织卫生、医药工业、中国科学院所属的科研、医疗、教学、制药等单位，在统一计划下分工合作，共同承担此项任务。

1967 年

5 月 23 日，经周恩来总理批准，国家科委、总后勤部联合在北京召开了"疟疾防治药物研究工作"第一次全国协作会议（该任务后来称为 523 项目）。会前，针对热带地区抗药性恶性疟防治的要求，经过资料调查，由军事医学科学院起草了一个三年的研究规划草案。防治药物的研究一方面是合成新化合物和广泛筛选化学物质，另一方面是继承中医用药经验，从天然药物中筛选。中医中药的研究规划中，确定的重点对象有常山、青蒿、马鞭草、鸦胆子等。

为了加强领导，会后成立了全国疟疾防治药物研究领导小组（即全国 523 领导组），由国家科委、解放军总后勤部、国防科工委、卫生部、化工部、中国科学院 6 个部门组成。国家科委为组长单位，总后勤部为副组长单位。领导小组办事机构（即全国 523 办公室）设在军事医学科学院。

6 月 16 日，国家科委、总后勤部联合下发《疟疾防治药物研究工作协作会议纪要》（以下简称《纪要》）及《疟疾防治药物研究工作协作规划》（以下简称规划）。《纪要》及《规划》报主管国防科委聂荣臻副总理阅批。

7 月，在上海延安饭店召开针灸抗疟研究的专业座谈会。由中医研究院针灸研究所、广州中医学院、上海中医学院和南京中医学院共同组成专业组。

军事医学科学院和广州、昆明、南京三军区卫生部的军事医学研究所，分别在海南岛、云南边境和江浙地区，对应急药物的防治效果进行验证研究。

1968 年

2 月 9 日，国家科委、总后勤部联合在浙江省杭州市屏风山工人疗养院召开三年规划部分承担单位任务的落实情况的汇报会议（称为"二九"会议）。

2 月 21—29 日，国家科委、总后勤部会同卫生部、化学工业部、中国科学院等有关单位，联合召开"抗疟研究工作第二次（全国）协作会议"，部署了 1968 年的研究任务，明确地区、单位的分工，加强协作的组织领导、工作职责、保密工作、经费开支及物资保证等问题。

当年，北京、上海、江苏、广东、云南、广西、四川各承担任务单位，分别组成的专业组，深入疟区现场、山区农村，边防海岛对应急药物进行试用研究；开展民间治疟、驱避蚊虫中草药的调查、采集，有的就地进行治疗验证。

1969 年

1 月，卫生部中医研究院（今中国中医科学院，简称北京）军管会与全国 523 办公室联系后，报卫生部同意，中医研究院中药研究所（以下称中药所）参加 523 任务，加入北京地区中医药专业协作组。经该院领导决定屠呦呦担任组长，组员有余亚纲。中药研究所当年重点研究的中药是胡椒和辣椒加明矾。

1 月 21 日，毛主席亲自审阅了《关于疟疾防治工作的情况报告和请示》。2 月 8 日，周总理亲自签发了特急电报："……经伟大领袖毛主席批准，同意在广州召开疟疾防治研究工作座谈会。参加会议的人员和有关问题，由国家科委、卫生部军管会商总后勤部办理。"

3 月下旬，疟疾防治研究工作座谈会（第三次全国协作会议）在广州越秀宾馆召开。这次会议对部分承担 523 任务单因领导更替而不够重视的单位是有力的鞭策，523 项目的研究任务从此得到有关管理部门的特别重视。

4 月，中医研究院革委会业务组编写了《疟疾单秘验方集》（油印本），其中有关青蒿方的记述中包含有"捣汁服"，未注明原方来源和出处。本油印本记载的内容与 1970 年 5 月由人民卫生出版社出版的中医研究院革命委员会编《常见病验方研究参考资料》一致。

7—10 月，中医研究院中药所屠呦呦和余亚纲携胡椒和辣椒加明矾的提取物，参加全国 523 办公室组织的海南岛疟区现场试验工作，共进行 44 例的临床效果观察，两药仅各 1 例原虫转阴，因效果不理想而终止研究。

11 月，"防疟 1 号片""防疟 2 号片"和"防疟 3 号片"由卫生部委托上海卫生局组织鉴定。鉴定会在上海和平宾馆举行。中国药品生物制品检定所宋育文参加了鉴定会。

常山乙碱化学结构改造的研究，由北京制药工业研究所、中国医学科学院药物研究所（以下简称医科院药物所）和军事医学科学院微生物流行病研究所（以下简称军医科院五所）组成攻关小组，军医科院五所邓蓉仙和医科院药物所姜云珍领衔，在北京制药厂中心实验室开展工作，先完成了常山乙碱的全合成，并进行化学结构改造，先后合成了六大类近百个化合物。

同年，江苏省高邮县开展青蒿防治疟疾的群众运动，患者服用青蒿煮沸 3 分钟的汤水治疗疟疾，取得确实的疗效。该地有"得了疟疾不用焦，服用红糖加青蒿"的民谣在农村广为流传。1969 年江苏高邮地区农村医生将其用于间日疟的群防群治，取得了良好的效果。1969—1972 年间，治疗 184 人，有效率达到 80% 以上，1972 年夏天用青蒿汆汤搞全民服药，有效地控制了当地间日疟的流行（江苏高邮县卫生局内部资料，1975 年 11 月）。

20 世纪 60 年代末，中草药自采、自种、自制、自用的群众运动在高邮县兴起（简称"中草药'四自'"的中草药运动）。据《高邮市卫生志》记载：1969 年 10 月底，龙奔公社收录民间土方验方 522 个、中草药 422 种，由公社"民间验方推广研究领导小组"整理编印成《民间验方及中草药汇编》，下发到各个大队、生产队。青蒿治疗疟疾的方子引起了南京地区"523 中草药"研究小分队的注意。在 1970 年到 1971 年间，受卫生部指派屠呦呦等人来到高邮调研。"在此之前，高邮已经把方子交给了上级，并且把高邮产的青蒿也送去北京。屠呦呦使用高邮产的青蒿，在北京做实验，但疗效一直不稳定，因此到高邮来调研。"

1970 年

上半年，中医研究院中药所 523 小组仅留余亚纲 1 人继续工作。北京地区 523 领导小组讨论决定，由军事医学科学院派已在做中草药抗疟研究的顾国明参加中医研究院中药所 523 小组工作。余亚纲在上海出版的《疟疾专辑》和清代陈梦雷等编《古今图书集成医部全录》"疟门"的治疟方药中对入方中药进行统计排列，因常山的毒性而将常山方剂排除，突出其他的治疟、截疟的方剂，从 800 多个中药方剂中选择有单方应用经验、在复方里也频繁出现，有基础、值得反复筛选的青蒿等 8 个重点中药作为重点筛查，与顾国明制备成乙醇提取物，经军事医学科学院焦岫卿等用鼠疟实验证明青蒿乙醇提取物的抑制率较高，达到 60%～80%，并出现过对鼠疟 90% 以上的抑制率。余亚纲根据《疟疾专辑》的记录，明确列出青蒿截疟作用是来自《肘后方》的"一握，水二升，捣汁服"。余亚纲整理出《中医治疟方、药文献》报告，将上述工作向北京中医研究院中药所负责所长和 523 小组组长汇报过。

5 月，人民卫生出版社出版中医研究院革命委员会编《常见病验方研究参考资料》一书。该书是对保存在中医研究院的几十万之多的单方、验方（全国各地编印以及采风、献方运动得到的）进行整理，共选 7000 余方，绝大部分未进行临床疗效的实地调查。疟疾专题中包含了 98 方（不含备注中验方），青蒿用法为"捣汁服或水煎服或研细末开水送服"，未注明原方出处。

5 月，在成功合成常山乙碱之后，合成了一系列结构改造的化合物。选出代号为 7002 的化合物，经过实验室的效价和毒性研究，医科院药物所科技人员试服后，由钮心懿带队，到海南陵水县南平农场、崖县立才农场和乐东县乐中农场进行临床试验。经后来几年的研究，7002 虽有较好的治疗效果，常山固有的恶心、呕吐的副作用虽有减轻，但发生率仍较高。在其改造物的研究中，军事医学科学院药理毒理研究所发明了一个有机磷神经性毒剂的解毒药。

中国科学院上海药物研究所在常山乙碱化学结构的大改造研究中，历经数年找到有较好抗疟效价的 56 号（后命名为常咯啉），经 500 多病例的临床研究，证明抗疟效果较好，副反应较轻，但无免疫力患者复发率较高。同时发现具有抗心律失常的作用，后经沪、京 13 所医院治疗 489 人不同类型心律失常表明，对短阵室性心动过速和频繁室性早搏有较好的效果，有效率达 85%。

8 月，在海口召开"523 中草药防治疟疾专业座谈会"，北京、上海、广东、广西等地区中药协作组和海南建设兵团等有关卫生科技人员参加会议。会议总结提出鹰爪、鸦胆子根、绣球等有较好的疗效，被列入研究重点。

9 月，北京中医研究院中药所余亚纲调离课题组，被安排做另一个军工项目。顾国明也回军事医学科学院，继续寻找抗疟中草药的研究。中药所 523 工作随之中止。

12 月，云南省卫生局革命委员会等出版《疟疾防治中草药选》。全彩图。云南 523

中药组从收集到的 800 多种药物、4000 多个验方中选出 92 种药物、200 个验方。

1971 年

4 月 15 日，国务院、中央军委下发（71）国发文 29 号文件，批复卫生部军管会、燃料化工部、中国科学院和总后勤部《关于疟疾防治研究工作情况的请示报告》。由于国家科委与中国科学院合并，重新调整了全国 523 项目领导小组，由卫生部（组长单位）、石油化工部、中国科学院、总后勤部（副组长单位）组成，办事机构仍设于军事医学科学院。

5 月，周恩来指示北京医疗队："医疗队到云南思茅要搞热带病，主要是疟疾。"

5 月 21 日，根据周恩来总理签发的（71）国发文 29 号文件精神，"疟疾防治研究工作座谈会"（第四次全国协作会议）在广州越秀宾馆召开。出席会议的部委领导人有卫生部军管会副主任谢华、总后勤部副部长严俊，中国科学院副院长武衡等。会议制订了1971—1975 年研究五年规划，调整了研究计划和研究力量，进一步加强了各级对 523 工作的领导。5 月 28 日，会议即将结束时，传达了周恩来总理给时任上海市革委会副主任徐景贤来信的批示。徐的信中报告了西哈努克亲王的私人医生阿·里什献给中国的一个治疟方。周总理批示："谢华、吴阶平同志，请将此信件阅后，交医学科学研究院和军事医学科学院有关单位，进行进一步研究，看可否拿此处方派一、二小组到海南岛和云南西双版纳有恶性疟地区进行实地试用，如有效，我们可大量供应印度支那战场，因为他们正为此所苦。"总理的批示对促进各单位重视和坚持承担任务，对当时青蒿的研究是有力的推动。

会后，各地区的 523 领导小组成员均做出调整，分别由各省（自治区）、市政府和各军区后勤部的主要领导担任正副组长。如上海的马天水、广东的雍文涛、云南的刘明辉……充分表明 523 任务得到进一步的重视。

6 月，因卫生部担任全国 523 领导小组组长单位，不同意下属中医研究院中药所的523 工作中止下马。于是，中药所重新组织研究小组，继续中草药的抗疟筛选。

7 月，由全国 523 办公室组织，军事医学科学院五所、中国医学科学院上海寄生虫病研究所和广州、昆明军区军事医学研究所共同组成现场试验小组，分别在云南和海南疟疾流行区，执行周总理的指示，对阿·里什医生提供的防疟方案的预防效果进行了观察。由于该预防方案与 523 项目 1969 年已鉴定投产的"防疟 2 号片"的药物组方相同，仅药物含量和服用时间有所不同，因此，在现场试验时，用"防疟 2 号片"作对照。经连续两年现场试验，结果表明，523 研制的方案预防效果更好，副反应较低，但预防时间较短。

10 月，中医研究院中药所屠呦呦等复筛青蒿，使用乙醚提取，青蒿乙醚中性提取物对鼠疟的抑制率达到 99% ~ 100%。

同年，云南省疟疾防治研究所与解放军原第 71 医院孟昭都医生在盈江旧城治疗疟疾患者时首次证实当地恶性疟原虫对氯喹有抗药性。

1972 年

3 月，全国 523 办公室在南京召开化学合成药和中草药专业会议。在这两个专业会议上，有关承担任务单位分别报告了研究进展。北京中医研究院中药所屠呦呦在中草药专业组会议上，报告了青蒿乙醚中性提取物对鼠疟的抑制率达 99%～100%。会议要求北京中医研究院中药所对提取方法、药效、安全性做进一步研究，在肯定临床疗效的同时，加快有效成分或单体的分离提取。会上还报告了从仙鹤草、鹰爪、陵水暗罗、地耳草、鸦胆子、南天竹中分离出的十余种抗疟有效部位和有效单体。

专业会议制定了《抗疟药临床验证的指标要求》和《合成抗疟药鉴定投产前的一般要求》两个文件，统一规范了抗疟药研究的临床病例选择、观察方法、疗效标准并对患者免疫力分类做出规定。化学合成抗疟药鉴定投产前，对药效实验（鼠、鸡、猴）、毒性测定（鼠、犬、猴的急性和亚急性毒性）、健康志愿者试服、临床试验（治疗药不少于 500 例，预防药不少于 5000 例）和定型投产前鉴定等做出具体的规定。虽然这与现在的有关规定不能同日而语，却是那个时期国内新药物研究规范性管理文件的雏形。

8—10 月，中医研究院中药所的青蒿乙醚中性提取物（91 号），经动物试验和少数健康志愿者试服未发现明显毒副作用后，在海南昌江县石碌对间日疟 11 例（含混合感染 1 例）和恶性疟 9 例进行临床试验，同时由全国 523 办公室协调安排，在北京解放军 302 医院也观察了间日疟 9 例。两地共观察 29 例，除恶性疟有 2 例无效外，其余均显示有较好的治疗效果，但用药剂量较大。

10 月，山东省寄生虫病防治研究所向全国 523 办公室书面报告，南京中草药专业会议后，他们用本地黄花蒿制得的乙醚粗提物对鼠疟也有良好的抗疟作用。

11 月，中医研究院中药所 523 小组成员钟裕蓉用硅胶柱层析法，分离得到抗疟有效单体"结晶 II"（后称"青蒿素 II"）对鼠疟抑制率达 100%。

年底，云南 523 办公室主任傅良书到北京参加各地区 523 办公室负责人会议，得知北京中医研究院中药所青蒿研究的信息后，会后到中药所参观，看到一些青蒿粗提物。他回云南后向云南药物研究所有关人员传达了这一信息，并要求利用当地植物资源丰富的有利条件，对本地的蒿属植物进行相关的研究。

第 25 届世界卫生大会恢复了中国在该组织的合法席位。

1973 年

1 月，云南药物所罗泽渊从云南大学采集到苦蒿开始抗疟研究。

2 月 15 日，卫生部军管会，燃料化学工业部，中国科学院和总后勤部［（73）卫军管字第 130 号，（73）燃科教字第 236 号，（73）科字第 141 号，（73 后科字第 185 号）］联合向周总理提交《关于疟疾防治研究工作情况的报告》，表明防 1、2、3 号已研究定型，投产援越，同时报告"抗疟中草药的发掘与提高，已形成了几个重点，正在进行化学结构测定"。

2 月 25 日，全国 523 领导小组向国务院、中央军委报告了落实（71）国发 29 号文件及 5 年计划的执行情况。时值南方和中原地区疟疾暴发流行。报告提出，为了适应国内疟疾防治的需要，523 研制的药物，除保证援外，也在国内疟疾流行区推广使用，并请示召开一次全国 523 工作会议，检查 5 年规划前两年的进展，落实后 3 年的任务。李先念等国家领导人对请示报告做了批示。

4 月，云南省药物研究所罗泽渊用乙醚从当地的"苦蒿"中直接分离到对鼠疟有效的结晶物，名为"苦蒿结晶Ⅲ"，该"苦蒿"后经中国科学院昆明植物研究所植物学家吴征镒教授鉴定，学名为黄花蒿大头变型。"苦蒿结晶Ⅲ"改名称"黄蒿素"。

5 月 28 日，经国务院、中央军委批准，全国 523 领导小组在上海延安饭店召开"疟疾防治研究工作座谈会"（第五次全国协作会议），出席座谈会的有承担任务的省（自治区）、市、军区和部、委，军队总部机关和有关直属单位领导共 86 人。会议对 1971 年制订的 5 年规划后 3 年任务进行调整和落实。中草药防治疟疾研究的主要任务有鹰爪、仙鹤草、青蒿等，包括进行青蒿改进剂型的研究。尽管当时青蒿的研究尚处于初期，但明确提出了"组织力量，加强协作，争取 1974 年定出化学结构，进行化学合成的研究"的要求。

年中，云南省药物研究所詹尔益和戚育芳在重庆市药材公司购买了 500 公斤来自酉阳的被认为不合格的有叶无花的黄花蒿药材，经加工提取，意外地发现黄蒿素含量比大头黄花蒿高出 10 倍以上，由此也发现了酉阳的青蒿资源，从中提取了大量的结晶，保证了后来各地实验和临床研究的需要。

7 月 20 日，卫生部，燃料化学工业部，中国科学院和总后勤部［（73）卫字第 106 号，（73）燃科教字第 1603 号，（73）科字第 185 号，（73 后科字第 827 号）］联合通知，转发了上海召开的"疟疾防治研究工作座谈会"纪要，《纪要》肯定了"抗疟中草药的发掘和提高，找到了不少有效药物和方剂，形成了一些重点，正在深入研究"。根据《国务院各有关部委 1973 年科学技术发展计划》第 321 项任务，要求把疟疾防治研究工作分别列入各有关省、市、自治区，各部门、单位的科研计划，定期检查。

9 月，山东省 523 协作组（山东省寄生虫病防治研究）用黄花蒿乙醚粗提物"黄 1 号"在巨野县对 30 例间日疟进行试验观察，近期临床效果超过氯喹 3 日疗法，未见明显副作用。

9—10 月，中医研究院中药所在海南昌江县用"青蒿素Ⅱ"进行临床试验，观察间日疟 3 例，胶囊总剂量 3 ~ 3.5g 均有效；恶性疟 5 例，片剂总量 4.5g，2 例因出现心脏期前收缩停止观察，2 例无效，1 例有效，于停药 1 天后原虫再现，此次临床试验，未能证实"青蒿素 II"对恶性疟的疗效。

10 月，云南省药物研究所黄衡等完成黄蒿素的药理毒性的初步研究，未发现明显的脏器损害。

10 月，全国 523 办公室周克鼎和北京中药所张衍箎到云南药物研究所了解抗疟药研究进展，云南药物所已提取到 140 余克黄蒿素结晶。他们赠送少量样品给北京中药所。

11 月，山东省中医药研究所魏振兴从当地黄花蒿中提取出有效结晶，命名为"黄花蒿素"。全国 523 办公室工作人员施凛荣与北京中药所蒙光容到山东了解情况，蒙光容与魏振兴互相交流，特别是对青蒿素的心脏毒性和提取工艺的温度问题进行了讨论。魏振兴介绍了他们的提取方法及药理实验研究等情况，并赠送青蒿素样品。

山东中医药研究所的提取工艺日趋成熟，并且获得了提取温度不得超过 60℃，否则有效成分就会被破坏的核心数据。

11 月，中国科学院华南植物研究所编写《常用中草药彩色图谱》（第三册，中药专集），1978 年 4 月广东人民出版社出版，收载广东出产的中药材，其中说明青蒿来源为菊科植物黄花蒿的全草。

1974 年

1 月，云南药物所詹尔益等继续开展黄花蒿提取方法的中试研究。

2 月，北京中医研究院中药所派倪慕云带该所的研究资料和青蒿提取结晶到中国科学院上海有机化学研究所（以下简称科学院上海有机所），开始化学结构测定的协作研究。

2 月 28 日至 3 月 1 日，北京中医研究院中药所、山东中医药研究所 / 寄生虫病防治研究所、云南药物研究所 3 地 4 单位在中医研究院中药所举行"青蒿研究专题座谈会"，会议交流了各单位青蒿 / 黄花蒿研究工作情况，着重讨论当年的研究任务和分工。全国 523 办公室和中医研究院中药所领导出席会议。全国疟疾防治研究领导小组办公室编发当年的第一期《疟疾防治研究工作简报》"青蒿专题研究座谈会情况简报"，主要内容为："1973 年各单位先后都提到有效结晶，初步认为可能是同一个物质，建议由中医研究院中药所继续与上海有关单位协作，尽快搞清化学结构；临床前药理工作由云南药物研究所继续进行有效结晶临床前的有关药理研究，中医研究院中药所继续搞清有效结晶对心脏的影响；10 月前完成 150 ~ 200 人青蒿有效结晶的临床疗效观察，由山东省寄生虫病防治所和云南疟疾防治研究所负责；要抓紧临床药品的落实，由山东中医药所提取 150 人份、云南药物所提取 30 人份、北京中药研究所提取 50 人份。"座谈会后，山东、云南按会议分工完成提取结晶和进行临床试用，北京中药所当年未能提取到结晶。

年初，云南药物所继续对青蒿提取工艺进行研究，试验了丙酮、氯仿、甲醇、苯、乙醚等多种有机介质，经几十次的改进，确定了适用于工业生产用的黄蒿素"溶剂汽油制备法"。其后（1974—1975 年），先后与昆明制药厂合作两次进行溶剂汽油法生产工艺放大试验和 31 批中试生产，完善了生产工艺，共制得黄蒿素约 30 公斤。

4 月，全国疟疾防治研究领导小组办公室编发《疟疾防治研究工作简报》第一期，内容是"青蒿专题研究座谈会情况"。

5 月，山东黄花蒿素协作组在巨野县用黄花蒿素胶囊对 19 例间日疟患者进行临床试验，黄花蒿素作用快，未见明显副作用，但复燃率较高。

9月，云南药物所课题组将黄蒿素制成片剂，由陆伟东、黄衡、王学忠等3人临床协作组到临沧地区云县进行临床试验。由于当年北京中医研究院中药所未能按年初的要求提取出青蒿素上临床，遂派该所的刘溥作为观察员加入云南临床协作组，10月初刘溥到达云县加入云南临床协作组。

9—10月，因天气转凉，云南临床协作组只收到2例间日疟，1例恶性疟。此时全国523办公室负责人张剑方一行4人到云南检查了解现场的工作，发现由李国桥带领的凶险型疟疾救治研究组在耿马收治了不少的恶性疟及脑型疟患者，即要求云南临床协作组到耿马与广州中医学院李国桥小组合作。

10月中旬，云南临床协作组根据523办公室的指示，将黄蒿素带到耿马县医院，与李国桥小组共同收治了3例恶性疟患者，显示良好疗效后，云南临床协作组即回昆明。李国桥小组继续收治患者，至次年1月，共治疗间日疟4例，恶性疟14例，其中重症黄疸型2例，脑型疟1例（共试治3例凶险型疟疾）。首次提出黄蒿素速效、近期高效、毒性低的特点，但原虫复燃较快。建议尽快制成针剂用于救治凶险型疟疾。

同年，鹰爪的研究取得重要进展。鹰爪系番荔枝科鹰爪属植物（*Artabotrys unoinatus* L. Merr），多年生木质藤本，是广东、海南民间用于抗疟的一种中草药。其水煎剂经实验室鼠疟筛选，抑制率高达99%以上；分离出的活性成分鹰爪甲素属于一类亲脂性中性物，经医科院药物所梁晓天、于德泉等结构鉴定，证明是一种新型的倍半萜过氧化物，有一个六元过氧环，这是首次发现的一种新类型抗疟药结构，为研究新抗疟药提供了新的思路。在此基础上，医科院药物所、中山医学院、中国科学院华南植物研究所和广州中山大学化学系以鹰爪甲素为模板，合成了一系列类似物或简化物。鹰爪甲素的化学结构，为后来青蒿素的结构研究提供了有益的启发。

同年，全国523办公室编辑出版《疟疾研究》，包括《化学合成抗疟药研究资料》《驱避剂研究资料》《疟疾免疫研究资料》等，将1967年523项目立项以来的研究资料收集、整理、编印，由郭沫若题写了书名。

1975 年

2月底，在北京召开各地区办公室和部分承担任务单位负责人会议。广东地区523办公室把广州中医学院523小组在云南耿马临床试验的"黄蒿素治疗疟疾18例总结"带到会议进行汇报。鉴于3年来实验研究的情况，尤其是云南恶性疟临床的良好疗效，青（黄花）蒿列入1975年523任务的重点。会议期间，卫生部原负责人刘湘屏听取汇报，对中医研究院中药研究所523工作因青蒿研究挫折又一次准备下马提出了批评。会议决定当年4月，在成都召开全国523中草药专业会议，对青（黄花）蒿及其提取的结晶物的研究进行全面部署，更大范围组织有关学科、专业参与这项研究。

3月，江苏省高邮县医药科研组和江苏省高邮县卫生防疫站（王琦等人整理）在《陕西新医药》1975 年第 3 期上刊发文章《青蒿治疗疟疾 125 例疗效观察》。文中写道：自1969 年以来，我县许多社队普遍采用青蒿防治疟疾，取得了较好成效，现将高邮县焦山、和合、二沟等地采用青蒿防治疟疾的研究情况综合整理报告。通过临床观察，亦证实本品对疟疾现症病人控制临床症状具有显著效果，有效率分别为 76%、81.5% 和 85.5%；在用法方面，煎、冲、榨、泡四种剂型的疗效无显著区别，一般多再服药 1~2 次，即可控制临床症状的发作。

4月 14～24 日，全国 523 办公室在成都召开 523 中草药专业会议。有关部委、军队总部、军区和 10 个省、市、区所属 39 个单位的科技人员和有关领导 70 多人出席了会议。这次会议上提出了"集中全国抗疟药研究的力量，攻下青蒿素，向毛主席汇报"的口号。为了让更多的单位参与研究，发挥专业优势，在全国更大范围内开展大协作，加快青（黄花）蒿及其结晶物的研究，会议依照远近结合的原则制订了专项协作攻关计划，并具体组织落实研究任务。会后，各地区有关单位分工合作，在资源调查、提取及制剂工艺、检测方法、药理、毒理、结构测定、临床等全面开展研究。

此外，医科院药物所在会议上报告了鹰爪甲素的过氧化合物结构，这一工作对青蒿素的结构测定有启示作用；几天后，上海药物所实验室证明青蒿素确有过氧基团。

5月，北京中药所新任所长刘静明带队前往云南药物研究所学习兄弟单位的提取方法，并从重庆购买青蒿运回北京提取。

6月，北京中医研究院中药所抄送全国 523 办公室的《科研工作简报》（第三期），内容有"派出有关人员到兄弟单位学习先进经验，改进了提取工艺，到 5 月底已基本完成今年临床验证和化学结构、药理研究所需要量，共提取青蒿 8100 斤，从中提出青蒿素500 克"。

7月，为了制订青（黄）蒿素统一的临床试验方案，全国 523 办公室安排，在海南乐东县医院，为各地区参研的医生举办学习班，由李国桥主持。

7月，云南药物所黄衡发现使用黄蒿素油注射剂给药效价可以提高 5 倍。

8月，云南药物所詹尔益赴上海医工院协作完成两种油注射剂的研制。

11月，全国 523 办公室在北京召开青蒿研究工作专题会议，各地区参研单位汇报了研究工作的进展，讨论制订了 1976 年的研究计划。

11月，北京中医研究院中药所拨款与四川中药所和重庆中药八厂合作，就地取材提取青蒿素，由全国 523 办公室开介绍信给成都 523 办公室，派谭红根和崔淑莲前往参加生产。同时四川省中药研究所利用青蒿素与对二甲氨基苯甲醛试剂的稳定、专一兰色反应，通过薄层比色定量法确定重庆、秀山、酉阳、綦江、绵阳、灌县等地青蒿含量较高，并通过稀醇法制成的青蒿浸膏片（青蒿片）作为药物使用。

11月 30 日，在北京中医研究院中药所和科学院上海有机所测定青（黄花）蒿素化学结构的基础上，中国科学院生物物理研究所李鹏飞和梁丽用 X 线单晶衍射法先确证了青蒿素的相对构型。

12 月，全国 523 化学合成药评价与鉴定会议在上海召开，会上评价了常山乙碱衍生物（代号 7002）、常咯啉（代号 56）、咯萘啶（代号 7351）、脑疟镓、硝喹（代号 CI679）的临床试验效果。会议也介绍了青蒿素的动物试验，以及治疗 900 多例疟疾患者的临床研究结果，表明青蒿素的速效、高效、低毒的特点十分显著，但它的溶解度小，难于制成针剂以抢救危重患者，且复燃率高。

在上海召开的 523 化学合成药评价鉴定会议期间，全国 523 办公室与中国科学院上海药物研究所（以下简称科学院上海药物所）就青蒿素化学结构的改造一事达成共识。

同年，广州中医学院 523 小组在海南岛组织用黄蒿素鼻饲给药救治脑型疟协作，共治疗脑型疟 36 例，治愈率为 91.7%。

523 办公室组织全国开展了对青蒿抗疟的深入、系统的研究，四川省中药研究所参加进来。利用青蒿素与对二甲氨基苯甲醛试剂的稳定、专一蓝色反应通过薄层比色定量法确定重庆、秀山、酉阳、綦江、绵阳、灌县等地青蒿含量较高，并通过稀醇法制成的青蒿浸膏片（青蒿片）作为药物使用。

云南药物所完成黄蒿素油注射剂的抗疟作用研究合黄蒿素片的 84 例，氯喹 81 例的对比临床观察试验。

同年，卫生部组织的"攻克老年性慢性支气管炎"全国会议在河北保定召开，厦门市医药研究所的工作中包含"青蒿挥发油"。

世界卫生组织建立热带病研究与培训特别规划署。

1976 年

1 月，中国科学院生物物理研究所梁丽等在精细测定 X–射线反常散射强度数据的基础上，确定了青蒿素的绝对构型。由此确证青蒿素是一个仅由碳、氢、氧三种元素组成的含有过氧基团的倍半萜内酯，分子中有 7 个手性中心，包含有 1，2，4 三噁烷的结构单元，过氧基团不在内酯环中。这是一个与所有已知抗疟药结构完全不同的新型化合物。

1 月 23 日至 7 月 23 日，应柬埔寨的要求，我国派出主要承担 523 任务单位的疟疾研究专业技术人员周义清、李国桥、施凛荣等 13 人组成的疟疾防治考察团，赴柬埔寨协助开展疟疾防治。经全国 523 办公室的安排，由山东省中医药研究所制备少量黄蒿素的油混悬注射剂，由考察团带去柬埔寨备用，后试用于治疗脑型疟 14 例，全部治愈。这表明青蒿素在抗药性严重的东南亚地区，用于救治脑型等凶险型疟疾效果非常优异。考察团圆满完成任务，受到柬埔寨政府的高度赞扬。

2 月，全国 523 领导小组向科学院上海药物所下达了青蒿素化学结构改造的任务。该所立即围绕青蒿素化学结构与效价的关系及衍生物的合成开展研究。

　　2 月，中医研究院公函把青蒿素 II 研究工作的有关情况报卫生部党组，函中表示由于检索到南斯拉夫也在进行青蒿研究并已报道了一种结晶的化学结构测定，"协作单位几次研究，并征求了医科院药物所等有关单位的意见，大家一致认为青蒿素结构测定结果的科学性是可靠的，应为祖国争光，抢在国外报道之前发出去。初步考虑以简报形式在《科学通报》上发表，并上报全国 523 办公室同意争取尽快发表。多家单位共同整理了一个发表稿上报送审，并考虑"为不引起国外探测我研究动态和药用途径，发稿拟以'青蒿素结构协作组'署名公布，不以协作单位署名发布"。当月，卫生部批复文件写道："经部领导同意，在不泄密的原则下，可按附来的文稿，以简报形式，在《科学通报》上，以青蒿素结构研究协作组名义发表。"但后因被认为是个别科技人员名利思想，与同是社会主义国家的南斯拉夫相争而被中止发表。

　　7 月，全国 523 办公室在江苏省高邮县召开青蒿群防群治现场会。确定青蒿素的研究重点是降低复发率，改进制剂工艺，组织地区间交叉扩大试用，抓紧进行药理毒性和代谢的研究，为青蒿素研究提供依据，并为青蒿素鉴定前做资料准备。

　　同年，由军医科院五所邓蓉仙教授等设计合成的 28 号化合物（本芴醇，代号 76028）证实对动物疟原虫有杀灭作用，对抗药性疟原虫也有效。本芴醇为氨基甲醇类经化学结构改造合成的新化合物。

　　同年，云南药物所完善了汽油溶剂法提取青蒿素工艺，并开始向上海药物所提供青蒿素 1 公斤以上，北京、广西、山东、广东等兄弟单位人员来云南学习溶剂汽油法，云南药物所毫无保留地介绍青蒿优质资源产地，教会各步操作；在昆明制药厂的协助下，制备相当于 2 公斤黄蒿素的油注射剂，在全国临床试用。

1977 年

　　2 月 18—28 日，由全国 523 办公室周克鼎主持，在山东省中医药研究所举办第一次青蒿素含量测定技术交流学习班。参加人员除北京、山东、云南 3 个主研单位外，还包括上海、广东、广西、江苏、河南、四川、湖北等省、市的药物所、药品检定所、制药厂等 15 个有关单位。通过交流研讨，认为南京药学院和广州中医学院合作建立的紫外分光光度法为检测方法较好，但仍需改进；制定了青蒿和青蒿素的质量标准；对下一步研究做了明确分工。

　　2 月，中医研究院再次向卫生部致函，主张尽早发表青蒿素 II 结构的论文，为国争光。

　　3 月，以青蒿素研究协作组的名义，论文《一种新型的倍半萜——青蒿素》发表于《科学通报》1977 年第 22 卷第 3 期，这是首次公开发表有关青蒿素的文章，被美国化学文摘收载，CAS 号为 63968-64-9。

　　3 月，经国务院、中央军委批准，全国 523 领导小组在北京（和平宾馆）又一次召开"疟疾防治研究工作座谈会"（第六次全国协作会议），总结了 523 项目 10 年来的工作，并鉴于有些研究项目已取得重要的进展，一批创新性成果有待完善，制订了 1977—1980 年的 4 年研究规划。会后，"三部一院"就会议情况向国务院、中央军委做了报告，再次明确"疟疾防治科研工作是国家医药科研项目"。李先念副主席做了"这项工作很重要"的批示。

4 月 22—29 日，全国 523 办公室在广西南宁召开了"中西医结合防治疟疾药物研究专业座谈会"，总结评价了成都会议两年来青蒿素研究的进展，科学院上海药物所虞佩琳报告了青蒿素衍生物的研究进展。会议对青蒿素化学结构改造提出解决水溶性的研究方向。基于广西地区是我国黄花蒿资源较丰富、青蒿素含量较高的三个省份之一，广西地区 523 办公室决定组建广西青蒿素衍生物研究协作组参加该项研究。本次会议上还提出了成果鉴定前任务的要求，进行具体的安排和部署，是鉴定前的一次预备会议。

5 月，广西地区 523 办公室组建广西青蒿素衍生物研究协作组，下达"青蒿素结构改造的研究"科研任务给桂林制药厂。桂林制药厂将此项研究安排给厂中心实验室，刘旭参加 523 课题组。

6 月，在上海召开 523 化学合成药专业会议。科学院上海药物所盖元珠和瞿志祥分别介绍了青蒿素衍生物的多种合成途径和包括水溶性青蒿酯类的设计思路，以及已合成的 20 多个青蒿素衍生物初筛结果，它们的抗疟活性都高于青蒿素。参加该会议的刘旭返桂林后，使用桂林芳香厂提供的青蒿素和国产制剂硼氢化钾（钾硼氢），还原青蒿素成为二氢青蒿素成功，既解决了进口钠硼氢的麻烦，又提高了产率，降低了成本；随后仿制科学院上海药物所介绍的青蒿素衍生物 SM224（另命名为 887）和 SM105（二氢青蒿素乙酸酯）。后因广西寄生虫病研究所进行动物实验时发现 105 对动物多种脏器损伤的毒性反应，转而继续探索合成水溶性青蒿素新衍生物的研究工作。

8 月，刘旭专题组根据桂林制药厂的原料和中间体的条件，开始自行合成衍生物。

9 月，由周克鼎主持，请卫生部药品生物制品检定所有关专家参加，在中药研究所举办第二期"青蒿素含量测定技术交流学习班"，确定以南京药学院和广州中医学院建立的紫外分光光度法为基础的测定方法，由广州中医学院的沈璇坤、中央药品生物制品检定所的严克东、云南省药物研究所的罗泽渊、山东省中医药研究所的田樱、中医研究院中药研究所的曾美怡，共同完成紫外分光光度法测定青蒿素的文稿。青蒿素质量标准则是以中药研究所曾美怡起草的质量标准为主，参考云南和山东两单位起草的内容，共同整理制订出全国统一的青蒿素质量标准。

10 月，全国 523 办公室向全国 523 领导小组（"三部一院"）呈送了青蒿素研究工作基本情况的报告。报告分为 4 个部分。第一部分叙述青蒿和青蒿素发掘研发的过程，对北京、山东、云南和广州等研究单位对青蒿素的研究工作做了介绍和评价。认为北京中药所青蒿素 II 的临床试验"未达到预期的结果，研究工作一度受到影响"；云南、山东、广州临床试验肯定了黄（花）蒿素高效、速效、低毒的特点，"对深入开展青蒿研究起到了很大的推动作用"。第二部分、第三部分主要介绍了青蒿研究取得的进展和存在的问题。第四部分对下一步工作提出了建议。

下半年，云南药物所詹尔益等采取汽油溶剂法完成 523 项目办公室下达的提取青蒿素的任务，共生产 21 批（每批青蒿草 300 公斤），对青蒿的产地、药用部位、采收季节、生产工艺、质量标准、原料、溶剂、辅料消耗等进行了系统的研究总结。

钟惠澜领导下的热带医学研究室正式改为北京热带医学研究所，叶剑英为研究所题写了所名。

世界卫生组织发布第一个基本药物目录（Essential Medicine List）。

1978 年

1 月，523 办公室在桂林市召开了青蒿素应用问题的研究会议。会上提出了 3 种青蒿素剂型，桂林制药二厂根据该厂实际情况选择了注射剂，并生产青蒿素肌内注射油针剂（每支 150mg/2ml）供备战使用。

3 月，全国 523 办公室在北京香山召开了青蒿素成果鉴定的准备会议。决定把各单位的研究资料按专业综合在一起，分为 12 个专题，每专题推举一个单位整理，向鉴定会提交技术报告；起草了成果鉴定书（草稿），成果排名经争论基本达成共识。

3 月，全国科学大会召开。青蒿素研究单位获全国科学大会奖。卫生部中医研究院中药所、山东省中医药研究所和山东省寄生虫病防治研究所、云南药物所的《青蒿素抗疟研究》和高邮县卫生局、四川省（重庆）中药所的《抗疟药青蒿的研究》均获得奖状。

5 月 9 日，《青蒿素结晶的绝对构型》以青蒿素研究协作组和中国科学院生物物理研究所的名义发表（Scientia Sinica 1980 年 3 月刊出）。

5 月，广西桂林制药厂刘旭探索合成水溶性青蒿素新衍生物，共合成了 13 个新衍生物，其中代号 804（后称青蒿酯或青蒿琥酯）的化合物效果显著。在鼠疟筛选中抗疟效价比青蒿素高数倍，可生成溶于水的钠盐（代号"804-Na"）用于制备水溶性注射剂。刘旭等与桂林制药二厂合作试制水溶注射液，由该厂的蔡晓培负责注射液的试制，剂型为水溶液，肌肉注射。当时试制出的 804-Na 含水量在 2%～5% 之间，保存期只有半年。上海医药工业研究院的研究人员提出采用冻干品来提高保存期。

6 月 18 日，王晨采写的《深入宝库采明珠——记抗疟新药青蒿素的研制历程》在《光明日报》发表。

7 月，桂林制药二厂将"804"制成片剂；桂林制药二厂采用冻干机制成含水量 1‰的 804-Na 粉针冻干注射剂，但因为吸水性强，生产过程中水分含量迅速升高，仍未达到预期效果。同时桂林制药厂将 804 制成片剂。

7—9 月，SM224（蒿甲醚）经全国 523 办公室安排，由广州中医学院 523 小组在海南东方县人民医院首次进行临床试验。临床研究负责人为广州中医学院李国桥和东方县医院郭兴伯。共收治恶性疟 14 例，脑型疟合并溶血的凶险疟疾 1 例，间日疟 2 例。17 例患者全部治愈，迅速控制症状，对抗氯喹恶性疟效果可靠，复燃率较低，显示出比青蒿素更突出的优越性。

9 月，制成钠粉针的 804 使用时以注射用碳酸氢钠水溶液溶解，在广西宁明县进行临床试用的研究，其中恶性疟 9 例，间日疟 15 例，表明其有近期高效、速效和低毒副反应的特点，但近期复燃率仍较高。

10 月，中国科学院生物物理所确证桂林制药厂的 804 衍生物为二氢青蒿素的琥珀酸单酯。

10 月，卫生部部长江一真和世界卫生组织总干事马勒博士在北京签署了《中华人民共和国卫生部与世界卫生组织卫生技术合作备忘录》。

11 月 23—29 日，全国 523 领导小组在江苏省扬州市（高邮县所在地区行署所在地）主持召开了青蒿素（黄蒿素）治疗疟疾科研成果鉴定会。领导小组有关部门、参研有关省（自治区）、市，军区、全国和各地区 523 办公室、主要研究单位和协作单位的领导和科技人员代表出席鉴定会议。会议邀请了中华医学会、国家药典委员会、中国药品生物制品检定所、《新医药学杂志》的代表，共 104 人参会。提交鉴定会的资料分为 12 个专题，由 14 名代表报告。青蒿和青蒿素的临床试验研究总病例就达 6550 例，其中青蒿素 2099 例，先后有 45 个单位、数百名医药科技人员参与了青蒿和青蒿素的研究。

12 月，国务院颁布《中华人民共和国发明奖励条例》后，卫生部代表全国 523 领导小组向国家申报了青蒿素发明奖。

国务院批准颁发了《药政管理条例（试行）》，对新药的临床验证和审批做了专门规定。

科学院上海有机化学所开始青蒿素人工合成的研究。

1979 年

1 月 23 日，国家医药管理局、总后勤部、卫生部联合向有关省（自治区）、市有关部门发函，要求为紧急战备需要安排生产 100 千克青蒿素和制剂，几个月内昆明制药厂与云南省药物研究所合作，重庆中药八厂，四川省中药研究所及桂林芳香厂等生产出 50 千克青蒿素，制成和提供青蒿素油针剂 20 多万支。

1 月，四川省中药研究所药化室抗疟药小组撰写《抗疟药青蒿的研究》，发表在《中草药通讯》，1979 年第 1 期。

1 月，《新医药学杂志》发表《在中西医结合道路上乘胜前进——记青蒿素治疗疟疾科研成果鉴定会》一文："中药青蒿（菊科植物黄花蒿 *Artemisia annua* L.）在我国南北各省均有生长。早在公元 300 年左右，在东晋葛洪《肘后备急方》中就已有了青蒿截疟的记载，至今在民间如江苏省高邮县等地仍在应用。我国医药卫生科学工作者，继承发扬祖国医药学遗产，坚持走中西医结合的道路，运用现代科学知识和方法，对青蒿进行了研究。"

2 月，根据《中华人民共和国卫生部与世界卫生组织卫生技术合作备忘录》，卫生部拟定与世界卫生组织在青蒿素抗疟药方面进行技术合作会谈方案，提出与世界卫生组织在寄生虫病方面进行合作的计划，在合同性技术服务协定项目中包含了"青蒿素抗疟作用原理的研究"，包括：（1）青蒿素化合物对鼠疟原虫细胞膜磷脂代谢的影响；（2）青蒿素类药物的代谢与药物代谢动力学研究；（3）青蒿素构型与疟原虫表膜结构的关系。研究单位是中医研究院中药研究所和中国科学院上海药物研究所。

2 月，中医研究院中药所和中国科学院上海有机化学研究所科研人员署名的《青蒿素（Arteammuin）的结构和反应》研究论文发表于《化学学报》1979 年第 2 期。

3 月，经时任世界卫生组织副总干事陈文杰的建议和推荐，世界卫生组织热带病研究和培训特别规划署来华对青蒿素的抗疟研究进行考察。成员有莱佩什（Dr. T. Lepes，南斯拉夫，世界卫生组织疟疾及其他寄生虫病处处长），卢卡斯（尼日利亚，世界卫生组织热带病研究和培训特别规划署主任），杜克（Dr. B.O.L. Duke，英国，世界卫生组织疟疾及其他寄生虫病处丝虫病科科长），莫特（Dr. K.E. Mott，美国，世界卫生组织热带病研究和培训特别规划署官员），法里德（Dr. G.A. Farid，埃及，世界卫生组织西太区办事处科研流行病学专家）。

6 月，全国疟疾防治研究领导小组办公室印发《疟疾防治研究工作简报》第一期《青蒿素研究工作通讯》，报道了青蒿素衍生物（上海药物所的 224、108、242，广西桂林制药厂的水溶性青蒿素衍生物钠盐），以及四川省中药研究所与武汉健民制药厂合作研制成功青蒿浸膏片和青蒿软胶囊。

7 月，云南省药物研究所黄衡和昆明医学院药理研究室陈植和发表《黄花蒿素及其油注射剂的抗疟作用和毒理学研究》，载《中草药通讯》，1979 年第 7 期 25~29 页。这是第一个用青蒿素制成的注射剂。

9 月，国家科委向中医研究院中药所、山东省中医药研究所、云南省药物研究所、中国科学院生物物理研究所、中国科学院上海有机化学研究所、广州中医学院等 6 个单位颁发了由国家科委主任方毅签发的青蒿素"发明证书"，奖励等级二等，是当年医药最高奖项。同时，《人民日报》发表公告，向国内外宣告我国科技工作者发明的"抗疟新药——青蒿素"诞生。

9 月，国家医药管理总局发函 [（79）国药工字第 387 号] 致卫生部、总后勤部、59170 部队（即军事医学科学院）、全国 523 办公室和上海市医药管理局，《关于医药军工科研计划和 523 科研项目归口管理的函》提出："523 项目近年来承担任务不多，且属军民两用项目，自 1980 年起纳入各级民用医药科研计划之中，不再另列医药军工科研项目。"

11 月，中国科学院生物物理研究所青蒿素协作组发表《青蒿素的晶体结构及其绝对构型》载《中国科学》1979 年第 11 期：1114–1128。

11 月，桂林制药厂的 804 临床病例已达 186 例，在中国药学会第四次学术会议上报告。

12月，青蒿素研究协作组的题为《青蒿素抗疟作用》（Antimalarial Studies on Qinghaosu）的文章发表于《中华医学杂志》英文版1979年第12期，公开了实验研究和临床研究的数据。青蒿研究协作组另一篇内容相似的中文报道《抗疟新药青蒿素的研究》发表在《药学通报》（现名《中国药学杂志》）药学通报，1979，14（2）:49~53。

由中国科学院上海药物研究所李英等7人署名的简报《青蒿素衍生物的合成》在《科学通报》1979年第14期刊出。

卫生部根据1978年国务院颁布的《药政管理条例》中有关新药的规定，组织制定了《新药管理办法（试行）》。

同年，军事医学科学院五所研究的本芴醇进入临床研究。

同年，云南药物所青蒿素提取工艺全部技术资料移交昆明制药厂。

1980年

1月，云南药物所罗开均发表《抗疟新型药物黄花蒿素原植物的研究》，载《云南植物研究》，1980年第01期。

1月，厦门市医药研究所在科研人员吴葆康等去年底前往北京中医研究院中药所学习青蒿素提取工艺后，与中医研究院中药所签署了协议，由中医研究院中药所提供资金和技术，厦门市医药研究所利用福建产黄花蒿在厦门进行批量化提取"青蒿素"给中药所用于制药。

3月，热带病研究和培训特别规划署的疟疾化疗科学工作组（Scientific Working Group of the Chemotherapy of Malaria，简称SWG-CHEMAL）的华莱士·彼得斯教授接受卫生部的邀请，来中国访问。彼得斯教授建议，一是以热带病研究和培训特别规划署疟疾化疗科学工作组的名义在北京召开一次会议；二是资助中国学者到其在伦敦卫生和热带病学院（London School of Hygiene and Tropical Medicine，LSHTM）的实验室共同做青蒿素的研究。

3月，中国科学院生物物理研究所抗疟药青蒿素协作组的《青蒿素结晶的绝对构型》论文在《中国科学》（英文版）1980年第3期发表。

上海药物研究所顾浩明等的《青蒿素衍生物对伯氏原虫抗氯喹株的抗疟活性》论文在1980年《中国药理学报》创刊号上发表。

4月，广西桂林制药厂刘旭在《药学通报》1980年第4期报道了青蒿琥酯的合成。

8月27日，卫生部、国家科委、医药管理局、总后勤部联名向国务院、中央军委呈报了《建议撤销全国疟疾防治研究领导小组的请示报告》，汇报了13年来523任务完成的情况及取得的科研成果，以及提供药品援外战备的情况。经国务院批准，这项科研任务继续作为国家医药卫生科研重点项目，纳入经常性科研计划之内。

9月，北京中医研究院中药所领导及研究人员来厦，在他们的指导下，依据中医研究院中药所提供的生产工艺，厦门市医药研究所制剂室主任黄锦水和吴葆康、黄静茹一起在同安光华大队，以本地野生黄花蒿为原料进行"青蒿素"的提取"中试"。生产点条件十分简陋，提取"青蒿素"的容器就是订制的 50 多个大号陶缸，所用的"溶媒"易燃，还有一定的爆炸危险，必须保存在地下。共提取了 420 克的"青蒿素粗结晶"，并送中医研究院中药所提纯和研究。基本工艺为：在订制的大号陶缸中，将干燥粉碎的青蒿叶、花与"溶媒"混合；上面盖上塑料膜密封，浸泡后将溶液导入地下；再抽取后，将"溶媒"蒸发回收，取得"青蒿素""初品"；进行"青蒿素"的提纯，得到"精品"。

11 月，由广西壮族自治区科学技术委员会，广西壮族自治区医药管理局，广西壮族自治区卫生局主持，对桂林制药厂研制的青蒿琥酯片剂和桂林制药二厂的青蒿琥酯注射剂进行药品鉴定，批准生产。

12 月 5 日，世界卫生组织总干事马勒博士致函我国卫生部钱信忠部长，提出世界卫生组织疟疾化疗工作组迫切希望尽快召开抗疟药青蒿素及其衍生物的研讨评价会议，探讨发展这类新药的可能性。信中指出：1980 年 10 月 9—11 日疟疾化疗科学工作组召开会议讨论了中华人民共和国研究所发展的抗疟药青蒿素及其衍生物，这个工作组特别重视现有的药物的改进和开发的新药物，认为下次会议讨论作为抗疟药的青蒿素机器衍生物将是合适的，目的是评价这些药物，以及探讨帮助中国进一步发展这一化合物的可能途径。我国卫生部对此表示同意，开始了与世界卫生组织长达 6 年的合作。

12 月 30 日，全国疟疾防治研究领导小组办公室出版《疟疾研究，1967—1980 年成果选编（内部资料）》一书。

12 月，依据卫生部与世界卫生组织在寄生虫病方面进行合作的计划，北京中医研究院中药所的李泽琳前往英国华莱士·彼得斯实验室研究青蒿素，是青蒿素工作最早派到国外的研究学者。

同年，海南崖县人民医院用广西青蒿琥酯和磺胺多辛联合用药治疗疟疾 21 例。

1981 年

年初，由科学院上海药物所与昆明制药厂合作自主研发的抗疟新药蒿甲醚通过鉴定。

世界卫生组织在北京设立驻华代表处。

2 月，世界卫生组织总干事马勒博士致函卫生部部长表明其获悉中国科学家合成了其他抗疟药，其中两种是哌喹 Piperaquine（13228RP）和咯萘啶 Pyronaridine（7351），而且信中透露联合国儿童基金会（UNICEF）已从中国化工进出口公司获得哌喹效力的情报，要求卫生部提供详细研究资料，世界卫生组织准备让会员国知道这些重要的进展，建议在青蒿素会议上非正式地提到这些化合物的基础工作。

3 月，四部、委、局在北京海军招待所召开各地区疟疾防治研究领导小组、办公室负责同志工作座谈会。卫生部黄树则副部长代表全国 523 领导小组做工作总结。总结报告指出："523 工作的特点是部门多，地区广，任务互相联系，工作互相衔接，把科技人员、各专业、现场和实验室，生产和使用，科研和防治等有机结合起来，有组织、有计划、有步骤地开展工作，是 523 多快好省地完成科研任务的关键。只有在大协作中，才能真正做到思想上目标一致，计划上统一安排，任务上分工合作，专业上取长补短，技术上互相交流，设备上互通有无，彼此互不设防，一方有困难，大家来支援，团结合作。"卫生部钱信忠部长、总后勤部张汝光副部长、国家科委武衡副主任、国家医药管理总局胡昭衡局长等负责同志在会上讲话。

至此，523 项目完成了历史使命。卫生部、国家科委、国家医药管理总局、中国人民解放军总后勤部联合向承担 523 任务做出重要贡献的 110 个部门、单位颁发了奖状；向长期从事组织管理工作的 105 名同志授予荣誉证书。

3 月，广西区卫生局下发"桂卫药批字（81）第 16 号"文件，批准青蒿琥酯和片剂上市。

4 月，国务院副总理陈慕华等领导同志批准卫生部、国家医药管理总局、国家科委关于在北京召开青蒿素国际学术会议的报告。报告中提出了青蒿素有关生产、工艺、资源、制剂等作为技术保密内容。以中医研究院为主，会同广东、山东、上海等协作单位成立筹备组，筹备世界卫生组织疟疾化疗科学工作组第 4 次会议，介绍青蒿素研究，完成中方报告和翻译 14 篇，6 月审稿，8 月定稿。

为准备这次会议，军事医学科学院、中国医学科学院药物研究所、中国科学院上海药物研究所和中医研究院中药所集中力量，分别对青蒿素研究的薄弱环节，尤其是药理、毒理和药物代谢的研究方面补充了有关研究实验数据。

5 月，国家科委成果局发文［（80）国科成字 019 号］致广西科学技术委员会，指出广西植物研究所和广西桂林芳香厂在 1979 年 12 期《中草药通讯》上发表的《黄花蒿素生产工艺的研究》属泄露国家科学技术机密行为。

5 月，屠呦呦，倪慕云，钟裕蓉等发表《中药青蒿素化学成分的研究（I）》，载《药学学报》，1981，16（5）：366-370。

6 月，薛公绰回信给热带病研究和培训特别规划署的卢卡斯同意马勒建议召开会议的时间和内容。

7 月 2 日，卫生部黄树则副部长主持召开会议，讨论世界卫生组织会议的筹备工作，成立了筹备领导小组。在会议安排建议中，对论文的宣读特别做出说明："每一位发言人综述报告应是所有能得到的数据，而不仅是他本人的工作"。从而明确，所有研究资料是由各单位提供后经过集中整理，专题的报告人是各协作单位的代表，报告的内容并非个人成果。

同年，厦门市医药研究所开展对野生黄花蒿资源的调查，并与北京中药所合作进行黄花蒿人工栽培研究。厦门市医药研究所"黄花蒿人工栽培及药用成分的研究"还获得 1979—1985 年厦门市科技进步三等奖。

10 月 6—10 日，联合国开发署、世界卫生组织化疗科学工作组第 4 次会议在北京举行，专题是青蒿素及其衍生物学术讨论会。这是该机构第一次在日内瓦总部以外召开的，专为我国发明的青蒿素类抗疟药进行全面评价和制订发展规划而召开的一次重要的国际会议。世界卫生组织疟疾化疗科学工作组成员印度中央药物研究所所长阿南德教授、美国国立卫生研究院（National Institutes of Health, NIH）药物化学部主任邦罗西博士、美国华尔特·里德陆军研究院实验治疗部主任坎菲尔德上校、英国伦敦热带病医学和卫生学院华莱士·彼得斯教授、世界卫生组织官员韦思斯德费尔和特里格，以及东南亚地区疟疾顾问克莱德博士等出席此次会议。我国出席会议的有主要管理部门和研究单位的领导、代表，以及部分药理、药化专业的专家和一些列席代表。

学术会议由我国代表宣读论文 7 篇，分组讨论并就相关专题提出进一步研究的建议，双方同意按照会议报告中的内容进行合作。会议"旨在评价这些药物的已有资料，找出现有研究工作中的空白，在化疗科学工作组规划范围内制订有关研究计划，以便使这些药物最终能应用于将来的疟疾控制规划"。

会议总结报告高度肯定和评价了我国研究成功的青蒿素及其衍生物的抗疟作用。报告指出青蒿素具有合乎理想的新药应具有的新结构和作用方式、特点，有可能延缓抗药性的产生，从而可以有较长的使用期限，具有易耐受、安全、速效等特点，可用于治疗脑型疟等重症恶性疟疾。会议主席阿南德教授指出："青蒿素的发现和青蒿素衍生物研发成功的重要性和意义，在于该类化合物的独特结构及抗疟作用方式，与任何已知抗疟药毫无雷同之处，为今后设计合成新抗疟药提供了新路子。"

会议迫切希望与我国合作共同推进这类化合物的研究与发展，制定并通过《青蒿素及其衍生物发展规划》。世界卫生组织建议我国尽快成立相应的管理协调机构，以便与秘书处联系，协调国内规划的实施。

10 月 12 日，在北京友谊宾馆会议厅举行了"中国研究机构与疟疾化疗科学工作组之间在抗疟药青蒿素及其衍生物研究的合作"会谈，指出中国在青蒿素及其衍生物的研究中存在的主要问题是药代动力学和毒理学方面的资料不足；探讨合作研究的优先计划，目的是为了中国对青蒿素及其衍生物进行可能的国际注册打下基础，并提出"将在中国国内成立一个小型的指导委员会，目的为了履行规划和保证有效的组织协调"。

10 月 20 日，中医研究院写给卫生部党组的报告肯定了世界卫生组织会议的成功举办，并提出了"对会后加强这项研究工作的建议"，第一是成立青蒿素发展研究领导小组。

1982 年

1 月 5 日至 8 日在北京召开的青蒿素及其衍生物研究攻关协作会议，根据 1981 年 10 月卫生部与世界卫生组织热带病研究和培训特别规划署疟疾化疗科学工作组关于开发青蒿素类化合物作为新抗疟药在世界范围推广的会谈精神，讨论确定成立中国青蒿素及其衍生物研究开发指导委员会（Chinese Steering Committee of Qinghaosu Research，CSCQR），讨论制订了1982—1983年研究攻关协作计划，提出了与世界卫生组织合作的建议。由军事医学科学院滕翕和教授撰写了与世界卫生组织合作项目的清单。

1月10日，以"青指"秘书处的名义发了第一期简报，通报"青蒿素及其衍生物研究公关协作会议"情况，会议统一认识两年研究的目标与重点为"按照国际新药注册标准要求，优先完成青蒿酯钠水注射剂、蒿甲醚油注射剂和青蒿素口服制剂的临床前药理毒理实验资料，为进一步实现三药商品化和国际注册确立基础"。这是三药列入"青指"工作的开端。此次会议上成立了"青指"，并公布了委员会、秘书处名单和化学、药理、临床和制剂四个专业协作组名单。

2月1—14日，世界卫生组织疟疾化疗科学工作组派秘书特里格博士和科学顾问海佛尔、李振均博士访华，先后参观北京、上海、桂林、广州有关科研单位和制药厂。陈海峰局长主持与他们会谈，就我国与世界卫生组织两年开发研究项目的技术要求和资助初步达成合作协议。按国际标准两年内完成青蒿素（口服剂）、蒿甲醚、青蒿琥酯（针剂）制剂的质控标准、临床前药理毒性实验资料和临床Ⅰ、Ⅱ和Ⅲ期等7项课题的研究工作，向中方提供人员培训、仪器设备和纯种动物。

2月，学术动态《世界卫生组织在北京召开青蒿素及其衍生物学术讨论会》发表在《药学学报》1982年第17卷第2期，158-159页，报道了1981年青蒿素国际会议情况。

3月，世界卫生组织疟疾化疗科学工作组在日内瓦召开全体会议，对2月签订的研究合作计划，只确认青蒿琥酯作为治疗脑型疟的优先开发项目，提出将派美国食品药品监督管理局技术人员访华，进一步了解药厂生产与管理方面的情况。"青指"依此进行工作调整，但"对一些未能列入世界卫生组织优先开发计划而我们又需要进行研究的课题，如蒿甲醚油剂注射液、青蒿素制剂、抗疟作用机理、药代动力学和药物代谢、系统药理、抗药性原虫株培育以及青蒿资源开发利用等列入国内研究计划。"

3月20日，根据世界卫生组织的建议，卫生部和国家医药管理总局正式联合发出文件（［82］卫科字第15号），决定成立"中国青蒿素及其衍生物研究开发指导委员会"（以下简称"青蒿素指导委员会"或"青指"），以加强与世界卫生组织等国际机构的合作与联系，组织和协调国内正在研究和开发的青蒿素及其衍生物等项目，完成研究任务。

青蒿素指导委员会的任务是：组织制订与协调科研计划，提出与国外技术合作方案；组织学术交流与成果评定；提出经费分配和人员培训计划；以及通过实践，总结我国创新药物研究与开发研究的经验等。强调事项如下。

关于统一归口问题：青蒿素及其衍生物是国家重点研究项目。有关协作的日常工作由中医研究院牵头负责。遇有重大问题须报请卫生部、国家医药管理总局审批。它的一切科研成果都是全国多部门、多单位长期共同努力协作的结果。为维护国家利益不受损失，在今后工作中，凡需向世界卫生组织或国外提供有关青蒿素及其衍生物的研究资料、原料、制剂以及进行各种形式的合作谈判等，均由卫生部外事局统一归口，根据情况由卫生部外事局与有关部门或单位协商处理，或报请上级批准。

要继续发扬全国一盘棋和大协作的精神。会议认为要搞好与世界卫生组织的技术合作，首先是搞好我们国内的协作。青蒿素及其衍生物为我国首创药物，但要真正把这一新药达到国家注册标准，进入国际市场推广应用，还有大量的工作要做。这些不是一个部门、一个单位所能办得到的，必须依靠全国大协作和各部门、各单位共同支持，提倡全国一盘棋的精神，顾全大局，团结攻关。

3月，国家医药局科教司在上海召集上海医药工业研究院、桂林制药厂、桂林第二制药厂和昆明制药厂协商青蒿类药物的"标准化注射剂"。

5月，广西区计委、经委和国家经委一道拨款在桂林制药厂建青蒿酯生产车间。1984年8月完成设计，1987年建成。

7月，青蒿素指导委员会从国家计划委员会获得100万元人民币资助。在北京召开了青蒿素衍生物制剂专家评议会，50多人参加。经讨论评议，从提出的四个改进制剂方案中选定青蒿酯双针剂型，由一支60mg青蒿酯钠微晶干粉和一支5%碳酸氢钠注射用溶液，临用时两者混合溶解后使用；并对青蒿琥酯注射剂的GMP条件给予特别经费支持；安排上海、北京等多家研究院所给桂林两个药厂和广西的研究机构协助支持；按照热带病研究和培训特别规划署的要求从青蒿琥酯原料制备、工艺流程、质量标准、药理毒理和制剂开发进行深入的相关研究，由军事医学科学院负责毒理研究，上海医药工业研究院负责标准化制剂和GMP生产方面工作等。药理毒理实验要求符合GLP规范，药品生产贯彻执行GMP规范。会议经过讨论制订并下达1982年青蒿素及其衍生物开发研究计划，以及《青蒿素及其衍生物1983年研究计划进度表》，其中列有周义清教授的课题"合并用药延缓青蒿素抗药性的探索研究"，目的要求是："研究现有抗疟药与青蒿素的合理伍用，通过鼠疟模型的实验研究，力争选出有较好协同作用的，能够延缓青蒿素抗药性产生的复方，为有效地保护青蒿素的使用提供参考。"当时主要研究青蒿素与磺胺类药物，SP的伍用，也筛选了国内新药伍用，以期选择最佳复方。

8月，由江静波、李国桥、基思·阿诺德等发表青蒿素与甲氟喹对照研究的论文《甲氟喹和青蒿素的抗疟作用》（Antimalarial Activity of Mefloquine and Qinghaosu），载世界著名的医药杂志、英国的《柳叶刀》（Lancet, 1982 Aug 7; 2（8293）:285-8）。

9月21—28日，美国食品药品监督管理局检查员泰斯拉夫在世界卫生组织疟疾化疗科学工作组秘书特里格博士和周克鼎、李泽琳、王大林的陪同下到昆明制药厂和桂林第一制药厂、桂林第二制药厂进行GMP检查，后又对当时生产条件最好的上海信谊制药厂进行检查，均未获通过，与世界卫生组织的合作亮了"红灯"。

9月30日，青蒿素指导委员会主任、卫生部科技局陈海峰局长约见了世界卫生组织疟疾化疗科学工作组秘书特里格博士，就双方下一步合作交换了意见。

11 月 11 日，青蒿素指导委员会致函世界卫生组织疟疾化疗科学工作组，同意探讨在国外合作加工一批青蒿琥酯的可能性，同时表示还可考虑临床前药理毒性研究工作与国外进行全面合作。

11 月 16 日，青指"反复研究，权衡利弊，争取时间，尽快完成国际注册，保障我新药开发权益为上策"，在国家医药管理总局的齐谋甲局长批准后，卫生部的周敏君副局长代表青指回复特里格信函称："计划在中国按 GMP 要求筹建车间，同时探索与国外适合的单位协作，加工一批量制剂和进行有关的，甚至全面的研究合作的可能性，希望你协助联系并提出进行合作的具体建议。"由此掀开了与美国国防部谈判的序幕。

青蒿素指导委员会为了推进青蒿素及其衍生物的研究，组织有关单位认真学习掌握国际标准和技术方法，同时，向国家财政部申请 200 万元拨款，资助有关单位按国际标准开展相关的研究，以及筹建生产基地。

12 月，福建省厦门市医药研究所编印《黄花蒿植物资源调查报告》。

同年，军事医学科学院五所以周义清为课题负责人的研究小组，开展了青蒿素及其衍生物与周效磺胺 – 乙胺嘧啶（SP）、本芴醇等药物配伍增效的探索研究。宁殿玺参加其工作。

同年，国外肯定青蒿素的第一篇文章 Bruce-Chwatt LJ. Qinghaosu: a new antimalarial. *Br. Med.* J.（Clin Res Ed）1982; 284:767–68 发表。

中医研究院中药所青蒿素栓的研究立项，由刘静明、李泽琳和沈联慈担任课题负责人。临床研究由广州中医学院李国桥承担。

1983 年

1 月 4 日 经热带病研究和培训特别规划署主任的批准，特里格博士复函周敏君副局长，热带病研究和培训特别规划署疟疾化疗科学工作组决定推荐美国沃尔特·里德陆军研究院与中国合作青蒿酯的开发研究。

1 月，在世界卫生组织第 71 届执行委员会会议中间休息时，特里格约见王连生反映由疟疾化疗科学工作组资助培训的李国桥医师将到曼谷 Machido 大学学习，可能要带足量的青蒿酯在泰国进行临床试验，这将有损于中国与疟疾化疗科学工作组利益，世界卫生组织是不赞同的，为此提请周敏君注意，不要让李做这些事情，并要求书面保证（后未批准李青蒿酯与甲氟喹对比试验的计划）。

2 月，世界卫生组织总干事致信美国政府要求尽快批准青蒿琥酯合作事项。

5 月 10 日，经特里格博士的穿梭磋商，美方决定派国防部国际卫生事务处主任布朗中校和沃尔特里德陆军研究院实验治疗系主任海费尔博士访问我国，讨论有关青蒿琥酯合作研究事宜。

5 月 24 日，鉴于事前对美方的方案不了解，青蒿素指导委员会函告世界卫生组织推迟美方访问，并要求对方提前把合作方案送交我方。

　　6 月，桂林第二制药厂和上海医药工业研究院，对青蒿酯钠冻干粉针剂的工艺又进行了进一步的试验。当时桂林二药厂使用国内的冻干机无法控制产品水分的均匀性，稳定性较差。上海医药工业研究院改用两针法，即一支青蒿酯微晶，另加一支碳酸氢钠注射剂，两者临用时混合溶解后使用。制备微晶用"干法"小试验时效果不错，但放大试验时，制备的微晶过筛操作很困难，难在生产中使用。桂林制药二厂施光霞采用表面活性剂进行湿法过筛，制成青蒿酯钠冻干粉。

　　8 月，青蒿素指导委员会在福建厦门召开了青蒿资源的开发利用会议，明确"为适应会后青蒿素的大量生产，需要有计划的培育和发展优质青蒿资源"。

　　8 月 24—27 日，财政部在 1983 年又支持了 50 万元经费。青蒿素指导委员会在北京召开了工作座谈会，会上报告了同世界卫生组织合作开发青蒿酯钠等研究工作的情况，交流了自去年 7 月份青蒿酯钠制剂评议会以来开发研究工作的进展，讨论并协调了进一步开发研究计划，对 1983 年 9 月至 1984 年 12 月的工作进行了安排，也就是对与世界卫生组织合作事宜进行讨论。遵照邓副主席当时有关"千方百计利用国外智力，有原则的合作"的指示，会议认为，这项合作是对我有利的，首先是培养人才，二是引进技术，三是资助设备。合作的原则是，以我为主，对我有利；平等互利，政治上友好；自力更生，外援为辅；特别强调"目前以争取时间为上策，决定采取'两条腿走路'的办法"，即利用世界卫生组织的资助和支持争取国际间的有效技术合作，以加速新药在国外注册的时间，二是加快国内研究工作步伐，积极创造条件，争取尽快建成 GMP 制剂车间和提高实验和临床研究的水平。

　　这次会议上讨论了三个制剂的情况，青蒿酯钠的"开发研究、制剂的质量规格仍是一个关键问题"；青蒿素栓剂要"集中力量按照国家新药申报要求尽快完成制剂的质量规格、稳定性以及相应的药理毒理资料"，组织好 III 期临床验证工作；蒿甲醚针剂已做了大量工作，"根据国家新药申报要求补充有关资料，并起草报批文件"。"青指"认为必须加强的工作还有：血药浓度微量测定方法的建立任务还很艰巨；抗药性研究直接关系到广泛使用后生命力的长短，要大胆探索寻找新衍生物；抗疟作用原理的研究只能加强，不能削弱。有关课题开题需要制定详细实验设计，组织同行评议和论证；认真学习 GLP、GMP，建立和健全科研和生产管理制度；建立科研工作报告制度，按阶段和年终定期正式报告等也是这次会议的重点。这次会议后，各单位开始就 1983—1984 年研究计划进行准备。

　　1983 年的研究计划中再次列入了青蒿素复方药物的研究，一个是军医科院五所周义清"合并用药延缓青蒿素抗性的探索研究"，一个是广州中医学院李国桥的联合用药试验"复方青蒿酯片一次疗法治疗恶性疟临床研究"。

　　10 月 15—17 日中医研究院承办了卫生部与世界卫生组织联合举办的"建立青蒿素及其衍生物在生物体液中含量测定方法培训班"。世界卫生组织聘请美国休斯敦贝勒医学院的霍宁教授夫妇，英国曼彻斯特大学药学系马尔科姆·罗兰（Malcolm Rowland）教授，美国阿拉巴马大学化学系沃尔夫冈·贝尔奇（Wolfgang Bertsch）教授和美国哥伦比亚大学医学院 Vincent P. Butler 教授 5 名专家来华讲学，我国科研人员曾美怡、黄教诚、曾衍霖、于毓文、李泽琳 5 人担任教员和课堂翻译，中医研究院中药研究所、中国医学科学院药物研究所、中国科学院上海药物所、广州中医学院、上海医药工业研究院、山东省中医药研究所、军事医学科学院微生物流行病研究所和中国法医研究所的 10 名科技人员参加了学习。

培训班教学内容包括五个方面：① 药物代谢途径及其代谢产物的提取、分离和鉴定；② 气质联用在定量测定生物体液中药物及其代谢产物的应用；③ 毛细管气相色谱法及其应用；④ 放射免疫测定法的建立；⑤ 药物代谢动力学的研究。

这次培训班对我国后来青蒿素类抗疟药的研发和检测方法的应用起到了重要的推动作用。1985 年中国医学科学院药物研究所宋振玉等用放射免疫法和杨树德用高效液相色谱电化学极谱检测法解决了青蒿琥酯和双氢青蒿素生物体液浓度测定；1986 年中医研究院中药研究所赵世善等用高效液相色谱柱前反应紫外检测法解决了青蒿素血浆浓度测定。论文相继发表。

10 月，卫生部发文《关于调整中国青蒿素及其衍生物研究指导委员会成员的通知》，青蒿素指导委员会主任委员由卫生部科教司长许文博出任。

11 月 1 日，青蒿素指导委员会收到卫生部国际处转来的世界卫生组织与美国防部合作的协议书（An Agreement for the Cooperative Study of Artesunate）。

12 月 22 日，特里格博士寄来正式的《青蒿琥酯合作研究协议书》，并称《协议书》已为世界卫生组织和美国国防部同意，希望尽快安排三方会晤时间。

12 月 23 日，卫生部科技局局长许文博召集会议，对《协议书》进行认真讨论，对《协议书》提出了很多实质性的修改意见和建议。对许多条款意见很大，认为世界卫生组织与美国国防部是串通一起的，要求是无理和得寸进尺的，与世界卫生组织支持第三世界科学发展事业和 1981 年 10 月 12 日与卫生部共同签订的会谈纪要精神是不符的。

同年，曾美怡教授阐明了紫外分光光度法测定青蒿素化学反应的机理。

上海有机所许杏祥、周维善等完成了青蒿素的半合成。

1984 年

1 月 24 日，青蒿素指导委员会（以下简称"青指"）主任许文博将中国对协议书草案的意见正式回复热带病研究和培训特别规划署，对"协议书的一些条款认为是必要的，一些条款有待协商，一些条款尚须澄清；协议已报上级有待批准；中国科学家愿意为世界卫生组织的抗疟行动做出贡献；希望世界卫生组织利用自己的职权，保护中国开发青蒿酯钠的正当权益。由于中美正在谈判青蒿酯钠合作问题，建议美国推迟发表青蒿资源调查报告。并告知中国政府已批准新建 GMP 车间，请世界卫生组织从技术上予以支持。

2 月 17 日，世界卫生组织热带病处卢卡斯（A. O. Lucas）处长来信，告知将于 3 月

13 日来华讨论"青蒿琥酯合作研究协议书"事宜。中方提出推迟到 5 月。

2 月 21 日，"青指"正式向卫生部、国家医药管理局、国家科委提交就青蒿酯谈判方案的请示报告。报告中的指导思想是"以我为主和互利的原则"，只限科研领域，不涉及生产和商业活动，同样要求坚持 1981 年热带病研究和培训特别规划署协议精神和要求世界卫生组织保护中国的秘密，并由世界卫生组织为中美合作做出保证。针对谈判方针，报告强调如双方条件差距大，可以把合作缩小到单纯的制剂加工，若美方坚持原草案条款，"我们就要明确表示不能予以合作"。还说明"请世界卫生组织另推荐合作单位，或由我们自己去找国外加工单位"。

2 月 27 日，正式书面回复与美国合作的协议书之事，"对协议书的一些条款认为是必要的，一些条款有待协商，一些条款尚须澄清。协议已报上级有待批准。"并告知世界卫生组织热带病研究和培训特别规划署中国政府已批准在中国新建 GMP 车间，希望在技术上、人员培训上予以支持。中国科学家愿意为世界卫生组织抗疟活动做出贡献，希望世界卫生组织利用自己的职权，保护中国开发青蒿酯钠的正当权益。由于中美正在谈判青蒿酯钠合作问题，建议美国推迟发表青蒿资源调查报告。

2 月，广州中医学院青蒿抗疟团队完成青蒿素栓 I、II、III 期临床试验，在 358 例恶性疟中，脑型疟 14 例，治愈率高达 92.8%。

3 月，为与美国国防部的谈判做事先的准备，"青指"秘书处编写了"情况分析与建议"，其中提到的一些情况值得注意：（1）无法技术保密与垄断，成果公开发表，当务之急是尽快生产出口药品；（2）与国际有差距；（3）国内资源供大于求，可以提供青蒿素 6 吨，但实际只需要 30 公斤；（4）国内企业产销矛盾很大，无法维持；（5）对美谈判失去控制；（6）李国桥泰国试验问题造成世界卫生组织意见大；（7）蒿甲醚不受控制；（8）世界卫生组织编辑资料需要的数据不予提供；（9）拒绝世界卫生组织要求提供 30 种青蒿植物名称的请求。（10）建议美国 WRAIR 推迟发表从美国青蒿中分离出青蒿素及其理化数据分析的报告。

3 月 14—16 日，热带病研究和培训特别规划署主任卢卡斯与韦恩斯德费尔和特里格博士与"青指"举行了就与美国合作事务第一次面对面的会谈，"青指"与会人员有许文博、唐由之、沈家祥、周克鼎、李泽琳和王秀峰等，提出了"中国科学家参加在美国进行的青蒿酯研究项目的全过程"的建议。

3 月，沈璇坤（广州中医学院），严克东（卫生部药品生物制品检定所），罗泽渊（云南药物研究所），田樱（山东中西医结合研究所），曾美怡（中医研究院中药研究所）共同在《药物分析杂志》1983 年 3（1）期上发表《紫外分光光度法测定青蒿素含量》的文章（收稿日期为 1982 年 1 月 12 日）。

5 月 3 日，卫生部、医药管理总局联合向国家科委和外交部提交关于批准"合作研究青蒿酯协议书"的请示。

6月，北京中医研究院中药所与厦门市医药研究所签订了《青蒿素高含量的青蒿纯种选育协议书》，将各地的青蒿种子，送来厦门进行种植选种，北京中医研究院中药所科研人员陈和荣也来厦门参加研究，进行青蒿人工栽培。

7月6日，再次向国家科学技术委员会提交《关于提交批准合作研究青蒿酯协议书的请示》。

7月，时任卫生部长的崔月犁访问南斯拉夫社会主义联邦共和国，与南斯拉夫联邦国务委员，人力、健康和社会福利联邦委员会主席约科波维奇博士（Dr. D. Jakovic）一致同意，双方可以合作开发青蒿素类药物。而与南斯拉夫方面合作的消息让世界卫生组织对此很有意见，传出话来说："你们宁愿与社会主义国家合作，而不能与热带病研究、培训特别规划署和美国合作。"

9月，李国桥应邀出席了在加拿大召开的第十一届国际热带病暨疟疾大会，会上宣读了他们的3篇论文。

10月10日，卫生部、国家科委和外交部联合向国务院报送《关于我与世界卫生组织、美国共同开发抗疟药青蒿酯的请示》，其中包括双方同意初步合作开发青蒿酯的草案，希望国务院批准，主要理由如下："国内目前尚无符合国际标准的生产青蒿酯静脉注射针剂车间，筹建厂房和培训技术力量还需要一定时间；制剂工艺尚存在一些技术难关，有待研究解决；我国青蒿植物资源十分丰富，生产潜力很大；国内市场很有限，迫切需要这类药物的是东南亚、南美洲和非洲恶性疟高发区；青蒿素的化学结构早在1976年已公开发表，瑞士罗氏药厂已进行人工合成（未行工业生产），从技术上我们已失去专利保护机会；通过合作开发利于尽早将此药打入国际市场，扩大我国科学发明的影响，就控制与消灭疟疾为人类做出贡献。"请示件由万里副总理和姬鹏飞国务委员批准。

10月10—11日，经过两年的研究，"青蒿素栓剂治疗疟疾的研究"鉴定会在广州召开，由中医研究院主持，研究单位为中医研究院中药所、广州中医学院，生产单位为广州白云山制药厂，主持鉴定单位卫生部中医研究院。中央药品生物制品检定所朱燕在会上告知，卫生部准备颁布《新药审批办法》，将把"青指"重点开发的青蒿素栓、青蒿琥酯钠注射液和蒿甲醚注射液作为第一批新药审批对象。要求青蒿素栓必须按照将于1985年7月1日开始实施的《新药审批办法》的要求申报。

11月2日至5日，"青指"在北京召开青蒿琥酯开发研究工作会议，就青蒿琥酯针剂按照原与世界卫生组织合作及国家新药申报的标准，提出了1985—1986年主要任务和目标，编制下达了1985年研究计划，双氢青蒿素研究的资助也列入其中。计划争取1985年底基本完成申报新药的技术资料（由上海医工院执笔），1986年总结并申报生产批文，年底前正式批量生产，并确定"对在开发工作中做出突出贡献的单位和个人给予奖励"。

军事医学科学院五所周义清教授的"合并用药延缓青蒿素抗药性的探索研究"进展如下。在前两年建立复方实验模型、探索研究方法的基础上，1984年完成了4个青蒿素复方筛选：（1）青蒿素-SP复方，显示出药物间有相加协同作用，最佳配比是QHS20mg+SP（2:1）0.05mg/kg；（2）青蒿素-76028（氨基甲醇类）复方，药物间有相加协同作用，最佳复方配比是20:0.625和13:1.0mg/kg；（3）青蒿素-甲氟喹复方，基本上属于药物的相加作用；（4）青蒿素-8101（4氢萘酚类）复方，药物间协同作用不明显，只有最佳剂量的协同作用。该工作再次编入1985年研究计划。

　　11月5日，"青指"主任许文博致函热带病研究和培训特别规划署主任卢卡斯博士，告知中方最终由国务院批准的协议草案文稿。

　　财政部在1984年再次支持50万元经费，"青指"也最后制订出1985—1986年青蒿酯的开发研究计划。

　　12月，李国桥等《甲氟喹、青蒿素和周效磺胺配伍及其比较》论文发表于《柳叶刀》杂志。

　　12月27日，"青指"秘书处向中医研究院唐由之副院长报告，对世界卫生组织转来华尔特·里德的一篇研究报告（关于收集青蒿栽培、分离提取试验）不认为是孤立的，而是与美国起草的《协议书》有着直接的关系。对策是"一是拖，争取时间研究对策；二是拉，继续拉世界卫生组织为我服务；三是防，防止美国撕掉面纱"。还强调"抓好国内工作，争取三药尽快鉴定投产"，提出通过双边渠道打入国际市场，要"寻找对我有利的国家合作，目的不只是为了获利，更主要的是在国外得到法律保护"。

　　同年，上海有机化学所许杏祥等完成了青蒿素的全合成。

　　同年，美国华尔特·里德陆军研究院从美国本土的黄花蒿植物中提取出青蒿素。

　　同年，受"青指"的委托，以四川中医药研究院重庆南川药物种植研究所和四川省涪陵地区药品检验所的谭世贤和冯天炯为课题负责人，在四川省酉阳县进行了资源调查。

　　1985年中国裁军100万，军医科院五所周义清被安排离休，当时正是复方蒿甲醚研究的关键时期；宁殿玺一直参与合作研究。

1985年

美国《科学》杂志发表华尔特·里德陆军研究院D. L. Klayman的综述文章：Qinghaosu（Artemisinin）: an antimalarial drug from China. *Science*, Vol.228 no.4703, pp.1049-1055, 1985。这是国际上被引用最多的有关青蒿素的文章。

　　2月，"青指"在北京召开青蒿琥酯血药浓度含量测定方法评价会议，并聘请朱燕担任青蒿琥酯粉针剂Ⅰ期临床试验监督员。

　　3月，卫生部药政局批复通过青蒿琥酯粉针剂（静脉注射）在广州中医学院第一附属医院进行Ⅰ期临床试验。

　　3月13日，世界卫生组织的总干事马勒博士给中国卫生部长的信函就中美协议草案提出了修订意见，说明美国不同意中国与世界卫生组织在1984年3月修订和国务院10月批准的协议文稿。

4 月，桂林制药厂的青蒿琥酯的合成方法申请国家发明专利；1988 年 10 月获得授权。

5 月 20 日，以卫生部科教司的名义写成了"对世界卫生组织来信关于修改'青蒿酯合作协议'（草稿）的复核意见"，基本同意世界卫生组织协议修订的文稿。

5 月，上海医药工业研究院王大林等采用加另外一种表面活性剂的方法，解决青蒿酯粉针剂吸湿不稳定的难题，使青蒿酯生产工艺稳定成熟下来，完成青蒿琥酯（钠）组合剂的研制。

6 月 16 日，卫生部药品审评委员会化学药分委员会召开第一次新药评审会议，对中医研究院中药所申请青蒿素栓的资料进行试评。青蒿素栓是我国执行《新药审批办法》的第一个新药。这次会议，为我国新药审评树立了一个良好的开端。在申请青蒿素栓报批时，由于被要求同时上报原料药青蒿素的有关资料，中药所以 523 任务和其他单位协作，或以协作组名义所进行的有关青蒿素的研究资料，整理上交新药审评办公室。

6 月，南斯拉夫卫生部派专家组来华考察，在北京举行会谈，初步协商双方开发不与世界卫生组织冲突的另外青蒿素类药物，由双方组成 6 人专家组，双方各派 3 人，对合作的可行性进行研究，包括技术评价、制订研究计划和商业分析等。确定中方由"青指"与南斯拉夫最大的制药企业科尔卡制药公司（Krka Pharmaceutical）共同组成项目组，并由双方各自的卫生部指导工作。

7 月 1 日，《新药审批办法》开始实施。

8 月，中国驻世界卫生组织的代表陆如山与热带病研究和培训特别规划署主任卢卡斯博士面谈青蒿素问题，根据会见纪要，当时热带病研究和培训特别规划署收到中国政府提供的 1 千克青蒿素；在美国 NIH 的邦罗西博士实验室工作的一位中国科学家发现某些条件下青蒿琥酯不稳定，因此后续开发会有问题。热带病研究和培训特别规划署将在 1985 年推荐更稳定的化合物和制剂进行开发，因此送到热带病研究和培训特别规划署的青蒿素正好用于这个工作。在热带病研究和培训特别规划署纪念成立 30 周年的册子 [WHO and TDR, Making Difference —— 30 Years of Research and Capacity Building in Tropical Diseases, Phase I（1975-1986），p.14-16, 2007] 中专门就此事进行了回忆："由于中国的青蒿素要想用于疟疾治疗还需要更多、更广泛的安全性和有效性评价，热带病研究和培训特别规划署要求中国提供纯化青蒿素给其用于热带病研究和培训特别规划署委托的外国实验室，中方连 1 千克都不给；热带病研究和培训特别规划署只好委托美国密西西比大学种植青蒿和提取，最终因为含量极低，成本昂贵而放弃，此后不久中国的 1 千克青蒿素送到了热带病研究和培训特别规划署。"

9 月，热带病研究和培训特别规划署主任卢卡斯博士致函"青指"主任许文博称："由于发现青蒿酯在某些条件下不稳定，因此热带病研究和培训特别规划署认为青蒿酯进一步开发就成问题，不再能优先开发。"实质就是终止青蒿酯优先开发的通知。

同年，中医研究院中药所组织人力，以"恶性疟抗氯喹株的治疗——还原青蒿素抗疟药的研究"立题，向卫生部申请资金。项目负责人为屠呦呦（化学室）、李泽琳（药理室）和曾美怡（分析室）。按专业分工制订了 1985 年和 1986 年的详细计划，主要研究内容包括：还原青蒿素及其制剂的制备；还原青蒿素及其制剂的含量测定方法和质量标准；还原青蒿素剂型的药效学、药代动力学（周钟鸣负责）和毒理学研究、I～II 期临床研究（与有关单位协作）等，当年 3 月上报。"青指"为还原青蒿素的研发提供了启动经费。曾美怡、李泽琳在完成相关的研究工作后，未能继续参加该项研究。屠呦呦在以上工作基础上重新组织药理研究，委托军事医学科学院微生物流行病研究所、中国医学科学院药物研究所、北京中医药大学、协和医科大学寄生虫病教研组等协助完成还原青蒿素的鼠疟和猴疟抗疟效价、非临床和临床药代动力学；广州中医学院完成临床试验研究。还原青蒿素改称为双氢青蒿素。

夏天，周克鼎向军医科院五所疟疾室传达了国家卫生部将组团赴南斯拉夫访问的消息，由于涉及医药卫生的合作，再加上南斯拉夫本身在青蒿上的研究历史，南斯拉夫方面提出青蒿素类抗疟药的合作，而且要求可以获得国际专利的药物。当时中国的专利法刚刚实施，青蒿素及其衍生物已经没有可能获得国际专利（第一步中国专利法保护工艺而不保护化合物及组方），因此"青指"秘书处推荐了还有可能获得国际专利的周义清的研究，准备与南斯拉夫共同开发。要求五所在三个月内完善青蒿素复方的实验数据。从 1985 年开始，宁殿玺接手这一课题，成为课题组长，他根据周义清研究的数据和试验方法，将蒿甲醚替代了青蒿素，通过依据以往研究数据的推算，认为蒿甲醚和本芴醇的可能的配比应该是 1：5.5 左右，由此立即进行了 1：4 和 1：6 的组方试验，1：6 的组方在动物实验上效果更好，而以 1：5 和 1：6 组方进行临床试验 1：6 组治愈率达到了 100%。

1986 年

2 月，中华人民共和国卫生部科教司司长、中国"青指"主任许文博与南斯拉夫科尔卡制药公司管理委员会主席 M. Kovacic，在南斯拉夫签署《合作研究开发抗疟药复方蒿甲醚协议书》。"双方同意以复方蒿甲醚作为一种有前途的抗疟药共同进行研究开发与销售。"并商定补偿中方"在复方蒿甲醚（包括两个单药）研究工作上的投资；南斯拉夫方面同意向中方一次总付一笔金额"。

2 月 14 日，中医研究院中药所与广州白云山制药厂联合向卫生部申报青蒿素原料药试产。申报文号为（86）粤药申产字第 01 号。

3 月，"青指"在北京召开青蒿琥酯申报工作会议，统一名称为注射用青蒿酯。

3 月 17 日，新药评审委员会西药分委员会正式评审青蒿素及其栓剂，评委要求课题组在三个月内完成两项补充资料：（1）药效学应该采用人的给药途径做动物药效，也就是动物要用直肠给药；（2）药代动力学研究要有健康人 I 期临床的结果。两项补充研究均总结成申报文件，交中药研究所盖章，上报卫生部药品审评委员会办公室。

4月，受"青指"1983年在厦门会议上的委托，四川中医药研究院南川药物种植研究所、四川省涪陵地区药品检验所完成《四川省酉阳县青蒿资源、生态生物学及青蒿素含量调查研究报告》，在成都召开了酉阳青蒿资源评审鉴定会。酉阳县政府希望"青指"计划建设的提取厂在酉阳落户。6月20日，周克鼎复信冯天炯，对山区人民就地取材发展生产脱贫致富，将给予力所能及的支持，建议先从培训人员掌握技术入手，比较工艺方法。这是在酉阳建设青蒿素工业化生产设施的开始。

5月和6月，中－南（南斯拉夫）双方的合作由各自的政府批准。

7月，中国总理赵紫阳访问南斯拉夫，双方高层承诺开展青蒿项目研究的合作。

7月，由上海医药工业研究院牵头申报注射用青蒿琥酯的补充资料。

8月，"青指"委托山东中医药研究所魏振兴到酉阳进行当地品种的青蒿素含量验证。"青指"拨专款支持山东省中医药研究所进行青蒿素提取生产工艺的研究和解决武陵山制药厂的生产设备。

8月，南斯拉夫派专家组来华继续交流，中国青蒿素及其衍生物开发指导委员会与南斯拉夫科尔卡制药厂在卫生部就合作研究开发复方蒿甲醚的可行性研究报告、研究计划与分工、技术使用补偿费以及科学家互访生活待遇等问题举行会谈，签署了备忘录。但协议中的"第五条：同意向中方一次性支付一笔金额"未做到，合作未再进行下去。

8月，世界卫生组织出版的 Newsletter（Special Issue: TDR Workplan）第22期第5页上，热带病研究和培训特别规划署在未与中方通报的情况下，单方把青蒿素及其衍生物的发展研究项目，包括从植物中提取青蒿素（1千克）、改进从植物中提取生产青蒿素工艺技术、合成新的衍生物等六个方面的工作进行公开招标。热带病研究和培训特别规划署在美国科学家的支持下转而开发蒿乙醚。

9月，在"青指"的建议推动下，四川省酉阳县开始筹建青蒿素提取厂。"青指"秘书长周克鼎第一次到酉阳考察，商议建设青蒿素提取车间，首先得到了四川省科委的资金支持。

10月，卫生部给中医研究院中药所颁发青蒿素和青蒿素栓新药证书，同时给广州白云山制药厂颁发青蒿素和青蒿素栓的新药生产批件。卫生部（86）X-03号批复的新药生产批件中显示，青蒿素新药证书（86）卫药政字X-01号（发中国中医研究院中药所），青蒿素原料药生产批准文号（86）卫药政字X-03号（发广州白云山制药厂）试产二年；（86）卫药X-04号批复，青蒿素栓新药证书（发中国中医研究院中药所），青蒿素栓《新药生产申请批件》（86）X-04号（发给中国中医研究院中药研究所和广州白云山制药厂）试二年。均为西药一类。

11月，"青指"与桂林第二制药厂签署协议转让注射用青蒿琥酯。

11月，军事医学科学院签署向中国专利局申报发明专利的委托书，"新型抗疟药：

蒿甲醚－本芴醇复方"，发明人排名顺序为周义清、宁殿玺、李国福、王淑芬、单承启、丁德本和刘光裕。代理人为吴加善和孙民兴。后撤回。

11 月，由四川省医药管理局和省卫生厅批准，成立了武陵山制药厂。

同年，李泽琳主持开展青蒿素致突变和生殖毒性的研究，消除人们对相关问题的担心；赵世善在紫外分光光度法测定青蒿素化学反应机理的基础上，在国内首先建立了青蒿素高压液相色谱法；周钟鸣率先在国内临床上对用青蒿素栓的患者药物代谢动力学进行研究；曾美怡建立本芴醇高效液相色谱法。宋振玉和杨树德主持开展青蒿素类抗疟药临床药代动力学的研究，建立的放射免疫测定法和还原型电化学极谱检测高效液相色谱法（HPLC–Ee），为制定临床给药方案提供了科学依据。

国务院决定成立国家中医管理局。在此基础上，卫生部组建国家中医药管理局。

1987 年

1 月，卫生部、国家医药管理局联合发文《关于限制青蒿素类原料药出口的通知》，规定青蒿种子、种苗、干鲜全草，青蒿素及其 3 种衍生物原料药禁止出口，制剂产品可以出口。

1 月，蒿甲醚初评会在昆明举行。

1 月，中国科学院上海药物所姜纪荣、昆明制药厂刘羊华、广州中医学院李国桥在青蒿素指导委员会协调下签署《蒿甲醚转让备忘录》。蒿甲醚初评会在昆明举行。

年初，未经部门间商讨，中医研究院单方面向卫生部上报了撤销"青指"的报告。

3 月，在"青指"的支持见证下，军医科院五所和昆明制药厂签署《联合研制复方蒿甲醚协议书》，按三类新药研究由蒿甲醚－本芴醇组成的复方蒿甲醚片。昆明制药厂 3 年内（1987—1989）共投入 30 万元。

3 月，卫生部颁发《关于新药保护及技术转让的规定》，规定自《新药审批办法》实施后，审批并有新药证书的新药均照此规定办理，根据规定青蒿素及其衍生物均获得了 8 年的行政保护期。新药证书分正本和副本，副本可用于新药的技术转让。还规定："研制单位在取得新药证书后，无特殊理由在两年内既不生产亦不转让者，该新药的保护期即自行失效。"

3 月，中信公司召开董事会扩大会，对公司进入科技领域一致赞同；荣毅仁提出，从现在起，中信公司的业务范围由原来的生产、金融、贸易、服务改为生产、技术、金融、贸易、服务"五位一体"。

3 月 16 日，"青指"召开会议，听取参加热带病研究和培训特别规划署疟疾化疗科学工作组会议的沈家祥的情况报告。此次会议主席坎菲尔德博士对中国开发蒿甲醚和青蒿酯依然表示"不能支持一个不符合标准的药物在世界范围内推广"。沈家祥在会上做了针锋相对的辩论。在会议期间新上任的热带病研究和培训特别规划署主任托雷·戈达尔博士约见了沈家祥，沈家祥向他提出 6 条建议，戈达尔博士积极回应，特别是世界卫生组织委托中国大量生产青蒿素及其衍生物的建议，并表示疟疾化疗科学工作组将于 1989 年在中国召开会议。

4 月，青蒿琥酯原料获得卫生部颁发的新药证书，编号（87）卫药证字 X-01 号。桂林制药厂、军事医学科学院五所、上海医药工业研究院、桂林制药二厂和广州中医学院等 8 家单位，获得注射用青蒿琥酯的新药证书，编号（87）卫药证字 X-02 号。

4 月，"青指"秘书长周克鼎和昆明制药厂刘羊华副厂长在酉阳与武陵山制药厂黄殿宇商谈资助青蒿素工业化生产厂建设事宜。

5 月，军事医学科学院五所与昆明制药厂签署《抗疟新药本芴醇（76028）技术转让协议书》，转让新药证书、工艺技术（五步法）和小试等全套资料，昆明制药厂支付研究补偿费 20 万元，以及 5 年 5% 的销售提成。

5 月 18 日，卫生部长陈敏章在一份认为中医研究院关于撤销"青指"的报告对整个青蒿素及其衍生物研究开发和对外合作不利的手写报告上批示如下："考虑到目前指导委员会的二项开发性研究任务尚未完成，并有对外协作关系，是否指导委员会组织形式仍保留，待任务完成后即可撤销。"

7 月，武陵山制药厂与山东省中医药研究所签订了"青蒿素原料药生产的工艺技术转让合同"。经周克鼎同志联系，"青指"为酉阳武陵山青蒿素项目向三峡总公司争取到 125 万元资金担保，武陵山青蒿素厂成为三峡库区移民第一个项目。

7 月，罗宣德和沈家祥等发表文章《青蒿素及其衍生物的化学、药理和临床应用》[The Chemistry，Pharmacology and Clinical Applications of Qinghaosu（Artemisinin）and its Derivatives] 于 Med. Research Reviews 上（Vol. 7, No.1, 29–52. 1987）。

9 月 5 日，上海药物研究所和昆明制药厂双方联合获得蒿甲醚原料药新药证书和蒿甲醚注射剂新药证书（87）卫药试字 X-04 号。

9 月 10 日，卫生部 [（87）卫药政字第 284 号] 发出《关于青蒿素原料药转由云南昆明制药厂生产的通知》的文件，指出："因白云山制药厂目前不生产青蒿素原料药，而云南昆明制药厂自 1979 年以来一直从事该药的试制工作，并曾向我部提出申报，经与两药厂协商同意，现决定将原发给广州白云山制药厂的青蒿素原料药批准文号（86）卫药试字 X-03 号及'新药证书'副本转发给昆明制药厂，由昆明制药厂按我部批准的质量标准生产青蒿素原料药，试产期间由云南省药检所对该产品进行质量监督，试产期满时由昆明制药厂按规定办理该品转为正式生产的手续。"

9 月 11 日，第二届国际医疗设备展览会在北京举办期间，卫生部召开新闻发布会，宣告从青蒿素改造的衍生物蒿甲醚油注射剂、青蒿琥酯注射剂和青蒿素栓剂研制成功，是治疗抗药性恶性疟和救治脑型疟等重症疟疾患者的特效药。同时宣布，我国吨级的青蒿素厂建成投产。它也是世界上第一个工业化生产青蒿素的工厂。

《中国医药报》《青蒿素及其衍生物获准投入生产》和《第 15 届国际化疗会议传喜

人讯息，我首创抗疟青蒿素震惊世界医坛》报道，青蒿素类抗疟新药被誉为医药史上的创举，对人类的重大贡献。

9 月，由军医科院五所疟疾室研发的抗疟新药本芴醇，具有新的化学结构，与氯喹无交叉抗药性，获国家一类新药证书。

10 月，国家医药管理局中国医药研究开发中心代表卫生部、国家医药管理局，与世界卫生组织热带病研究和培训特别规划署主任戈达尔博士率领的三人代表团就蒿甲醚制剂和蒿乙醚原料药事宜进行谈判，中方参加的有卫生部科教司王秀峰和沈家祥、周克鼎、曾美怡、张逵、滕翁和。中方要求热带病研究和培训特别规划署帮助中国的蒿甲醚和青蒿琥酯在国外进行注册，热带病研究和培训特别规划署支持的第一步是资助中方把两药的资料翻译成英文；热带病研究和培训特别规划署还提出要在北京召开一次疟疾化疗科学工作组指导委员会的会议。

10 月，我国的抗疟药蒿甲醚进入尼日利亚进行临床验证，军事医学科学院五所疟疾研究室主任焦岫卿和邬伯安及我国其他专家，与尼日利亚国家疟疾控制中心专家共同对蒿甲醚与氯喹进行随机比较。结果表明，疗效和副反应等方面蒿甲醚均优于氯喹，后被尼日利亚最大报纸《邮报》和《卫报》誉为"神药""灵丹妙药"。

11 月，国家科委郭树言副主任和国家医药管理局顾德馨教授一行访问非洲。在尼日利亚听了王崌山大使关于我国抗疟新药蒿甲醚治疗疟疾效果神奇、在尼引起轰动的介绍。回国后指定社会发展科技司丛众处长和陈传宏负责，着手抓紧我国青蒿素产品出口的协调工作，聘请"青指"秘书长、原全国 523 办公室周克鼎担任顾问。

12 月，为了扩大青蒿素的产能，解决蒿甲醚等终端产品的原料来源，四川省涪陵地区批准武陵山制药厂新建青蒿素车间。昆明制药厂与武陵山制药厂建立合作关系，签订联合生产青蒿素的协议，负责质量把关，并拿出 30 万元作为原料药预付款投入到扩产建设中。

12 月，中国科学院上海有机化学所"青蒿素及其一类物的全合成、反应和立体化学"获得国家自然科学奖二等奖。

12 月，中信技术公司正式成立，《人民日报》发表荣毅仁的讲话：做一切事情先要想到国家。

上海有机所天然青蒿素的人工合成获得国家自然科学二等奖。

北京诺华制药有限公司成立，是北京市第一家也是目前最大规模的医药合资企业。

1987 年起，沈家祥受聘为世界卫生组织疟疾化疗科学工作领导小组成员，他也成为该小组中的唯一一位中国成员。

1988 年

元旦，武陵山制药厂生产青蒿素的车间破土动工。两年后（1990 年），一个设计年产量更大的青蒿素工业化提取车间建成投产，为我国青蒿素及其衍生物走向世界创造了条件。

　　1 月 20 日，为进一步完善《新药审批办法》，卫生部颁发了《关于新药审批管理的若干补充规定》。

　　1 月，国家科委向国务院办公厅报送了《关于抓紧我国青蒿素类抗疟药生产和国际市场销售工作的报告》，提出了若干措施、建议，以及有关部委的分工。

　　4 月，昆明制药厂蒿甲醚针剂扩产工程初步设计审查，投资 2943 万元建设新的符合 GMP 标准的蒿甲醚注射剂车间（1991 年 7 月建成投产）。

　　5 月，中国科学院上海药物研究所白鲁东，昆明制药厂刘羊华，在"青指"、卫生部成果处和国家医药管理局成果处的支持下，签署《抗疟新药蒿甲醚技术转让协议书》，转让费用共计 32 万元。

　　5 月 24 日，郭树言副主任就青蒿素等抗疟药的生产、销售和开拓国际市场等问题召开座谈会。卫生部、国家医药管理局，对外经济贸易部、农业部，以及昆明制药厂、桂林制药一厂和桂林制药二厂及广州白云山制药厂等单位有关负责人出席座谈会。会后，国家科委制订了"加快青蒿素类抗疟药科研成果推广和出口创汇实施计划方案"，提出科、工、贸一体化等若干措施。

　　5 月，昆明制药厂再支持军事医学科学院微生物流行病研究所复方蒿甲醚亚急性试验经费 5 万元。

　　6 月，上半年，昆明制药厂效益大滑坡，身为省经委轻工处副处长的李南高走马上任，担任了昆明制药厂厂长。

　　6 月 13 日，卫生部和国家医药管理局正式发文（88）卫科教字第 25 号，《关于撤销中国青蒿素及其衍生物研究指导委员会的通知》，正式撤销这一在 1982 年"批准成立的一个临时性学术机构"，并说明"青指""于 1987 年 6 月按原定计划完成了青蒿琥酯、蒿甲醚和青蒿素栓三种新抗疟药制剂的研究开发工作"，"与世界卫生组织、南斯拉夫的技术合作谈判目前也告终止"，任务圆满结束，"今后有关青蒿素类药物的研究开发工作纳入各有关部门管理"。

　　7 月 16 日，国家科委、国家医药管理局、对外经济贸易部、农业部、卫生部联合下发（88）国科发生字 427 号《关于加快青蒿素类抗疟药物科研成果推广和出口创汇的通知》，并出台了实施方案。

　　周克鼎被聘请为国家科委顾问（无顾问费）。

　　8 月 28—30 日，国家科委组织中国医药保健品进出口总公司、中国国际信托投资公司等 14 家公司与昆明制药厂、桂林制药一厂和桂林制药二厂等共同商议合作的有关事宜和分工，开始扭转国内各自为政、生产无序的局面。

　　9 月，卫生部科教司和国家医药管理局科教处发布《关于颁发青蒿琥酯新产品开发荣誉证书及奖金的通知》，规定奖金总额控制在 2 万元以内，参加单位 10 余个，预计 100 人左右，从桂林第二制药厂青蒿琥酯转让费中支出。

11 月，桂林制药厂获得青蒿琥酯片新药证书。

11 月，国际医药管理局总工程师、世界卫生组织疟疾化疗领导小组成员沈家祥致信国家科委郭树言副主任，就中央领导同志关心的青蒿素问题做汇报，其中提到上海将蒿甲醚和蒿乙醚的资料发表，"随后世界卫生组织以我国发表的文章为基础，又在国外多方资助下开发蒿乙醚；为了缓和后者和我方在国际市场上的矛盾和竞争，通过参加世界卫生组织化疗领导小组进行说服工作，争取到该组织的谅解和善意。"认为"与世界卫生组织这样的机构开展合作，对推动我国有关研究和帮助产品进入国际市场，都是必要的和有利的"。

同年，军医科院五所疟疾室丁德本、时云林赴东非索马里试用复方蒿甲醚，取得满意的效果。

昆明制药厂与香港瑞华贸易公司签署经销蒿甲醚注射剂协议。

1989 年

1 月，《人民日报》发表《武陵山下的追求》文章，报道了五位退伍军人黄殿宇、李春玉、王套先、李祖荣、肖功文在四川最贫穷的酉阳（现重庆市酉阳土家族苗族自治县）建设青蒿素厂的艰辛过程。在《讲奉献并非唱高调》的时评里写道，"他们没有唱高调，但表现出了崇高的思想境界"，"办成一个小小的制药厂，为当地农民带来了致富的希望。"

3 月，桂林制药厂与中国医药保健品进出口公司组团赴泰国，与泰国大西洋药厂一道办理青蒿琥酯在泰国的注册手续，1991 年 7 月获得批准在泰国上市。这是青蒿琥酯在国外第一次注册成功。

4 月 24—26 日，世界卫生组织热带病研究和培训特别规划署疟疾化疗科学工作组第 2 次在北京举行青蒿素类抗疟药会议，回顾和评价中国抗疟药研究工作的进展。由于青蒿素指导委员会已撤销，为准备这次会议，以卫生部科教司黄永昌司长为首成立了会议筹备领导小组，下设筹备组，由王秀峰、周克鼎和张遴等具体负责筹备工作。中方有 10 余人参与学术交流，包括李英、宋振玉、周钟鸣、曾衍霖、李泽琳、李国桥、钟景星（代周义清）、滕翕和、陈昌等，分别报告了青蒿素类、咯萘啶、脑疟佳在合成、药理和临床方面的研究新进展和复方蒿甲醚的有关内容，反映出我国抗疟新药已经开始由单药发展为复方。C.J. Canfield 在这次会议上报告了蒿乙醚的研究。

4 月，复方蒿甲醚获得新药临床批件。

6 月，国家科委分别下发（89）国科社字 007 号《关于申请承担青蒿素抗疟药物国际合作项目的通知》和（89）国科发社字 330 号《关于印发"加快青蒿素类抗疟药物科研成果推广和出口创汇实施计划方案"的通知》。

6 月，特里格博士在 WHO Scientific Group on the Chemotherapy of Malaria 上发表 Research on Drugs with potential for operational Use（MAP/SGCM/WP/89.21）（RESTRICTED），写明了复方蒿甲醚的伍用和协同作用。

7月，"阿雅"在 1989 年 7 月 31 日在《中国中医药报》上发表《青蒿素会不会成为嫁不出去的老姑娘》的杂文，对国家科委主管青蒿素的出口事宜表达意见。"青蒿是一种中药，青蒿素是中国中医研究院中药研究所的科技成果，至今在青蒿素衍生物的研究方面，这个研究所仍然走在前面，王牌仍旧掌握在他们手里。但有关部门在垄断青蒿素类抗疟药物科研成果的推广和出口创汇方面，居然从来不给中医中药方面打招呼。你的姑娘让我来嫁，而且只能让我来嫁，这大概也是使姑娘老朽的原因之一。"

8月，国家科委社会发展科技司与中信技术公司签署《关于青蒿素类抗疟药物进入国际市场合同》，中信技术公司正式参加国家科委推动的青蒿素类药品国际市场化工作。

11月，中信技术公司与昆明制药厂签署了《蒿甲醚项目合作协议》，后扩展到复方蒿甲醚，并和军医科院五所组建了科工贸联合体。

12月，抗疟新药青蒿琥酯获国家技术发明三等奖。

1990 年

1月13日，经两年试产后，昆明制药厂向云南省卫生厅申请青蒿素、蒿甲醚及蒿甲醚注射液转正生产。云南省卫生厅，云卫药发（90）42 号向卫生部药品审评办公室报送《关于昆明制药厂新药青蒿素、蒿甲醚和蒿甲醚注射液转正生产的报告》。

3月9日，在国家科委社会发展科技司抗疟药国际市场开拓事务顾问周克鼎的协调下，军医科院五所和昆明制药厂，会同中信技术公司，采取科、工、贸合作方式，作为一方与瑞士诺华公司前身签订了本芴醇－蒿甲醚复方合作的保密协议。

4月，国家科委丛众，顾问周克鼎、沈家祥，以及中信技术公司、昆明制药厂和军事医学科学院五所有关人员，与瑞士汽巴－嘉基公司代表团在中信公司的国际大厦首次会面。瑞士汽巴－嘉基公司专家指出：（1）所有药物均失去专利保护；（2）注册资料不符合国际注册要求；（3）所有单药均无预防作用，且治疗后复燃率太高，因此全部否定中国推荐合作的青蒿素及其衍生物和化学抗疟药。会谈最后在外方专家 Dr. A. A. Poltera（中文名青山）的询问下，经中方商议后，周克鼎正式向外方透露，中国还有一个可申请专利的复方药品，待签署新的保密协议后进一步交流。

5月，中共中央政治局委员、四川省委书记杨汝岱，省委常委高树春，副省长罗通达专程视察武陵山制药厂，对参与青蒿素生产建设的五名退伍军人说："你们不恋都市，矢志山区，艰苦创业，默默奉献，无愧是军营里铸造出来的硬汉子，你们创建的制药厂既是我国目前唯一的青蒿素吨级生产厂家，又是酉阳的一个支柱企业，很有希望，感谢您们对人类做出了贡献。"

8月，军医科院五所向中国专利局申请"增效抗疟药复方本芴醇"专利，申请号90106722.9，专利权人为军医科院五所，发明人为周义清、宁殿玺、李国福、王淑芬、单承启、丁德本、刘光裕，共 7 人。

8 月，中信技术公司与法国 Rhone-Poulenc Rorer Inc.（已并入法国 Sanofi-Aventis 公司）签署在国外销售昆明制药厂的蒿甲醚注射剂和桂林制药二厂的注射用青蒿琥酯的协议，1994 年法国品牌的蒿甲醚注射剂 Paluther 上市，而青蒿琥酯注射剂因 GMP 和投资难度较大，合作未能开展。

10 月，昆明制药厂获得蒿甲醚原料正式生产批文，（90）卫药准字 X-106 号。

10 月，在国家科委社会发展司的见证下，瑞士汽巴－嘉基公司和中信技术公司、军医科院五所及昆明制药厂，三方签署第一次商务谈判的会谈纪要，就开发复方蒿甲醚进行合作。

瑞士汽巴－嘉基可持续发展基金会（Ciba-Geigy Foundation for Sustainable Development）提供 100 万法郎支持瑞士汽巴－嘉基公司（现为瑞士诺华公司）科学家评审中国的复方蒿甲醚项目。

10 月，中瑞签署会议纪要；中国贸促会专利部受瑞士汽巴－嘉基公司委托负责中国专利的申请。

12 月，世界卫生组织未按中方提出的对 1989 年 4 月在北京召开的第 2 次青蒿素类抗疟药会议文章保密要求，未经中方正式同意，以世界卫生组织的技术报告（Practical Chemotherapy of Malaria, Report of a WHO Scientific Group. WHO Technical Report Series 805, WHO Geneva 1990）形式披露了复方蒿甲醚技术数据，曾一度给复方蒿甲醚国际专利申请造成困难。

12 月，军医科院五所自主研发的抗疟新药本芴醇及其亚油酸胶丸制剂获国家发明一等奖。这是国内迄今为止药学领域奖励等级最高的一个奖项。

1991 年

1 月，联合国世界卫生组织派出 GMP 专家彭晓明博士，到昆明制药厂视察指导蒿甲醚项目实施国际 GMP 标准，并进行专题讲座。

3 月，根据瑞士公司的建议，中信技术公司、军医科院五所和昆明制药厂签署《关于暂时停止本芴醇作为单方药品生产和销售的协议》。

3 月 11 日，卫生部药政管理局为昆明制药厂颁发青蒿素新药转正生产申请批件（91）卫药准字 X-167 号，同意青蒿素转入正式生产，使用期限定为 5 年。

3 月，卫生部颁布复方蒿甲醚片试行标准 WS-167（X-113）-91。

4 月，军事医学科学院五所再次向中国专利局申请"增效抗疟药复方本芴醇的制备方法"专利，申请号 91102575.8，申请人和专利权人为军事医学科学院五所，发明人仍为 7 人；1991 年 11 月 11 日为公开日，公开号 CN1065993A。这一专利文本由瑞士汽巴－嘉基公司专家 Dr. Schluep 协助起草，并不符合 1985 年版的专利法要求，但由于中美知识产权谈判正在进行，中国也正在酝酿修改专利法，因此为了能够申报国际专利，专利局特别办理。

4 月，军事医学科学院五所签署委托书，委托中国国际贸易促进委员会专利代理部向国外申报专利，名称为：增效抗疟药复方本芴醇。优先的专利为：申请号 91102575.8，申请日 1991 年 4 月 24 日；申请号 90106722.9，申请日 1990 年 8 月 8 日。

4 月 29 日，中方与瑞士诺华公司又签署本芴醇–蒿甲醚复方"第一阶段风险合作协议"。开展专利合作申报和临床验证工作，由瑞方负责本芴醇–蒿甲醚复方国际发明专利的申请。其中特别签署附件 I，Headlines of Future Agreement，明确中方利益，写明未来合作协议的原则条款，4% 专利许可费的比例写入其中。

5 月，世界卫生组织疟疾化疗工作组指导委员会戴维森博士，对昆明制药新建的蒿甲醚注射液车间，按照国际 GMP 要求进行验证。

6 月，国家科委社会发展科技司（91）国科社字 028 号《对中信技术公司"关于向瑞士汽巴–嘉基公司提供本芴醇、蒿甲醚样品的请示"的批复》，同意提供 20 千克本芴醇和 3 千克蒿甲醚样品。

7 月，昆明制药厂蒿甲醚注射液车间建成，联动试车成功并投产。

8 月，国家科委（91）国科发社字 549 号发文《对中信技术公司"关于申请批复复方本芴醇项目第一阶段协议的报告"的批复》。

同年，越南因经济改革，大量人口流动，多处暴发流行疟疾，因恶性疟抗药性严重，大量重症疟疾病人死亡。基思·阿诺德医生向胡志明市大水镶国家医院院长郑金影教授推荐，邀请李国桥研究小组帮助脑型疟的救治。当时，中越两国尚未恢复正常关系，越南卫生部长以私人的名义向李国桥咨询良策。李国桥建议在全国疟区使用桂林制药厂生产的青蒿琥酯，次年疟疾病人和死亡人数显著下降。

青蒿琥酯获得中国专利局优秀专利奖。

1992 年

1 月，中美签署保护知识产权谅解备忘录。

2 月，中信技术公司，军医科院五所和昆明制药厂正式签署三方内部《关于复方蒿甲醚片（复方本芴醇片）合作协议》。

4 月，卫生部授予复方蒿甲醚片新药证书（92）卫药证字 X-23 号和《新药证书及生产批件》（92）X-38 号，西药三类。

6 月，北京市科学技术委员会正式批准成立北京市科泰新技术公司。

7 月，双氢青蒿素片获得国家新药证书。相比同年获得新药证书的复方蒿甲醚在 2000 年才获得相应奖项，双氢青蒿素当年即获得 1992 年度国家中医药管理局中医药科技进步一等奖，并在当年又被评为 1992 年国家十大科学技术成就之一。对此，中国科学院上海有机化学研究所学部委员（院士）周维善和研究员吴毓林致函国家科委，对由谁首创双氢青蒿素提出质疑。双氢青蒿素是在 1975 年底青蒿素化学结构确定后才得以确认的。其反应最佳条件也是北京中药所和科学院上海有机化学所合作研究期间 (1974—1975 年) 才得以确定的。

8 月，法国赛诺菲公司开始寻求与桂林制药厂的合作。

9 月 18 日，北京市科泰新技术公司正式挂牌成立，主要从事青蒿素类药的国际销售。中医研究院中药所将双氢青蒿素片这一研究成果转让给北京第六制药厂生产，由北京科泰新技术公司推向国际市场销售，商品名为"科泰新片"。

10 月，蒿甲醚胶囊获新药证书。

12 月，国家科委（92）国科发社字 830 号文件《关于继续抓好青蒿素类抗疟疾药物开拓国际市场工作的函》，重申禁止出口种子和全草，限制出口青蒿素原料药。

12 月，国家科委社会发展科技司（92）国科社字 035 号发函《委托中信技术公司组建青蒿素开发集团》。

同年，复方蒿甲醚开始获得国际专利。

科华公司与军医科院五所合作建立北方青蒿素中试基地。

1993 年

4 月，中信技术公司组团，桂林制药一厂、桂林制药二厂参加，前往越南推广青蒿琥酯类药物。

4 月，北京市科泰新技术公司双氢青蒿素片剂"科泰新"获得新药证书。

5 月，复方蒿甲醚临床试验按照瑞方 GCP 的设计方案，由焦岫卿主持，在我国海南省三亚市农垦医院完成 102 例恶性疟的临床观察，治愈率与我方原观察的 400 余例 28 天治愈率 96% 一致，复方蒿甲醚正式列入瑞士诺华公司开发计划。

5 月，由军事医学科学院五所研制的抗疟新药磷酸萘酚喹获国家药品监督管理局颁发的新药证书。

6 月，桂林制药厂与国家医药管理总局金蕴华一同前往瑞典 Uppsala 大学和瑞典 MPA，总结青蒿琥酯的药代动力学和在坦桑尼亚的临床结果。

11 月，瑞士汽巴 - 嘉基公司和军医科院五所、中信技术公司和昆明制药厂签订关于《本芴醇委托第三方生产的协议》。

12 月，中 - 瑞双方在北京举行中外记者新闻发布会，宣布中 - 瑞合作开发复方蒿甲醚片，开创了中国医药发明国际合作的历史。

同年，受有关青蒿素对间日疟配子体作用研究的启发，李国桥研究小组得到瑞士罗氏基金会的资助，开展了青蒿素对恶性疟原虫配子体感染性影响的研究。1992—1994 年，在越南建立研究基地和按蚊感染实验方法，通过解剖几千只实验的按蚊，证明青蒿素对恶性疟原虫配子体有较好的抑杀作用，能迅速阻止其性成熟而不具感染性。此发现纠正了 1978 年以来因患者血中成熟原虫配子体不转阴，误认其对配子体无作用的错误结论。

4月和12月中医研究院中药所先后向卫生部陈敏章部长报告，反映青蒿素药被严重侵权的情况，请求卫生部查处有关药厂违法生产青蒿素新药的行为，赔偿中药所的经济损失。报告同时抄送卫生部药政管理局、国家科委社发司、国家中医药管理局科技司等领导部门。

中国卫生部遴选青蒿琥酯和青蒿琥酯片为国家基本药物。

1994 年

2月，中信技术公司、军医科院五所和昆明制药厂与新昌制药厂正式签署《委托生产苯芴醇的合作协议》。

3月，复方蒿甲醚申请美国专利，申请编号 08/216440。

3月，桂林制药一厂与法国赛诺菲－圣得拉堡集团（Sanofi–Synthelabo）签署青蒿琥酯片剂国际市场销售协议。法国赛诺菲公司负责在非洲进行临床验证（共300例）和办理注册，由桂林厂提供原料或大包装制剂，从1995年开始以 Arsumax 品牌在全球销售。

4月，《中国中医药报》发表《青蒿素知识产权亟待保护——访青蒿素的发明者屠呦呦及中国中医研究院中药研究所》一文。

6月，北京市乾坤律师事务所琚存旭代表中医研究院中药所，根据1986年独家获得的原料药青蒿素新药证书，向四川黔江地区中级人民法院提起对武陵山制药厂连带昆明制药厂生产青蒿素侵权案的民事诉讼。中医研究院中药所希望通过这场官司确保自己的利益，从泛滥的青蒿素生产中回收一些研究经费，也希望借此强调自己对青蒿素的权利。考虑了很长时间和经过商定之后，确定了两个被告。选这两个厂是因为这两家企业在当时生产产量比较大，侵权的情节比较严重；另外，这两家企业和南方的一些大企业比起来，实力上还是稍微弱一点，所以希望从这个地方做突破口。

7月，中国中医研究院中药所授权琚存旭律师在《健康报》《法制日报》（第四版）上发表严正声明，主要内容是说青蒿素是中医研究院中药创制成功的国家一类新药，1986年10月3日获得了国家卫生部颁发的国家第一个新药证书（86）卫药证字 X-01 号，该日起青蒿素获得法律保护，近年来，一些地方的制药厂违反有关法律规定，在没有取得中药研究所许可的情况下，擅自进行大规模生产，并取得巨额利润，其行为已严重侵犯了中医研究院中药研究所的合法权益。

8月16日—24日，四川省黔江地区中级法院相关的庭长等人被中药研究所请到北京。8月31日《法制日报》第7版，《"青蒿素"有国际声誉，研制者无分文效益，中国中医研究院中药研究所诉四川武陵山制药厂侵权》。

9月，和中医研究院中药所同获国家科委颁发青蒿素发明奖的山东省中医药研究所、云南省药物研究所、中国科学院上海有机化学研究所、广州中医学院等有关参研人员发表郑重声明，并向国家科委写信反映原告单位的不道德行为和个别人的不良学术行为，对中医研究院中药起诉的侵权案表示不同看法，认为该所独家申报青蒿素新药证书的行为本身就是侵害了其他 5 个单位的权益。

9 月，瑞士汽巴 – 嘉基公司和中信技术公司、军医科院五所、昆明制药厂签署复方蒿甲醚《许可和开发协议（Licence & Development Agreement）》，为期 20 年。

9 月 25 日，四川省黔江区中级人民法院开庭审理中医研究院中药所状告武陵山制药厂生产青蒿素侵权的官司。

9 月，截至 1994 年 9 月底，（法庭经审理查明）四川武陵山制药厂共计生产青蒿素 7845.67 公斤，销售 6620.01 公斤。

10 月，我国北京市科泰新技术公司的 Cotexin（双氢青蒿素片）在肯尼亚注册成功，开始正式销售。

10 月，国家科委社会发展科技司国科社字〔1994〕36 号《关于对中 – 瑞复方本芴醇合作协议的批复》。

年终，为了证实本芴醇 – 蒿甲醚复方的剂量配比和临床应用方案的科学依据，按 GCP 规范，蒿甲醚、本芴醇单药和复方采用双盲随机对比设计，在海南三亚进行第二次临床试验观察，结果证实复方配比合理，临床应用方案正确，取得瑞士合作方的完全信任。

1995 年

3 月，为了给双氢青蒿素（科泰新）打开市场，大学毕业不久的逯春明和同事前往东非肯尼亚，花 8 个多月的时间，拜访了肯尼亚当地 2000 多名医生，宣传青蒿素和双氢青蒿素抗疟疾的效果。肯尼亚全部的注册医生仅有 2300 多名。期间邀请李国桥前往肯尼亚各大城市协助北京科泰新技术公司开辟双氢青蒿素的非洲市场，与肯尼亚各市医药协会组织合作，利用晚上的时间对全市医生讲解青蒿素类药的临床应用，与会者占全国医生的 80% 以上。

4 月，中国科华技术贸易公司组团赴新德里办理青蒿琥酯在印度的注册手续。我国广州中医学院李国桥、王新华在印度卫生部药控总局和疟疾防治计划办公室组织的报告会上，介绍了青蒿琥酯治疗疟疾的速效、高效、低毒安全的特点，用其与奎宁的对比资料从容回答了对方的种种质询。同年 6 月，青蒿琥酯片和注射剂同时获印度药控总局批准注册。

5 月，瑞士诺华公司前身汽巴 – 嘉基和中信技术公司、军医科院五所、昆明制药和新昌制药签署关于苯芴醇原料生产的合同。

6 月，李国桥、郭兴伯、符林春等在英国《皇家热带医学和卫生学》杂志发表文章，专门介绍他们（1984—1988）用青蒿素类单药，分别以 3 天、5 天和 7 天的不同疗程，通过上千例患者的治疗比较，得出 7 天疗程可把 28 天治愈率提高至 95% 以上的结论，改变了以往对青蒿素复燃率高的片面认识。世界卫生组织邀请李国桥作为临时顾问，在 1996 年马尼拉会议上报告了这一结果，之后，会议文件把 7 天疗程的方案确定为青蒿素类治疗恶性疟疾的标准疗程。

8月，北京汽巴－嘉基制药有限公司获得卫生部颁发的复方蒿甲醚新药证书副本。

11月，由广州中医学院热带医学研究所主办的第一届三亚热带医学学术研讨会在海南省三亚市举行，国内从事热带医学的主要人员和泰国、越南及美国NIH的专家参会。会前，该所印发了《青蒿素类药临床研究专辑》，收载论文30篇，后由Roche亚洲研究基金会主任基思·阿诺德教授翻译成英文印本，发送至国际有关热带病研究机构。

蒿甲醚针剂列入世界卫生组织基本药物候补目录。

1996年

2月，中医研究院中药研究所状告武陵山制药厂及其连带责任单位昆明制药厂的青蒿素专有技术侵权案在四川省高级人民法院开庭二审。判决书中说明："出于众所周知的特定年代的历史原因，青蒿素发明便成了六个单位所共有……"判武陵山制药厂和昆明制药厂败诉并赔款。被告方继续上诉，此案上报上级法院后，认为该案历史背景复杂，又是新历史时期知识产权的新案件，遂交由有关法事部门进行研究。

3月18日，广州中医药大学三亚热带医学研究所的"抗疟新药——复方青蒿素"（即复方哌喹）获"国家级火炬计划项目证书"。

4月，青蒿琥酯预防血吸虫病新适应症获得批准。

6月，瑞士汽巴－嘉基公司和山德士公司合并成立的瑞士诺华公司，合并成立的瑞士诺华公司经选择后，决定继续进行复方蒿甲醚项目，项目负责人员进行调整，并确定诺华公司将以Coartem的商品名注册复方蒿甲醚。

8月30日，为了表彰发明"青蒿素及其衍生物"这一对人类做出重大贡献的药物的中国科学家集体，香港求是科技基金会颁发了"杰出科技成就集体奖——青蒿素"。受奖集体的代表是周维善、朱大元、屠呦呦、李国桥、魏振兴、梁钜忠、李英、顾浩明、刘旭、许杏祥。

10月，BMJ发表读者来信批评世界卫生组织不在非洲推荐蒿甲醚，引用特里格博士的话说是因为担心抗药性的出现。BMJ 1996; 313：1085（1996年10月26日发表）。

11月，世界卫生组织在马尼拉会议上制订了青蒿琥酯片的标准剂量疗程（体内敏感性评价的标准方案）。

12月，军医科院五所研制的磷酸萘酚喹获国家技术发明奖二等奖。中国科学院上海药物所和昆明制药厂的蒿甲醚获国家技术发明奖三等奖。

12月，比利时DAFRA公司成立，拟与武陵山青蒿素厂合资，生产全部青蒿素类药物，未获国家科委有关部门批准。

蒿甲醚胶囊和蒿甲醚片剂先后获国家新药证书。蒿甲醚胶囊增加预防血吸虫病适应症，属五类新药。

同年，中国青蒿素类药物的第一个知识产权官司被"高调"宣传，中医研究院中药所状告重庆武陵山制药厂和昆明制药厂，最终中药所赢钱输人，而没有了像"青指"这样的协调领导部门的中国青蒿素产业已经无力应对这样"相煎"的官司，参与 523 项目和"青指"工作的绝大多数科研人员对这个官司的结果意见极大，多次向政府部门反映申诉，无任何政府部门回应。随即武陵山制药厂陷入困境，人员分散，为后来青蒿素企业遍地开花埋下伏笔。

1997 年

4 月，蒿甲醚油针剂被列入世界卫生组织第 9 版基本药物目录（WHO Essential Medicine List）。

10 月，复方蒿甲醚的美国专利获得批准，这是最后一个获得专利注册的境外国家，专利号 5677331，有效期至 2014 年 10 月 14 日。复方蒿甲醚共获得了 49 个国家的专利保护，不包括印度、南美洲一些国家。

同年，广州中药大学热带医学研究所李国桥主持研制的第一个由双氢青蒿素与磷酸派喹和伯喹配伍的复方 CV8（C 代表中国，V 代表越南，8 为第 8 个配方）由越南卫生部批准注册和生产。两年后列为越南国家抗疟的一线用药，免费发放至恶性疟流行区。

1998 年

1 月 27 日，世界卫生组织执委会推选挪威前首相布伦特兰夫人（GroHarlem Brundtland）为该组织新任总干事。

CV8 在越南注册生产引起世界卫生组织的关注，驻西太平洋地区代表亚伦·夏皮罗博士专程访问了我国广州中医药大学，详细考察了 CV8 研制情况和临床评价的结果。

4 月，青蒿素类抗疟药的合理使用讨论会在法国 Annecy 召开，李英教授参加。

5 月，北京市科泰新技术公司逯春明再次邀请李国桥带领专家组前往肯尼亚 3 个月，着重对青蒿素类药的临床应用进行示范推广。

7 月，诺华公司完成复方蒿甲醚全球 15 个临床试验的总结。

7 月，挪威前首相布伦特兰夫人正式就任世界卫生组织总干事。

9 月，热带医学和国际健康欧洲联盟在英国举办的"21 世纪热带健康"大会上诺华公司报告了复方蒿甲醚；会议主持人之一为维也纳热带医学研究所的韦恩斯德费尔教授。

10 月，复方蒿甲醚首次在非洲加蓬完成药品注册。

10 月，世界卫生组织总干事布伦特兰夫人发起遏止疟疾计划（Roll Back Malaria, RBM），预期在未来十年因疟疾死亡病例减少一半。

10 月，诺华总裁魏思乐（D. Vasella）博士访问中国，科技部惠永正副部长特别赞赏诺华同中国医药研究机构积极开展合作的态度，中外科学家进行面对面的交流必将促进双方在医药领域的研究开发工作，由诺华和军事医学科学院微生物流行病研究所合作推出的抗疟新药"复方蒿甲醚"便是一个成功的典范。

11月，东盟国家军事医学在北京举行热带卫生及热带传染病预防和治疗论坛，军事医学科学院微生物流行病研究所在大会上报告了复方蒿甲醚。

1999 年

1月，复方蒿甲醚在瑞士通过欧洲药品注册。上市第一年完成了25个国家的药品注册，在14个国家实现销售。次年，瑞士诺华公司向中国专利持有单位支付第一笔专利使用许可费。

6月，在加拿大召开的上诺华公司为复方蒿甲醚举办卫星会。

7月，中国人民解放军总后勤部授予"抗疟新药复方蒿甲醚"科学技术进步二等奖。

9月，山东青蒿素发现者之一，山东省中医药研究所的魏振兴逝世。

浙江医药新昌制药厂20吨产能的本芴醇车间建成并通过诺华公司的内审，开始试产。

国家药品监督管理局修订和颁布 GLP 试行规范。

11月，世界卫生组织总干事布伦特兰夫人与国际医药制造商联合会（IFPMA）签署协议成立公私伙伴合作的疟疾风险基金（疟疾风险基金），初始种子资金400万美元来自瑞士、荷兰、英国及世界银行、洛克菲勒基金会。

12月9日，第二届三亚国际热带医学交流会在三亚市举行。此次学术交流比第一届学术交流会的内容广，规模大，除疟疾研究的论文外，也有肝炎、艾滋病的研究学术报告。与会者有来自美国（NIH）、泰国、越南、澳大利亚和国内的有关专家。

2000 年

年初，世界卫生组织热带病研究和培训特别规划署在泰国清迈举行抗药性恶性疟防治会议，邀请李国桥为临时顾问参加会议，请他专题报告 CV8 的研制情况。随后，李国桥应世界卫生组织热带病研究和培训特别规划署的要求，双方签订了"保密协议"，CV8的研究资料提交世界卫生组织热带病研究和培训特别规划署进行评价。

今年，北京诺华制药有限公司昌平制药厂通过澳大利亚 TGA 和英国 MCA 的 GMP 认证，生产出第一批商业包装的复方蒿甲醚（Coartem），并提供复方蒿甲醚制剂的稳定性实验数据，供全球药品注册时使用。

3月，华立控股确定以青蒿素产业为突破口，介入生物制药领域，通过打造原料种植—提取—制剂生产—国际营销的完整产业链，逐渐实现向医药产业转型。后续公司更名为"华立药业"，连续投资／并购了重庆武陵制药、重庆华阳等8家公司。

4月，遏止疟疾行动（RBM）在尼日利亚召开非洲首脑会议，发表《阿布贾宣言》（Abuja Declaration），提出到2010年降低疟疾死亡率50%的目标，并确定每年4月25

日为非洲疟疾日。李国桥和逯春明参加了此次会议。

5 月，与重庆市酉阳县人民政府共同成立重庆华阳自然资源开发有限公司，采取"公司＋农户"的模式种植青蒿。

12 月，华立公司与西南农业大学共同建立重庆华立西农青蒿研究所，从事青蒿人工育种、规范种植的研究。

12 月，军事医学科学院微生物流行病研究所抗疟药课题组被总后勤部授予"科技创新模范"荣誉称号。

青蒿琥酯片剂被列入第 11 版世界卫生组织基本药物目录。

复方蒿甲醚片被选为《科技日报》2000 年中国医药科技十大新闻之一。

国家人事部、国家卫生部和国家中医药管理局向李国桥授予白求恩奖章，表彰他在防治疟疾做出的突出成绩。

年底，由周克鼎、李国桥、施凛荣、胡晓等发起组织筹划的"青蒿素产品国际化研讨会"在重庆市举行。研讨会就青蒿素类药物的研制、资源、发展、国际市场开拓等问题进行全面研讨。国内有关专家出席会议。这次会议是 523 项目和青蒿素指导委员会工作结束以后，国内举行的一次规模较大的学术研讨会议，对后来十几年青蒿素产品研发和产业的发展是一次推动。

广州中医药大学热带医学研究所李国桥主持研制的第二个双氢青蒿素—磷酸哌喹为主要成分的复方 Artecom 获国家药品食品监督管理局颁发的新药证书，由重庆通和制药有限公司生产。

同年，诺华公司以首家私营企业的身份签署了联合国秘书长安南 1999 年 1 月倡导的《全球公约》，开启了诺华公司企业公民的事业，复方蒿甲醚是其中的核心项目。

同年，韩国 Shin Poong 制药公司开始利用青蒿琥酯和咯萘啶进行组方药物开发研究。

2001 年

年初，重庆华立控股有限公司与广州中医药大学热带医学研究所 / 广州市健桥医药有限公司，达成合作研发双氢青蒿素磷酸哌喹新复方的意向。

5 月，世界卫生组织热带病研究和培训特别规划署向李国桥提出改进 CV8 配方的意向。世界卫生组织总部分管疟疾控制的亚伦·夏皮罗博士和英国牛津大学的 Jeremy 博士到广州商谈改进配方的具体建议。此时，李国桥拿出改进的新复方样品，改进后的组方与他们提出的建议一致。他们共同把新复方暂定名为 Artekin（双氢青蒿素磷酸哌喹复方），带走 200 个病例的治疗量，返回牛津大学驻越南的研究基地进行临床试验的研究。

5 月，在与中方签署《与世界卫生组织和 NGO（非政府组织）业务合作的修订协议》后（中方原料药价格降低 30%），诺华公司与世界卫生组织签订以成本价格方式向疟疾流行国家的公立市场提供依从性包装复方蒿甲醚药品的备忘录，合作期十年。虽然当时公私合作模式（PPP）尚未得到验证，政府、非政府组织和企业在态度和行动上谨慎，但这一备忘录的签署，由此揭开和引领了全球青蒿素类复方药品抗击疟疾的新篇章，标志着医药企业与世界卫生组织一道建立起了里程碑式的公私合作伙伴关系，开创了全球抗击疟疾历史上首个公立－私立伙伴合作，以及采取无利润、成本价格向发展中国家的公共卫生系统以及贫困患者供应最新、最有效、最具有突破性的 ACT 抗疟药的先例，改变了以往公立市场采购药品廉价、效果差药品的方式，从而迎来了全球抗疟事业进步的全新时代。

5 月，由华立控股有广州健桥公司倡议设立的"青蒿科技基金"在广州松园宾馆召开第一次理事会，邀请部分 523 老同志和老专家参加。华立承诺 3 年内资助 300 万人民币，支持青蒿及青蒿素研发项目。

7 月，蒿甲醚预防日本曼氏血吸虫病和埃及血吸虫病的应用及基础研究获国家科学技术进步奖二等奖。

11 月，世界卫生组织总部分管疟疾控制的亚伦·夏皮罗博士，在上海主持召开世界卫生组织抗疟药发展会议，会议高度重视和评价我国研发的青蒿素类复方抗疟药，鼓励生产单方药物的企业转向提供 ACT 药物；并称"治疗疟疾的最大希望来自中国"。

12 月，重庆华立控股有限公司与李国桥带领的科研团队、广州市健桥医药发展有限公司经过多次的协商，签订了全面合作的合同，联合成立"广州市华立健药业有限公司"，由华立控股有限公司投入资金研发双氢青蒿素磷酸哌喹复方。

世界卫生组织为保障抗艾滋病、结核病和疟疾药物的质量、安全和有效，建立药品预认证制度。

2002 年

1 月，昆明制药集团股份有限公司蒿甲醚原料药车间取得澳大利亚药品管理局（TGA）的 GMP 证书。

年初，华立公司设立的"青蒿科技基金"启动，当年经专家评审，资助各单位的立项课题的科研经费 70 多万元。后因华立公司不再提供经费，"青蒿科技基金"运行仅一年就终止。

2 月，复方蒿甲醚在包括非洲、亚洲和南美等地区的 74 个国家注册，其中 Riamet 在 27 个国家、Coartem 在 47 个国家注册。

2 月，《参考消息》头版头条转发法国《解放报》文章报道，世界卫生组织在去年 12 月中旬的一份公报中指出，"治疗疟疾的最大希望来自中国"。

3 月 14 日，香港《远东经济评论》杂志上发表了一篇题为《中国革命性的医学发现：青蒿素攻克疟疾》的评论文章，香港科技大学学者理查德·海恩斯盛赞青蒿素"这项研究是整个 20 世纪下半叶最伟大的医学创举""是中国人伟大的科学发现""应该授予诺贝尔奖"。这是国外学者首先提出授予青蒿素诺贝尔奖的提议。

3 月，夏皮罗博士在广州召开加快双氢青蒿素磷酸哌喹片（Artekin）国际化标准的研讨会。请来 12 名有关方面的权威专家，为推进和加快 Artekin 国际注册，建议李国桥与英国牛津大学怀特教授和世界卫生组织热带病研究和培训特别规划署合作，联合申请疟疾风险基金的经费。

4 月，世界卫生组织紧急强调疟疾抗药性严重的国家使用含有青蒿素组分的复方抗疟药（Artemisinin-based Combination Therapies，ACT），并推荐首个固定比例药品复方蒿甲醚组方为全球治疗抗药性恶性疟的首选药物。

蒿甲醚复方作为唯一的 ACT 列入第 12 版世界卫生组织基本药物核心目录。

TDR 开展 FACT 项目，即固定比例 ACT 药物（Fixed-dose ACTs）。

4 月，诺华公司完成复方蒿甲醚向世界卫生组织供货的依从性包装设计和药品生产，并开始通过世界卫生组织向非洲疟疾流行国家供应。

5 月，在广州市松园宾馆举行 523 项目 35 周年纪念活动，邀请各地 523 办公室老领导和部分老专家参加。经大家提议和酝酿，决定编写一本反映 523 项目和青蒿素研发历史的书稿，以让世人了解 523 成果和青蒿素药物是如何研究出来的。

10 月，《自然》和《科学》发表文章，人类恶性疟疾基因序列和疟疾传播的罪魁祸首按蚊的基因测定完成。

10 月，得到无国界医生组织（MSF）和美国国际开发署（USAID）的资助，被忽视疾病药物行动（Drugs for Neglected Diseases Initiative，DNDi）与巴西、布基纳法索、泰国、马来西亚以及英国、法国宣布一道开发青蒿琥酯和阿莫地喹（AS+AQ）以及青蒿琥酯和甲氟喹（AS+MQ）的配伍 ACT 药品。

11 月，华立入股北京科泰公司，改名北京华立科泰医药有限责任公司。

12 月，桂林制药厂青蒿琥酯片生产条件获世界卫生组织的 GMP 认可，这是中国医药企业制剂第一次通过世界卫生组织的 GMP 认证；之后为法国赛诺菲生产青蒿琥酯片剂。

复方蒿甲醚获得中国专利证书。

青蒿琥酯的"预防血吸虫病"获得国家科技进步二等奖。

沈家祥院士在中医药管理局主办的重庆会议上就曾指出："新药研究的根本在于发现。中西结合研究道路要继续走下去……在我国也只能有计划、有重点地进行……而对困难我们首先可以从体制上找出路。从过去的经验看，组织全国大协作就是一个高招。以我国通过 523 办公室抓抗疟药研究为例，七八十年代我国研究成功以青蒿素系列为主的新药，比全世界几家跨国公司加在一起的还多、还好，可见组织的好，我国的科学家有能力创制新药，在国际上也是有竞争力的！"

2003 年

1 月，广州中医药大学研制的双氢青蒿素磷酸哌喹片（Artekin）获国家新药证书，由华立健药业有限公司生产。

1 月，军事医学科学院微生物流行病研究所研制的复方磷酸萘酚喹获国家新药证书。2005 年由昆明制药集团股份有限公司生产，商品名为 ARCO®。

4 月，诺华公司开展复方蒿甲醚使用全球教育计划。

6 月，华立控股与广州健桥公司、李国桥团队合作基本终止。为了继续开发青蒿素复方抗疟的潜能，李国桥团队不得不重新寻找新合作伙伴。

7 月，诺华公司完成复方蒿甲醚 6 片剂、2403 例儿童使用安全和有效性临床试验。

9 月，复方蒿甲醚获得迄今为止世界卫生组织最大的订单，向 Zambia 供应 200 万人份。

11 月，诺华公司与疟疾风险基金签署合作开发复方蒿甲醚儿童剂型的协议。

12 月 17 日，中 - 柬联合抗疟工作组成立大会暨柬埔寨第一次村抗疟员（VMV）培训会在柬埔寨石居省召开。柬埔寨卫生部国务秘书蒙文兴（Dr. Mam Bun Heng）、石居省副省长及卫生官员、村抗疟员百余人参会。广州中医药大学青蒿抗疟团队参会。

年底，由部分专家发起组建的"广州国桥医药研究有限公司"（后改称广州青蒿医药研究有限公司）与广东新南方集团公司达成合作研发青蒿素类新抗疟药的意向。

无国界医生组织发布《ACT 在非洲进行有效疟疾治疗》（ACT NOW）的报告。

青蒿素、蒿甲醚、青蒿琥酯、双氢青蒿素列入 2003 版（第五版）世界卫生组织《国际药典》（The International Pharmacopoeia, 3rd ed., volume 5）。

至 2003 年年底，Artekin 在全球各个流行区与包括复方蒿甲醚在内的其他抗疟药对照试验中，共观察了 5000 多个病例，获得治愈率为 97% 以上的效果。

2004 年

1 月，泰国以国王普密蓬·阿杜德名义为中国青蒿素及其衍生物研究协作组颁发了泰国最高医学奖——玛希顿亲王奖（2003 年度），以表彰我国科技工作者发明的青蒿素及其衍生物和复方药物在治疗疟疾方面的杰出贡献。

1 月起，结合青蒿素哌喹复方（Artequick）的临床试验，广州中医药大学青蒿抗疟团队，在柬埔寨第一个试点石居省地区，24 个月内使 7000 多人口的疟疾流行区，儿童带虫率从原来的 55.8% 下降至 5.3%，其中恶性疟带虫率从原来的 37.0% 下降至 2.3%。

年初，广州青蒿医药科技公司与广东新南方集团公司签订合同，成立广东新南方青蒿科技有限公司。青蒿素 - 哌喹新复方（Artequick）的研究顺利进行。广东新南方青蒿科技公司按 GAP、GLP、GCP、GMP 规范，从青蒿种质资源栽培研究，青蒿素提取，青蒿素哌喹复方的药学、药理、安全性评价、临床研究，成品生产，以及国际市场开拓全面展开。

1 月，著名医学杂志《柳叶刀》发表 Amir Attaran 的文章，报道世界卫生组织迫于美国和其他国家政府的压力，向非洲国家提供治疗疟疾低效，甚至无效的药物，仅仅是因为它们价格低廉。批评者宣称世界卫生组织批准了全球抗击艾滋病、结核病和疟疾基金（全球基金，GFATM）向非洲提供低效无效的氯喹和周效磺胺－乙胺嘧啶抗疟药的援助计划，而不是新型、高效的 ACT 类药物；不仅浪费了可贵的国际援助资金，而且是在杀死疟疾患者，特别是儿童。

2 月，遏止疟疾行动（RBM）召开疟疾药物和供应服务会议。

3 月，世界卫生组织发表新闻稿称复方蒿甲醚因原料青蒿素不能满足供应。

3 月，诺华公司向中方提出超出原料生产能力的预测，正式致信昆明制药集团股份有限公司和浙江医药股份有限公司新昌制药厂确认扩大原料药和制剂产能的计划。

3 月，华立控股、抗疟药物基金会、牛津大学、意大利 Sigma Tau 医药公司在重庆联合签署《双氢青蒿素－哌喹（阿特健，Artekin）的国际临床开发协议》。Artekin 获疟疾风险基金资助的 350 万美元由华立控股与意大利 Sigma 公司合作，按国际标准化进行重新研究。多年后的结果是意大利 Sigma Tau 公司的同组方产品另立商品名（Eurartesim）在国际销售。

4 月，华立科泰公司在肯尼亚、坦桑尼亚和尼日利亚设立办事处。

6 月，诺华公司、昆明制药厂和浙江医药新昌制药厂达成扩大原料药和制剂产能的一致意见。

7 月，美国国立科学院医学研究所出版 *Saving Lives, Buying Time: Economics of Malaria Drugs in an Age of Resistance*（2004）一书，揭开了全球援助资金采购 ACT 抗疟药的序幕。

8 月，英国《自然》杂志报道，印度最大制药商兰巴克西公司（Ranbaxy）的研究人员最新研制出一种低成本的人工合成的过氧化物抗疟药，名称为 OZ277/RBx11160。青蒿素的过氧桥新型化学结构成为抗疟新药开发的模板。

9 月，华立科泰公司在肯尼亚和坦桑尼亚设立分公司，并直接雇用当地医药代表。

9 月，世界卫生组织，RMB、UNICEF、PSI、Management Sciences for Health（MSH）联合发表报告《疟疾预防、诊断和治疗选定产品的来源和价格》（Sources and Prices of Selected Products for the Prevention, Diagnosis and Treatment of Malaria），标志着公立市场疟疾防控用品的采购清单制度的建立。

11 月，桂林南药向世界卫生组织申报青蒿琥酯片/盐酸阿莫地喹片联合用药供应商资格预认证。

11 月，无国界医生组织发表新闻批评诺华公司和世界卫生组织未重视青蒿素短缺的问题，造成市场上唯一的固定比例组方 ACT 药物不能满足需求。

12 月，双氢青蒿素哌喹片（Artekin）由北京华立科泰公司以商品名"科泰复"组织生产，获国家药品食品监督管理局颁发的新药证书，国药准字 H20041885。华立科泰公司 Cotecxin 商标国际注册成功。

12 月 18 日，青蒿素复方快速灭疟柬埔寨实居省项目一年工作表彰总结会在实居省卫生厅举行，柬埔寨卫生部国务秘书蒙文兴先生、柬埔寨实居省副省长岗恒先生参会，试验区 17 个重点村疟疾带虫率下降明显。

12 月，国家食品药品监督管理局公布的国食药监安［2004］623 号中药材 GAP 检查公告，华立控股子公司重庆市华阳自然资源开发有限责任公司酉阳青蒿种植基地通过国家中药材生产质量管理规范（GAP）认证。

12 月，由瑞士诺华中国公司举办的复方蒿甲醚国际科技合作 10 周年庆祝活动"复方蒿甲醚——献给人类的厚礼！"在北京举行。

12 月，"复方蒿甲醚成为国际抗疟援助计划的首选药品"列为 2004 年中国医药科技十大新闻。

美国加州大学伯克利分校的 Jay Keasling 等人将黄花蒿中新发现的一种完成青蒿酸合成的酶的基因植入酿酒用的酵母菌中，酵母便能制造出青蒿酸，再结合半化学合成法制备青蒿素，这一新方法为最终实现青蒿素的全工业化生产展现了一线曙光。

2005 年

1 月，经中信集团公司推荐，诺华公司总裁魏思乐先生因复方蒿甲醚项目而获得"中华人民共和国国际科技合作奖"。

2 月，无国界医生组织发表报告 ACT NOW: for all of the Asia Pacific to get malaria treatment that works（ACT 在亚太地区有效治疗疟疾）。

3 月，GFATM, Management Sciences for Health（MSH），美国国际开发署（USAID）和 RBM 联合发表报告《改变疟疾治疗政策为青蒿素类复方疗法：实施指导》（Changing Malaria Treatment Policy to Artemisinin–Based Combinations: An Implementation Guide），全球基金开始采购 ACT 抗疟药。由于已过青蒿留种期，国内青蒿种植和青蒿素生产出现散乱无序竞争状态，造成了严重的后果。

4 月，李国桥团队在靠近柬埔寨喷呐省的 Sprin 地区，用改进后的控制和清除疟疾的方法，再次进行试点观察，6 个月后，使该地区人群恶性疟原虫的带虫率从 20.8% 下降至 0%。

4 月，法国赛诺菲 – 安万特（Sanofi-Aventis）公司和巴西 Far-Manguinhos 与被忽视疾病药物协作行动宣布一道开发出无专利、廉价的 ACT 药物青蒿琥酯＋阿莫地喹（AS+AQ）复方和青蒿琥酯＋甲氟喹（AS+MQ），价格为 1 美元每人份，2006 年上市。

4 月，GFATM 第 10 次董事会，发表报告《全球基金在医药产品质量保证上的政策》（Global Fund Policy on Quality Assurance for Pharmaceutical Products: Procurement of single and limited source pharmaceuticals），实施质量预认证和采购清单流程。

4 月，网络学术刊物 PLoS Medicine 发表文章《假药威胁全球》（The Global Threat of Counterfeit Drugs: Why Industry and Governments Must Communicate the Dangers），模仿青蒿琥酯的假药在东南亚地区严重泛滥。

5 月，由青蒿素及磷酸萘酚喹组方的复方磷酸萘酚喹片获国家药品食品监督管理局颁发的新药证书，并由军事医学科学院微生物流行病研究所转让昆明制药生产。

6 月，中国驻加纳使馆经商处报道：安徽新和成皖南药业有限公司和加纳丹蓬（DANPONG）药业有限公司合资企业丹·阿达姆斯药业公司开业，总投资约 400 万美元，中方持股 65%，加方持股 35%，主要注册并生产青蒿琥酯、蒿甲醚、双氢青蒿素等十余种抗疟疾系列药品和抗艾滋病系列药品、计划生育等 54 种中西药品。

6 月，"中国能够在全球抗击疟疾的行动中提供抗疟疾药物的核心成分——青蒿素，中国将在这一行动中发挥独一无二的作用。"这是联合国秘书长科菲·安南千年发展目标特别顾问、联合国千年计划主任杰弗里·D. 萨克斯教授于 6 月 24 日在北京举行的"实现千年发展目标计划论坛"上强调的。

6 月，美国政府建立"总统防治疟疾行动计划"（The President's Malaria Initiative, PMI），计划五年内投资 12 亿美元资助非洲 15 国抗击疟疾。

7 月，华立集团下的重庆华立入股昆明制药成为大股东，标志着华立控股历时 5 年矢志不渝打造的青蒿素产业链已然铸成，也将继续整合两家公司的青蒿素产业。

7 月，由世界卫生组织主办、国家食品药品监督管理局和广西食品药品监督管理局承办的"青蒿种植和采收规范会议"在南宁召开。

8 月，西南大学教授、世界卫生组织在青蒿种植研究方面唯一认可的中国核心专家丁德蓉在湖北考察青蒿种植和收获的途中遇车祸去世。

8 月，《中国中医药报》（总 2399 期）通讯员文章《中国青蒿素辉煌下的尴尬》中就青蒿素类药物的国际合作提出"一败涂地"的说法。"当时，在计划经济体制等的影响下，我国的青蒿素产业无法也无能乘势而上，进军国际市场。于是，尽管我国在青蒿素研究上打了漂亮的一仗，在国际科研中遥遥领先，但在国际市场上却一败涂地，尴尬地沦为外国制药公司的原料生产地。那些分散在全国各地的抗疟研究所，随着青蒿素的研制成功，大多不再从事抗疟药的继续研究，纷纷转行，不知所踪。仍坚持青蒿素类抗疟药研究，历经无数风雨依然苦苦支撑的目前仅剩下广州中医药大学热带医学研究所等为数不多的研究机构。"

9 月，中国国家主席胡锦涛在联合国大会发展筹资高级别会议上发表题为《促进普遍发展实现共同繁荣》的讲话，其中提出的中国进一步加强对其他发展中国家帮助的 5 项新措施中，第四条是："中国将在今后 3 年内增加对发展中国家特别是非洲国家的相关援助，为其提供包括防疟疾特效药在内的药物，帮助他们建立和改善医疗设施、培训医疗人员。"

9 月，世界卫生组织发文强调：青蒿素类抗疟药应与其他药物联合使用，不要单独使用青蒿素及其衍生物单方药品，防止出现抗药性。要正确使用抗疟药，应选择其推荐的 ACT。

9 月，浙江医药公司新昌制药厂新建的 200t 苯芴醇新车间竣工，顺利通过澳大利亚药品管理局（TGA）的现场检查。

11 月，环球基金发表报告，承诺在 2 ~ 5 年中提供 2.64 亿剂 ACT 药物和 1.09 亿药物蚊帐。

11 月，比利时 DAFRA 公司青蒿琥酯 +SP 药物（Co-Arinate）上市。

12 月 21 日，世界卫生组织官网公布《通过预认证的产品和制造商名单（抗疟药）》的正式文件，确认上海复星医药集团股份有限公司旗下桂林南药股份有限公司生产的青蒿琥酯片剂以及青蒿琥酯＋阿莫地喹的复方制剂（ASUAMOON）通过了世界卫生组织的质量预认证，取得供应商资格。

12 月，《柳叶刀》发表文章，声称在西非地区使用 ACT 药物时因配伍药物的抗药性会造成疟原虫对青蒿素衍生物呈现抗药性，无控制和无度地使用会增加抗药性风险。

12 月，无国界医生组织在《疟疾：MSF 的永久挑战》（*Malaria: MSF's constant challenge*）中指出，ACT 的作用是明显的，如在安哥拉自引入 ACT 后，发病率下降 25%，死亡率比上一年度下降 75%，但问题远没有解决，使用比例小，虽然有 33 个非洲国家同意使用 ACTs，但没有足够的援助资金，只有 11 个开始使用，全国应用的只有 1 个。因此对无国界医生组织来说抗击疟疾的问题不是技术、医学和科学，而是能否有足够生产能力和援助资金，这与政治相关，不能对穷人说谎！

12 月，世界贸易组织第六次部长理事会在香港举行会议，修改 TRIPS：一旦出现重大疾病危害公共健康，与此相关的专利药品可以实施专利强制许可生产、使用和销售。

12 月，美国国际开发署（USAID）开始资助在坦桑尼亚和肯尼亚种植青蒿。

美国沃尔特里德陆军研究院正在试验用青蒿琥酯作为军方使用的抗疟药。

《金融时报》（*The Financial Times*）文章称：复方蒿甲醚价格高出氯喹类老抗疟药 10 ~ 20 倍，而且诺华公司一直抱怨援助资金采取按国家分配并采购的方式使订单数量低于预估数量，造成扩产投资问题。

2006 年

1 月，广州中医药大学李国桥团队的"抗药性恶性疟防治药青蒿素复方的研发与应用"，获 2005 年度国家科学技术进步奖二等奖。

1 月，世界卫生组织发布新的疟疾治疗指南，开篇即述"中国发现和开发的青蒿素衍生物提供了一种全新类型的高效抗疟药"，并强调"ACT 被认为是当前治疗恶性疟疾的最佳手段"。为保护青蒿素类药物，延缓抗药性产生，建议取消包括青蒿素在内的所有单方药物的用药，治疗无并发症恶性疟必须使用以青蒿素类为基础的复方药物（ACT）。蒿甲醚－本芴醇复方（Artemether— Lumefantrine）被世界卫生组织推荐为首选药物，并将注射用青蒿琥酯列为抢救重症疟疾的第一选择。

世界卫生组织总干事李钟郁在声明中说："我们要求制药公司立即停止销售单一药物

的青蒿素胶囊，只销售青蒿素复方。""正确使用青蒿素非常重要。"

1 月，RBM 网站更新 FACTS ON ACTS（ACT 事实），自 2001 年以来共有 56 个国家选择 ACT 为一线或二线药物，近期不会再有 ACT 供应短缺。

1 月，诺华公司发布《诺华加速生产挽救生命的抗疟药物复方蒿甲醚》新闻稿；2005 年生产了 3360 万剂，但实际只销售 1500 万剂。合作伙伴各方为扩产投资总额超过 5000 万美元，具备生产 1 亿剂的能力。

2—10 月，昆明制药的复方磷酸萘酚喹片（ARCO®）在巴布亚新几内亚、萨摩亚、所罗门、瓦努阿图、柬埔寨、尼日利亚、乌干达、刚果等多国获准注册和上市。

2 月，世界卫生组织发送公函至华立下属控股子公司浙江华立南湖制药有限公司，告知其片剂生产线操作符合世界卫生组织的 GMP 法规及指南。

4 月，由青蒿素和哌喹（碱基）组成的新抗疟复方（Arteqick）研制成功，获国家药品食品监督管理局颁发的新药证书。

4 月，由世界卫生组织知识产权、创新和公共卫生委员会发表的报告《公共卫生——创新和知识产权》中指出：中国科学家在发现青蒿素抗疟药及随后开发衍生物及复合制剂方面起着带头作用；与诺华公司合作开发的复方蒿甲醚（Coartem）是以青蒿素为主的疟疾联合治疗制剂之一。

4 月，第六届非洲疟疾日，口号是：共同获得以青蒿素为基础的联合治疗药物！普遍获得有效的疟疾治疗是一项人权。

5 月，昆明制药产能达到 80 吨的蒿甲醚新车间竣工。

5 月，中信技术公司组织纪念 523 项目座谈会。会上沈家祥院士讲话中指出，"复方蒿甲醚的成功说明中国人有能力做新药，中国是植物药大国，有着丰富的植物资源和研究基础，青蒿素类药物正是发挥了这一优势才得以成功，该项目说明中西结合的研究方式是可行之路。"他还呼吁："基础研究的大协作精神不能丢，市场经济的引入不能削弱研究的协调联动，在中国医药行业大发展的今天，药物研究借鉴成功经验尤为重要和迫切。"

6 月 6 日，李国桥团队总结柬埔寨石居省快速控制疟疾实施成果，形成快速灭源除疟法（fast elimination of malaria by source eradication，FEMSE）。柬埔寨在该省召开总结大会，表彰先进，卫生部长蒙文兴出席。

6 月 20 日，在"柬埔寨石居省快速控制疟疾试验国际研讨会"上，柬埔寨王国政府向广州中医药大学首席教授、著名热带病研究专家李国桥颁发金质骑士级"莫尼沙拉潘勋章"，以表彰李教授团队多年帮助柬埔寨防治疟疾、开展青蒿素复方快速灭源除疟试点取得的卓越成就，以及在基层抗疟人员培训、抗疟基层建设和药物捐赠等方面的重要贡献。他是第一个被授予该勋章的外国人。

7 月，华立控股子公司重庆华立武陵山制药有限公司通过世界卫生组织的 GMP 检查。

8 月，中药国际化暨青蒿产业发展高峰论坛在重庆举行。

8月，印度企业仿制的复方蒿甲醚组方的药品上市。

9月，李国桥团队进入科摩罗，开展疫情调查，介绍快速灭源除疟法。取得基础数据，同科方商议快速灭源灭疟方案。

9月，作为胡锦涛主席访问肯尼亚期间与肯政府签订的《2006—2010年中肯教育交流协议》的内容之一，华立科泰公司设立"华立医药奖学金项目"，每年向38名品学兼优或家庭条件困难的学生提供一部分奖学金，总共分5年完成。

9月，在世界逐渐停止使用DDT近30年之后，世界卫生组织今天发出呼吁，重新提倡使用DDT抗击疟疾，疟疾高发区可采取室内喷洒的方式重新使用DDT杀灭蚊虫。

9月，诺华公司发布新闻，成本供应世界卫生组织公立市场的复方蒿甲醚价格降低至平均1美元每剂。

11月，在中非合作论坛北京峰会上，胡锦涛主席宣布"为非洲援助30所医院，并提供3亿元人民币无偿援款帮助非洲防治疟疾，用于提供青蒿素药品及设立30个抗疟中心"。峰会期间举办了中非抗疟宣传展。

华立科泰公司总经理逯春明荣获"首届非洲友好贡献奖——感动非洲的十位中国人"称号。

华立科泰"双氢青蒿素粉针剂研发项目"获国家商务部2006年高新技术企业出口产品研发资金。

12月，以原全国523领导小组办公室副主任张剑方为主编的《迟到的报告——523项目与青蒿素研发纪实》一书出版。

中国抗疟药面临假药的威胁。2006年以来，公安部部署广西公安机关破获许某等人假冒"青蒿琥酯片"药品案件，并联合国际刑警组织总部、缅甸警方对其跨国犯罪网络予以打击。

来自中国和尼日利亚的复方蒿甲醚的仿制药出现，如安徽新和成皖南药业有限公司（ADAMS Pharmaceutical），尼日利亚Greenlife Pharmaceuticals在拉各斯开始生产Lonart。

法国赛诺菲－安万特（Sanofi-Aventis）公司建立了改善发展中国家公共健康的专门部门Access to Medicines，其中包括采取无专利、无损益方式供应青蒿琥酯－阿莫地喹固定比例复方药物。

2007 年

1月，由广州中医药大学和广东新南方集团联合主办的"青蒿素抗疟临床评价研讨会"在广州召开。来自几十个国家的学者、官员出席了会议。会议高度评价了快速控制疟疾的思路和方案。世界卫生组织传统医药处张小瑞处长受总干事陈冯富珍的指派，出席会议并召集各国专家和代表，对快速控制疟疾方案进行咨询。一致认为应对该方案扩大试用和推广。会议期间张小瑞处长会见了应邀参加研讨会的 523 办公室老同志。她说："没有 523 就没有青蒿素，没有青蒿素就无法挽救世界疟区千百万人的生命。谢谢你们！"

1 月，在荷兰举行的 RBM 财政和资源工作组高级会议上，多家政府和国际组织高级官员出席，如 GFATM，PMI，WB，UNITAID，WHO，UNICEF 和 Gates Foundation，决定全球资助采购 ACT 药物。

3 月，《人民日报》主办的《环球人物》杂志发表封面文章《拯救 5 亿人的中国发明家》。文中强调：他们不应被历史忘记，当年青蒿素类抗疟药最主要的发明人，如今无一人做大官，无一人成富翁，无一人当院士。虽然他们对现状有抱怨，彼此间因评奖等问题有过误会，但对于为"五二三"付出的心血，他们无怨无悔。青蒿素类抗疟药是中国唯一被世界承认的原创新药。时人为之自豪，却忘记了它是举国体制的成果、集体主义的结晶、自主创新的杰作。有的青蒿素类抗疟药专利转让给了外国人，被指责知识产权意识淡薄，却不知专利若不转让，难有今天国际社会和疟区民众对中国的敬重，功过是非，尚待明断。但历史需要记录。我们寻访了提炼青蒿素的屠呦呦；在临床上证实青蒿素抗疟功效的李国桥；改造青蒿素分子结构并合成蒿甲醚的李英；率先研制复方蒿甲醚的周义清。对于没有寻访到的魏振兴（已去世）、罗泽渊（现年 68 岁）、刘旭（现年 69 岁）、邓蓉仙（已去世）、滕翕和（已去世）……我们心存敬意，他们也是拯救 5 亿人的中国发明家。

3 月，广州中医药大学李国桥获得由越南卫生部颁发的"为了人民健康"奖章。获奖理由：推广应用青蒿琥酯，使越南疟疾病死率迅速下降。其发明的既治又防（含低剂量伯氨喹阻断传播）的第一个青蒿素复方（CV8）最早（1999 年）在越南被确定为抗疟一线用药，为该国近 10 年的疟疾控制发挥了重要作用。

3 月，世界卫生组织公布青蒿种植规范，包括青蒿质量标准和检测方法。

3 月，法国赛诺菲 – 安万特公司与 DNDi 组织联合宣布共同开发的青蒿琥酯 – 阿莫地喹组方的固定比例 ACT 药物上市，其准备通过世界卫生组织供应的药物品牌为 ASAQ，成人 1 美元每剂，儿童 0.5 美元每剂；在非洲私人市场的品牌为 Cosunram，销售价格估计在 2 ~ 4 美元每剂；该制剂在摩洛哥生产。

4 月，中国卫生部印发《疟疾防治技术方案》（试行），第一次列入青蒿素类复方药物。

4 月，广州中医药大学的李国桥、宋健平前往日内瓦与世界卫生组织总干事陈冯富珍博士商讨在非洲科摩罗国家推广实施快速灭源灭疟项目的必要性和可能性。

5 月，纪念 523 项目 40 周年暨"酉阳青蒿"（国家地理标志保护产品）标准研讨会在酉阳举行，并为青蒿素发明人之一、原山东省中医药研究所的魏振兴教授设立塑像，以纪念他在青蒿素发现方面的贡献和为酉阳青蒿素生产基地建设做出的贡献。

5 月，第 60 届世界卫生大会（WHA）第十一次全体会议做出决议，"逐步停止在公立和私立部门中提供口服青蒿素单一药物，促进使用青蒿素联合药物治疗，并实施禁止生产、销售、分发和使用假冒抗疟药物的政策，"和"每年于 4 月 25 日或个别会员国决定的另一日或数日纪念世界防治疟疾日，以便就疟疾作为可预防的全球祸害和可治愈的疾病提供教育和了解；世界防治疟疾日应是全年强化实施国家疟疾控制战略，包括疟疾流行地区以社区为基础的疟疾预防和治疗活动的高潮，以及向公众通报在控制疟疾方面所遇到障碍和取得进展的机会"。

6 月，诺华公司总裁魏思乐在纽约举行的 Malaria in Africa Week 慈善活动中指出 2006 年复方蒿甲醚低于成本供货。

6 月，世界卫生组织和疟疾风险基金的青蒿素全球市场会议，公布 2006 年诺华公司向世界卫生组织供货数量超过 6140 万人份，占世界卫生组织全年需求数量的 79%。

8 月，桂林南药的青蒿琥酯＋阿莫地喹复方被列入世界卫生组织的预认证名单。

11 月，RBM 提出可负担抗疟药补贴采购计划（Affordable Medicines Facility for Malaria，AMFm），旨在应对 ACT 有效使用所需面对的三大挑战，即可及性、可负担性和假药劣药。

11 月 17 日，科摩罗莫埃利岛启动快速灭源除疟（FEMSE）项目，科摩罗联盟总统桑比（Ahmed Abdallah Mohamed Sambi）在全岛各级干部动员大会上讲话，强调全体民众参与服药的重要性；青蒿素哌喹片（Arteqick）加小剂量伯喹快速控制清除疟疾的方法在非洲进行试验，取得与柬埔寨一样的效果。蚊媒感染率从 FEMSE 启动前的 3.1%（8/258），启动后 4 个月降至 0%（0/517）。

12 月，广东新南方青蒿药业丰顺生产基地竣工投产。生产青蒿素哌喹片（Artequick，商品名"粤特快"），该药已在 50 多个国家申请专利和商标保护。

12 月，复方蒿甲醚项目获得 2007 年度国家科学技术进步奖二等奖。

12 月，周义清获得中国科学技术发展基金会药学发展基金委员会和中国药学联合会主办的中国药学发展奖天士力创新药物奖的突出成就奖。

2008 年

1 月 10 日，原 523 项目秘书和青蒿素指导委员会秘书长周克鼎逝世，他为中国青蒿素及其衍生物药物，以及复方蒿甲醚的研发、科工贸及国际合作做出了巨大贡献。原青蒿素指导委员会秘书、山东省中医药研究所青蒿素项目负责人朱海去世。

1 月，GSK 公司宣布 LapDap（Chlorproguanil + Dapsone）撤市，与疟疾风险基金合作的 ACT 药品 Dacart（Artesunate+LadDap）因 III 期临床结果而宣布停止研究。

2 月，联合国秘书长潘基文任命 Ray Chambers 为他的联合国疟疾特使，希望在疟疾控制中发挥全新的全球作用。

4 月，第一届世界疟疾日，诺华公司宣布复方蒿甲醚全面降价 20%，儿童剂型最低为 0.37 美元每剂。

4 月，广东中医药大学的李国桥和宋健平前往日内瓦世界卫生组织总部与疟疾办公室主任纽曼博士等交流科摩罗项目实施初步结果。

5 月，桂林南药青蒿琥酯注射剂（Artesun）、青蒿琥酯片＋盐酸阿莫地喹片（ARSUAMOON）坦桑尼亚产品上市会，作为复星医药下属企业桂林南药在海外举办的首次产品上市活动。

7 月，科泰复成为北京奥运会储备药。华立科泰东非子公司向肯尼亚奥林匹克委员会捐赠科泰复。

华立科泰子公司中坦制药获得坦桑尼亚食品药品监督管理局生产和销售许可证书。

华立药业股份有限公司的青蒿素复方制剂品牌"科泰复"被法院一审判决侵犯重庆健桥医药开发有限公司的专利。

8 月，克林顿基金会抗艾滋病组织以提高可购买力为主旨高调进入抗疟药领域。美国前总统比尔·克林顿与联合国疟疾项目特使 Ray Chambers 共同宣布，将与 6 家公司在抗疟药领域进行合作。合作的公司及药物包括中国华立医药、彼迪正天生产的青蒿素，印度 Calyx、Mangalam 生产的青蒿琥酯原料以及印度 Icpa、Cipla 生产的制剂，将为穷人低价供应 ACTs。该协议降低了青蒿素复方的价格，其中琥酯和阿莫地喹（AS/AQ）联合用药的价格降幅超过 30%，并降低了主要原料青蒿素的价格，与历史最高水平相比降幅达 70%。

受邀参加的诺华总裁魏思乐表示：诺华公司没有从向公立市场提供的复方蒿甲醚（Coartem）上获得任何利润，只是亏钱；诺华公司希望青蒿素原料和 ACT 制剂的价格是可持续的。事实证明这个协议没能对青蒿和青蒿素产业链建设起到稳定和促进发展的作用。

7 月，2006 年成立的国际药品采购机制（UNITAID）采取 Assured Artemisinin Supply System（A2S2）Initiative（保障青蒿素供应体系行动）。

8 月 30 日，世界卫生组织于官网公布，桂林南药的青蒿琥酯／盐酸阿莫地喹片和青蒿琥酯 +SP 联合用药通过预认证，取得了世界卫生组织抗疟药预供应商资格。

8 月，国家知识产权局专利复审委员会做出第 12148 号《无效宣告请求审查决定书》，该决定书判定重庆健桥复方双氢青蒿素专利权（专利号 ZL00113134.6）全部无效。

8 月，全球基金（GFATM）同意支持 ACT 药品的可负担抗疟药补贴采购计划（AMFm）。

9 月，在 2008 年联合国大会期间，RBM 在纽约高调发布旨在清除疟疾的全球疟疾行动计划（Global Malaria Action Plan, GMAP），提出两个 100% 的覆盖率（预防、治疗）和控制、消灭疟疾的目标，各国承诺为此提供援助资金。强调疟疾已经具备控制和消灭的手段，如果资金到位，到 2015 年可以挽救 420 万人的生命；其中 ACT 每年的需求量将达到 2.28 亿人份，但资金的需求量是巨大的。

11 月，复方蒿甲醚儿童分散片剂型在瑞士注册成功，已经开始在非洲国家进行注册。

11 月，昆明制药蒿甲醚车间和新昌制药的本芴醇、蒿甲醚车间接受美国食品药品监督管理局的 GMP 检查，均通过了美国食品药品监督管理局认证。

11 月，军事医学科学院微生物流行病研究所接受美国食品药品监督管理局对复方蒿甲醚早期在中国进行的临床试验资料的审计，圆满通过。

12 月，科摩罗政府组织莫埃利岛灭疟项目实施一年总结表彰大会，充分肯定了项目所取得的显著成果，科摩罗联盟副总统兼卫生部长伊基利卢·马迪（S.E.M. Ikililou Madi）和中国驻科摩罗使馆陶卫光大使出席，充分肯定了项目所取得的成效，并讨论进一步向另两岛推进的必要性。

12 月，华立科泰的"科泰复"组分（双氢青蒿素＋磷酸哌喹）被列入全球基金（GFATM）推荐采购抗疟药产品目录（EOI）中。

同年，诺华公司启动"生命短信"（SMS for Life），这是由诺华公司领导的一个"遏制疟疾"合作伙伴项目，希望通过解决撒哈拉沙漠以南非洲地区的抗疟药物短缺问题，帮助挽救生命。

2009 年

1—3 月，复方蒿甲醚儿童片剂型上市，该药通过世界卫生组织质量预审，列入世界卫生组织第一版儿童基本药物目录。

2 月，RBM 在日内瓦召开会议，公布 ACT 和青蒿素的预测，拟采取采购规范和 4 月开始实施可负担抗疟药补贴采购计划。全球基金也将实施新的 PQ 政策。

2 月，RBM 发布《青蒿素类复方药品、检测试剂和药物蚊帐的良好采购规范指导》[Guidelines for Good Procurement Practices（GGPP）of ACTs, RDTs and LLNs]。

4 月，复方蒿甲醚被美国食品药品监督管理局批准注册。

4 月，复方蒿甲醚专利发明人团队（军事医学科学院微生物流行病研究所周义清、宁殿玺等 7 人）获得欧盟工业委员会和欧盟专利局一年一度评选的欧洲发明人奖（非欧洲国家）。

6 月，广东新南方青蒿科技有限公司的青蒿素哌喹片（粤特快，Artequick）在肯尼亚上市，标志其进入非洲市场。

7 月，疟疾风险基金授予复方蒿甲醚儿童剂型产品开发团队（Product Development Team, PDT）2008 年度项目奖（MMV Project of the Year 2008 Award）。

7 月，在坦桑尼亚城市达累斯萨拉姆的诊所，提供了第 2.5 亿份的复方蒿甲醚，这是诺华公司自 2001 年以来实施"诺华疟疾行动"取得的里程碑式的成果。诺华也高调宣布其成为泛非组织建立的"联合抗击疟疾"倡议中的第一家制药企业。

10 月，北京华立科泰医药有限责任公司于 2009 年 10 月 28 日收到北京市第一中级人民法院 2009 年 10 月 23 日签发的（2008）一中行初字第 1755 号行政判决书，就重庆健桥医药开发有限公司不服"国家知识产权局专利复审委员会关于其复方双氢青蒿素发明专利权全部无效"的诉讼，做出"本次诉讼理由缺乏事实及法律依据，其诉讼请求不予支持"的判决，维持国家知识产权局专利复审委员会于 2008 年 8 月 7 日做出的"重庆健桥公司复方双氢青蒿素发明专利权全部无效的决定"。

11 月，诺华总裁魏思乐访华，诺华中国公司举办"中国发明惠人类 携手合作耀全球"仪式，向军事医学科学院五所发明人团队转交托请诺华公司代领的欧洲发明人奖奖杯。

11 月，国家中医药管理局李大宁副局长和广东省卫生厅黄小玲书记率团访问科摩罗，积极肯定广州中医药大学团队在莫埃利岛的快速灭源除疟项目所取得的成果，推动全国扩大试验项目。

11 月，华立科泰参加肯尼亚首都内罗毕肯雅塔国际会议中心举行的泛非疟疾大会展览，并主办"科泰复：双氢青蒿素 – 磷酸哌喹的最新研究进展"专题卫星会议，全球知名的疟疾临床研究专家 Francois Nosten 教授担任会议主席，来自布基纳法索、科特迪瓦和乌干达的 5 名专家分别就科泰复在儿童中的应用、与其他 ACT 药品的对比研究、IPT 试验和科泰复作为国家的用药政策选择等多个主题进行主题演讲。

12 月，世界卫生组织最新发布的 2009 版全球疟疾报告中将"双氢青蒿素 + 磷酸哌喹"列入推荐用药目录中。华立科泰公司已经通过与牛津大学合作进行了 6000 余例国际多中心临床研究。

同年，化学工业出版社出版屠呦呦编著的《青蒿及青蒿素类药物》一书。

广西仙草堂制药有限责任公司自 2006 年开始与广州中医药大学合作，2009 年通过引进中医药大学优良青蒿品种，大力发展原料基地。

2010 年

1 月，美国《科学》杂志发表英国约克大学完成的青蒿基因图谱。

2 月，应科摩罗联盟卫生部长 HE. Hodhoaer Inzouddine 邀请，李国桥教授与他一同访问卡塔尔，寻求国际资金援助科摩罗扩大应用项目。

3 月，世界卫生组织发布《疟疾治疗指南》第二版，与第一版指南（2006 年发表）相比，这次做出的主要变化是强调了治疗前检测，以及在建议治疗清单中增加了一种新型青蒿素为基础的联合疗法：双氢青蒿素 – 磷酸哌喹（DHA–PQP），该复方药品在国内由华立科泰公司生产。同时李国桥团队在科摩罗和柬埔寨使用的 ACT+ 伯氨喹清除疟原虫的全民服药方法（mass drug administration, MDA）被列入消灭疟疾方案之中。

3 月，世界卫生组织首次发布采购安全有效抗疟药品的指导意见，《青蒿素为基础的抗疟药物良好采购做法指南》（*Good procurement practices for artemisinin-based antimalarial medicines*），依据是国际商定的最新并且严格的生产和采购质量标准，旨在改善国家和国际采购人员的能力，使其理解关键性质量要素及所需文件。

4 月，科泰复 9 片和科泰复 6 片儿童包装药品在非洲上市。

4 月，全球基金主管的可负担抗疟药补贴采购计划开始试验实施（2010 年 6 月至 2012 年 12 月），试点将在柬埔寨和 9 个非洲国家，以低廉的价格提供复方青蒿素类药品的使用，全球基金批准 2009 年的资金为 2.16 亿美元。

5 月，中国卫生部印发《中国消除疟疾行动计划（2010—2020 年）》。

6 月，青蒿琥酯标准进入美国药典（USP）。

7 月 8 日，中国驻科摩罗使馆王乐友大使、科摩罗联盟卫生部长 Dr. Sounhadj Athoumanr 签署商务部援科抗疟物资交接证书，援科抗疟团队承担疟疾防治中心培训任务。

9 月，复方蒿甲醚获得美国盖伦最佳药物奖（Prix Galien USA – Best Pharmaceutical Agent）。

9 月，《疟疾》（*Malaria Journal*）发表文章 "The pharmaceutical death–ride of dihydroar-temisinin"，称在 2010 第二版《疟疾治疗指南》推荐的青蒿素联合疗法中增加了一个相对较新的固定剂量的复方双氢青蒿素哌喹，然而，实验表明，由于其固有的化学稳定性，双氢青蒿素不适合用于药物制剂。此外，数据表明，目前可用的双氢青蒿素制剂不符合国际公认的稳定性要求。

10 月，因青蒿素类药物和耐药性的研究，国际知名专家怀特教授获得 2010 年加拿大盖尔德纳基金会全球卫生奖（Gairdner Global Health Award）。

11 月，桂林南药青蒿琥酯注射剂车间 GMP 现场检查已符合 GMP 规范。在国际组织疟疾风险基金的帮助和支持下，世界卫生组织已正式将桂林南药生产的注射用青蒿琥酯双针剂型 Artesun 列入 PQ 药品清单。桂林南药成为国内第一家通过世界卫生组织质量预审 PQ 认证的注射剂生产企业。经过 20 多年的不断研发，桂林的青蒿琥酯在原料及制剂质量等方面都有了大幅度的提高，青蒿琥酯注射剂的产能是 600 万支每年。

根据此次世界卫生组织公布的采购目录，除了瑞士诺华公司与法国赛诺菲公司药物之外，一直在非洲的私立市场供应仿制药并与诺华、赛诺菲竞争的印度企业也挤入了公立市场，如 Ajanta、Cipla、Ipca 三家印度公司榜上有名，生产复方蒿甲醚和青蒿琥酯 – 阿莫地喹仿制药。

11 月，世界卫生组织发布《抗疟药物疗效和耐药性全球报告：2000—2010 年》（*Global Report on Antimalarial*）报告，呼吁各国提高警惕，监测抗疟药物疗效以便尽早发现对青蒿素的耐药性。

12 月，中国非洲人民友好协会和中国国际广播电台举行的"中非友好贡献奖——感动非洲的十大中国企业"颁奖典礼在北京举行，北京华立科泰医药有限责任公司等十大中国企业获此殊荣。

2011 年

1 月，世界卫生组织发布报告《遏制青蒿素耐药性全球计划》（*Global plan for artemisinin resistance containment*），称采取紧急行动遏制和防止青蒿素耐药性至关重要，将耐药性消灭在萌芽状态并防止其在国际上的进一步传播。青蒿素是以青蒿素为基础的联合疗法（ACT）的关键组成部分，是治疗最致命的疾病形式——恶性疟疾的最有力的武器。当前在柬泰边境地区已出现了青蒿素耐药性。虽然目前全球各地青蒿素为基础的联合疗法的疗效仍能达到 90% 以上，但迅速采取行动至关重要。如果这些治疗方法失去疗效，许多国家将没有任何退路可言。

3 月，世卫组织首份关于孕产妇和儿童卫生保健的重点药物清单发布，向各国建议了能拯救生命的最重要药物，包括 ACT 药物和青蒿琥酯注射剂。

4 月，复方蒿甲醚已在 86 个国家和地区获得药品注册，供应数量超过 5 亿人份，其中 2009 年上市的儿童分散片剂型达 1 亿人份。

WHO/RBM 支持、诺华公司主导的以复方蒿甲醚为核心的"生命短信"行动试验获得成功，获得多个国际奖项。

4 月，世界卫生组织把源于中国的注射用青蒿琥酯作为重症恶性疟疾治疗的首选用药收入其《疟疾诊断与治疗指南》中。

同月，中央电视台《探索发现》栏目播放 5 集纪录片《抗疟记》。

5 月，世界卫生组织在网站上发表了《谅解备忘录的终止报告》（*MoU Termination Report - Global supply of artemether-lumefantrine before, during, and after the Memorandum of Understanding between WHO and Novartis*），回顾了诺华公司与世界卫生组织就复方蒿甲醚供货签署备忘录的十年来，全球在这一组方药品供应价格上的降低、药品可供应能力的提升和成本价格模式在更多的全球抗疟药采购机构中的扩展应用方面所取得的成就。

5 月，李国桥率队前往肯尼亚维多利亚湖进行疟情调查。

5 月，中国 SFDA 正式批准了桂林南药的固定比例青蒿琥酯 – 阿莫地喹片。

5 月，广西仙草堂制药有限责任公司申报"青蒿素绿色提取工艺"专利，这是一种节能、降耗、清洁、大幅减少废弃物排放、成本低适合大规模工业生产的青蒿素绿色提取工艺。已在广西建成年产 50 吨青蒿素的生产线，并与广州中医药大学青蒿研究中心合作，使用其培育的高含量青蒿种子大面积人工种植青蒿。

6 月，鉴于多年来李国桥在越南推荐、开展青蒿素复方的研究和使用取得的良好成绩，越南政府再次授予李国桥"友谊勋章"。

8 月，广东新南方青蒿科技有限公司新一代青蒿素复方抗疟药"粤特快"（Artequick）在尼日利亚最大城市拉各斯举行新产品发布会。

9 月 23 日，屠呦呦因青蒿素发现获美国拉斯克奖。获奖公告中还提及李国桥联合用药临床研究的贡献和复方蒿甲醚（Coartem）在全球挽救疟疾患者所取得的成就。

11 月，获美国拉斯克奖后，中国中医科学院授予屠呦呦杰出贡献奖，奖励屠呦呦青蒿素研究团队 100 万元，但并没有说明其青蒿素研究团队成员的名字。同年，钟裕蓉在退休 15 年后被特意从副研究员提升为正研究员。

11 月，广东新南方公司宋健平博士率队前往科摩罗，与世界卫生组织驻非洲地区各个国家疟疾办公室技术人员商讨科摩罗扩大项目技术方案，科摩罗进一步明确全国采用中方推荐的快速灭源除疟方案。

11 月，遏制疟疾伙伴关系（Roll Back Malaria, RBM）第 21 次理事会在江苏省无锡市召开，卫生部副部长黄洁夫作为理事成员参加会议并致开幕词。参会的世界卫生组织全球疟疾项目（GMP）主任 Newman Robert David 博士参观江苏省寄生虫病防治研究所，参观了重点实验室和援非抗疟培训基地。

12 月，华立科泰在费城的美国热带病药物及卫生年会（ASTMH）上，于 12 月 7 日举办主题为"双氢青蒿素 – 哌喹的展望"卫星会，邀请牛津大学怀特教授为主席。

同年，意大利公司 SigmaTau 与疟疾风险基金合作开发的 Eurartesim（双氢青蒿素 – 哌喹，DHA–PQP）在欧洲注册。

同年，瑞士诺华公司复方蒿甲醚供应 8500 万人份，法国赛诺菲的青蒿琥酯 – 阿莫地喹片销售数量达到 5600 万人份。

2012 年

2 月，北京华立科泰医药有限责任公司更名为北京华方科泰医药有限公司。

3 月，华方科泰（原华立科泰）子公司浙江华立南湖制药有限公司青蒿素复方的口服制剂生产线通过世界卫生组织的 GMP 现场考查，南湖制药成为中国第二家制剂生产车间通过世界卫生组织 GMP 认证的工厂。南湖制药自申请"科泰复"世界卫生组织 PQ 以来，历时 5 年。

4 月，广东省政府为支持广州中医药大学抗疟团队倡导的快速灭源除疟科摩罗全国扩大项目，向广东新南方青蒿科技有限公司采购的 80 万人份抗疟药（Artequick）及实验室物资的交接仪式在科摩罗国家大药房举行。科卫生部长 M. M. Ahmed 和王乐友大使签署抗疟物资交接证书。

4 月，世界卫生组织为推广防控疟疾的 T3 行动（检测、治疗、跟踪，即 Test, Treatment, Track）发布了新的疟疾监测手册。

4 月，印度 Ranbaxy Laboratories 公司的 Arterolane（OZ277 或 RBx 11160）与哌喹的固定比例复方在印度上市，这是第一个类青蒿素合成物药物用于复方的药物。

5 月，比尔乌梅琳达·盖茨基金会联合主席比尔·盖茨访华，并于 29 日上午在基金会中国办事处举办青蒿素供应与价格变动研讨会。

5 月，由疟疾风险基金与韩国 Shin Poong 公司共同开发的青蒿琥酯 – 咯萘啶固定比例复方 Pyramax 获得世界卫生组织的质量预认证。其中咯萘啶是 523 项目时期中国科学家研发的化学合成药物。

5 月，法国赛诺菲—安万特公司对昆明制药集团的小容量车间蒿甲醚油溶液生产进行了 GMP 审计。

6 月，世界卫生组织公布桂林南药青蒿琥酯片（50mg）＋磺胺多辛／乙胺嘧啶片（500mg/25mg）片联合用药通过 PQ 认证。至此，桂林南药通过世界卫生组织质量预认证的抗疟药品种达到了 5 个（青蒿琥酯注射剂、青蒿琥酯片剂、阿莫地喹片剂、青蒿琥酯片＋阿莫地喹片联合用药、青蒿琥酯片＋磺胺多辛／乙胺嘧啶片联合用药）。

6 月，Dana G. Dalrymple 撰写的 *Artemisia annua, Artemisinin, ACTs & Malaria Control in Africa* 电子书在疟疾风险基金资助下发表。

7 月，2012 年中国品牌商品非洲展在坦桑尼亚达累斯萨拉姆举办。

7 月，"中非合作论坛——第四届中非企业家大会"圆满召开。

8 月，广州中医药大学青蒿研究中心抗疟队一行六人进驻科摩罗昂儒昂岛，为项目启动做准备。

9 月，诺华公司将供应 5 亿人份复方蒿甲醚纪念牌授予坦桑尼亚卫生和社会福利部。

10 月，纪念 523 项目立项 45 周年暨《青蒿素类抗疟药》编写工作会议在北京举行。参加编写的 30 位专家出席了会议。

10 月，由汕头大学医学院及惠康信托基金会（Wellcome Trust Foundation）主办的"青蒿素发现史，从传统中药青蒿到世界主流抗疟药——纪念中国 523 项目 45 周年研讨会"在汕头大学召开。本次会议邀请了当年 523 任务的主要管理者和参与青蒿素类抗疟药研发的主要研究者，以及国际资深专家共聚一堂，以科学家的工作史实，由亲历者和史料研究者以事实为据，叙述回顾了他们当年的工作。报告内容包括 523 任务的起源、背景和组织结构，青蒿素的发现及临床实践，青蒿素衍生物及青蒿素类抗疟药的发明、应用，中国青蒿素走向世界等几个部分。

10 月，科摩罗宣布昂儒昂岛 35 万人快速灭源除疟项目启动，全民服药开始，科摩罗联盟副总统努阿迪·布兰安、卫生部长 M. M. Ahmed 和中国驻科摩罗使馆王乐友大使、中方抗疟团队出席。快速灭源除疟的全民服药措施启动 3 个月后，全岛的每月发病人数下降 95% 以上。

10 月，由被忽视疾病药物协作行动和巴西公司合作开发，并由印度企业生产的青蒿琥酯 - 甲氟喹固定比例复方通过世界卫生组织预认证。

12 月，《自然》杂志网站报道疟疾疫苗测试效果未达预期，在非洲，对预防疟疾的 RTS,S/AS01 疫苗候选药物进行了三期临床实验，结果令人失望。实验的关键年龄群是婴儿，他们在 6 ~ 12 周时第一次注射了疫苗，结果没有明显的免疫效果。

12 月，世界卫生组织发布《2012 世界疟疾报告》，强调在过去十年（2001—2011），全球防治疟疾控制工作得到加强。这期间所挽救的 110 万人中，有 58% 的人属于 10 个负担最高国家。2010 年，估计全球有 2.19 亿病例，约 66 万人丧命，多数为 5 岁以下儿童。截至 2012 年 7 月，全球共批准采购 2.69 亿人份 ACT 药物，其中复方蒿甲醚占 84.6%，包括诺华公司的药品和印度 3 家企业的仿制药。

可负担抗疟药补贴采购计划试验期内实现了 ACT 价格显著下降、市场占有率大幅提升的目标，患者在私立市场购买 ACT 药物的价格与老旧抗疟药一致。

2013

2 月，桂林南药自 2010 年起即开始筹划注射用青蒿琥酯三联针（每小盒装 1 瓶注射用青蒿琥酯、1 支碳酸氢钠注射液、1 支氯化钠注射液）的研究和样品的生产，2011 年 9 月在对小容量车间生产线完成改造后，即生产了大规格的氯化钠注射液样品，并开展对产品的质量研究工作。2012 年 7 月在取得了氯化钠注射液的有关质量研究结果后，即向世界卫生组织提出了两联针变更的申请，现通过世界卫生组织的 PQ 认证，实际销售。

3 月，国家中医药管理局于文明副局长率领代表团一行 8 人访科摩罗，与科摩罗总统伊基利卢·马迪（S.E.M. Ikililou Madi）进行会谈，广州中医药大学刘小虹副校长、负责快速灭源除疟的宋健平博士陪同访问，与科方技术团队组织召开技术研讨会，同时提供物资和进行技术准备，推进了科摩罗的大科摩罗岛快速灭源除疟项目的开展。

4 月，法国赛诺菲公司在意大利工厂正式规模生产半合成青蒿素。

5 月，法国赛诺菲公司生产的半合成青蒿素通过世界卫生组织预认证。

5 月，世界卫生组织官方网站上正式公布复星医药旗下桂林南药生产的重症疟疾治疗特效药物 Artesun（青蒿琥酯注射剂）系列新增适用于低龄幼儿的 30 毫克和成年人使用的 120 毫克两个规格产品通过预认证审核。

6 月，桂林南药西法分公司和科特迪瓦卫生部在科特迪瓦经济首都阿比让举办"疟疾学术日"活动。

10 月下旬，科摩罗大科摩罗岛 40 万人启动快速灭源除疟项目。

为了表彰中国科学家为科摩罗疟疾的防治做出的成绩，科摩罗总统向李国桥教授颁发了绿色发展勋章；副总统兼卫生部长向宋健平博士颁发了奖章。这是科摩罗政府和人民对多年来坚持参加该国控制清除疟疾工作的中方全体科技人员的鼓励和肯定。

10 月，澳大利亚 TGA 再次对昆明制药集团股份有限公司蒿甲醚原料药对车间进行 GMP 认证检查，一次性通过，并颁发了有效期 3 年的 GMP 证书。

12 月，世界卫生组织发布《2013 年世界疟疾报告》。自 2000 年以来，全球在控制和消除疟疾方面的努力估计已挽救了 330 万人的生命，全球范围内和非洲地区的疟疾死亡率分别下降了 45% 和 49%。到 2012 年全球恶性疟流行的 88 个国家已有 79 个采取 ACT 为一线药物，2012 年年底在公立和私立市场上实现了 3.31 亿人份的 ACT 药品的采购，复方蒿甲醚占据其中 77% 的份额。

12 月，《自然》杂志发表文章 "A molecular marker of artemisinin-resistant Plasmodium falciparum malaria"。科学家们首次在疟原虫体内，鉴定了青蒿素抗性突变。

2014

6 月，桂林南药与全球抗疟领域的顶级专家、泰国玛希隆—牛津热带病研究所的 Arjen M.Dondorp 教授合作，首次将"多媒体在线医学培训"（简称 eCME）引进非洲，六国的近 200 名当地专家和知名临床医生共同呈现了一堂以"重症疟疾"为题的在线课程，在非洲地区成功实现覆盖多国的多媒体实时互动培训。

7 月，诺华公司复方蒿甲醚新型成人 6 片剂型（80/480）在非洲上市，进一步提高疟疾患者服药的依从性。

8 月，桂林市科技局组织召开了由桂林南药承办的科技项目验收会议，广西科技厅项目"复方蒿甲醚片合作研究与开发"以及桂林市科技局项目"青蒿琥酯阿莫地喹片的 WHO–PQ 认证及国际产业化"参与验收。

10 月，由桂林南药股份有限公司生产的阿莫地喹＋复方磺胺多辛联合包装片（150mg＋25mg/500mg）正式通过世界卫生组织 –PQ 认证。

11 月，诺华公司与非政府组织 Malaria No More 开展慈善募捐活动（Power of One），每募捐到 1 美元，诺华公司将提供 1 人份儿童剂型药品；这一活动募捐来的 200 万人份复方蒿甲醚儿童剂型药品将运抵赞比亚。

11 月，美国三大全国性商业广播电视网之一的哥伦比亚广播公司（CBS）新闻视频报道了广东新南方青蒿药业有限公司（ARTEPHARM）参与实施的科摩罗快速灭源除疟项目。报道详细介绍科摩罗快速灭源除疟项目由广州中医药大学抗疟团队主导，通过服用由中国援助非洲抗疟药粤特快（Artequick）以清除体内疟原虫，达到群防群治的目的。项目主要分为三个阶段，分别于 2007 年、2012 年和 2013 年在科摩罗莫埃利岛、昂儒昂岛和大科摩罗岛实施。至今，项目已经圆满完成，科摩罗疟疾年发病率减少 95%，实现疟疾发病零死亡。项目实施后每年直接或间接为科摩罗节省 1100 万美金的财政支出，同时科摩罗将因为清除疟疾而吸引更多的旅游者，提升国民收入水平。

科摩罗快速灭源除疟项目的成功实施受到国际社会的广泛关注，这将为全球消除疟疾项目提供一个可供借鉴和推广的成功范例。

12 月，昆药集团蒿甲醚注射液正式向世界卫生组织提交 PQ 认证申请。

12 月，世界卫生组织发布《2014 年世界疟疾报告》，报告估计，2013 年全球约有 1.98 亿疟疾患者，死亡 58.4 万人，全球迈向清除疟疾目标的国家正在增加。数据显示，2000—2013 年全球疟疾死亡率下降了 47%，其中疟疾死亡人数占全球疟疾死亡总人数九成的非洲地区死亡率下降 54%。2013 年全球恶性疟流行的 87 个国家已有 79 个采取 ACT 为一线药物，2013 年全球共采购 3.92 亿个疗程的 ACT 药品，其中蒿甲醚–本芴醇组方药品占其中的 73%。

瑞士诺华公司与中国医药科技合作 20 周年，已向全球供应复方蒿甲醚（Caortem）达 7 亿人份，其中儿童分散片剂型达 2.5 亿人份。

2015

年初，华立集团定向增资昆药 12.5 亿元，将青蒿素产业完整地注入旗下昆药集团。

2 月，法国独立医学杂志《处方》一年一度的荣誉榜发布，上海复星医药（集团）股份有限公司重症疟疾治疗药物注射用青蒿琥酯成为首个进入榜单的中国原创药。《处方》杂志年度药品奖项在学界以绝对独立和评选标准严格著称。2014 年，注射用青蒿琥酯正式被法国批准为该国重症疟疾治疗的一线用药。注射用青蒿琥酯为桂林南药股份有限公司的重症疟疾治疗药物，于 2010 年通过世卫组织药品预认证，2011 年被第二版《世界卫生组织疟疾治疗指南》推荐为重症疟疾的一线治疗药物。

一项大规模非洲多中心临床研究试验表明，该药较传统药物奎宁可降低 22.5% 死亡率。若在非洲全面推广使用，注射用青蒿琥酯每年可多挽救 10 万人生命。2010 年以来，桂林南药已向全球供应了 2380 万支注射用青蒿琥酯，较上一代药物多救治了 8 万多个生命，有 340 多万人（90% 以上为非洲患者）因此而获益。

4 月，桂林南药新建的注射用青蒿琥酯生产线（INJ-I）和小容量生产线（INJ-II）正式通过世界卫生组织的 PQ 认证评审，标志着桂林南药未来的抗疟药注射剂系列产品的生产将迈入一个更新更高的 GMP 水平。两条新建生产线投产后，注射用青蒿琥酯生产线最大年产量预计将达到 6000 万瓶，小容量注射剂生产线最大年产量预计将达到 10000 万支。

4 月，上海复星医药桂林南药股份有限公司新厂区多功能原料药生产车间第一次美国食品药品监督管理局现场审计，顺利通过。

4 月，全球第 8 个世界疟疾日，作为全球"遏制疟疾项目"成员之一的桂林南药在坦桑尼亚启动疟疾预防教育项目，首次尝试与非洲国家抗疟委员会（National Malaria Control Programme）合作摄制题为"The Fight Against Malaria. What Can We Do?（抗击疟疾，从你我身边做起）"的疟疾预防科教宣传片，并在世界疟疾日当天由坦桑尼亚达累斯萨拉姆行政长官 Saidi M. Sadiki 先生亲自按下播放键，成功进行了宣传片的全球首发。

5 月，世界卫生大会通过世卫组织《2016—2030 年全球疟疾技术战略和指标》，这是所有流行国开展疟疾控制工作的新 15 年框架。该战略为 2030 年确定了宏伟且可以实现的目标，包括使全球疟疾发病率和死亡率至少到 2020 年降低 40%、到 2030 年降低 90%，在至少 35 个国家消除疟疾以及在所有无疟疾国家防止疟疾卷土重来。

7 月，523 项目时期抗疟新药脑疟佳（镓）的发明人之一安静娴院士和为中国青蒿素类抗疟药走向国际做出巨大贡献的沈家祥院士先后去世。

7 月，诺华公司成人 6 片剂型（80/480）复方蒿甲醚（Coartem）通过世界卫生组织质量预认证。

9 月，世界卫生组织和联合国儿童基金会（UNICEF）公布联合报告《实现千年发展目标下疟疾具体目标》，自 2000 年以来用于疟疾的全球双边和多边资金增加了 20 倍，新发疟疾病例减少了 37%，疟疾死亡率骤降了 60%，即拯救了 620 万人的生命；五岁以下儿童的疟疾死亡率下降了 65%，换言之，估计有 590 万儿童的生命得到了拯救；"毫无疑问地"实现了到 2015 年"遏制并开始扭转疟疾发病率"的疟疾具体目标。

"全球疟疾控制是过去 15 年来最伟大的公共卫生成就之一，"世卫组织总干事陈冯富珍博士说，"这表明我们的策略是准确的，我们能够击败这个由来已久的杀手，它每年仍然夺去几十万人的生命且多数是儿童。"

10 月，屠呦呦因青蒿素类药物挽救全球千百万患者的生命而获得诺贝尔奖。

主要参考资料

［1］张剑方，迟到的报告——五二三项目与青蒿素研发纪实，广州：羊城晚报出版社，2006：112

［2］原全国五二三办公室，五二三与青蒿素资料汇集（1967～1996 年），2004 年 3 月

［3］周克鼎，生前的笔记手迹（1967～1989 年），北京：北京大学医学史研究中心，档案编号 2010-005-043

［4］詹尔益，云南药物所青蒿素研究情况及几点看法，2004 年

［5］李英编，青蒿素研究，上海科学技术出版社，2007 年

［6］王京燕，复方蒿甲醚历程，军事医学科学院微生物流行病研究所抗疟药课题组，2011 年 12 月

［7］刘旭主编，青蒿琥酯的研究与开发，漓江出版社，2010 年

［8］刘天伟，青指实录和中国青蒿素类药物的国际市场，汕头大学"青蒿素发现史学术研讨会"，纪念 523 项目 45 周年，2012 年 10 月

［9］毛菊英，复方蒿甲醚国际化，汕头大学"青蒿素发现史学术研讨会"，纪念 523 项目 45 周年，2012 年 10 月

［10］宁殿玺，第一个 ATC 药物发明和青蒿素复方疗法．汕头大学"青蒿素发现史学术研讨会"，纪念 523 项目 45 周年，2012 年 10 月

［11］黎润红，饶毅，张大庆，523 任务与青蒿素发现的历史探讨，2012 年 2 月

［12］华立官网：http://www.holley.cn/，《华立的青蒿之路：15 年的执着与坚持》，2015 年 10 月 8 日

［13］曾庆平科学网博客：http://blog.sciencenet.cn/blog-281238-669303.html，《青蒿素背后的故事（5）—青蒿素发现的十大真相》，2013 年 3 月 12 日

［14］Novartis Malaria Inititive: https://www.novartis.com/sites/www.novartis.com/files/media-library/documents/brochure-malaria-initiative.pdf, Nearly two decades of medical breakthroughs and public health milestones,2016

［15］扬州晚报，《屠呦呦步行 20 多里到焦山大队调研 北京专家来邮助研"青蒿浸膏片"》，2016 年 10 月 18 日

［16］Vista 看天下，《争议诺奖得主屠呦呦》，328 期，2015 年 11 月 11 日

［17］厦门日报，《揭秘"青蒿素"在厦量产往事》，2015 年 10 月 12 日

［18］成都商报，《屠呦呦亲自点将 我起到一颗"螺丝钉"的作用》，2015 年 10 月 7 日

［19］四川在线 – 川报观察，《川大校友忆钟裕蓉：第一个成功取得青蒿素晶体的人》，2015 年 10 月 10 日

附录 1
抗疟中草药研究工作经验总结

全国 523 办公室

1980 年 12 月

　　为了更好地推动抗疟中草药研究工作的开展，遵照毛主席关于"中国医药学是一个伟大的宝库，应当努力发掘，加以提高"的教导，我们把研究工作中的主要经验，包括成功的和错误的经验，加以总结，希望有益的经验能得到推广，而从那些错误的经验中记取教训。

一、广开思路努力发掘中草药

　　"五二三"中草药专题研究组，通过民间调查，十多年来共收集抗疟中草药及验方上万个，广筛药物 5000 余种，在民间实践的基础上，经过去粗取精，去伪存真，证明青蒿、鹰爪、仙鹤草、绣球等 20 多个中草药有一定疗效。这些有效的抗疟中草药多散布在八仙花科、马鞭草科、苦木科、马兜铃科、防己科等一些科属中。其有效成分的性质，八仙花科植物的有效成分多为生物碱，如常山、缴花八仙、绣球等；防己科植物的有效成分亦为生物碱，如毛叶轮环藤等；苦木科植物的有效成分为苦味质及甙类，如臭椿、鸦旦子等；鹰爪和青蒿的有效成份为中性物质；仙鹤草的有效成分为酚类物质。通过大量的发掘工作，为进一步研究提高打下了良好的基础。

　　在抗疟中草药的发掘工作中，用现代科学方法进行分析，认识不断提高。如鹰爪，民间用根治疟疾，疗效较差，经过细致的分析、对比，发现用鲜根抗疟作用差，而阴干存放两个月后，疗效则大大提高了。摸到了这一规律后，使鹰爪的抗疟临床效果得到稳定和提高，从而分离出单体，进行化学结构测定。又如青蒿，中医经验主要用来治疗骨蒸烦热，仙鹤草主要用于止血，而臭椿则用于治湿热和杀虫。虽然古方或民间也有治疗疟疾的记载，但因疗效较差，未能推广。通过化学方法进行去粗取精，提出有效成分使疗效大大提高。实践证明，只要广开思路，本着一药多用和一药多筛的原则，可以为研究抗疟中草药提供丰富多彩的药源。

二、全面衡量确定重点研究药物

能否选择好重点药物是研究工作成败的一个重要关键。如考虑周密，选择得当，就可以大大缩短研究周期，节约大量人力和物力。在确定一个重点研究药物时有以下初步体会：

对临床基础、动物效价、毒性等方面进行全面衡量，具体分析，尽可能避免片面性。

临床有一定基础，实验室效价稳定，毒性不大，这样的药物定为重点，最为理想。如临床疗效较好，经多次验证结果稳定，实验虽一时反映不出效价的药物，则当重视临床基础，实验室要进一步做深入细致的工作。反之，如实验室效价稳定而较高，但临床结果不满意时，应从多方面寻找原因，也不能轻易放掉。

对药物的毒性要作具体的分析。如毒性为杂质所致，则可通过化学工作，降低以至克服其毒性，并不影响成为重点药物。如毒性为有效成分固有之性质，而且有效剂量与毒性剂量距离极近，则不宜作为重点一下把工作面铺得过宽，可以根据人力物力条件进行一些克服毒性的探索。

所谓重点，并不是绝对的，更不是一成不变的。应根据实践过程中发生的变化，进行及时分析、总结，按照具体情况，决定主攻方向。如青蒿作为研究重点，也是经过长期同常山、鹰爪等药物全面比较才确定下来的。在重点药物深入研究的同时，还必须处理好"点"和"面"的关系，继续发掘新苗头，形成新的重点。

在考虑确定重点提高的药物的同时，也要考虑到普及的重点药物。如对一些药源丰富，使用方便，疗效较好，可以就地取材，便于普及推广的药物。如青蒿和广西绣球种植容易，使用方便，疗效较好，在疟疾区发动群众每家种植二三株，作为常备用药，或制作简易制剂对疟疾防治有较大意义。所以对其毒性、有效剂量，以及剂型改进等方面进行一系列工作，也是必要的。

三、反复实践掌握提取有效成分的规律

由于中草药化学成分复杂，所以在提取有效成分时，必须做过细的工作。多年来的实验证明，只要坚持研究，提取中草药有效成分的规律是可以被认识的。

抗疟中草药的有效成分性质不同，提取的方法也应该有所不同，而不能采用千篇一律的办法。如常山、臭椿的水煎剂或酒精提取物都有效，而仙鹤草的水提取液却无效，苯或酒精提取物则显效。青蒿乙醚浸出液疗效好，酒精提取物疗效差，水煎则基本无效。鸦旦子水煎和酒精提取有效，而苯提取则无效。鹰爪水煎剂或酒精提取物均有效。这些事例说明，提取方法不当，会使有效药物变为无效，精华被当作糟粕去掉。因此，对有效成分不明的中草药，既要从原方入手，同时也要有步骤地试用多种方法提取，分别观察疗效，并进行多方面比较，才能判断效果，摸出规律。

在中草药提取过程中，还必须严格控制条件，以防有效成分破坏。例如臭椿叶用水煎剂对鼠疟效价较好。经烘箱烘烤成粉，效价大减。青蒿简易口服水煎剂，煎煮 2～3 分钟效果好，煎煮时间久效果差。说明高温往往易使有效成分破坏。

剂型选择是否恰当，常是影响动物疗效的重要原因之一。如仙鹤草的有效成分是脂溶性的，制成麻油剂能充分发挥疗效，若采用西黄蓍胶混悬则疗效就较差。

毒性与疗效的矛盾，是抗疟中草药研究工作中经常遭到的一个问题。如"有毒"与"有效"不是同一成分，可能通过分离提纯除去有毒部分，以达到保持疗效降低毒性的目的。如青蒿的乙醚提取物，用氢氧化钠去酸性部分及叶绿素，不仅能使毒性大大降低，而且单位效价也有所提高。巴豆用 55 度的酒和水煮沸能减轻腹泻而保持原有抗疟作用。此外还可用酸洗法（除去有毒的生物碱），碱洗法（除去有毒的酸性成分或减轻脂类、内脂类化合物分解），水煮法（使有毒成分水解）以除去或减轻毒性。如果"有毒"与"有效"是同一成分引起，则需用配伍、制剂，或改变有效成分化学结构加以解决。

当一个中草药的疗效在动物实验和临床上被肯定以后，要使认识不断深化，必须进一步运用近代技术分离有效单体。一旦分得有效单体，经动物和临床确

证有一定疗效后，即可根据具体情况进行结构式的研究，搞清有效单体化学结构，以便进行化学改造，提高疗效，减轻副作用，并为合成药物的设计提供新的线索。

四、正确对待动物模型

用鼠疟、鸡疟及猴疟模型作为抗疟药的实验研究工具已有几十年的历史。实践证明，以上这些动物模型也是研究抗疟中草药较好的工具。

开始曾简单地认为民间基础好的抗疟中草药很多，实验室用动物筛一筛，就可找到理想的抗疟药。但结果并非如此。民间反映疗效较好的中草药，动物效价往往很低，甚至完全反映不出来，从而就对动物模型能否反映中草药疗效的问题，产生了怀疑。

随着实践经验的积累，提取和筛选方法的不断改进，证明动物模型还是筛选抗疟中草药较好的工具。临床有肯定疗效的中草药，只要提取方法恰当，过细地做工作，动物模型一般是能够较正确地反映效价的。反之，对鼠疟、鸡疟，特别是猴疟效价高的中草药，在临床上也有相应的疗效。也就是说，动物模型反映的效价与临床结果基本上是一致的。如青蒿、鹰爪、仙鹤草分别对鼠疟和猴疟有99%的抑制率，临床上也取得了近似的结果。

在实验室工作中，经常会遇到动物效价不稳定的情况，一时高，一时低，甚至无效。其原因有的与模型有关，但还有其他各方面的因素，必须全面分析，找出原因。

（1）与操作技术有关：如配血的稀释度是否一致，接种、配药、给药、涂片、染色、镜检等是否过细或有差误。

（2）与给药途径有关：如木防己水煎剂及丁醇提取液灌胃，鼠疟基本无效；而木防己丁醇提取液作皮下注射时，就有60% ~ 70%效价。青蒿素口服剂量大，效果差，注射剂量小，效果好。

（3）与药物剂型有关：如绣球、臭椿水煎剂等对鼠疟有99%以上的效价，而仙鹤草的水煎剂则无效，改用苯提取后，其酸酚性部分用麻油配成油剂，能使鼠疟及猴疟乐虫转阴。而其相同部用西黄蓍胶配成混悬剂对鼠疟及猴疟的效价就很低。

（4）与给药剂量有关：如南天竹的氯仿提取物 65 毫克／公斤，对鼠疟的抑制率为 20%；80 毫克／公斤，上升到 50%；120 毫克／公斤，则提高到 97%。

此外还与药物采集季节、生长地区、环境、鲜、陈情况以及制作条件等都有一定关系。其中尤以青蒿产地为最明显。

因此，对一个药物效价的高低，或药理实验结果不稳定，或与临床结果不符时，不能不加分析地都归结为动物模型的原因。正因为如此，对动物模型反映无效、低效或只有中等效价的药物，必须坚持反复实践，从各方面寻找原因，进行改进提高，就有可能变无效为有效，变低效为高效。

实验室与临床出现的结果不一致，除上述原因外，也不能排除动物与动物，动物与人之间的差异。不同药物对动物模型不一定都同样敏感，而人和动物对药物的敏感性又可能不完全一样；猴疟比较接近人疟，因此优于鼠疟和鸡疟。但由于猴疟来源和经济价值等原因，鼠疟仍然是抗疟中草药筛选工作中最常用的模型。对临床疗效较好，且鼠疟反映不出来的药物，最好选择两种以上动物模型进行筛选。

总之，既要肯定动物模型的作用，但又不能迷信它。至于一个药物疗效的最后评价，还应以临床结果为主要依据，并结合实验室的工作，才能做出比较正确的判断。

五、选择最佳方案，不断提高药物临床疗效

临床验证是评价药物疗效最重要的依据。但在抗疟中草药的临床验证过程中，往往遇到疗效不稳，或同一药物在不同地区出现不同疗效的现象。这对于正确判断一个药物疗效，确定研究重点带来了一定的困难。出现这种情况的原因是多方面的，除与药物本身的质量有关外，对临床病例选择、验证标准、观察是否细致和镜检技术等有着密切的关系。如草龙曾先后两次在广西同一现场进行验证，由于临床规定标准不同，结果所得治愈率也不同。又如鹰爪对海南岛本地人口与外地人口的验证结果也有很大差别。

此外，药物的剂量、剂型、给药途径、给药方法，以及地区原虫株的不同等，也是造成临床验证结果不一致的原因。如毛叶轮环藤在海南现场验证疗效较好，而在云南现场的疗效却大大降低。又如仙鹤草采用的剂型不同，临床结果也有很大不同。

　　通过几年来临床验证实践，我们认为，为了正确判断一个药物的疗效，必须要有统一的验证标准，严格控制验证条件，严密观察病情，过细地做工作，并根据具体情况做具体分析。这样才不致被假象所迷惑，取得比较正确的临床效果。

　　临床验证工作是抗疟中草药研究工作中的一个重要组成部分。它不仅是为了对一个药物做出"有效"或"无效"的结论，更重要的是，充分发挥临床工作人员的主观能动性，进行深入细致的观察和分析研究，从低效中挖潜力，从无效中找原因，确定合理用药剂量、疗程和使用方案，以达到提高临床疗效、降低副反应的目的。如鹰爪提取物，按实验室推荐剂量对外来人口疟疾只有 39% 的疗效，后经临床与实验室密切配合，认真分析，在药物安全剂量范围内不断提高临床用药剂量，和使用集中给药的方法，终于使临床疗效从 39% 提高到 95% 以上。又如伞花八仙按实验室推荐剂量虽有 90% 以上的疗效，但呕吐反应剧烈。临床采用减少单次服药剂量，增加服药次数的方法，终于在保持疗效的同时使呕吐副作用大大减轻。青蒿素开始上临床时近期复发率较高，经过摸索调整方案，改进制剂后复发率大大降低。

　　［本文选自：全国疟疾防治研究领导小组办公室，疟疾研究科研成果选编（1967-1980），1981 年（内部资料），141—149 页］

附录 2
植物驱避剂研究工作经验总结

全国 523 领导小组办公室

1980 年 12 月

蚊虫是"四害"之一，分布范围极广，可以传播多种疾病，特别是疟疾，对战备和人民健康危害甚大。"五二三"驱避剂专题研究组多年来坚持反复实践，从发掘民间"一把草"开始，到用化学方法进行人工合成，研制出多种新型植物驱避剂，提供成批生产和推广使用，受到广大工农兵群众的欢迎。现将开展这一研究工作的主要经验总结如下：

一、深入实际努力发掘民间植物驱蚊药

植物驱蚊药的研究工作，是适应战备要求从 1967 年开展起来的。工作一开始，同志们急战备之所急，肩负行装，纷纷深入海岛、边疆和山区农村，向老农、草医、猎户、牧人等调查。广大人民群众在长期与蚊虫作斗争中积累了很丰富的经验。通过调查，从群众那里找到了许多有苗头的植物驱蚊药，也学到了丰富多彩的驱蚊方法，如涂抹、喷洒、熏烟、点灯等。

调查逐步深入，认识不断提高。在发掘民间植物驱蚊药的基础上，经过反复实践，从个别到一般，根据植物科属的特点，进行更加广泛的采集和筛选。科技人员在工作中总结出一种在野外直接用新鲜植物进行快速筛选的简易方法，采取边调查，边采集，边筛选，边验证的方法，大大加速了研究工作的进程。

　　为了准确地观察植物药的驱蚊效果，在野外，科技人员用自己的手和腿涂上药来试验。很多同志被蚊子咬得又痛又痒，起了满手一腿的疙瘩还要坚持试验。

　　经过几年的努力，广东、广西、云南、四川、南京、北京、上海和沈阳等地区总共调查了 160 个县，700 多个公社，收集民间驱蚊方药 3300 多种。经过初步试验，从中选出有驱蚊苗头的植物有柠檬桉、广西黄皮、松树、野薄荷、山苍子、香茅、土荆芥、枫茅、紫苏、徐长卿、青蒿、柚子皮、桦树皮、丁香罗勒、白杷子、黄杞、姜樟、桂树、橡胶子、川芎、茴香等百余种。为进一步研究我国植物驱蚊药提供了丰富的资源。

二、偶然发现，打开研究工作局面

　　从民间调查和采集来的 3000 多种植物，经过初步筛选，虽然发现了一些苗头，但还不能找到一个重点研究药物。有的丧气地说："植物调查二三千，长效药物不沾边。"使研究工作徘徊了一两年深入不下去。

　　广西小分队的同志，对收集来的 200 多种有一定驱蚊作用的植物又进行了认真的分析和反复试验，偶然发现存放两年的土荆芥油有长达 3—4 小时的驱蚊效果，而用新鲜土荆芥油对照筛选时还不到一小时。这一现象引起了大家的重视。科技人员抓着这一线索，跟踪追击，又把存放两年凝集在瓶盖上的一滴广西黄皮油拿来进行试验，结果也同样出现了驱蚊有效时间延长的现象。

　　在这同时，四川、广东地区驱蚊药研究小组也发现了新鲜和存放的勒党油、竹叶椒油和柚子皮油驱蚊效果的差异。这就进一步说明了一些植物油与新驱蚊效果的差异并不是一个偶然的现象。

　　经过分析，科技人员认为：存放两年的土荆芥油和广西黄皮油的驱蚊时间长是一个现象，其问题的本质可能是由于空气、温度和长时间光照作用引起植物油内在的化学变化，使驱蚊效果由短效向长效转化的结果。实践是检验真理的唯一标准。为了进一步证实这个假设，采取模仿自然条件，先后对山苍子复馏头油、轻质松油、柠檬桉油、八角茴香脚油、留兰香头油等 38 种样品，采用人工加温通气处理，结果大多数驱蚊效果都有不同程度的提高。并总结出了"人工加温通气"和"油水混合转化"加速植物油陈化，变植物驱蚊药短效为长效的新技术方法。

三、敢于实践，不断提高，探索植物驱蚊药的规律

"人工加温通气""油水混合转化"方法的试验成功和提出植物结晶，对提高一些植物驱蚊药的效力是行之有效的。经实验室和现场初步验证，其中柠檬桉油渣有效成分、轻质松油转化产物和野薄荷结晶等，均具有较好的驱蚊效果。但加温通气处理需要的时间长，产量低和成本高，提取植物结晶往往受到资源限制等，仍不能解决工业化生产和满足广大工农兵的需要。旧的矛盾解决之后，又出现了新的矛盾。还需要用现代科学方法，定出有效成分的化学结构，才能为大量合成驱避剂提供条件，才能把科研成果变为直接为工农兵服务的产品。

认识不断深化，科研工作步步深入。由于上海、广东、广西、云南等地区驱避剂专业组的共同协作，克服重重困难，经过一年努力，先后定出了柠檬桉油渣、野薄荷结晶、广西黄皮油转化物、野花椒结晶和轻质松油转化物等五种植物驱蚊药的化学结构。在鉴定这些植物驱蚊药化学结构的基础上，科技人员又综合分析了国内外合成驱蚊药的结构，初步总结出这些植物驱蚊药的化学结构与驱蚊作用之间的一些规律性的东西：

（一）目前已发掘的植物驱蚊药可能多数属于单环含氧萜类化合物；

（二）在萜类二醇中，间二醇与邻二醇较其他二醇可能有较好的驱蚊效果；

（三）大多数驱蚊药具有二个基团，如羟、酮、酯、酰胺等极性基团；

（四）作为涂抹驱蚊药的沸点一般在250—350℃之间为宜，沸点太低驱蚊时间短，沸点太高则驱避力减弱；

（五）涂抹驱蚊药的驱避效果还与物态有关，一般熔点或凝固点以不超过60℃为佳。

以上这些规律只是从个别的植物驱蚊药化学结构中初步找到的一些规律性的东西，在认识上产生了一个飞跃。但这种规律是否正确，还有待于回到实践中去检验。在结构鉴定之后，广东、广西、上海、云南等地以柠檬桉油、松节油下脚料——双戊烯等为原料，采用半合成工艺路线，成功地试制出多种萜类植物驱避

剂，并逐步完善工艺，降低成本，已进行成批生产。目前这些新型植物驱避剂，已成批支援战备，供应市场，深受广大工农兵群众的欢迎。

　　［本文选自：全国疟疾防治研究领导小组办公室，疟疾研究科研成果选编（1967—1980），1981 年（内部资料），137—141 页］

附录 3
523 抗疟药青蒿素及其衍生物研究专题工作报告（摘录）

（1970—1980 年）

自 20 世纪 60 年代初期发现氯喹的抗性株疟原虫以来，寻找新型抗疟药已成为疟疾防治研究的一项重要任务。祖国医药学有大量关于防治疟疾的记载，从中医中药里寻找新抗疟药是一个重要途径。在全国疟疾防治研究领导小组及有关省、市、自治区，军区的领导和支持下，抗疟中草药专题研究组的全体同志，把敬爱的周总理对"523"工作的亲切关怀当作巨大的动力，急战备之所急，不畏艰难，迎着困难，十多年来通过大量民间调查，跋山涉水采集药物标本，共收集有关中草药及单验方上万个，筛选药物达 5000 余种。毛主席关于"中国医药是一个伟大的宝库，应当努力发掘，加以提高"的教导，经常激励大家，攀登医药科研高峰，在继承发扬祖国医药学遗产上做出成绩。

在进一步总结历代医籍、本草和大量实验工作的基础上，抓住东晋葛洪《肘后备急方》中青蒿"鲜汁"截疟一方，进行深入研究，经用现代科学知识和方法，结合中医用药特点，反复研究，经过多次失败，终于有所发现。1971 年 10 月，中医研究院中药研究所从中药青蒿中找到了抗疟有效部分。1972 年经海南昌江地区，解放军 302 医院对间日疟 20 例、恶性疟 10 例、共 30 例验证，确定其抗疟疗效。在全国 523 办公室积极支持下，并及时组织全国大协作，于 1972 年至 1976 年中医研究院中药研究所、山东省中医药研究所和云南省药物研究所先后分离出有效单体青蒿素的大好局面，1974 年广州中医学院和云南药物所扩大青蒿素的临床验证，进一步肯定疗效并突破了抢救脑型疟的先例，这对青蒿研究又是一个鼓舞，从 1975 年由中医研究院、山东、云南、广东、四川、江苏、湖北、河南、广西、上海，中国科学院和中国人民解放军有关单位共同组成青蒿研究协作组，从化学、药理、临床、资源、生产工艺、质量规格、制剂、衍生物等方面进行了深入系统的研究。

化学研究方面，在经历了发掘、从青蒿中分离出抗疟有效成分——青蒿素后，接着就是青蒿素化学结构研究。根据光谱数据、化学反应、X– 射线单晶衍射，确定了青蒿素分子结构和绝对构型，证明青蒿素是一个具有过氧基团的新型倍半萜内酯，是与已知抗疟药完全不同的新型化合物。通过结构与疗效关系的探讨，认识到在青蒿素结构中过氧基团是抗疟有效基团，过氧基团一破坏，抗疟疗效也被破坏，在保留过氧基团的基础上，把结构中的内酯基还原为半缩醛（即还原青蒿素），则抗疟效价比青蒿素提高，羟基的氢被某些基团取代后，抗疟效价进一步提高。这一规律的掌握为青蒿素的结构改造，衍生物研究创造了条件，在青蒿素衍生物研究中，近年来上海、广西、北京、山东等单位，针对青蒿素近期复燃率比较高，制剂不够理想等缺点做了很多工作，制备了酯类、醚类等几十个衍生物，其中上海药物研究所的蒿甲醚，广西桂林制药厂的"804"和"887"经深入研究，试用于临床，并作了鉴定，它们在保留青蒿素的优点上，还各具有油溶性或水溶性较青蒿素强，便于制成注射剂，临床疗程总剂量比较小，速效比较显著等优点。"804"钠由于水溶性，还能够做成静脉注射，便于抢救的特点，在青蒿素的基础上又前进了一步，有了新的进展。但在近期复发率的问题上，仍有待进一步研究提高。

青蒿素的化学合成，难度比较大，中国科学院有机化学研究所正在努力攻克中。

青蒿资源调查方面，不仅了解到青蒿在我国南北各省广为分布，资源极为丰富，而且发现海南、广西、四川等南方各地所产青蒿，青蒿素含量高，杂质少，从而使青蒿素的生产工艺由繁而简。用溶剂汽油提取，操作简便，可以成批生产。由于青蒿资源丰富，特别是一年生草本，生态适应性强，成批野生，因此为平战结合，就地取材推广使用创造了条件。或经简单加工，制作成简易的鲜汁，佘剂应用。提取成简便的醇浸膏片经一千多例验证，除复燃率高于青蒿素外，疗效也是好的。可以达到临床治疗的目的，结合资源调查和生产需要，还建立了含量测定方法，质量标准规格。

为适应临床需要，制剂方面也不断改进提高，从片剂、油剂、油悬剂到水混悬剂。经临床验证，水混悬剂比较好，复发率比较低。

药理研究方面，经鼠疟、鸡疟、猴疟模型实验证明青蒿素对疟原虫红内期有直接杀灭作用。青蒿素对实验动物毒副作用低。在机体内吸收快、分布广、排泄快。电镜观察可见青蒿素对鼠疟原虫的作用部位主要是膜系结构，其抗疟作用机理认为是干扰了疟原虫的表膜—线粒体功能。青蒿素未发现有致突变作用，致畸实验尚在重复进行中。

临床疗效方面，自 1972 年以来，全国十个省、市、自治区用中药青蒿制剂和青蒿素制剂在海南、云南、四川、山东、河南、江苏、湖北以及东南亚恶性疟、间日疟流行地区进行了 6555 例临床验证。其中青蒿素制剂治疗 2099 例，用于救治脑型疟 141 例，证明在速效、低毒方面，优于氯喹和现有其他抗疟药物。青蒿素治疗恶性疟 588 例，间日疟 1511 例。平均退热时间和疟原虫平均转阴时间明显快于氯喹，但复燃率比较高，注射剂为 10% 左右。治疗抗氯喹原虫株恶性疟 143 例，具有显著效果。例如 1977 年在海南昌江七坊公社卫生院抢救一例脑型疟患者，黎族 4 岁小孩高亚兴，为恶性疟，经用氯喹加伯喹治疗一个疗程，因病儿患的是抗氯喹株疟疾，因而未能控制病情的发展，迅速恶化转为脑型疟，病儿昏迷，危在旦夕，经改用青蒿素抢救，27 小时便清醒，原虫转阴，转危为安，一周即出院。这样类似的例子还是不少的。1976 年我国赴柬埔寨医疗队，在抗氯喹株疟疾达 70% 以上地区，实地使用，也取得满意疗效，深受欢迎。

总体来说青蒿素的抗疟疗效是突出的，作为治疗药物，它和目前的抗疟药物比，有速效、低毒的优点，特别在救治脑型疟和抗氯喹恶性疟方面达到了国际先进水平。

青蒿素的研究成功是我国医药科技人员，坚持走中西医药结合道路，继承发扬祖国医药学遗产的一项重大科研成果，是抗疟药研究史上继喹啉类药物之后又一突破。青蒿素是与已知抗疟药完全不同的新型化合物，从而为进一步寻找抗疟药开辟了新的途径。

青蒿素科研成果于 1978 年 11 月由全国疟疾防治研究领导小组鉴定。1977 年在全国科学大会上获重大科技成果奖状。1979 年荣获国家二等发明奖。

青蒿素作为抗疟新药，已引起国内外的普遍重视。影响亦日益扩大。联合国开展计划总署及世界卫生组织准备今年 4、5 月间来我国召开第四次疟疾化疗会议，重点讨论青蒿素研究合作与发展问题。

面对这样一个形势，我们还有很多工作需要深入，对今后研究提出一点建议：

1. 加强组织领导，分工协作，避免重复；

2. 加强抗疟作用原理和体内代谢过程等研究，更全面地认识该药的特点、规律，以便更好地指导临床实践；

3. 继续开展青蒿素化学合成和结构改造，研究争取近期复发率有明显降低并寻找新药；

4. 对青蒿资源进行全国性调查，组织落实生产点，继续改进工艺，提高产量，降低成本。

青蒿素及其衍生物研究协作组

1981 年 3 月 2 日

附录 4
523 抗疟药物专业组科研工作报告（摘录）

（1967—1980 年）

　　疟疾是五大寄生虫病之一，流行甚广，直接影响生产，危害广大军民健康。根据中央关于加强热区战备的指示精神，自 1967 年至 1980 年，先后三次制订研究规划，针对热区恶性疟发病率高、抗药性强和部队在野战条件下难以防治的特点，贯彻平战结合，中西医结合的方针，重点研究解决无抗药性长效预防药、疟疾治疗药、抢救凶险型恶性疟的急救药等。经过近 14 年来的努力，研制出一批具有疗效高，使用方便。易生产推广新的防治药物，较好地完成了规划提出的各项研究任务，达到了国内外先进水平。在战备，援外和国内防治中发挥了重要的作用，深受广大军民的欢迎。在取得这批新的科研成果的同时，在我国还建立了一系列疟疾实验动物模型，开展了大量药理、毒理学，新技术和一些相应的基础理论研究工作，并培养成长了一支专业配套和技术精练的抗疟药科技队伍。

（一）中草药的研究

　　用中草药治疗疟疾在我国有几千年的历史。民间蕴藏着极其丰富的经验。为了把这些散在的经验用科学方法加以总结提高，十几年来，参加这项研究的科技人员，不辞辛苦，走家串户，翻山越岭进行了大量民间调查，收集抗疟中草药验方上万个，广筛药物 5000 余种，在大量发掘的基础上经过去粗取精，去伪存真，选出 20 多种有效中草药进行深入提高的研究。

　　中草药研究情况复杂，受产地、季节、鲜、陈、提取方法、给药剂量等多种因素的影响，再加上动物筛选，临床验证的复杂性，经常出现时高、时低效价不稳的情况。因此，对一个中草药的评价往往需要做大量艰苦细致的工作。通过十几年科学实践，总结了成功的经验和失败的教训，初步总结出用现代科学技术方法发掘提高抗疟中草药的一些规律性的认识。

从有效部位中分离有效单体并测定其化学结构以扩大合成路线，是抗疟中草药研究的一个重要课题。利用现代分离技术和近代物理仪器成功地从四种中草药（青蒿、鹰爪、仙鹤草、陵水暗罗）中分离出多种有效单体，肯定了它们的抗疟效价，测定了结构，有的还通过全合成进一步证实其结构。这些工作都具有一定的科学水平。常山在我国治疗疟疾已有 2 000 多年的历史，同志们从植物中分离出常山乙碱，并通过结构改造，改善了常山乙碱的呕吐副反应，有的化合物已进行了临床验证。

从结构来分析这些抗疟有效成分均属新结构类型，这是在以往抗疟药中所没有的。例如青蒿素的化学结构，是具有过氧基团的新型倍半萜内酯，鹰爪甲素结构中含有一六元过氧环，仙鹤草酚为间苯三酚衍生物的三缩聚体，暗罗素为含锌的金属化合物，这些结构测定给化学合成提供了极其有价值的参考。其中特别是青蒿素的发现不仅具有很大的实际应用价值，而且有它的理论意义。它打破了几十年来一直被人奉为经典的"抗疟药必须具有含 N（氮）的杂环"的传统概念，向人们揭示出一片寻找新抗疟药的广阔新天地，是抗疟药研究史上继奎宁之后的又一里程碑，是中西医药结合的光辉典范，它具有无限生命力。在以青蒿素为原料的结构改造中又找到了蒿甲醚，它油溶性大，能作成油制剂，复发率也有所下降，使青蒿素类化合物在应用方面又向前推进了一步。青蒿素的发现在国际上也有重大影响。许多外国专家纷纷来电来函，要求协作。世界卫生组织今年四、五月间也准备派代表团来我国专题交流。

（二）合成抗疟药的研究

自 20 世纪 60 年代出现抗氯喹恶性疟以来，抗药性问题就成为疟疾防治研究中的中心课题，如何寻找与氯喹无交叉抗药性的新药是世界上需要迫切解决的一大深题。

十多年来共设计合成了 1 万多种化合物，广筛了 4 万多种药物样品，从中找出鼠疟初筛有效的化合物近 1000 个，其中有 47 个进行了猴疟试验，38 个经过了临床前药理毒理的研究，经全国 523 领导小组批准有 29 个进行了临床验证，14 个药物（其中 8 个新药）通过了鉴定，其中预防药 4 种（防Ⅰ、防Ⅱ、防Ⅲ、哌喹），治疗药 6 种（治疗宁、复方磷酸咯啶、羟基哌喹、磷酸羟基哌喹、常咯啉、蒿甲醚）急救药 3 种（脑疟佳、磷酸咯萘啶针剂、磷酸咯啶针剂）根治药一种（硝喹）。

研制出的新药部分已经成批生产，提供外援，装备部队，并推广民用。自 1973 至 1979 年仅疟疾预防药防Ⅰ，防Ⅱ和防Ⅲ援助越南南方和柬埔寨的数量达 101 吨，使当地疟疾月发病率由 20% ~ 60% 下降到 5% 以下。1976 年我国"疟疾防治考察组"带着我们研制出的新药前往民主柬埔寨，在高疟流行地区和病人密集的医院中应用，收到良好的效果，快速，安全，治愈率高，病人迅速出院，帮他们解决了严重的疟疾问题。获得柬方高度赞扬并受到柬共中央领导人的多次接见。这些药物在我热区部队中应用也得到满意的结果。在国内对控制云南、海南和河南等地的疟疾暴发流行也起到了重要的作用，特别在有氯喹抗药性流行地区使用，效果尤为显著，深受广大工农兵的欢迎和国外的重视。

目前我国的新抗疟药，不仅品种多，而且基本配套，预防药有防Ⅰ、防Ⅱ、防Ⅲ和哌喹，口服一次分别有 7 天，半个月和 1 个月的预防效果。在热区军民中使用，一般均可使疟疾月发病率由 10% ~ 20% 下降到 2% 以下。治疗药有 6 种在对氯喹抗性较普遍的地区应用，效果较好，对解决目前抗氯喹恶性疟的治疗，提供了条件。急救药有三种与氯喹均无交叉抗药性，对救治脑型疟和抢救危重病人与国外现在应用的急救药包括氯喹，奎宁等相比，具有快速、安全的特点。根治药复方硝喹 8 日疗法与氯伯喹 8 日疗法的效果基本相当而且剂量小副反应轻。在根治药的研究中，还有一些新的进展，如抗坏血酸伯喹，古罗酸伯喹在现场试用，初步证明根治效果和磷酸伯喹相当而毒性明显下降，辛酰伯喹对感染子孢子的猴一次注射，连续观察 6 个月未见原虫复发，已初露苗头。

（三）动物模型和实验技术的研究

寻找新抗疟药，动物模型和筛选方法是首先要解决的问题。五二三成立以来抓了动物模型的建立，在国内已有鼠疟（P.berghei）和鸡疟（P.gallinaceum）二株动物模型的基础上，又先后从国外引进了二株鼠疟模型（P.b.b.NK 65, P.yoelii）和三株猴疟模型（P.inui, P.cynomolgi, P.knowlesi）。由于科研工作的需要，我们自己又培育了四株动物模型（鼠疟原虫—斯氏按蚊系统鼠疟模型，猴疟原虫—斯氏按蚊系统猴疟模型，鼠疟原虫抗氯喹株，血传鼠疟原虫抗乙胺嘧啶株）。到目前为止我们已经有 11 株动物模型可供筛选，评价新药。每株动物模型能反映抗疟药某一方面的特点，适当配合应用能较准确地筛选出治疗药，抑制性长效预防药，根治药和病因性预防药。此外还建立了利用蚊媒试验系统和体外培养的原虫进行体外筛选的方法。蚊虫媒介方面在实验室成功地饲养了中华按蚊，微小按蚊，巴拉巴按蚊，斯氏按蚊，雷氏按蚊等。

新药上临床前必须经过严格的药理实验，毒性观察和健康人试用三个阶段以确保药物安全有效。通过大量化合物的研究在这方面积累了较丰富的资料和经验，药物效价测定和安全评价的工作逐渐完善和系统化，总结出临床前药理毒性的一般要求和药物上临床的标准。根据不同药物，设计相应的实验以阐明其作用特点。如用电子显微镜观察长效预防药哌喹在动物肝脏的贮存情况；通过钙磷含量、结构组织和材料力学等方法系统研究了脑疟佳对骨质的影响，并用 ERG 和大脑皮质诱发电位观察该药对视觉的影响；通过鸡、猴、人的疟原虫在蚊体内发育的观察，研究硝喹阻断孢子增殖的作用；深入研究了磷酸咯萘啶对心血管系统的影响，以及家兔溶血测定方法和猫、鸽呕吐试验等都是针对药物特点而进行研究的，还初步开展了三致（致癌，致畸，致突变）实验研究以及鼠和人疟原虫超微结构和青蒿素，脑疟佳对鼠疟超微结构的研究。

药物代谢的研究不断深入，初步开展了药物代谢动力学的研究，利用放射性同位素观察了哌喹，羟基哌喹，青蒿素和蒿甲醚等药物在动物体内代谢情况；开始注意了剂型对生物利用度的影响，与前十年相比，实验室的研究在深度和广度上都有很大提高。

近 14 年来，研制出科研成果 45 项，其中中草药 11 项，化学合成药 19 项，动物模型及技术方法 15 项。有的接近和达到了国际先进水平。青蒿素、防Ⅱ、防Ⅲ、羟基哌喹、磷酸咯啶、磷酸咯萘啶、脑疟佳，巴拉巴按蚊实验室驯化与养殖等 12 项荣获全国科学大会奖，有 3 项获得部委、省、市科学成果奖，所研制出的成果都已发挥了重要的作用，在国际上也产生了积极的影响。美国由于越南战争的需要，自 1960 年开始投入了大量人力物力，共筛选了近 30 万个化合物，找到了一些新药，但没有跳出原来类型的框框：与国外相比，我们寻找新药效率高，花钱少，周期快，在使用上已达到和超过国际水平，如控制疟疾的流行，降低发病率及抢救脑型疟等，而且思路广阔，创造出了前所未有的新类型药物如青蒿素，脑疟佳等，为寻找新抗疟药开辟了新的途径。

近 14 年来五二三药物研究专业组的科研卫生人员，实行科研与防治结合，深入边疆、山区、农村、连队，预防疟疾近百万人次，治疗疟疾 30 余万人，抢救危重脑型疟上千人。通过大量科研与现场实践积累了丰富经验，形成一套寻找新药的工作方法，并制订了抗疟药临床验证指标和鉴定投产前的要求。

在抗疟药物研究方面能取得这么大的成绩和进展，主要是：

1. 领导重视，组织健全，办公室在组织协调这项工作中发挥了积极作用，计划列入各部门，任务落实各单位，保证了各项工作的顺利开展。

2. 有一支专业配套，技术精炼，具有高度政治责任感的技术骨干队伍。他们深入实际，努力钻研，勇于创新，不怕困难，具有献身精神，为发展我国抗疟药研究做出了贡献。

3. 任务方向明确，计划安排落实，工作协调及时，专业组定期总结交流。学术空气比较活跃，充分调动了科技人员的积极性。

4. 搞好协作，寻找新药是一门综合性的研究。必须使实验室研究、临床、生产各个环节紧密配合一环扣一环，才能加快速度，缩短周期。这么多环节，这么大量的工作依靠任何一个部门，一个单位都是无法完成的，只有加强协作，共同研究才能完成。

523 抗疟药物专业组
1981 年 3 月 2 日

附录 5
523 驱避剂、杀虫药械专业组科研工作报告（摘录）

（1967—1980 年）

驱避剂、灭蚊器械研究专业组

1981 年 3 月 2 日

一、驱避剂（略）

二、超低容量喷雾器

1973 年秋开展了这项研究，经过 7 年的努力，已初步研制出大、中、小型超低容量喷雾器共五种。大型的有大型车载超低容量喷雾器，中型的有东方红 –18 型超低容量喷雾机，小型的有肇 –78 型手持电动超低容量喷雾器，西湖 301– 型超低容量喷雾器，SE–5 型手持式静电超低容量电动喷雾器，还有正在试制的其他喷雾器。

1. 大型车载超低容量喷雾器：由发电机组、空气压缩机、雾化器、贮药器和控制台等部分组成。这些部件全部安装在广州 130 货车上，有 8 个雾化器喷雾，由排风扇将雾送出，在风速为 0.8—1 米每秒时，射程可达 80 米。每分钟可喷洒 170—400 毫升药液，雾粒直径为 7.5—35 微米的占 91.3%，车速为 15 公里每小时，可喷洒 1800 亩地。控制蚊、蝇密度，预防疾病收到较好的效果，具有省人、省力、省药和功效高的优点，适于野外园林和城市郊区大面积杀虫，已鉴定使用。

2. 东方红 –18 型超低容量喷雾机：是最早研制成功的第一种机动超低容量喷雾机。根据我国农机产品特点，研制了适合于风动转盘超低容量喷头，与原机东方红 –1S 型背负弥雾喷粉机配套制机成本机，机重 14.5 公斤，风机的高速气流吹动喷头，每分钟旋转 10000—15000 转，药液径高速离心分散，被粉碎成细小均匀的雾粒，直径为 15—75 微米，并由风吹至远处，每小时可喷洒 60—100 亩稻田或草地，比原机提高功效 10 倍以上，在国内十余个省和地区使用，证明使用合理，效果良好。喷洒辛硫磷，每亩 22.5—79.5 毫升，12 小时后蚊幼虫密度下降达 90% ~ 100%。在居民点每 10 天喷洒一次辛硫磷与马拉硫磷各半的混合剂。成蚊密度下降率达 95% ~ 100%，疟疾病例也有所减少。唐山抗震救灾中曾发挥了良好的灭蚊蝇作用，本机已列入部队装备，农业上已推广应用，被北京市评为优质产品，本机的应用技术已汇编入《超低容量喷雾灭蚊器械专辑》，内部出版。

3. 肇 –78 型手持电动超低容量喷雾器：重 1 公斤，由一个微电机带动转盘雾化器，转速每分钟 8000 转，可喷油剂 5 毫升，雾粒直径为 6.2—74.5 微米占90%，有效射程 1 米，每小时可喷洒 1.5 亩（约 1000 平方米），适用于室内和半室外速效和滞留喷洒，防制蚊、蝇、蠓效果好。三年来试产 3000 多台，试用部队和卫生防疫部门认为本机可定向喷雾，轻便灵巧，功效高，售价廉，用电少，省药剂，1980 年鉴定定型。

4. 西湖 801 型超低容量喷雾器：为改进同类产品存在的缺点，借鉴国外喷头样品制成。净重 0.6 公斤，喷头为小蘑菇状转盘，由微电机带动，每分钟旋转8500—9000 转，可喷马拉硫磷 17 毫升，雾粒直径为 8.7—52.4 微米占 97% 以上，用于室内灭虫效果好，1980 年鉴定定型。

5. SE-5 型手持式静电超低容量电动喷雾：为改进超低容量喷雾雾粒的飘移和散落，减少环境污染，节省药剂，使定量药剂快速、均匀、向地喷洒到目标物上去，达到表面滞留杀虫的良好效果，研制了由超低容量喷头与高压静电发生器结合制成的静电喷雾器，高压静电发生器可产生 25—30KV 的高压静电，可使一定距离内的喷洒目标形成静电场，喷出的雾粒便在此静电场内移动，并被吸向喷洒目标，达到均匀覆盖。当喷头离地面 1.75 米高，距喷洒目标 1.5 米远时，表面上的有效喷洒直径为 3 米（面积为 7.07 平方米）。用于墙面滞留喷洒，静电喷洒较常规喷洒用药少，耗损少、药物利用率高，灭蚊效果好。静电喷雾时，80%以上蚊虫触杀死亡率的受药量为 0.15 克每平方米，超低容量喷雾时则为 2 克每平方米，静电喷雾的药量比超低容量喷雾小 12.7 倍。

用于农业杀虫，距作物 0.5 米高喷洒，喷幅达 2 米，沉降于叶子正面和反面的雾粒数（个每平方厘米），静电法为 102.0 ：44.3，超低容量法为

14.6 : 0.3，两者有明显差别。地面上散落的雾粒数，静电法为 2.8，超低容量法为 4.1。静电法为优。杀死棉蚜的效果也以静电法为好。此外，静电喷雾器也可用于工业喷漆。

静电喷洒可改善常规喷洒存在的缺点，近年英国有人正在研究，证明用于农业，特别是棉花杀虫有许多优点，它可能是 20 世纪 80 年代受人重视的新型杀虫器械。

此外，尚在试制试用的其他器械有轻便蜗牛式和手提式超低容量喷雾器。有关研究的总结论文等共 65 篇由办公室分别汇编成《蚊虫防制》和《超低容量喷雾器械灭蚊专辑》出版。

超低容量喷雾器的研制和应用给我国填补了这项新技术的空白。也将会改变卫生防疫杀虫方法的旧面貌。过去使用的卫生杀虫喷雾器全部依赖农机部门的供应，有些喷雾机质量不合卫生要求。现在我国已有了研制超低容量喷雾器的能力，并已积累了除害灭病的许多经济，为继续发展这一技术打下了基础。静电喷雾器国外尚无商品生产。上海研制的样机为研究应用静电喷雾技术提供了工具。超低容量加静电喷雾的方法可能是未来的又一项新喷雾技术。

（以下略）

附录 6
523 临床和脑型疟疾救治专业组工作报告（摘录）

（1967—1980 年）

（一）脑型疟疾的研究

脑型疟疾是凶险疟疾中较常见的一种，疟疾病人死亡，多数是死于脑型疟疾。国内学者综合了 1964 年前国内有关文献资料，1561 例脑型疟的病死率平均为 29.9%。1972 年云南省有关资料报道 168 例脑型疟，平均病死率为16.7%；1971 年英国《热带病学》杂志报道，脑型疟疾在非洲儿童中病死率很高（达 22% ~ 23%）。另有资料报道："在英国恶性疟疾病死亡率占疟疾患者的10%，大部分死者脑症状是主要的"，可见其脑型疟疾病死率在 10% 以上。

自 1971 年以来，云南等省一些地区相继发生疟疾暴发流行，脑型疟疾猛增，死亡人数不少。严重危及军民的生命安全，因而组织了凶险型疟疾研究。广东、云南两地分别组织了专业研究队伍开展这项研究工作。据统计云南从 1972—1973 年，专业组共收治脑型疟 50 例，广东地区专业组从 1971—1980 年共收治脑型疟 296 例，两地专业组十年来共收治脑型疟 346 例，治愈率为 92.5%，病死率为 7.5%。其中广州中医学院研究小组，14 年来坚持深入云南和海南岛的疟疾区进行疟疾临床研究，共救治 279 例脑型疟患者，治愈率为 92.8%，病死率为7.2%。1972 年《国外军事医学资料》中收集的 4 组脑型疟病例共 70 例，病死率为 10%。综上所述，可以认为，通过十年来的研究，国内脑型疟病死率目前可以控制在 10% 以下，达到了国际先进水平。

由于恶性疟原虫对阿的平和氯喹产生抗药性，目前国外治疗重症疟疾只有奎宁可用。我国在 1975 年研制了磷酸咯萘啶（中国医学科学院寄生虫病研究所），该药无论从疗效，使用方便和安全等方面都优于奎宁。与此同时，1974 年青蒿素治疗恶性疟和凶险型疟疾的高效、速效、低毒特点也得到证实。目前，青蒿素及其衍生物蒿甲醚和青蒿酯在救治凶险型疟疾中，以其高效、速效、低毒、使用方便安全等特性而远远超过奎宁。其中青蒿酯是自有抗疟药以来第一次可供安全地直接静脉注射，而且在数分钟内即可达到血中有效浓度的唯一药物。因而在救治凶险型疟疾中具有更大的优越性。过去有些原虫感染率达 25%，而又即将进入大滋养体昏迷者，易至死亡。现在只要及时静脉注射一针青蒿酯，使原虫停止发育，一切危难就迎刃而解。此外，脑疟佳和磷酸咯萘啶也是治疗凶险型疟疾的较好药物。

十几年来，专业组的同志，一直坚持在海南岛或云南高疟疾区，在当地基层医疗单位的热情支持下，以对病人生命高度负责的精神，认真细致地开展研究工作，在治疗实践和理论上都取得了新的认识：

（1）云南地区初步探讨了对甲皱微循环变化和眼底微小动脉挛缩及静脉扩张瘀血与凶险型疟疾发生发展的互相关系，制定了适合农村情况，平战结合的救治方案，总结了疟疾的预防和救治经验。

（2）把恶性疟原虫发育规律同临床诊断学和治疗学结合起来进行细致观察，研究了各种新老抗疟药在治疗脑型疟中的合理疗程、剂量和注意点，使对脑型疟病因治疗做到心中有数，以便在临床救治时能全力考虑对症处理及对并发症的防治，从而提高了治愈率。

（3）通过细致的临床研究，初步弄清了脑型疟的各种致死原因及其防治要点，并提出了目前尚难以突破的造成 5% ~ 10% 病死率的原因，这些原因主要是：并发脑干损害、肾功能衰竭或严重 DIC。这一临床病理学方面的认识是 10 年来研究工作中的一个重要进展，如果在今后研究工作中，进一步做好这三项并发症的防治工作，则将使脑型疟救治提高到更高的水平。

（4）由于把原虫发育规律同临床研究结合起来，提出了脑型疟的昏迷由于原虫发育阶段不同而分为两种昏迷期——小环状体期昏迷和大滋养体期昏迷。通过对 177 例两种不同昏迷期的研究表明，小环状体期昏迷患者是脑型疟中之轻症，如无治疗上的错误，能较易较快清醒，不会导致死亡；大滋养体期昏迷的病人则多表现为重型或极重型，昏迷清醒时间长并发症出现率高，脑干损害、肾功能衰竭和严重 DIC 病例都在这期昏迷患者中发生。并提出了用皮内血片镜检鉴别这两种昏迷期的简易方法，证实皮内血片中恶性疟大滋养体、裂殖体的密度等于或高于骨髓片。对两种昏迷期认识不仅大大提高了脑型疟疾救治工作的预见性，对治疗和研究都很有指导意义，而且有可能为脑型疟发病原理的研究提供新的启示。

我们对脑型疟疾进行了大量的临床研究，有了一套行之有效的治疗方法，在降低病死率方面已取得较好的成绩，积累了较丰富的经验；在临床病理方面也有新的见解；目前我国海南岛脑型疟疾病例也不少（1976 年，一个县医院就收治 60 多例脑型疟，1978 年，海南自治州脑型疟达 400 多例），临床与实验室研究可以紧密结合，这些都是我们的有利条件。今后应该加强实验室研究，力争三五年内，我国在脑型疟疾的临床研究和理论研究方面都取得较大进展。

（二）抗氯喹疟疾的研究（略）

附录 7
523 疟疾免疫专业组工作总结报告（摘录）

（1969—1980 年）

为解决热区广大军民终年服用抗疟药对身体健康的影响，1969 年 523 广州会议决定，在我国开展疟疾免疫研究工作，由上海、四川、广东、广西和北京等地区十多个教学科研单位、军事院校组成了疟疾免疫专业协作组，在"523"办公室领导下，前后组织召开了两次疟疾免疫专业经验交流会，编写刊印了两期疟疾免疫研究专集，召开了三次小型碰头会，在这些会议上，及时互通情报，交流经验，并制定全国疟疾免疫研究规划，组织专题协作，落实专题分工，保证了疟疾免疫研究工作顺利进行。有些研究项目已达到和接近国际先进水平。现就取得的成就和国际的新进展及对今后工作的意见向领导和同志们汇报：

一、疟疾免疫研究工作取得的成绩和进展

1971 年底和 1973 年在成都和上海先后召开碰头会和专业会，制定了疟疾免疫研究方向，和疟疾免疫研究工作的发展规划。几年来在以下几方面取得不少成就：

（一）疟原虫体外培养的研究

成都碰头会上，提出疟疾免疫研究方向，应从特异免疫入手，提出了"三子"（裂殖子、潜因子、子孢子，编者注）免疫疫苗的研究。为了达到这个目标必须开展疟原虫体外培养。当年就开始了人恶性疟原虫体外培养，同时进行探索食蟹猴疟原虫和诺氏疟原虫的培养。现在对诺氏疟原虫体外培养已能连续传代 6 个月以上，

人恶性疟原虫国外在 1976 年突破连续培养，我国在 1977 和 1978 年也获得成功。从海南岛病人血中分离出来的两株人恶性疟原虫 Fcc1/HN 和 Fcc2/HN 能在实验室内无限期地连续传代培养。

人恶性疟原虫体外培养的成功，为疟疾免疫研究开创一条新路。世界卫生组织于 1979 年和我国卫生部联合在上海和北京举办了两期人恶性疟原虫体外培养训练班，对我国疟疾免疫研究起一定的推进作用。

在红内期疟原虫体外培养工作中，采用了新生牛血清和兔血清替代人血清进行培养也获得成功。还成功建立了简易培养和较大量培养方法。

为了改进培养条件，先后研制成了Ⅰ、Ⅱ、Ⅲ型体外培养机和收集裂殖子的体外连续培养仪，为开展疟疾免疫研究创造了条件。

用组织培养方法培养蚊胃细胞系，已成功地建立了白纹伊蚊细胞系，进行了鼠疟动合子和鸡疟囊合子的体外培养。另外还开展了用鸡疟子孢子感染的鸡胚和鸡疟红外期原虫的体外培养。

以上培养技术方法的研究成功，对制备疟原虫抗原供免疫和诊断应用，积累了有价值的技术资料。

（二）疟原虫抗原的分离提纯

纯化疟原虫抗元是疟疾免疫研究的一个重要课题。对子孢子的纯化，西安地区采用免疫吸附亲和层析法，直接从感染蚊子匀浆制备鸡疟子孢子悬液，得到完整的、具有感染力的子孢子。北京地区采用血浆迁移法分离子孢子也获得不少可贵的经验。

采用普通差速离心、右旋糖酐和聚蔗糖等方法，对裂殖体的提取开展了一些工作。其中广东地区采用阿拉伯胶方法分离裂殖体取得较好的结果。

（三）疟原虫抗原的分析

由于疟原虫生活史复杂，各期原虫之间抗原期的特异性较强，并且由于它寄生在宿主的细胞内，原虫抗原分析较为困难。最近北京地区开展融合细胞杂交瘤技术，这是最近几年在免疫学研究方面应用的新技术，现已初步筛选出抗红内期人恶性疟原虫单克隆抗体的细胞体系，正进一步检定其产生的抗体是否为保护作用。

（四）实验性免疫的研究

疟原虫子孢子免疫源性的研究已证明鼠疟子孢子有免疫力。采用钴^{60}丙种射线照射的猴疟子孢子给猴免疫，取得一定的结果。

红内期裂殖子疫苗的研制，是当前研究的重点。广东地区制备了诺氏疟原虫裂殖子组分抗原疫苗给猕猴免疫，证明具有较好的免疫效果。

为了提高免疫结果，开展了免疫增效剂的研究。现已从中草药中筛选出一种有希望的免疫增效剂。

（五）免疫诊断方法的研究

免疫诊断方法对流行病学调查、现症病人的诊断和今后判定疫苗的免疫效果都有一定的实用价值。现已建立了间接免疫荧光和酶联免疫法测定疟疾抗体，正进一步标准化，拟于现场验证后推广使用。

对子孢子抗体的检定已成功地建立了环子孢子沉淀试验方法，并已用于子孢子的免疫研究。

（六）蚊媒驯化和养殖

按蚊的实验室养殖，对研究疟疾免疫、灭蚊方法和蚊虫抗药性有极其重要意义。1971 年上海地区成功地驯化了雷氏按蚊，可在实验室内自然交配，大量繁殖。随后四川、广东、广西和贵州地区，也先后成功地在实验室内养殖我国传播疟疾的巴拉巴按蚊和微小按蚊，从而为各地养殖媒介按蚊提供了有益的经验。

从国外引进斯氏按蚊，在北京、上海实验室内养殖也获得成功，并利用这些媒介采用离体吸血方法，制备子孢子抗原，开展子孢子免疫研究工作。

（七）人疟动物模型的研究

人疟动物模型的研究也取得一定进展。利用换血法，将人的红细胞输入猕猴体内，观察人恶性疟原虫在猴体内发育繁殖，并通过传代可达 11 代之久。

采用白掌长臂猿的红细胞，体外培养人恶性疟原虫获得成功。发现在体外培养和体内形成慢性低度感染有极其明显的差别。

在广西熊猴体内发现有自然感染的三日型猴疟原虫。

（以下略）

1981 年 3 月 1 日

附录 8
523 科研成果名称及研制单位 [①]

（1967—1980 年）

一、蚊虫防制

1. 对 - 蓋烯二醇驱避剂
主要研制单位：上海医药工业研究院

主要协作单位：上海昆虫研究所

上海劳动卫生职业病研究所

上海桃浦化工厂

2. 混合对 - 蓋烷二醇驱避剂
主要研制单位：轻工业部香料工业科学研究所、广西南宁化工厂、广西地区 523 驱避剂专业组、上海劳动卫生职业病研究所、中国科学院上海昆虫研究所

3. 对 - 蓋烷二醇 -3，8 驱避剂
研制单位：广东地区 523 驱避剂协作组（主要参加单位：广东省卫生防疫站、广州香料厂、广州军区后勤部军事医学研究所、 中山大学、上海劳动卫生职业病研究所）

4. 癸酸制剂（驱避剂）
研制单位：西南制药一厂、重庆医学院、第四军医大学、重庆市卫生防疫站、

---

① 摘选自全国疟疾防治研究领导小组办公室《疟疾研究（1967~1980）成果汇编（内部资料）》。仅列出成果名称、参研单位，省略技术内容。

重庆制药七厂、四川省中药研究所、重庆第一中医院

5．二聚合剂驱蚊网

研制单位：南京制药厂、南京军区军事医学研究所

6．右旋 –8– 乙酰氧基别二氢葛缕酮驱避剂

研制单位：云南植物研究所、云南省热带植物研究所、昆明军区军事医学研
究所

7．哌嗪 N，N' 二甲酸二乙酯驱避剂

主要研制单位：上海第二制药厂

主要协作单位：上海劳动卫生职业病研究所、中国科学院上海昆虫研究所

8．驱蚊剂"3530"

研制单位：南京制药厂、南京军区军事医学研究所、南京药学院

9．萜类蚊虫驱避药物的驱避效果与物化性质的关系

研究单位：轻工业部香料工业科学研究所

10．广西黄皮油转化产物中驱避成分的结构鉴定

主要研究单位：轻工业部香料工业科学研究所、广西地区 523 驱避剂专业组

11．轻质松油转化产物化学结构鉴定

研究单位：轻工业部香料工业科学研究所、广西地区 523 驱避剂专业组

12．柠檬桉油下脚中驱避成分的结构鉴定

研究单位：轻工业部香料工业科学研究所

13．野薄荷精油中驱避成分的结构鉴定

主要研究单位：轻工业部香料工业科学研究所、中国科学院昆明植物研究所

14．气味驱避剂 B124

主要研究单位：上海第二制药厂、上海医药工业研究院、中国科学院上海昆
虫研究所、中国人民解放军海字 169 部队、上海劳动卫生职
业病研究所

15．新杀虫剂混灭威

研制单位：湛江市化工研究所

16．杀虫剂双乙威的研究

研制单位：广西化工研究所、广西中医学院、广西壮族自治区寄生虫病防治
研究所

17．应用灭蚊链霉菌培养物毒杀蚊子幼虫的研究

研制单位：广东省昆虫研究所、广东省卫生防疫站

18．昆虫保幼激素类似物"二烯异丙酯"

研究单位：上海市农药研究所、

协作单位：江苏蚕业所、上海昆虫研究所、金坛昆虫激素所

19．新型空间喷射剂及烟熏灭蚊剂

研究单位：中国科学院上海昆虫研究所

20．我国淡色库蚊和中华按蚊抗药性现状普查

主要研究单位：中国科学院上海昆虫研究所及有关省市卫生防疫站、寄生虫
　　　　　　　病防治研究所

21．东方红 –18 型超低容量喷雾机

研制单位：军事医学科学院、北京市怀柔县农机厂、华北农业大学、一机部
　　　　　机械研究院农机研究所

22．肇 –78 型手持电动超低容量喷雾器

研制单位：广东肇庆中学、广东省卫生防疫站

23．西湖 801 型超低容量喷雾器

研制单位：杭州市西湖区爱卫会、杭州市卫生防疫站、杭州市电具厂

24．SE-5 型手持式静电超低容量电动喷雾器

研制单位：上海明光仪表厂、第二军医大学、上海市卫生防疫站

25．大型车载超低容量喷雾器

研制单位：广州市卫生防疫站

二、中医中药

1．青蒿素抗疟的研究

主要研究单位：卫生部中医研究院、山东省中西医结合研究院、云南省药物
　　　　　　　研究所、广州中医学院、四川省中药研究所、江苏省高邮县
　　　　　　　卫生局

主要协作单位：中国科学院生物物理研究所等 39 个单位

2．青蒿片

研制单位：四川省中药研究所

3．β-甲基二氢青蒿素

主要研究单位：中国科学院上海药物研究所

临床研究单位：广州中医学院、海南行政区寄生虫病防治研究所、云南省疟
　　　　　　　疾防治研究所、昆明医学院、广西寄生虫病防治研究所、河
　　　　　　　南省卫生防疫站、河南省郑州市卫生防疫站

4．青蒿素衍生物 -804 和 887 的研究

研究单位：桂林制药厂、广西医学院药理教研组、广西壮族自治区寄生虫病
　　　　　防治研究所、广州中医学院

5．用紫外分光法测定青蒿素（黄花蒿素）的含量

研究单位：广州中医学院、南京药学院、广州第七制药厂、卫生部药品生物
　　　　　制品检定所、云南药物研究所、山东中西医结合研究院、卫生部
　　　　　中医研究院中药研究所

6．常山乙碱全合成及化学结构改造

研究单位：北京制药工业研究所、中国医学科学院药物研究所、军事医学科
　　　　　学院五所

7．常山乙碱衍生物"7002"的抗疟作用及疗效观察

研制单位：中国医学科学院药物研究所

8．鹰爪抗疟有效成分的提取分离及合成类似物的研究

主要研制单位：中山医学院、中国科学院华南植物研究所、中国科学院药物
　　　　　　　研究所、中山大学化学系

9．鹰爪抗疟有效成分的化学结构的研究

研制单位：中国医学科学院药物研究所、中山医学院、中国科学院华南植物
　　　　　研究所

10．仙鹤草酚的提取分离、化学结构、全合成研究

主要研究单位：中国科学院上海药物研究所

主要协作单位：上海第十四制药厂

11．暗罗素的提取分离、结构测定和人工合成

研制单位：第二军医大学训练部中草药研究组、中国科学院上海药物研究所

12. 针刺治疗疟疾的研究

研究单位：广州中医学院、中医研究院、上海中医研究所、南京新医学院

三、化学合成药

1. 防疟片 1 号

主要研制单位：军事医学科学院

主要协作单位：上海第十一制药厂，广东、云南、江苏等地区 523 现场试用组

2. 防疟片 2 号

主要研制单位：军事医学科学院

主要协作单位：上海医药工业研究院，上海第二、十一制药厂，广东、云南、江苏等地区 523 现场组

3. 防疟片 3 号

主要研制单位：上海医药工业研究院、第二军医大学

主要协作单位：广东、云南、南京等地现场组，上海第二、十四、十一制药厂

4. 哌喹片（防疟片 3 号单方）

主要研制单位：上海医药工业研究院、第二军医大学

主要协作单位：广东、云南等地现场组，上海第十四、十一制药厂

5. 复方环氯胍扑姆酸盐长效预防针

研制单位：军事医学科学院

6. 三哌喹

研制单位：中国医学科学院寄生虫病研究所

7. 治疟宁

主要研制单位：军事医学科学院

主要协作单位：上海第十一制药厂，广东、云南、南京等地区 523 现场试用组，河南、山东、安徽、江苏等有关省、地区、县防疫站

8. 磷酸咯萘啶

研制单位：中国医学科学院寄生虫病研究所

9. 复方磷酸咯啶片

主要研制单位：上海第十四制药厂、中国科学院上海药物研究所

主要协作单位：广州中医学院，广东、云南、河南、广西、山东、江苏等地区复方磷酸咯啶临床研究组，上海第十一制药厂

10．注射用磷酸咯啶

主要研制单位：上海第十四制药厂、中国科学院上海药物研究所

主要协作单位：广州中医学院，上海药物实验厂，广东等地区注射用磷酸咯啶临床研究组

11．羟基哌喹片

主要研制单位：第二军医大学、西安制药厂

主要协作单位：上海第十一制药厂，有关省市及部队 523 现场试用组

12．磷酸羟基哌喹

主要研制单位：第二军医大学、西安制药厂

主要协作单位：广东、云南等有关省市 523 现场试用组

13．常咯啉

研制单位：中国科学院上海药物研究所、上海第十六制药厂

协作单位：上海常咯啉临床研究组

14．脑疟佳

主要研制单位：东北制药厂，军事医学科学院，广东、云南省和广州、昆明部队有关医疗单位

15．硝喹及复方硝喹片

主要研制单位：上海医药工业研究院、第三军医大学

主要协作单位：上海第十一制药厂，广东、云南、河南等地现场组

16．古罗酸伯喹

研制单位：南京制药厂

17．抗坏血酸伯喹

研制单位：四川省寄生虫病防治研究所、西南制药二厂

18．磷酸哌喹伯喹复方片

研制单位：广东省卫生防疫站

19．药片包衣材料——二乙胺基醋酸纤维素

研究单位：上海第十一制药厂、上海医药工业研究院

四、脑型疟和抗氯喹疟疾

1. 脑型疟疾临床救治研究

研究单位：广州中医学院疟疾研究小组

2. 恶性疟红内期原虫发育规律的研究

研究单位：广州中医学院疟疾研究小组

3. 云南地区脑型疟疾的研究

研究单位：云南地区脑疟救治专业研究组

4. 皮内血涂片在脑型疟诊断中的应用

研究单位：广州中医学院疟疾研究小组

5. 抗氯喹疟疾防治对策研究

研究单位：海南区寄生虫病防治研究所、海南人民医院、海南红卫医院

协作单位：海南通什农垦局卫生防疫站，广东乐东、琼中县卫生防疫站，海
南通什农垦局所属保国、立才、福报等 8 个农场医院

五、疟疾免疫

1. 红内期疟原虫体外培养的研究

研究单位：卫生部生物制品研究所

2. 人恶性疟原虫的体外连续培养及有关方法的改进

研究单位：上海生物制品研究所

3. 用人血清及兔血清对恶性疟原虫高感染率的培养

研究单位：第二军医大学

4. 诺氏疟原虫裂殖子组分抗原疫苗的保护作用

研究单位：第一军医大学疟疾免疫研究室

5. 免疫增效剂的研究

研究单位：第一军医大学疟疾免疫研究室

6. 裂殖子体外连续培养仪

研究单位：上海医疗器械研究所

7．白纹伊蚊细胞系的建立及其特征

研究单位：北京第二医学院

8．鼠疟原虫动合子体外培养的初步研究

研究单位：北京第二医学院寄生虫学教研组

9．鸡疟原虫囊合子的人工培养研究

研究单位：北京医学院寄生虫学教研组

10．食蟹猴疟原虫在斯氏按蚊体内发育的观察

研究单位：北京第二医学院寄生虫学教研组

协作单位：军事医学科学院

11．鸡疟子孢子感染鸡胚及红外期原虫体外细胞培养

研究单位：上海生物制品研究所、中国医学科学院寄生虫病研究所、上海医
药工业研究院、中国科学院上海药物研究所

12．疟原虫子孢子分离方法的研究

研究单位：第四军医大学

13．疟原虫子孢子免疫原性的研究

研究单位：军事医学科学院

六、动物模型和技术方法

1．人疟动物模型的研究

主要研究单位：中山大学、广西中医学院、广西医学院、广东省卫生防疫站、
广东省生物制品研究所、中国医学科学院寄生虫病研究所

主要协作单位：广西壮族自治区百色地区卫生防疫站、广东医药学院、河南
省开封地区、开封县卫生防疫站

2．食蟹猴疟原虫—斯氏按蚊系统猴模型的建立

研究单位：中国医学科学院寄生虫病研究所

3．约氏疟原虫—斯氏按蚊系统鼠疟模型的建立

研究单位：中国医学科学院寄生虫病研究所、中国人民解放军第二军医大学

4．约氏鼠疟原虫抗乙胺嘧啶虫株的建立

研究单位：第二军医大学寄生虫学教研组

5．蚊媒试验系统用于筛选抗疟药的研究

研究单位：中国医学科学院寄生虫病研究所

6．鼠疟原虫抗氯喹株的选育

研究单位：中国医学科学院寄生虫病研究所

7．中华按蚊实验室饲养的研究

研究单位：中国科学院上海昆虫研究所

8．微小按蚊实验室养殖成功

研究单位：广西医学院寄生虫学教研室

9．巴拉巴按蚊实验室驯化和养殖成功

研制单位：成都生物制品研究所疟疾免疫组、四川医学院生物学教研组、广
　　　　　东医药学院寄生虫教研组

10．巴拉巴按蚊实验室自然交配繁殖初步成功

研究单位：中国科学院上海昆虫研究所

11．斯氏按蚊的实验室饲养方法及其生活周期的观察

研究单位：中国医学科学院寄生虫病研究所

12．雷氏按蚊饲养繁殖及离体吸血感染方法

研究单位：上海生物制品研究所、中国医学科学院寄生虫病研究所、中国科
　　　　　学院上海药物研究所、上海医药工业研究院

13．多斑按蚊实验室饲养及对猴疟原虫敏感性试验

研究单位：四川省寄生虫病防治研究所

14．一种猴疟原虫的鉴定

研究单位：中国医学科学院寄生虫病研究所

15．广西熊猴体内一种三日型猴疟原虫的研究

研究单位：广西医学院寄生虫学教研室

附录 9
国家卫生部、国家科委、国家医药管理总局、总后勤部联合颁发奖状的 523 单位

受奖单位（集体）的名单

科技系统

中国科学院生物物理研究所

中国科学院动物研究所

中国科学院上海药物研究所

中国科学院上海药物研究所青蒿素衍生物研究组

中国科学院上海昆虫研究所

上海市科学技术委员会

中国科学院上海有机化学研究所

广东省昆虫研究所

中国科学院华南植物研究所

广东省科学技术委员会

广西植物研究所

广西壮族自治区科学技术委员会

南京植物研究所

江苏省科学技术委员会

云南省科学技术委员会

中国科学院昆明植物研究所

四川省科学技术委员会

医务卫生系统

卫生部生物制品研究所

北京医学院

北京第二医学院

中国医学科学院

中国医学科学院药物研究所

河南省卫生防疫站

郑州市卫生防疫站

湖北省医学科学院

山东中医药研究所

山东省寄生虫病研究所

青岛医学院

贵阳医学院

卫生部中医研究院

卫生部中医研究院中药研究所

卫生部药品、生物制品检定所

中国医学科学院寄生虫病研究所

中国医学科学院寄生虫病研究所 7351 研究组

中国医学科学院寄生虫病研究所疟疾实验动物模型研究组

卫生部上海生物制品研究所

上海中医研究所

上海市劳动卫生职业病研究所

上海市药品检验所

上海市卫生局

上海卫生防疫站

广州中医学院

广州中医学院疟疾研究室

中山医学院

广东医药学院

广东省生物制品研究所

海南行政区卫生局

海南行政区卫生防疫站

海南黎族苗族自治州卫生局

海南通什农垦局卫生处

广东省卫生防疫站

广东省卫生厅

广西医学院

广西中医学院

广西壮族自治区寄生虫病防治研究所

广西壮族自治区卫生局

南京中医学院

南京医学院

江苏省高邮县卫生局

江苏省血吸虫病防治研究所

江苏省卫生厅

云南省卫生厅

昆明医学院

云南省疟疾防治研究所

四川省卫生厅

四川医学院

四川省寄生虫病研究所

成都中医学院

四川省卫生防疫站

四川省中药研究所

重庆医学院

医药化工系统

东北制药厂

西安制药厂

北京制药厂

国家医药管理总局上海医药工业研究院

国家医药管理总局上海医药工业研究院合成研究室

国家医药管理总局上海医药工业研究院驱避剂研究室

上海医疗器械研究所

上海市农药研究所

上海桃浦研究所

上海第二制药厂

上海第十制药厂

上海第十一制药厂

上海第十四制药厂

上海第十六制药厂

上海市医药工业公司

广东省湛江市化工研究所

广西化工研究所

桂林制药厂

南宁化工厂

南京药学院

南京制药厂

江苏省医药管理局

昆明制药厂

云南省药物研究所

四川省化学工业局

重庆第一制药厂

重庆第二制药厂

部队系统

军事医学科学院

军事医学科学院一所

军事医学科学院五所

军事医学科学院五所抗疟药研究室

军事医学科学院五所驱避剂、杀虫研究组

沈阳军区后勤部军事医学研究所

第四军医大学

第二军医大学

第二军医大学训练部

第二军医大学药学系

第二军医大学附属一院

第二军医大学附属二院

海军后勤部医学研究所

上海警备区后勤部

第一军医大学

广州军区后勤部军事医学研究所

海南军区后勤部卫生处

广州军区后勤部卫生部

广西军区后勤部

南京军区后勤部卫生部

南京军区后勤部军事医学研究所

昆明军区后勤部卫生部

昆明军区后勤部军事医学研究所

成都军区后勤部军事医学研究所

第三军医大学

轻工、高教及其他系统

　　轻工业部上海香料工业科学研究所

　　上海明光仪表厂

　　上海日用化学品二厂

　　上海日用化学品三厂

　　中山大学

　　华南师范大学

　　广东省肇庆中学

　　广州香料厂

　　桂林芳香厂

　　受奖单位（集体）的条件：

　　1. 组织领导 523 研究工作有显著成绩的；

　　2. 取得 523 重大科研成果的研究单位、参加单位和主要协助单位；

　　3. 长期坚持 523 工作，在科技情报、产品鉴定、技术等方面取得显著成绩的；

　　4. 在生产、推广 523 科研成果方面成绩突出的。

　　注：完成 523 科研任务成绩突出的，奖状发到单位；取得重大成果的，奖状发到任务组或研究室。

（1981 年 2 月 20 日）

附录 10
颁发个人荣誉证书名单

广西地区

马仲信　李锦辉　陈秀庄　郑家骥　胡志才　杨少英　高友价
戴金铃　廖全福

上海地区

张竹英　陈宫邑　骆华仁　唐彬鸿　卞　明　唐逸人　李　明
王焕生　王连柱　朱惠敏　金映春　高发年　赵富科　杨文蔚
孙和宾　傅树胶

云南地区

苏发昌　傅良书　危作民　赵天顺　蔡跃三　张希昆　王汉英

四川地区

郭安荣　屠云人　王　满　李广发　郑家隆　欧阳彬　王文华
刁振中　宋广亮

南京地区

李振科　孔振崇　张立安　王功垣　崔进元　张锡泉　孟鹤雁

广东地区

贾世荣　刘通显　李　刚　郭广民　蔡恒正　罗宗茂　周中孚
冯焕英　郑登岳　江国深　卫剑云　周兆龙　赫世德

北京地区

祁开仁　白冰秋　张剑方　周义清　周克鼎　陈锦石　郭思仪
施凛荣　田　辛　陈智侯　王秀峰　徐艾纳　佘德一　张逢春

刘　润　刘计晨　王梦之　张冰如　丛　众　董纵引　陈海峰
朱克文　田　野　陈自新

颁发荣誉证书条件：

523 办公室是全国的一个临时性科研管理机构，参加办公室工作的同志来自部队、地方的不同部门、单位，长期离开原单位，从事 523 科研的组织管理工作。为表彰这些同志在工作中做出的贡献，凡专职参加办公室工作 3 年以上的同志，颁发荣誉证书。

全国 523 领导小组和部门，各省市、自治区，各军区有关部门分管 523 任务的同志，同样为 523 工作做出了贡献，也颁发个人荣誉证书。

附录 11
中国青蒿素及其衍生物研究指导委员会名单

主 任 委 员：陈海峰　卫生部科技局局长

副主任委员：王　佩　中医研究院副院长

　　　　　　佘德一　国家医药管理总局科教司工程师

委　　　员：丛　众　国家科委四局

　　　　　　吴征鉴　中国医学科学院副院长

　　　　　　陈宁庆　军事医学科学院副院长

　　　　　　刘锡荣　卫生部外事局国际处处长

　　　　　　傅俊一　卫生部药政局

　　　　　　刘静明　中医研究院中药研究所所长

　　　　　　张淑改　中国科学院上海药物研究所科研处处长

　　　　　　周克鼎（兼秘书）　军事医学科学院

科 学 顾 问：金蕴华　国家医药管理总局科教司高级工程师、教授

　　　　　　周廷冲　军事医学科学院基础医学研究所所长、教授

　　　　　　宋振玉　中国医学科学院药物研究所药理研究室主任、教授

　　　　　　嵇汝运　中国科学院上海药物研究所副所长、教授

　　　　　　章育中　中医研究院中药研究所分析研究室、教授

　　　　　　何　斌　军事医学科学院微生物与流行病学研究所副所长

秘　　　书：李泽琳　中医研究院中药研究所药理研究室副主任、副教授

　　　　　　朱　海　山东省中医药研究所主任

　　　　　　王秀峰　卫生部科技局成果处干部

附录 12
一位外国学者的感言

《迟到的报告——523项目与青蒿素研发纪实》书稿 2006 年版，承原瑞士
罗氏远东研究基金会医学主任、美国华尔特·里德陆军医学研究院的疟疾研究部
从事抗疟药甲氟喹研究的基思·阿诺德教授及其夫人翻译成英文，并为书稿写了
热忱的感言，谨此向基思·阿诺德教授及夫人表示衷心的感谢！

以下是基思·阿诺德教授的感言。

我很荣幸，也很自豪，能和我的妻子共同把这本著作从中文原稿翻译为英文，
对书中描述的神奇经过先睹为快。

毫无疑问，由中国科学家发明的青蒿素是过去 40 年疟疾研究领域中一项突
出的成就。对研发这一重大成果的组织管理的工作也同样是非常出色的。

巧合的是，20 世纪 60 年代初至 90 年代末，我也从事抗疟疾药物的研究。
20 世纪 60 年代中期，越南北方为了抗击美军，解决军队受抗药性疟疾困扰的问
题向中国政府请求帮助。在越南的美军和南越军队也遇到同样的难题。

我是一个英国公民，当时正在美国从事一项医学研究，后被征召入伍，于
1969 年被派遣到越南，成为华尔特·里德陆军医学研究院疟疾研究部的一名成员，
任务是研究影响战斗力的医学问题。一年后离开越南，我返回华尔特·里德陆军
医学研究院，是抗疟疾药物研究计划的临床药理学专家。显然，在那个时候，虽
然我们彼此都互不了解，但双方都在研究同一个问题。

我在华尔特·里德陆军医学研究院研究的药物是甲氟喹。1971 年开始早期的

动物实验，1975 年在驻泰国的美军中进行临床试验。疟疾病人使用后成功治愈。在 20 世纪 70 年代以后，我为瑞士罗氏远东研究基金会工作，负责包括甲氟喹的早期药物的临床试验。药物是瑞士罗氏从美军获取的。当时中国仍比较封闭，我费了很大周折才得以进入中国这个也存在疟疾困扰的国家，进行甲氟喹与一个对照药的对比观察。当时，中山大学的江静波教授和广州中医药大学的李国桥教授是我的联系对象。我原以为这个对照药物是奎宁或氯喹。但令我惊奇而又感兴趣的是，这个药物是一个具有很强抗疟活性的、新型的中国植物药。我翻阅了已有的有关青蒿素的资料，对青蒿素快速清除疟原虫和快速控制临床症状印象非常深刻。

随后，我们着手进行甲氟喹和青蒿素的对比观察研究。虽然两者均具有治疗作用，然而，相比之下，青蒿素清除疟原虫要快得多。有关这方面的研究论文很快被《柳叶刀》杂志公开发表。杂志编辑还要求在文中附上青蒿的彩色照片。该篇论文于 1982 年刊出，成为新中国成立后在西方医学杂志上最早公开发表的学术研究文章。有关青蒿素研究的论文，实际上中国早在 1979 年就已经在中国的杂志上公开发表。在《柳叶刀》发表的那篇论文得到了奖励，英镑支票寄给了江静波教授，但他无法在中国兑现。关于江静波教授，还有一段故事。期间他失去了女儿，本人被下放到乡下，仍然没有中断他的研究工作。他是医学生物学、基础医学的著名学者，是在《柳叶刀》发表的那篇关于甲氟喹和青蒿素论文的第一作者。临床研究是由李国桥、郭兴伯及其同事进行的。

另一篇用青蒿素复方治疗疟疾的论文，也于 1984 年发表在《柳叶刀》上，推荐了一种可以阻止疟疾复发的药物复方。在以后的十几年里，我和李国桥合作，在越南和中国进行了多项研究，结果均表明青蒿素不仅能阻止早期恶性疟原虫的发育，而且能消除配子体的感染能力。

这本专著颂扬了那些在偏远地区从事研究和多年过着斯巴达式生活的中国科技研究人员。我可为此作证，因为我和我妻子曾到中国海南岛偏僻山区与李国桥教授及其同事一起工作生活过一段较短的时间，见证了他们的研究。

青蒿素的特点是十分突出的，为了推广应用，20 世纪 80 年代中期，我请李教授带一些青蒿素样品到泰国，想让我的同事见识这种极具价值的疟疾治疗药。但是，泰国疟疾治疗专家不能应用尚未被世界卫生组织认可的药物，故未能如愿。在本著作中，人们将能从中阅读到大量有关世界卫生组织及其运作方式的内容，很多是应肯定的。但也有些值得商榷，尤其是其中忽略了对中国足够的信任，忽视了李国桥等中国科学家早期研究工作所做的贡献，而转为认同后来的西方研究者所取得的成就。

20 世纪 80 年代末，我返回越南这个疟疾猖獗、死亡率高的国家。甲氟喹和青蒿素的研究相继在该地区开展。越南人相对来讲更能面对现实，特别是 Tran Tinh Hien 和 Trinh Kim Anh 教授。越南医生和科学家同中国人一样，更重视挽救病人的生命，在病人生命危急情况下，挽救生命是第一位的。对于那些在第一线的管理者来说，首先考虑的是如何降低发病率和死亡率，而不是所谓的缺乏理想生产条件可能带来的潜在危害。

口服青蒿素、静脉注射青蒿琥酯或用青蒿素栓剂的方法治疗抗药性恶性疟疾，特别是用于救治脑型疟疾所取得的研究结果令人瞩目，早在 20 世纪 90 年代已经发表公诸于众。Tran Tinh Hien 及其同事在越南，也与李国桥他们在中国一样，在先进的疟疾治疗理念方面表现出了真正的科学精神，例如在治疗脑型疟时，成功使用青蒿素栓剂。在疟疾流行的乡村地区，当孩子发烧时，母亲就给孩子肛门塞进青蒿素栓，从而降低了脑型疟发生率和死亡率，而且使用非常方便。

我们以青蒿素和甲氟喹组成复方，虽受到世界卫生组织严厉的批评，但复方在阻止疟疾复发方面展现了突出的作用。

所有这些积极的结果，在国际上初期是不被重视的。本专著在一定程度上解释了原因。中国、越南和缅甸，用青蒿素及衍生物挽救了许多生命。由于广泛应用青蒿素，这些国家降低了疟疾发病率。近十几年，由于中国国内疟疾病人已经很少，李国桥教授把研究工作转移到越南，现在越南疟疾得到了控制，他又去了柬埔寨。

当前，非洲最需要青蒿素类药物，但很多年来却难以得到。通过阅读这本专著，读者也许会明白其中的原因。虽然，中国急切希望将这些药物推广到海外，造福疟疾流行区的民众，但还需得到世界卫生组织的认可，这就难以很快实现了。至今没有资料显示因为使用了未被世界卫生组织认可控制生产的青蒿素而导致伤害的，而不用这些青蒿素，却难以挽救众多的生命。中国、越南、柬埔寨和缅甸的有关当局，他们清楚地意识到，其国家人民的健康生命正处于危机之中，生灵需要拯救。因此，他们果断使用中国和越南生产的青蒿素及其衍生物。而非洲，由于受到一些国际机构的影响，却没有准备尽快这样去做。如果这一状况继续持续下去，毫无疑问，未来非洲仍将可能有成百万的生命，不可避免地被疟疾病魔夺去。

如本专著中所提到的那样，在中国有很多有关青蒿素衍生物和复方制剂的研究。

起初我没有给予过多的关注，但是通过翻译这本专著，我想起了在越南进行青蒿素研究时发生的一些事情。在我们做完了除蒿甲醚之外的所有衍生物的对照实验，治疗数百名病人之后，我们确信青蒿琥酯是理想的药物。它起效最快，效果好，可以口服、肌内注射、静脉注射甚至直肠给药。我们发现青蒿素栓剂对于脑型疟治疗效果很好，容易使用。我相信，在 20 世纪 80 年代或者 90 年代早期，若中国以外的国家、地区的当局和公司能够选用青蒿琥酯和青蒿素栓剂（当时这两者在中国和越南有效安全的使用已经有不少文献记载）作为主要制剂去推广，大量的生命就可能得到挽救，不仅中国、越南、柬埔寨和缅甸，而且包括非洲都会受益。

如果以上所提到的青蒿素类药物能得以推广，或李国桥和其他科学家对双氢青蒿素及其复方制剂的研究计划没被延误的话，一个更优良的复方有可能已为全球有效控制疟疾做出了更大的贡献。

通过比较 20 世纪 70 年代到 80 年代的前 10 年和 20 世纪 80 年代到 2006 年的后 20 多年全球抗疟所取得的结果，我们可以得出一个很有意思的结论。在前 10 年，像本专著中记述那样，通过中国科学家全国性大规模的协作，发现和研发了一个对医学有重要贡献的药物，而且已在数千名病人身上被证实是有效、安全的。如果该药品随后能很快在疟疾流行地区被广泛使用，而并非必须先满足国际制造标准，就可以很快以很低的代价在全球流行地区用于治疗疟疾。特别是在非洲，疟疾有可能很快得到控制，因为青蒿素类药物杀灭配子体的作用阻断了疟疾的传播，可惜当时并没有这样做。在后 20 多年期间，虽然有关的国家政府、基金会和其他组织投入数十亿美金，却仍然在重复着过去实施的老办法。这种重复收效甚微，疟疾仍然没得到控制。也许是我的偏见，由于 20 世纪 80 年代或 90 年代早期资料中提到的，如使用青蒿素或双氢青蒿素复方及其他改进的药物，用青蒿琥酯经注射途径给药，以及由母亲给孩子应用青蒿素栓剂等措施，长期以来没有得到推广而被延误，所以尽管耗费了数十亿美元，但全球遏制疟疾的效果仍不显著。据我了解，现在李国桥又成功研制出最新的复方药物——由青蒿素与哌喹组成的 Artequick。组成复方的两种药物已分别广泛、安全使用了 30 年和 20 年，它是一个集中了优秀抗疟药全部特点的完美的复方。

基思·阿诺德
于美国加利福尼亚
2006 年 11 月

附录 13
来自毛主席的礼物

一个泛黄、卷角的中国研究报告复印件使维康基金会在东南亚地区的研究队伍改用青蒿素作为抗疟药使用，现在已在泰国取得了重大成功。

2002 年维康基金会新闻记事

有的时候，命运中一个小小的转折可以显著地改变研究方向。对于建立在曼谷玛希隆大学的维康基金会研究团队来讲，这个转折发生在 1979 年。那时正在泰国东部城市尖竹汶（Chantaburi）研究恶性疟疾的大卫·沃瑞尔（David Warrell）和尼克·怀特教授得到了一份发表在《中国医药杂志》上研究文章的复印件，纸已经卷了边。

这篇有 5 张纸的文章是第一篇用英文写的使用传统草药青蒿的提取物进行的抗疟药试验。怀特教授认为那篇文章是那样的触目惊心，并使他相信那可是一种治疗疟疾的强有力的武器。

青蒿这种令人惊讶的力量早在中国"文化大革命"时期就被一个年轻科学家的团队所使用。那一群研究者被分到田间地头做农活，那个时代的学术研究者的命运就像他们发现治愈疟疾方法那样的曲折。

他们尽职尽责地工作，按照一张草药清单一一筛选，直到他们开始研究青蒿——一种有着干燥叶子的草药，用热水浸泡后，曾做为治疗发烧的方法而使用了 2000 多年——他们从青蒿中萃取出青蒿素；在 8 年里，经过体外测试、动物实验和人体实验后，可以将它公之于众了。

两年后，沃瑞尔和怀特教授来到广州来拜访李国桥教授，他曾经参加过毛主席领导的青蒿素抗疟药研究工作小组，当他们走时，得到了一份离别的礼物，一瓶青蒿素粉。

维康基金会团队马上准备开始进行实验，但他们刚起步就不得不停下来，因为一些西方医疗组织希望以自己的方式生产药物。

在 20 世纪 80 年代末，没有任何迹象会有任何实质性的进展时，怀特教授开始从中国得到青蒿素的药片和注射针剂。抗药性疟疾一直是影响数千名居住在泰国边境的缅甸难民的主要问题。在维康基金会东南亚研究基地，弗郎索瓦·诺斯唐（Francois Nosten）博士和怀特教授就甲氟喹对患者的有效性共同发出警告，而这个失效的药物搭配青蒿素同时使用会发生改变。

这种混合使用的药物非常美妙，青蒿素在快速排出体外之前将大量的疟原虫消灭掉，使其根本没有时间出现抗性，紧接着甲氟喹可以清除体内残存的疟原虫。

在难民营使用这个配伍药物之前，每人每年平均感染疟疾一次，而现在已经降到了十分之一，而且疟原虫也没有对新药产生抗药性，实际上现在分离出的疟原虫比 7 年前变得更加敏感。

利用从比尔·盖茨基金会，泰国卫生部下属的传染病预防控制中心和玛希隆大学热带疾病研究院得到的 470 万美元资助，将这个新的控制方法从达府省（Tak）扩大到泰国西北部。在这个计划开始之前，达府省一直是泰国受疟疾影响最严重的省，而经过两年的努力，现已经降到了第五。

怀特教授认为廉价的青蒿琥酯复合型药物应该马上在非洲地区使用。氯喹目前还是非洲大部分国家使用的一线药物，这种药物现在还有效，但随着时间的推移，疟原虫的抗药性即将爆发。

成本可能是政府望而却步的原因，已经习惯了为氯喹支付 5 便士的政府要为复方新药支付 1.25 英镑。

不管什么理由，怀特教授相信我们不能放弃有效地抗击疟疾的任何机会，"在过去的三十年里我们做得并不好，"他说，"现在流行着一种形而上学的思潮，人们还没有意识到我们根本没有无限的时间来等待。"

"失去一种有效的药物是很快的，疟原虫的进化经常给我们很大压力去寻找新的化学药物来与之战斗，我们从不会抵制进化，我们做的只是减少进化的概率。"

英文版原文

A Present from Chairman Mao

Research directions in malaria

Wellcome News

supplement 6

the Wellcome Trust 2002

Issn 1356–9112

dc–2533.p/40k/10–2002/sw

A yellowing, dog-eared copy of a Chinese research paper led the Wellcome Trust team in South-east Asia to the antimalarial drug artemisinin, now being used with great success in Thailand.

Sometimes a small twist of fate can change the direction of research in remarkable ways. For the Wellcome Trust team based in Mahidol University in Bangkok, this twist occurred in 1979. While studying severe malaria in Chantaburi, eastern Thailand, Professors David Warrell and Nick White received a dog-eared copy of a paper from the Chinese Medical Journal.

Contained in five quaintly written pages was the first English version of antimalarial trials using the extract of a traditional herb, qinghao. Professor White admits the article was so startling that it left him "gobsmacked" and convinced him that here was a powerful weapon to use in the fight against malaria.

The astonishing powers of qinghao had in fact been harnessed by a team of young scientists during Chairman Mao's Cultural Revolution in China. This group of researchers had been spared hard labour in the fields, the fate of many academics at that time, as long as they found a cure for malaria.

Dutifully they worked their way through a list of medicinal herbs until they came to the qinghao plant, whose dried leaves, infused in hot water, had been used as fever remedy for 2000 years. They extracted the compound qinghaosu (now termed artemisinin) from this and within eight years had tested it in vitro, on rodents and humans and pronounced it ready to hit the streets.

Two years after reading the article, Professors Warrell and White travelled to Guangzhou to meet Professor Li Guo Qiao, one of Chairman Mao's team, who worked in the Qinghaosu Anti-Malaria Coordinating Research Group. When they left they were handed the ultimate farewell present – a bottle of the powdered compound.

资料来源：http://malaria.wellcome.ac.uk/doc%5Fwtd023861.html

注　释

1　WHO, UNICEF. Achieving the malaria MDG target: reversing the incidence of malaria 2000–2015. ISBN: 978 92 4 150944 2, September 2015

2　世卫组织 / 联合国儿童基金会联合新闻稿，《千年发展目标中的疟疾具体目标终于实现，但是 30 亿人仍然面临风险》，2015 年 9 月 17 日

3　WHO. World Malaria Report 2014. WHO/HTM/GMP/2015.2, 2015

4　WHO, Guidelines for the Treatment of Malaria. Jan. 2006

5　Goodan & Gilman's The pharmacological Basis of Therapeutics, 10th ed., P 828-829

6　查理德·海恩斯，美国《远东经济评论》，2002 年 3 月 14 日

7　Kenneth J. Arrow, Claire Panosian, and Hellen Gelband, Editors, Committee on the Economics of Antimalarial Drugs of Institute of Medicine (US). *Saving Lives, Buying Time*: *Economics of Malaria Drugs in an Age of Resistance*. The National Academies Press, 2004

8　周义清，《疟疾在历代战争中对军事行动的影响》（内部资料），北京，1979 年 3 月

9　疟疾有恶性疟、间日疟、三日疟和卵形疟，只有恶性疟出现抗药性，其他类形疟疾不存在抗药性，氯喹等抗疟药都有效。恶性疟疾症状凶险，易发生脑型等凶险疟疾。本书所指的 523 项目要研究解决的是特指对恶性疟无抗药性的防治药物，期间研究发现有些虽然对间日疟也有不错的效果，但对恶性疟效果不显著的都不重点深入研究。

10　军事医学科学院医学情报研究所，国外军事医学资料第五分册，1973（6）

11　国家科委、总后勤部，《疟疾防治药物研究工作协作会议（纪要）》和《疟疾防治药物研究协作规划》，北京，1967 年 6 月

12　全国疟疾防治研究领导小组办公室（即全国 523 办公室，下同），《疟疾研究 1967—1980 成果选编》（内部资料）

13　葛洪，《肘后备急方》，约公元 340 年间（东晋）

14 江苏省高邮县卫生局，《探索运用青蒿防治疟疾的新途径》1977 年 4 月；见：原全国 523 办公室《五二三与青蒿素资料汇集》，2004 年 3 月

15 扬州晚报，《当年高邮青蒿科研小组成员等人讲述"激情岁月"：屠呦呦步行 20 多里到焦山大队调研北京专家来邮助研"青蒿浸膏片"》，2015 年 10 月 18 日

16 523 组，中药治疟方、药文献（1970 年 6 月）；见：原全国 523 办公室《五二三与青蒿素资料汇集》（青蒿素知识产权争议材料，1994 年），2004 年 3 月

17 顾国明，《关于参加部分青蒿研究工作的回顾》，2004 年 6 月 5 日

18 焦岫卿，情况说明，2012 年 12 月 8 日

19 黎润红，"523 任务"与青蒿抗疟作用的再发现，中国科技史杂志，2011，32（4）：488-500

20 全国疟疾防治研究领导小组办公室，《关于疟疾防治专业会议情况和有关问题请示的报告》，（1972）疟办字第 5 号，1972 年 5 月 31 日

21 中医研究院中药所 523 临床实验小组，《91# 临床验证小结》（1972 月 10 日）；见：原全国 523 办公室《五二三与青蒿素资料汇集》（青蒿素知识产权争议材料，1994 年），2004 月 3 日

22 中医研究院中药所，《青蒿抗疟研究》（1971—1978 年），第 26 页

23 中医研究院中药所，《青蒿抗疟研究》（1971—1978 年）

24 中医研究院中药所，《青蒿抗疟研究》（1971—1978 年），第 27 页

25 全国 523 办公室，《关于青蒿抗疟研究的情况》，1977 月 10 日

26 山东省寄生虫病防治所巨野三防组，《"黄 1 号"治疗间日疟现症病人疗效初步观察》（1973 年 9 月 27 日）；见：山东省中医药研究所中医药研究资料（内部资料，黄花蒿抗疟研究专辑）（12），1980 年 1 月，第 55 页

27 云南省药物研究所，《黄蒿素药理和毒理的初步研究》（1973 年 10 月）；见：云南地区疟疾防治研究领导小组办公室，《疟疾防治研究资料汇集》（黄蒿素专辑，1977 年 2 月），第 9—17 页

28 云南省药物研究所，《黄蒿素药理和毒理的初步研究》（1973 年 10 月）；见：云南地区疟疾防治研究领导小组办公室，《疟疾防治研究资料汇集》（黄蒿素专辑，1977 年 2 月），第 4—8 页

29 全国疟疾防治研究领导小组办公室,《五二三办公室负责同志座谈会简报》(1974年1月17日);见:原全国523办公室《五二三与青蒿素资料汇集》(523领导小组办公室文件),2004年3月

30 全国疟疾防治研究领导小组办公室,《青蒿专题研究座谈会情况简报》,疟疾防治研究工作简报(第一期),1974年4月

31 原全国523办公室,青蒿素知识产权争议材料(1994年),《五二三与青蒿素资料汇集》,2004年3月

31 原全国523办公室,青蒿素知识产权争议材料(1994年),《五二三与青蒿素资料汇集》,2004年3月

32 山东省中医药研究所,《黄花蒿素及黄花蒿丙酮提取简易剂型治疗间日疟现症病人初步观察》,中医药研究资料(黄花蒿抗疟研究传辑,内部资料),(12),1980年1月,第57页

33 云南地区黄蒿素临床验证组,广州中医学院523小组,《黄蒿素治疗疟疾18例小结》(1975年2月);见:原全国523办室室,《五二三与青蒿素资料汇集》(523领导小组办公室文件),2004年3月

34 全国疟疾防治研究领导小组办公室,《一九七五年五二三研究任务计划表》;见:原全国523办公室,《五二三与青蒿素资料汇集》(523领导小组办公室文件),2004年3月

35 523办公室负责人张剑方主任工作记录本,1975年2月20日

36《卫生部负责人听取五二三办公室负责人座谈会汇报后的讲话》《卫生部负责人听取五二三办公室负责人座谈会汇报后的插话、讲话》北京,1975年3月5日

37 523中医中药专业组,《523中医中药专业座谈会简报》(附件:1975年523中医中药研究计划表),1975年4月24日

38 齐尚斌,万尧德,《还历史于本来面目——青蒿素研制中鲜为人知的故事》,2005年11月1日

39 全国疟疾防治研究领导小组办公室,《中药青蒿治疗疟疾的研究取得新进展》,《疟疾防治研究工作简报》(第1期),1976年2月8日

40 赴民主柬埔寨疟疾防治考察组,《赴民主柬埔寨疟疾防治考察报告》,1976年7月

41　全国疟疾防研究领导小组办公室，《关于疟疾防治药物专业会议情况和有关问题请示的报告》[（1972）疟办字第 5 号]，1972 年 5 月 31 日

42　"三部一院"，《关于转发疟疾防治研究工作座谈会纪要的通知》（附件：关于疟疾防治研究五年规划后三年主要任务与要求），1973 年 7 月

43　中国医学科学院药物研究所编，中草药有效成分的研究（第一分册）提取、分离、鉴定和含量测定，人民卫生出版社，1972 年 9 月第一版，第 418 页

44　周维善，吴毓林致国家科委的信，1994 年 9 月 24 日；见：原全国 523 办公室，《五二三与青蒿素资料汇集》（青蒿素知识产权争议材料，1994 年），2004 年 3 月

45　中国科学院上海有机化学研究所档案室，原始实验记录本（1975 年 9 月 3 日）；见：原全国 523 办公室，《五二三与青蒿素资料汇集》（青蒿素知识产权争议材料，1994 年），2004 年 3 月

46　詹尔益，《云南药物所青蒿素研究情况及几点看法》，2004 年 4 月 29 月，昆明

47　全国疟疾防治研究领导小组办公室，《青蒿防治疟疾研究工作简报》，《疟疾防治研究工作简报》（第 3 期），1976 年 9 月 7 日

48　全国疟疾防治研究领导小组办公室，[1977]疟办函字第 1 号，1977 年 2 月 1 日。

49　全国疟疾防治研究领导小组办公室，《青蒿含量测定技术交流学习班简报》，《疟疾防治研究工作简报》（第 1 期），1977 年 4 月 13 日

50　全国疟疾防治研究领导小组办公室，《中西医结合防治疟疾药物研究专业座谈会在南宁召开》，《疟疾防治研究工作简报》（第 2 期），1977 年 6 月 20 日

51　疟疾防治研究工作座谈会秘书组，《疟疾防治研究工作座谈会简报》，1977 年 3 月 26 日

52　其中恶性疟 588 例，间日疟 1511 例：李国桥、李英、李泽琳、曾美怡等编著，《青蒿素类抗疟药》，科学出版社，2015 年 9 月，第 6 页

53　根据中医研究院中药所《青蒿抗疟研究》（1971—1978 年）统计，1972—1976 年中药研究所青蒿素治疗疟疾共做了 295 例。其中恶性疟 27 例（有效或治愈 23 例，2 例无效，2 例停药）和间日疟 268 例有效或治愈

54　全国疟疾防治研究领导小组，《青蒿素鉴定书》，江苏扬州，1978 年 11 月 28 日

55　四川地区 523 办公室，《"青蒿片"科研试制鉴定报告》，《青蒿抗疟研究》（内部资料），1978 年 5 月 6 日，第 44 页

56　国家医药管理局、总后勤部、国家卫生部，《关于协助安排青蒿素（黄花蒿素）生产的函》（1979 年 1 月 23 日）；见：原全国 523 办公室，《五二三与青蒿素资料汇集》（1967—1981 年），2004 年 3 月

57　广州中医学院五二三小组、广东省东方县人民医院新医科，蒿甲醚治疗疟疾 17 例小结。1978 年 11 月 11 日

58　桂林制药厂中试室 523 组，《青蒿素衍生物研究》（内部资料），1978 年 11 月

59　李国桥、李英、李泽琳、曾美怡等编著，青蒿素类抗疟药，科学出版社，2015 年 9 月，第 13 页

60　刘旭主编，青蒿琥酯的研究与开发，漓江出版社，2010 年 7 月

61　屠呦呦编，青蒿及青蒿素类药物，化学工业出版社，2009 年，第 187—224 页

62　赵凯存，陈其明，宋振玉，青蒿素及其两个活性衍生物在狗体内药代动力学的研究。药学学报，1986 年，21（10）：736—739

63　赵凯存，宋振玉，双氢青蒿素在人体的药代动力学与青蒿素的比较。药学学报，1993 年，28（5）：342—346

64　中医研究院中药所药理研究室，青蒿的药理研究。新医药学杂志，1979 年，（1）：23—33

65　Mark Honigsbaum, *The Fever Trail, In Search of Cure for Malaria*. P242. Pan Books, 2002

66　Wallace Peters, *Four Passions: Conversation with myself*. Strategic Book Publishing and Rights Co., 2010, p293

67　李国桥，李英，李泽琳，曾美怡等编著，《青蒿素类抗疟药》，科学出版社，2015 年 9 月，第 31 页

68　青蒿素及其衍生物研究指导委员会秘书处，《青蒿素及其衍生物研究攻关协作会议简报》（第一期，1982 年 1 月）；见：原全国 523 办公室，《五二三与青蒿素资料汇集》（1981—1988 年），2004 年 3 月

69 宋书元，滕翕和，丁林茂，李培忠等，青蒿素（QHS）油悬剂对猴亚急性毒性研究，中国药理通讯，1983 年，1：21—23

70 卫生部科教司司长黄永昌在青蒿素及其衍生物新闻发布会上的发言；见：原全国 523 办公室，《五二三与青蒿素资料汇集》（1967—1981 年），2004 年 3 月

71 李广进等，《青蒿素及其衍生物获准投入生产》，中国医药报，1987 年 9 月 24 日；见：原全国 523 办公室，《五二三与青蒿素资料汇集》（1981—1988 年），2004 年 3 月

72 国家科委等部委（88）国科发生字 427 号，《关于加快青蒿素类抗疟药物科研成果推广和出口创汇的通知》，附件：关于青蒿素类抗疟药物科研成果推广和出口创汇座谈会纪要，1987 年 7 月 16 日

73 Jiang, Jing-Bo; Guo, Xing-Bo; Li, Guo-Qiao; Cheung Kong, Yun; Arnold, Keith. Antimalarial activity of mefloquine and qinghaosu. *The Lancet*, 1982, 320 (8293): 285–288

74 青蒿素及其衍生物研究指导委员会，《青蒿素及其衍生物 1983 年和 1985 年研究计划进度表》；见：原全国 523 办公室，《五二三与青蒿素资料汇集》（1981—1988 年），2004 年 3 月

75 原卫生部黄树则副部长在各地区疟疾防治研究领导小组办公室负责同志工作座谈会上的讲话（1981 年 3 月 5 日）；见：原全国 523 办公室，《五二三与青蒿素资料汇集》（1981—1988 年），2004 年 3 月

76 陈敏章，《卫生部领导在"求是科技基金会"颁奖会上的讲话》（1996 年 3 月），北京科技会堂；见：原全国 523 办公室，《五二三与青蒿素资料汇集》（1988—1996 年），2004 年 3 月

编后记

本书稿是由原 523 领导小组办公室和有关地区 523 办公室的主要工作人员集体编写。编写者搜集、查阅、核对大量的历史文件资料,本着实事求是的原则,尊重历史,学习有关法律法规,严格依照"原始资料,无可靠根据的事不写和不准确的话不说"的原则,先后在北京、山东、上海和云南等地区对原承担 523 项目和青蒿素研制任务的单位进行调查访问,召开参加 523 项目老同志的座谈会,对历史事实和文件资料认真核对,对初稿多次讨论,反复推敲修改,逐步扩大征求意见的范围,广泛吸收领导部门、单位、专业组一些人员的修改意见。形成"征求意见稿"后,分送了原 523 领导小组的有关领导及有关地区、单位从事 523 项目和青蒿素研制单位的领导、管理者和专家审阅,并于 2005 年 10 月 26 日在北京召开原 523 领导小组及参加 523 项目和青蒿素研制工作在京的部分人员座谈会,征求对资料的修改意见,前后历时两年半有余,十几次修改,完成此稿。

事隔 30 多年后,再把 523 任务和青蒿素研发的历史进行回顾总结,重现当年在执行 523 任务中人们的拼搏奋斗、发扬社会主义大协作、无私奉献、自我牺牲的崇高精神,以及所获得的青蒿素等一批成果。对此,大家都倍感自豪和欣慰。

20 世纪 80 年代以来,一些媒体载文称,青蒿素发明权不归属于获得发明证书的 6 家"共有",而是属于某单位一家"独有"。有的文书甚至称,某单位"是青蒿素专有权的拥有者"。这种说法是违背历史事实的,是不真实的。

本书稿承全国 523 领导小组组长单位,原国家卫生部钱信忠部长题写书名;原国家卫生部科教局陈海峰局长作序;丛众、杨淑愚、沈家祥、嵇汝运、陈宁庆、宋书元、朱海、罗泽渊、黄衡、吴慧章、万尧德、齐尚斌、李英、吴毓林、张淑改、李泽琳、曾美怡、张逵、苏发昌、詹尔益、王存志、李国桥、卫剑云、郭安荣、孟鹤雁、梁丽等领导和专家提出许多宝贵的修改意见;编者在编写书稿过程中得到广东新南方青蒿科技有限公司、中信技术公司、昆明制药集团有限责任公司的支持鼓励,在出版发行等工作中给予必要的经费赞助,在此一并表示衷心的感谢!

编　者
2006 年 10 月于北京

出版后记

人类在与疟疾抗争的漫长求生史中，不断地寻找真正的病因、有效的预防与治疗手段：从 1902 年因为证实疟蚊在疟疾传播途径中的媒介作用而获得诺贝尔生理学或医学奖的英国军医罗纳德·罗斯（Ronald Ross），到 1907 年因为对疟原虫虫体的发现和研究而获奖的法国军医夏尔·拉韦兰（Charles L. A. Laveran），再到 2015 年首位华人诺贝尔生理学或医学奖得主、也是首位亚洲及华人女性自然科学类诺贝尔奖得主屠呦呦——这三处交点，记录了人类面对疟疾时，从蒙昧走向更多已知的历程。

《迟到的报告：中国 523 项目 50 周年纪念版》是对第三处交点的补全，以期通过客观、全面的梳理，更完整地呈现青蒿素及其衍生物发现、研制与应用推广的真实历史。本书是对我国医药科学家 50 年来持续探索、特殊历史时期如何举全国之力开展大科研项目的全记录；同时，对于每一位曾经参与 523 项目的工作人员来说，本书也是献给他们的珍贵回忆。

距离上一版《迟到的报告》的出版，已过去了十多个年头。本次的 50 周年纪念版在旧版的基础上，更正了部分重要事件、补充了更详尽的项目历史；其中新增补的第二部分"为无名英雄点赞"，既集结了对周克鼎同志的追忆与怀念，又希望为新时代科研项目的管理提供一些可参考的经验与洞见；另外，本书的第三部分附上了 523 项目和青蒿素类抗疟药研究与发展的主要事件，为广大读者以及后续的研究者们提供可检索的历史资料。

现在，青蒿素类药物已使全球疟疾发病率得到了有效的遏制甚至扭转，挽救了全球千百万患者的生命。本书的出版是每一位 523 项目工作人员的心愿，也愿每一位读者都能通过本书分享由中国研究人员原创的医学创举惠及全人类所带来的喜悦。

服务热线：133-6631-2326　188-1142-1266

读者服务：reader@hinabook.com

后浪出版公司
2017 年 4 月

图书在版编目（CIP）数据

迟到的报告：中国 523 项目 50 周年纪念版 / 张剑方
主编 . -- 成都：四川人民出版社，2018.3
ISBN 978-7-220-10681-1

Ⅰ . ①迟… Ⅱ . ①张… Ⅲ . ①纪实文学—中国—当代
Ⅳ . ① I25

中国版本图书馆 CIP 数据核字 (2018) 第 009442 号

本书中文简体版权归属墨白空间文化科技（北京）有限责任公司

CHIDAO DE BAOGAO：ZHONGGUO 523 XIANGMU 50 ZHOUNIAN JINIANBAN

迟到的报告：中国 523 项目 50 周年纪念版

张剑方　主编

选题策划	后浪出版公司
出版统筹	吴兴元
特约编辑	费艳夏
责任编辑	罗晓春
装帧制造	墨白空间·张莹
出版发行	四川人民出版社（成都槐树街 2 号）
网　　址	http://www.scpph.com
E－mail	scrmcbs@sina.com
印　　刷	北京盛通印刷股份有限公司
成品尺寸	172mm × 240mm
印　　张	22.5
字　　数	378 千
版　　次	2018 年 6 月第 1 版
印　　次	2018 年 6 月第 1 次
书　　号	978-7-220-10681-1
定　　价	68.00 元